ベスト版

たんぽぽのお酒

Dandelion Wine

レイ・ブラッドベリ

北山克彦＝訳

晶文社

たんぽぽのお酒

ブックデザイン　坂川事務所
イラストレーション　荒井良二

静かな朝だ。町はまだ闇《やみ》におおわれて、やすらかにベッドに眠《ねむ》っている。夏の気配《けはい》が天気にみなぎり、風の感触《かんしょく》もふさわしく、世界は、深く、ゆっくりと、暖かな呼吸をしていた。起きあがって、窓からからだをのりだしてごらんよ。いま、ほんとうに自由で、生きている時間がはじまるのだから。夏の最初の朝だ。

ダグラス・スポールディングは、十二歳《さい》だった。彼《かれ》は、たったいま目ざめたばかりで、朝はやい夏の流れに身をまかしていた。この三階の丸天井の塔《とう》にあるベッドルームに横になっていると、すばらしい力をさずけられて、六月の風にのって天高く飛翔《ひしょう》している気持ちになる。なにしろ町で一番の立派《りっぱ》な塔なのだ。夜には、樹々《きぎ》が一団となってこの塔をめがけてうちよせてくる。そして彼は、この灯台から、楡《にれ》や樫《かし》や楓《かえで》であふれる海上に、四方八方《しほうはっぽう》、閃光《せんこう》のような視線を放つ。ところが、いまは……「いいぞ!」と、ダグラスは小声でいった。

まるまるひと夏が、カレンダーから、一日一日と消されるのを待っているのだ。旅行の本にある女神シバのように、自分の手がいたるところに跳《と》びあがって、すっぱいりんごや、桃《もも》や、真夜中のような色をしたプラムをむしりとっているのが見える。樹木や藪《やぶ》や川がぼくのからだを包むのだ。ぼくは、喜んで、霜《しも》でまっ白な氷室《ひむろ》の扉《とびら》のなかで冷凍《れいとう》になるぞ。おばあちゃんの台所で、一万羽もの鶏《にわとり》といっしょに、わくわくしながら、オーブンで焼いてもらうのだ。

ところが、いまは――おなじみの仕事が彼を待っていた。毎週一晩だけ、彼は大手《おおで》をふって、お父さん、お母さん、それに弟のトムの眠《ねむ》っている隣《となり》の小さな家をぬけだして、ここに駆《か》けつけ、暗い螺旋《らせん》階段を昇《のぼ》って、おじいさんの丸天井の塔《とう》に来ることが許されていた。そしてこの魔法《まほう》使いの塔で、雷《かみなり》や幻《まぼろし》を友として眠り、牛乳のびんがチャリンチャリンと水晶《すいしょう》のような音をたてるよりはやく目をさまして、魔法の儀式《ぎしき》をとりおこなうのだ。

少年は暗がりの開けた窓ぎわに立って、息を大きく吸いこみ、そして吐《は》いた。

街灯が、黒いケーキの上のローソクのように、消えた。なんどもなんども息を吐くと、星が姿を消していった。

ダグラスはにっこり笑った。彼は指をさした。

あそこ、あそこ。こんどはこちら、それからこちら……

家々の明かりがまばたきをするようにゆっくりとつくにつれて、うす暗い朝の大地に黄色い四角形が切りとられる。何マイルもかなたの夜明けの田園で、急にパラパラと窓に灯《ひ》がともった。

「みんな伸《の》びをしろ。みんな起きるんだ」

階下でこの大きな家が身動きした。

「おじいちゃん、グラスから入れ歯を取りだしなよ！」彼はしばらく間をおいて、待っていた。

「おばあちゃんに大おばちゃん、ホットケーキを焼いて！」

練り粉の焼ける温かいにおいが風通しのよい廊下《ろうか》に立ちこめて、泊《と》まっている人たち、おばたち、おじたち、遊びにきているいとこたちが、めいめいの部屋《へや》で起きだした。

「《お年寄りがみんな集まっている町の通り》よ、さあ、目をさまして！　ミス・ヘレン・ルーミスに、フリーリー大佐《たいさ》に、ミス・ベントレー！　咳《せき》をして、起きて、丸薬を飲んで、動きまわってね！　ジョウナスさん、さあ馬をつないで、がらくたを積んだ車を引きだして、まわってよ！」

町の峡谷《きょうこく》のむこう側にある荒涼《こうりょう》とした邸宅《ていたく》が、意地悪《いじわる》な竜《りゅう》のような目を開いた。まもなく、地上の朝の大通りを、二人の老婦人が電気じかけの《グリーン・マシン》に乗って、犬というにのこらず手をふりながらゆっくり通ってゆくだろう。「トリデンさん、車庫にかけていって！」やがて、屋根の上で青い火花をまき散らしながら、市街電車が川のような煉瓦《れんが》の通りを走ってゆくだろう。

「用意はいいかい、ジョン・ハフに、チャーリー・ウッドマン？」ダグラスは《子どもの通り》にむかってささやいた。「用意！」と、これは濡《ぬ》れた芝生《しばふ》にころがってぐっしょり水を吸った野球のボール、樹《き》のあいだにだらりとたれたロープのブランコにむかっての言葉だ。

「ママ、パパ、トム、目をさましなよ」

目ざましがかすかにリンリンと鳴る。郡役所の大時計がゴーンと鳴る。彼の投げた網《あみ》が広がるように、鳥がさえずりながら樹から飛びたった。ダグラスは、オーケストラの指揮をとって、東の空を指さした。

太陽が昇《のぼ》りはじめた。

少年は腕《うで》を組んで、魔法《まほう》使いらしい微笑《びしょう》を浮《う》かべた。そうだとも、ぼくが叫《さけ》ぶと、だれもが跳《と》びあがり、だれもが駆《か》けだすんだ。すてきな季節になるぞ。

彼は町にむかって最後に指を鳴らした。

ドアがバタンと開く。人びとが出てくる。一九二八年の夏がはじまったのだ。

その朝、芝生《しばふ》を横ぎろうとしたとき、ダグラス・スポールディングは顔で蜘蛛《くも》の巣をひっかけてしまった。空間に張っていたたった一本の目に見えない糸が額にふれて、音もなくぷつりと切れたのだ。

そこで、このうえないささいなこのできごとがあっただけで、彼《かれ》は今日がいつもとはちがう日になることがわかった。今日はいつもの日とはちがうぞ、とはまた、ダグラスと十歳《さい》の弟のトムを車に乗せて町から郊外《こうがい》にむかう途中《とちゅう》で、お父さんが説明してくれたように、日によっては、まったく香《かお》りだけからできていて、世界はただ鼻の一方の穴から吹《ふ》きこんで、もう一方の鼻の穴から出ていってしまうだけだからだ。お父さんはさらに、日によっては、宇宙のあらゆるラッパの音やさえずりが聞こえるというんだ。味覚にむいた日があり、触覚《しょっかく》に適した日がある。またすべての感覚に同時にふさわしい日もあるんだって。ところで今日は、まるで大きな名の知れない果樹園が、丘のむこうで一夜のうちに育って、見わたすかぎりの土地いっぱいに、新鮮《しんせん》な暖かさで満たしていてくれるようににおうな、とお父さんはうなずいてみせた。空は雨が降りそうな感じなのに、雲ひとつない。いまにも、だれか見知らない人が森のなかで大笑いするかもしれないんだが、しんと静まりかえったきりだ……

ダグラスは移ってゆく田園を注意ぶかくながめた。果樹園のにおいは感じなかったし、雨の予感もなかった。りんごの樹《き》や雲がなければ、果樹園も雨も存在するはずがないではないか。また、森の奥《おく》深くで笑っているあの見知らぬ人についていえば……？

けれども、事実はやっぱり事実だ——ダグラスは身ぶるいした——今日は、わけもなく、特別の日なんだ。

車は静かな森のちょうどまんなかでとまった。

「さあよし、おまえたち、行儀《ぎょうぎ》よくしろよ」

兄と弟は肘《ひじ》で押《お》しっくらしていたのだ。

「はいっ」

三人は車から降り、青いブリキのバケツを持って、人通りのない土のままの道路からはずれ、降った雨の香《かお》りのなかへと入ってゆく。

「蜜蜂《みつばち》を捜《さが》すんだ」と、お父さんはいった。「蜜蜂はぶどうのまわりにうろうろしているぞ、子どもが台所につきまとうようにな。なあ、ダグ？」

ダグラスははっとして見あげた。

「ひどく元気がないな」と、お父さんはいう。「ぼんやりするなよ。いっしょに行こう」

「はいっ」

それからみんなは森のなかを歩いていった——お父さんはとても背が高く、ダグラスはお父さんの影《かげ》のなかを動き、トムは、とても小さくて、兄さんの影のなかで小走りした。彼らはこぢんまりとした高台に出ると、前方をながめた。さあ、さあ、見えるかな？　お父さんは指さした。ここはな、でっかい、静かな夏の風たちが棲《す》んでいて、緑の奥深い場所を、幻《まぼろし》の鯨《くじら》のように、人の目にふれずに通りすぎてゆく場所だよ。

　ダグラスは急いで目を凝《こ》らしたが、なにも見えなかった。お父さんにだまされたような気がした。お父さんはおじいちゃんに似て、謎《なぞ》かけなしでは生きていけないんだ。でも……でも、それでも……ダグラスはちょっとためらってから耳をすました。

　そうなんだ、なにかが起ころうとしているぞ、ぼくは知っているんだ！

「ここには孔雀羊歯《くじゃくしだ》があるんだよ」釣鐘《つりがね》のように口を開いているブリキのバケツを握《にぎ》って、パパは歩いてゆく。「これが感じられるかな？」足で大地をこすりながら。「それはそれは、長い年月にわたって豊かに肥えた沃土《よくど》が埋《う》もれているんだよ。これを残していったたくさんの秋のことを考えてごらん」

「わあ、ぼくの歩きかたはインディアンそっくり」と、トム。「ぜんぜん音がしないだろ」

　ダグラスはなにかを感じたが、厚い壌土《ローム》を感じたのではなく、耳をすまして、警戒《けいかい》した。囲まれているぞ！　とおもった。起こるぞ！　なにが？　彼は立ちどまった。出てこい、どこにいようと、なにものだろうとかまわないぞ！　彼はこころのなかで叫《さけ》んだ。

　トムとパパは静まりかえった大地を、先にぶらぶら歩いていた。

「この世にある最上の透かし模様《レース》だ」と、パパが静かにいった。

そして頭上の樹々《きぎ》のあいだに手をやって、それが空を縫《ぬ》っているさまを、あるいは空が樹々に編みこまれているさまを、子どもたちに身ぶりで説明した。どちらがどうなのかお父さんにもわからないがね。いずれにしてもここに最上のレースがあるんだよ、とお父さんはほほえんだ。おまえたち、ようく見てごらん、森がこのブンブンいっている機《はた》を右、左に動かしているんだよ、緑と青に、レースが織りつづけられているんだ。パパは心地《ここち》よさそうだった、あれこれ口にする言葉がのびのびとしていた。しばしば自分がいったことに自分で大笑いするものだから、それがいっそうくつろいだ感じになる。お父さんはね、沈黙《ちんもく》に聞きいるのが好きさ、もし沈黙が聞かれるものならばな。なぜって、その沈黙のなかには、蜜蜂《みつばち》がジュージューと揚《あ》げた大気のなかに、野生の草花の花粉が落ちてくるのが聞こえるんだ。ほんとに、蜜蜂が揚げた大気のなかをだぞ！　じっと耳をすますんだ！　あの樹々のむこうに、滝《たき》のような鳥の歌声がするだろ！

ほら、とダグラスはおもった。こっちにやってくるよ！　走ってる！　姿は見えないけど！　走ってくる！　ああ、来たぞ！

「山ぶどうだよ！」と、お父さんがいった。「運がいいぞ、ほれ！」

やめて！　ダグラスは、息がつまった。

しかし、トムとパパは身をかがめると、がさごそ音をたてて茂《しげ》みにずぶっと手をつっこんだ。魔法《まほう》の世界がこなごなにくだけた。あのおそろしい彷徨《ほうこう》するもの、すばらしく走るもの、跳躍《ちょうやく》するもの、魂《たましい》をふりうごかすものは、消えてしまった。

ダグラスは、ぼんやりぬけ殻《がら》のようになって、膝《ひざ》をついた。自分の指が緑の影《かげ》に沈《しず》み、出てくるときはすっかり色に染まって、それはなにやら自分が森に斬《き》りつけ、その開いた傷口を手さぐったのかのようにおもわれた。

「お昼だよ、おまえたち！」

バケツの半分を山ぶどうと山いちごでいっぱいにして、お父さんのいう、宇宙が声をひそめてブンブンいっているまさにそのものの蜜蜂《みつばち》をうしろにしたがえ、彼らは緑の苔《こけ》でおおわれた丸太《まるた》に腰《こし》をおろす。サンドウィッチをムシャムシャ食べながら、お父さんにならって森に耳を傾《かたむ》ける。パパはこころのなかでおもしろがってぼくを見ているな、とダグラスは感じる。パパは、こころに浮《う》かんだことをなにかいいかけたのだが、やめて、サンドウィッチをもうひと口かじると、感《かん》慨《がい》をこめて、

「野外で食べるサンドウィッチはもうサンドウィッチとはいえないな。部屋のなかとは味がちがうんだ。気づいたかね？　もっとピリッとした味だ。はっかやパインサップに似た味だな。食欲をとてもかきたてる」

ダグラスの舌が、パンとからしをつけてあぶったハムの感触《かんしょく》をたしかめようとして立ちどまった。いや……いやべつに……それはただのサンドウィッチにすぎなかった。

トムはもぐもぐやってみて、うなずいた。「うん、パパのいうとおりだよ！」

もうちょっとでなにかが起こるところだったんだ、と、ダグラスはおもった。どこにいるにしても、それは〈大きい〉んだ、きっと、それは〈大きい〉ぞ！　なにかにおどろいて逃《に》げちゃったんだな。いまどこにいるんだろう？　あの茂《しげ》みの裏だ！　いや、ぼくのうしろだ！　いや、ここじゃない……おおかたここらへんだ……彼はひそかに胃をもんでみた。

待っていればもどってくるさ。傷つけようとはしないだろう。どういうわけか、ぼくを痛めつけにここにやってきたのではないことはわかってるんだ。じゃ、なんだろ？　なんだろ？　なんだろ？

「ぼくたち、今年と、去年と、一昨年《おととし》に、野球を何試合やったか、知っている？」だしぬけにトムがきく。

ダグラスはトムのすばやく動く唇《くちびる》を見まもった。

「書きとめておいたんだ！　一五六七試合さ！　十年間にぼくが歯を何回磨《みが》いたか？　六千回さ！　手を洗った回数——一万五千。眠《ねむ》った回数——約四千回、うたたねは数えてないよ。六百個の桃《もも》、八百個のりんごを食べた。西洋梨《なし》——二百個。ぼくは西洋梨はそんなに食べたいとはおもわないな。なんでもきいてみてよ。ぼくは統計を持っているんだから！　一千兆にもなるよ、ぼくのやったことをね、合計するんだ、十年間分を」

ほら、とダグラスはおもう。また近くにやってきた。なぜ？　トムがしゃべっているから？　でもなぜトムなんだろう？　トムはサンドウィッチを口いっぱいにほおばってしゃべりつづけている。パパはそこの、丸太に座ったまま、アメリカライオンのように油断《ゆだん》がない。トムの口に、勢いのよいソーダ水の泡《あわ》みたいに、言葉がのぼる――

「読んだ本――四百冊。観《み》たマチネーの数――バック・ジョウンズのものを四十本、ジャック・ホクシー三十本、トム・ミックス四十五本、フート・ギブスン三十九本、一つ一つ独立した一九二本の《猫《ねこ》のフェリックス》の漫画《まんが》、ダグラス・フェアバンクスを十本、『オペラ座の怪人《かいじん》』のなかのロン・チェイニーを八回、ミルトン・シルズ四つ、アドルフ・メンジューの恋愛《れんあい》ものを一回。このときは劇場のトイレで九十時間もこのばか話が終わるのを待って、『猫とカナリヤ』かって、『こうもり』を観ようとしたんだけど、こっちのほうはだれもがほかのだれかにしがみついちゃって、二時間も悲鳴をあげっぱなしだった。そのあいだに、ぼくがおもうには、四百のキャンディ、三百のロールパン、七百のアイスクリームを入れるコーン……」

トムはさらに五分間静かによどみなくしゃべりたてた。すると、パパがいった。「いままでにいちごはいくつぐらい摘《つ》んだんだい、トム?」

「きっかり二百五十六だよ!」と、トムはそくざに答えた。

パパは笑った。昼の食事は終わった。山ぶどうや、小粒《こつぶ》の山いちごを見つけた。また日かげに入る。三人とも、かがみこんで、手は行ったり来たりし、バケツはたちまち重くなった。ダグラスは息をころした。それ、それ、また近くにいるぞ! ぼくの頸《くび》にとまって呼吸しているみたいだ、ほら! 見ちゃいけない! 仕事をするんだ。ただ摘んで、バケツをいっぱいにすればいいんだ。ちょっとでも見たりすると、おびえて逃《に》げてしまうぞ。今度は逃がすんじゃないよ！　どうしたら、どうしたら見えるところに連れてきて、まっすぐ目をのぞきこむことができるだろうか？　どうしたら？　どうしたら？

「マッチ箱のなかに雪片《ゆき》をとってあるんだ」と、トムはいって、赤ぶどう酒色の手ぶくろにむかってにこっと笑った。

黙《だま》っていろ！　ダグラスはどなりたかった。いや、とんでもない、どなったりすれば、おびえたこだまが鳴りわたって、あの〈なにか〉を逃がしてしまう！

いや、待てよ……トムがしゃべればしゃべるほど、あの偉大《いだい》な〈なにか〉が近くにやってくるぞ、トムをこわがってなんかいないんだ、トムの息がそれをひきよせているんだ、トムはその一部なんだ！　「このまえの二月に、ね」と、トムはいって、クスクス笑った。「マッチ箱を吹雪《ふぶき》の降るなかにさしだしてさ、古い雪片をひとつ受けとめる、箱を閉める、家に駆《か》けこむ、冷蔵庫にしまう、とこうなんだよ！」

そばだ、すぐそばにきている。ダグラスはトムのちらちらと動く唇《くちびる》を見つめた。はねまわりたくなった。大きな津波が森のうしろでふくれあがってくるのを感じた。津波は一瞬《いっしゅん》ののちにはくずれおちてきて、ぼくたちを永久に押《お》しつぶしてしまうだろう……

「そうなんだ」と、ぶどうを摘《つ》みながら、トムは思いをこめていった。「イリノイ州で夏に雪片を持っているやつはぼくしかいないんだ。ダイヤなみに貴重だな、ほんとに。明日はあけよう。

兄さんにも見せてあげるね……」

ほかの日だったら、ダグラスは鼻を鳴らして、殴《なぐ》りつけ、くそくらえといったかもしれない。しかしいまは、あの偉大《いだい》な〈なにか〉がそばまで押しよせてきて、頭上の澄《す》みきった空から落ちてこようというときだった。彼はただうなずくと、目を開いた。

トムは、わけがわからず、いちごを摘《つ》むのをやめて、兄貴のほうをむいてじっと見やった。ダグラスは、背中を丸めていて、絶好の襲撃《しゅうげき》目標になっていた。トムは喚声《かんせい》をあげてとびかかり、兄の背に落ちた。二人は倒《たお》れ、ばたばたと、転げまわった。

よせ！　ダグラスはぎゅっとばかりにこころを閉ざしてしまった。よせったら！　しかし、とつぜん……いや、かまわないんだ！　そうなんだ！　からだがもつれ、触《ふ》れあうことも、転げまわることも、この高波となって押《お》しよせる海を追いはらうことにはならないで、いまや波はくだけて、二人をのみこみ、草の岸辺を、森の奥《おく》深く押しながしたのだ。拳《こぶし》が彼の口に当たった。ダグラスはさび色の温かい血の味を感じて、トムに激しくつかみかかり、しっかり押さえこみ、そのままなにもいわずに、心臓は湧《わ》きたち鼻の穴からはシューシュー音をたてながら、二人は横になった。そしてとうとう、そおっと、なにもないのではないかと心配しながら、ダグラスは片目を開けた。

するとすべてが、まさしくすべてが、そこにあった。

世界は、彼よりもいっそう巨大な目の虹彩《こうさい》で、同じようにいま片目を開けてすべてを包みこもうとして広がったように、ダグラスをじっと見かえしたのだ。

そして彼は知った、彼にとびかかってきて、いまはそこにとどまり、逃《に》げていこうとしないものの正体を。

ぼくは生きている、と彼はおもった。

血できらきら輝《かがや》く手の指が、いま発見されたばかりの、まえには見たことのない見なれぬ旗の一部のように慄《ふる》える。ぼくはどんな国にたいして、またどんな忠誠を捧《ささ》げねばならないのか、ダグラスは考えた。トムを押《お》さえこんだまま、しかしそこにトムがいるとも意識しないで、なにかその血を指からはがし、上にさしあげ、裏がえしてみることもできるかのように、彼はあいているほうの手で血にさわった。それからトムを放し、手を空高くあげてあおむけになると、自分は一個の頭になってしまい、目は番兵さながら、見知らぬ城門の鉄の落とし格子《ごうし》を透《す》かして、橋、つまり彼の腕《うで》にそって、明るい血の三角旗《ペナント》が陽光を浴びて慄《ふる》えているその指をじっと見入った。

「だいじょうぶかい、ダグ？」トムがきいた。

その声はどこか深い水中の、緑の苔《こけ》の底から、ひそやかに、遠くかなたに聞こえた。

ダグラスのからだの下で草がささやいた。うぶ毛が鞘《さや》のように腕をおおっているのを感じて、腕をおろすと、はるかに、下のほうで、足指が靴《くつ》のなかでぎゅうぎゅういった。殻《から》をつけた耳の上で風がささやいた。世界は、水晶の球のなかできらきら光ってみえる像のように、彼の眼球の透きとおった球の上を輝いて通りすぎた。花とは、太陽や天空に光り輝く斑点《はんてん》が森林にまきちら

されたもの。大空というさかさになった池を、ぴょんぴょんと石が水を切るように鳥が舞《ま》ってい
る。息が歯をこすり、入るときは氷、出てくるときは火だ。昆虫《こんちゅう》が緊迫《きんぱく》した透明《とうめい》な音で大気を
おどろかす。彼の頭では、一万本の髪《かみ》の毛の一本一本が百万分の一インチ伸《の》びる。左右の耳のな
かで一対の心臓がそれぞれ鼓動《こどう》し、三番目の心臓が咽喉《のど》でうち、二つの心臓が両手首でドキドキ
して、本物の心臓は胸をガンガンたたいた。からだの表面で百万の毛穴が開いた。
ぼくはほんとうに生きているんだ！　とダグラスはおもう。まえにはそれがぜんぜんわからな
かったか、わかっていたとしても、ひとつとして憶《おぼ》えていやしない！
彼はそれを大声で、といって声には出さず叫《さけ》んだのだ、何回も！　考えてごらんよ、たまんな
いな！　十二歳《さい》になって、たったいまだ！　いまこのめずらしい時計、金色に輝《かがや》く、人生七十年
のあいだ動くこと保証つきのこの時計を、樹《き》の下で、取っくみあいしている最中に見つけたのだ。
「ダグ、だいじょうぶ？」
ダグラスは大声でわめいて、トムをひっつかまえると、ごろごろと転がった。
「ダグ、気が狂《くる》ってるよ！」
「気が狂った！」
二人は、口に、目に、レモン色のガラスがこなごなにくだけたかに見える太陽の光を受けて、
土手に放りだされた鱒《ます》のように息を切らしながら、笑い声をたてて斜面《しゃめん》を転げおちていき、よう
やく大声で叫んだ。

「ダグ、おかしくなったんじゃないの？」

「ちがう、ちがう、ちがう、ちがう、ちがうったら！」

ダグラスが目を閉じていると、暗がりのなかに斑点《はんてん》のある豹《ひょう》たちがそっと歩くのが見えた。

「トム！」それから声を落とした。「トム……世界のだれもがね……自分が生きているのを知っているんだろうか？」

「そりゃそうさ。くそっ、きまってるさ！」

豹はさらに暗い領域を音もなく走りさってしまったが、そちらのほうへは目がついていけなかった。

「そうだといいな」と、ダグラスは小声でいった。「ああ、ほんとに知っていてほしいな」

ダグラスは目をあけた。パパが緑の葉の茂《しげ》る空のなかにそびえるように立って、両手を腰《こし》にあて、笑っていた。二人の目があった。ダグラスは元気づいた。パパは知っているんだ、とおもった。みんな仕組まれていたことなんだ。このことがぼくに起こるように、パパはわざわざここに連れてきたんだ！　パパもぐるなんだ、すっかり知っているんだ。いまぼくがわかったことも、パパにはわかっているんだ。

一本の手が下へ伸《の》びてきて、彼をつかんで上に引きあげた。トムとパパにならんでよろよろと立ち上がったダグラスは、打ち傷をつけ、クシャクシャになったままで、わけがわからず、畏怖《いふ》の念の消えやらぬまま、奇妙《きみょう》なかっこうの骨をしている肘《ひじ》をそっと支えて、形よく刻まれた唇《くちびる》を満足そうになめた。それから彼はパパとトムを見た。

「バケツはぼくが全部もつよ」と、ダグラスはいった。「こんどだけは、ぼくにみんな運ばせて」

二人はどういう風の吹《ふ》きまわしだろうかとほほえんで、バケツを手わたした。

ダグラスはすこしふらふらしたけれど、さげた手に、シロップをいっぱいにつめて重い森の収《しゅう》穫《かく》をしっかりと握《にぎ》りしめた。なんでもあるものはすべて感じたい、と彼はおもう。いまは、疲《つか》れさせてほしい、へとへとにさせてほしい。忘れては困るんだ、ぼくは生きているんだ、生きていることをぼくは知っているんだ、それを今夜も、明日も、明後日も忘れてはいけないんだ。

蜜蜂《みつばち》があとを追い、山ぶどうと黄色い夏のにおいを伴《とも》にして、彼は重い荷を負って、半分酔《よ》ったように歩いていった。しかし指がおどろくほど無感覚になって、腕《うで》はしびれ、足はよろけた。お父さんが彼の肩《かた》をつかまえた。

「いいよ」と、ダグラスは口ごもるようにいった。「だいじょうぶだよ。ぼくは元気さ……」

草、根っこ、石、苔《こけ》むした丸太の樹皮の感覚が、腕や脚《あし》や背中に残された跡《あと》から、半時間ほどかかってゆっくりと消えていった。ダグラスがこのことにおもいを凝《こ》らし、それがいつのまにかこっそり逃《に》げて、そっと去ってしまい、消えてなくなるにまかせていると、弟ともの静かなお父さんとは、ダグラスのうしろについて、ダグラスがひとりで森のなかに道を見つけ、彼らを町に連れもどすはずの、あのとてつもないハイウェーにむかうままにさせておいたのだった……

その日のおそく、町でのこと。

また別の収穫《しゅうかく》があったのだ。

おじいさんは船長よろしく広いおもてのポーチに立って、真正面に広々と開ける動きひとつない季節の静けさを見わたしていた。おじいさんは、風と、手の届かない空と、ダグラスとトムがいま立っている芝生《しばふ》とにきいていたが、子どもたちのほうはおじいさんにきくだけだ。

「おじいちゃん、みんな用意はいいの？　もういいの？」

おじいさんはあごをつねった。「五百、千、二千はあるな。よし、よし、けっこうな量だ。のんびり摘《つ》めよ、すっかり摘むんじゃ。絞《しぼ》り器にかけるひと袋《ふくろ》ごとに十セントのお駄賃《だちん》だよ！」

「そいつぁいいや！」

少年たちはにこにこしてかがみこんだ。彼《かれ》らが摘んだのは金色の花だ。世界いっぱいにあふれ、芝生から煉瓦《れんが》の街路へと滴《したた》りおちて、水晶《すいしょう》のような地下室の窓をそっとたたき、激しくたぎりたって、融《と》けた太陽のまばゆい光ときらめきを四方八方に放っているあの花。

「毎年のことだ」と、おじいさんはいった。「あれは狂《くる》ったようにあばれまわる。わしは勝手《かって》にやらしているんだよ。庭に咲《さ》くライオンの群れだからな。じっと見つめてごらん、網膜《もうまく》が焦《こ》げて穴があくから。ありきたりの花さ。だれも目にとめようとしない雑草だ、たしかに。しかしわしらにとっては、気高いものなんじゃ、たんぽぽは」

そこで、慎重《しんちょう》に引きぬかれ、袋《ふくろ》に詰《つ》められて、たんぽぽは地下に運ばれる。地下室の暗闇《くらやみ》は、たんぽぽが到着《とうちゃく》すると明るく燃えるのだ。ぶどう絞《しぼ》り器が、冷たく、口をあけて立っている。花がどっと投げいれられると、それが温まる。絞り器は、もとのように口を閉められ、おじいさんの手でスクリューがぐるぐると回転し、ゆっくりと作物を押《お》しつぶす。

「ほら……ね……」

金色の潮流、澄《す》みきって晴れあがったこの六月のエキスが流れ出し、ついで下の受け口からほとばしると、それを甕《かめ》に入れ、酵母《こうぼ》をすくいとり、清潔なケチャップのふりかけ容器につめて、こんどは地下室のうす暗いところにきらきら光る列をつくってならばせるのだ。

たんぽぽのお酒。

この言葉を口にすると舌に夏の味がする。夏をつかまえてびんに詰《つ》めたのがこのお酒だ。それにダグラスが、自分が生きていることを知り、ほんとうに知って、世界を転がりまわってそれをすっかり、膚《はだ》で目で感じとったいま、彼のこの新しい認識のいくらかを、この特別の収穫《しゅうかく》日《び》のいくぶんかを、封《ふう》じこめてとっておき、雪が降りしきり、何週間も何カ月も太陽をおがむこともなく、おそらくはあの奇跡《きせき》のいくぶんかはすでに忘れさられて、再生を必要としている一月の日にあけられるようにしておくことこそ、ふさわしい、適切なことであった。今年は推測もつかないほど驚異《きょうい》の夏になろうとしているのだから、彼はそれを全部しまっておいて、ラベルを貼《は》っておこうとおもう。いつでも望むときに、このじめじめしたうす暗がりのなかへ足音をしのばせて降りてきて、指先を伸《の》ばせばいいように。

するとそこに、何列も何列も、朝に開いた花がそっときらめき、わずかに積もった埃《ほこり》の膜《まく》を通してこの六月の太陽の光が輝《かがや》く、たんぽぽのお酒がならんでいるのだ。それを透《す》かして冬の日をじっと凝視《ぎょうし》してみるといい――雪はとけて草が現れ、樹々《きぎ》には、鳥や、葉や、花がもどってきて、大陸いっぱいの蝶々《ちょうちょう》のように、風にそよぐのだ。またそれを透かして見れば、鉄色の空が青く変わるのがわかるだろう。

夏を手に持って、夏をグラスに注ぐ――もちろんそれは小さなグラスで、子どもたちはほんのちょっぴりからだのほてるやつをひとくちするだけでいい。グラスを唇《くちびる》にもっていき、それを傾《かたむ》けて夏を飲みほして、血管のなかの季節を変えるのだ。

「さあ、雨水の樽《たる》を用意して！」

世界じゅうで役にたつのは、ただ、はるか遠くの湖や、草に露《つゆ》を結ぶ早朝のこうばしい野原から呼び集められて、大空を昇《のぼ》り、すっかり汚《よご》れを落とした房《ふさ》のようなかたまりになって運ばれ、九百マイルも風のブラシをかけられて、高圧の電気を充電《じゅうでん》され、冷たい空気にふれて凝縮《ぎょうしゅく》した清らかな水だけ。落下し、雨となって降るこの水は、しかしそれ以上に、天空のものをその結晶《けっしょう》のなかに集めている。東風、西風、北風、南風からなにものかを取って、この水は雨となり、そしてその雨は、いまのこの儀式《ぎしき》の時間が終わらないうちから、もうかなりお酒になりかかっていることだろう。

ダグラスは柄杓《ひしゃく》をもって走った。それを雨の樽《たる》にふかぶかとつっこんだ。「さあいくよ！」お椀《わん》のなかの水は絹のようだ。透明《とうめい》で、かすかに青みがかかった絹。もし飲めば、唇《くちびる》、咽喉《のど》、心臓がすべすべと柔《やわ》らかくなることだろう。この水を柄杓やバケツに汲《く》んで地下室に運び、そこで淡水《たんすい》の流れや渓流《けいりゅう》に混ぜて、収穫《しゅうかく》したたんぽぽの上に注がねばならない。

おばあちゃんでさえ、雪がしきりに舞《ま》って、世界の目をくらませ、窓に目つぶしを喰《く》わせ、ハーハーとあえぐ口から息を盗《ぬす》んでしまうとき、おばあちゃんでさえも、二月のある日に、地下室に姿を消すことだろう。

階上《うえ》の、広い家のなかは、咳《せき》、くしゃみ、ゼーゼーという音、そしてうめき声、子どもの熱、肉屋の肉のようにひりひりと赤い咽喉《のど》、びん詰《づ》めのさくらんぼのような鼻、いたるところこそこそする細菌《さいきん》だらけだ。

すると、地下室から六月の女神が現れるように、おばあちゃんが毛糸で編んだショールの下になにやら明らかにかくして、上がってくるのだ。これが、二階も階下《した》も、みじめったらしい部屋という部屋全部に運ばれて、瀟洒《しょうしゃ》なグラスに芳香《ほうこう》と透明さともども分配され、粋《いき》にグーッとひと息に飲まれるのだ。ちがった季節の薬、太陽とだらっとした八月の昼下がりの香《かお》り、煉瓦《れんが》の街路を通っていく氷売りのかすかに聞こえる車の音、銀色の花火ロケットが勢いよくあがり、蟻《あり》の国々を押《お》しわけて通る芝刈《しばか》り機が、刈った芝を噴水《ふんすい》のように吹《ふ》きあげる。これらのすべて、これらのすべてが一つのグラスのなかにあるのだ。

そうなんだ。おばあちゃんでさえ、六月の冒険《ぼうけん》に惹《ひ》かれて冬の地下室にやってくると、ひとり静かに、おじいさんやお父さんやバート伯父《おじ》さん、あるいはここに泊《と》まっている人たちのだれもがするように、自分の魂《たましい》やこころと密議をこらすのかもしれない。そして、とうに過ぎさったカレンダーの最後の感触《かんしょく》と、またピクニックや、暖かい雨や、小麦畑のにおいや、新しいポプコーンや、たわむ干し草と親しく語るのだ。おばあちゃんでさえ、このすばらしい絶妙《ぜつみょう》の言葉を、ちょうどいまたんぽぽの花が絞《しぼ》り器に入れられているこの瞬間《しゅんかん》にもいわれているように、またこれからも雪の多い冬のあいだ毎年くりかえしいわれるであろうように、くりかえし、くりかえしいうのかもしれないのだ。ほほえみのように、暗闇《くらやみ》にいきなりぽつんと浮《う》かぶ日光のように、何度も何度もその言葉を唇《くちびる》にのせるのである。

たんぽぽのお酒。たんぽぽのお酒。たんぽぽのお酒。

彼《かれ》らがやってくるのを聞きつけることはできない。去ってゆくのもほとんどといってわからない。ただ草がおじぎをして、またはねるようにもとにもどる。丘の斜面《しゃめん》をくだる雲の影《かげ》のごとく彼らは通りすぎてゆく……夏の少年たちが、駆《か》けていくのだ。

ダグラスは、あとにとりのこされて、道に迷った。ハーハーと息を切らして、彼は峡谷《きょうこく》のふち、そよ風の吹《ふ》く深淵《しんえん》のへりで立ちどまった。ここでは、耳が鹿《しか》のように立って、彼は十億年前の古い危険を嗅《か》ぎつけた。ここで、町は分かたれて、半分ずつになってかなたに消えている。ここで、文明は終熄《しゅうそく》する。ここにはただ、生成する大地と、毎時間の、百万の死と再生があるだけだ。

そしてここにある道は、完成している道も、未完成の道も、男の子は旅をし、たえず旅をしつづけて、おとなになる必要があることを語っていた。

ダグラスはふりむいた。この道は、埃《ほこり》っぽいたいへんなくねくね道で、黄色い日々に冬の棲《す》む氷室《ひむろ》へと通じているんだ。この道は、六月の湖の岸に立つ溶鉱炉《ようこうろ》の砂をめざしてつっ走っている。この先には樹木があるのだが、その葉のあいだにかくれて、少年たちが、すっぱく、緑のままの、野生のりんごのように育ってしまうかもしれない。こちらは、陽の光でまどろみに誘《さそ》われた三毛《みけ》猫《ねこ》のようにうずくまっている桃《もも》の樹《き》、ぶどう園、すいか畑に通じている。あの道は、ほったらかしになっているけれど、ぐるっとムチャクチャにまわって、行き先は学校だ！　矢のようにまっすぐなこの道は、土曜日の西部劇のマチネー行き。そしてこれは、小川のそばを通って、町のむこうの荒野《こうや》へとむかう……

ダグラスは目を細めて見やった。

どこから町なり荒野なりがはじまるのか、だれがいえよう？　どちらがなにのおかげをこうむっており、なにがどちらの恩をうけているものか、だれがいえよう？　両者が争い、一シーズンだけ一方が勝って、ある大通り、小さな谷、渓谷《けいこく》、樹木、茂《しげ》みをわがものとするような、どちらとも不確かな場所が、いつでも、永久にあるものなのだ。草と花の大陸の大海原が、遠く人里はなれた農場地方から発して、ピチャピチャと力なくうちよせ、季節が強く張りだすとともに内へと入りこんでくる。夜ごとに、荒野、牧草地、遠い国が、峡谷《きょうこく》を下って小川を流れてき、草と水のにおいとともに町にあふれ、町は無人と化して、死に絶え、大地にもどる。そして毎朝、峡谷はじりじりと、すこしずつ町に侵入《しんにゅう》してきて、水漏《も》れのするボートのようにガレージを水浸《びた》しにし、雨でぼろぼろとはがれるままに放置され、とうぜんさびつくにまかしてある古い自動車を喰《く》いつくそうとするのだ。

「やあ！　やあ！」ジョン・ハフとチャーリー・ウッドマンが、峡谷と町と時の神秘のなかを駆《か》けぬけていった。「やあ！」

ダグラスは道をゆっくりと進んでいく。まさしく峡谷は、人間のあり方と自然界のあり方の、生命の二つの事象が見られる場所なのだ。町とは、結局のところ、いっぱい乗りこんでいる生存者がたえず移りかわって、船底から水ならぬ草をかいだし、さびをけずりおとしている大きな船にすぎない。ときどき、母船と同類の、救命艇《てい》ともいうべき掘《ほ》っ立て小屋が、季節の静かな嵐《あらし》に遠く行方《ゆくえ》不明になって、白蟻《しろあり》や蟻の音もない波にのまれ、口をあけて待っている峡谷《きょうこく》の底に沈《しず》む。雑草の猛烈《もうれつ》に生いしげるなかをバッタが乾燥《かんそう》した紙のようにガサゴソと飛ぶのを感じて、蜘《く》蛛《も》の塵《ちり》で防音装置をほどこすが、最後には、砂利《じゃり》とタールのなだれに埋《う》まって、社《やしろ》が燃えあがるように、焚火《たきび》のなかにくずれおちてしまうのだ。これは、雷雨《らいう》が青い稲妻《いなづま》をもって火をつけ、同時に荒野《こうや》の勝利をフラッシュをたいて撮影《さつえい》したものである。

　そこでダグラスを惹《ひ》きつけたのはこのこと、毎年毎年、人間が土地から奪《うば》い、また土地が奪いかえす神秘だったが、彼は知っていた、町はけっしてほんとうに勝ちはしないこと、町は芝刈《しばか》り機、殺虫剤噴霧器《さっちゅうざいふんむき》、生け垣《がき》用の大ばさみなどで完全装備して、危険にさらされながら表面は平《へい》穏《おん》に存在しているだけで、浮《う》かんでいろと文明がいうかぎりは、まちがいなく浮かんでいるだろうけれども、それぞれの家は、その最後の人間が死に絶えて、彼の持っていた移植ごてや芝刈り機やらがこなごなになり、コーンフレークのようなさびに化してしまうときは、すぐにも緑の潮の流れに沈んで、永久に葬《ほうむ》られてしまうということを。

　町。荒野。家々。峡谷。ダグラスは前後にちらちらと目をやった。でも、この二つをどうやって結びつけ、その交替《こうたい》の意味を理解したらいいのだろう、もし……

第一の夏の儀式《ぎしき》だったたんぽぽ摘《つ》み、お酒の仕込みは終わった。いまや第二の儀式が彼の動きだすのを待っていたが、彼はじっと立ちつくしていた。

「ダグ……さあ……ダグ……！」駆《か》けていく少年たちの姿が消えた。

「ぼくは生きているぞ」と、ダグラスはいった。「でもそれがなにになるんだ？　あの子たちのほうがぼくよりずっと生きている。どうしてだろう？　どうしてだろう？」

そこでひとりつったったまま、みじんも動かない自分の足をじっと見おろすと、その答えがわかったのだ……

その夜おそく、お母さんとお父さんと弟のトムと連れだって映画から帰る途中《とちゅう》、ダグラスは商店の明るいウィンドーにテニス靴《ぐつ》がならんでいるのを見た。彼《かれ》はついとすばやく目をそらしたけれども、足首をつかまれ、足が宙に浮《う》いたままになったかとおもうと、こんどはせきたてられた。地面が独楽《こま》のようにまわった。走ってゆく彼のからだがつきあたって、店から張りだした日除《ひよ》けの帆布《ほぬの》が頭上でバタンと閉じた。お母さんとお父さんと弟とは、彼の両わきで静かに歩いている。ダグラスはうしろにひき返していって、あとに残した真夜中のショーウィンドーのなかのテニス靴をじっとながめた。

「いい映画だったわね」と、お母さんがいった。

ダグラスはつぶやくようにいう、「うん……」

すでに六月で、並木道に降る夏の雨のような、音のしない特別の靴を買いもとめるにしては、だいぶ日がたっていた。六月も大地も生《なま》な力に満ちあふれて、すべてのものがいたるところで活動していた。草はあいかわらず田園から流れこんできて、歩道を取りかこみ、家々を座礁《ざしょう》させている。いまにも町は転覆《てんぷく》し、クローバーや雑草のあいだにざわめきひとつ立てるでもなく沈《しず》んでしまうことだろう。そしていまダグラスは、死んだセメントと赤煉瓦《あかれんが》の通りで罠《わな》に捕《とら》えられ、ほとんど動くこともできずに、ここに立っている。

「パパ！」彼はだしぬけにいった。「さっき通ったあのウィンドーにね、あのクリーム＝スポンジ・パラ・ライトフット靴《ぐつ》……」

お父さんはふりかえりもしなかった。「どうして新しい運動靴がいるのかいってごらん？　いえるかね？」

「それは……」

それは、新しい運動靴をはくと、いつも夏にはじめて靴を脱《ぬ》いで、草の上をはだしで走るときの感じと同じ感じがするからなんだ。冬に足を熱いおおいから引きだして、開けた窓から吹《ふ》きこむ冷たい風をいきなりあててやり、長いあいだそのままにしておいてから、またおおいの下にさしいれると、足が固めた雪のような感じがする、そんな感じなのだ。毎年はじめて小川のゆっくりした流れのなかを歩いてみて、足もとを見ると、足が、水面上のからだのほんとうの部分よりも、屈折《くっせつ》して、半インチだけ下流のほうに見えるときにいつも感じるような、そんな感じがテニス靴なのだ。

「パパ」と、ダグラスはいった。「説明しにくいよ」

どうやらテニス靴を造る人たちは、少年たちが必要とし、求めているものを知っているのだ。靴底《くつぞこ》にマシュマロやコイル状のスプリングを入れ、残りの部分は、荒野《こうや》において白く晒《さら》し、火を通して乾燥《かんそう》させた草を織ってつくる。靴の柔《やわ》らかなロームのどこか奥《おく》深くに、雄鹿《おじか》のうすく堅《かた》い腱《けん》がかくされている。靴を造る人たちは、風が樹《き》を吹きわたり、河が湖に流れこむのを、いくつも見まもってきたにちがいない。それがなんであるにしても、それは靴《くつ》のなかにあるのだ。それは夏なんだ。

ダグラスはこれをすべて言葉に表そうとした。

「そうか」と、お父さんはいった。「しかし、去年の運動靴のどこが悪いんかね? どうしてそいつを物置きから引っぱりだしてこれないのかな?」

それなんだ、カリフォルニアに住んでいる少年たちを彼は気の毒だとおもう。あの子たちは一年じゅうテニス靴をはいているものだから、冬を足から脱《ぬ》ぎすて、雪と雨が浸《し》みこんだ鉄のような革靴《かわぐつ》をはぎとって、一日はだしで駆《か》けてから、シーズン最初の新しいテニス靴の紐《ひも》を締《し》めると、それははだしよりさらにすばらしい、ということがけっしてわからないんだ。魔法《まほう》はいつも新しい靴にあるんだ。魔法の力は九月の一日までには失《う》せてしまうかもしれないけれど、六月下旬《げじゅん》のいまは、不思議《ふしぎ》な力はまだたくさん残っていて、このような靴をはけば、樹《き》でも川でも家でもとびこすことができる。また望むなら、塀《へい》でも歩道でも犬でもとびこせるのだ。

「わからないかな?」と、ダグラスはいった。「とにかく去年の靴は使えないんだよ」

なぜなら去年の靴は内では死んでしまっているんだ。去年、それをはきだしたときはたしかにすてきだった。でも夏の終わりまでには、毎年、いつも発見すること、いつもわかることなんだけれど、それで川や樹や家をほんとうにはとびこせなくって、もう靴は死んでしまっているんだ。しかしいまは年があらたまっているし、今度は、この新しい靴で、なんでも、したいことがあればなんでもやれるだろう、と彼はおもった。

みんなは家の入口の段々を昇《のぼ》った。「お小遣《こづか》いを貯めなさい」と、パパがいった。「五、六週間したら——」

「夏がすんじゃうよ！」

電灯が消され、トムは眠《ねむ》ってしまったが、ダグラスは横になったまま、ベッドのかなたの端《はし》で、月明かりに照らされている、重い鉄の靴からは解放され、冬の大きなかたまりが落ちてしまった自分の足をじっとながめた。

「理由がいるんだ。靴《くつ》が必要な訳《わけ》を考えなくちゃ」

そうなんだ。だれでも知っているように、町の周囲の丘には、仲間たちが騒々《そうぞう》しく集まって、牛を暴れさせたり、気圧の変化をつげる晴雨計の役をつとめたり、陽《ひ》を浴びて、毎日カレンダーのようにひと皮むいては、またもっと陽を浴びているんだ。あの仲間たちをつかまえるには、狐《きつね》やりすよりも速く走らなければならないのだ。町はといえば、暑さでいらいらして、冬のあいだのありとあらゆる議論と侮辱《ぶじょく》をおもいだしている敵たちでいきりたっている。仲間を見つけよ、敵をさけよ！　それはクリーム＝スポンジ・パラ・ライトフット印の標語だった。世界は速く動きすぎますか？　追いつきたいですか？　機敏でありたい、いつまでも機敏でいたいとおもいですか？　それではライトフットをどうぞ！　ライトフットを！

貯金箱を持ちあげてみると、かすかに小さなチャリンチャリンという音が聞こえ、軽やかなお金の重みがそこに感じられた。

なにを欲しがろうと、自分の努力でものにしなければいけないぞ、と彼はおもった。さあ夜のあいだに、森を通るあの道を見つけようではないか……

町の中心街では、商店の明かりが、一つ一つ消えていった。風が窓に吹《ふ》きこんだ。川が下流に流れていくのに似ていて、彼の足はいっしょについていきたかった。

夢のなかで、一匹の兎《うさぎ》が深く暖かい草原を、駆《か》けて、駆けて、駆けていくのを彼は聞いた。


サンダスン老人が自分の靴《くつ》の店のなかをまわっているようすは、ちょうどペット屋の主人が、世界じゅうの動物を囲いに入れてある店のなかを、一つ一つの動物にちょっとずつさわって歩いていくところをおもわせる。ショーウィンドーに飾《かざ》られた靴の上でサンダスンさんは手をはたいたが、彼が見ると、靴のあるものは猫《ねこ》に、またあるものは犬に似ていた。老人は一足ずつ大事そうに手を触《ふ》れて、靴紐《くつひも》をなおし、舌皮《したがわ》をきちんとしてやった。それからカーペットのちょうど中央に立つと、ぐるりと見まわして、うなずいた。

だんだん近づいてくる雷《かみなり》の音がした。

一瞬《いっしゅん》、《サンダスン靴店》のドアが見えなくなった。次の瞬間《しゅんかん》には、ダグラス・スポールディングがそこにぎこちなく立っていて、自分の革靴《かわぐつ》を、まるでこの重いセメントから引きはなして持ちあげることができないかのように見おろしていた。彼の靴が立ちどまったときには、雷鳴《らいめい》はやんでいた。そしていま、痛々しいほどにおずおずと、お椀《わん》のようにした掌《てのひら》のなかのお金のほかは見る勇気もないようすで、ダグラスは土曜日の午後の輝《かがや》く陽《ひ》の光のなかからぬけでてきた。チェスをしている人が、次の一手で陽の目をみるか、深く闇《やみ》に沈《しず》むかと心配しているように、彼はカウンターに五セント白銅貨、十セントと二十五セントの銀貨を慎重《しんちょう》に積みあげた。

「なにもいいなさんな！」と、サンダスンさんがいった。

ダグラスは凍《こお》りついたようにかたくなった。

「第一に、わしはあんたがいったいなにを買いたいのかわかっているよ」と、サンダスンさんはいった。「第二に、あんたがいつも午後にウィンドーのまえに立っているのをわしは見ている。わしが見ていないと思うかね？　そりゃきみのまちがいじゃ。第三に、靴《くつ》の正式の名前をいうとだな、あんたが欲しがっているのは、ロイヤル・クラウン・クリーム＝スポンジ・パラ・ライトフット・テニス・シューズ——**『あなたの足にはメントールのさわやかさを！』**というやつじゃ！第四に、あんたは掛《か》け売りを望んでいる」

「ちがいます！」と、ダグラスは、まるで一晩じゅう夢のなかで駆《か》けつづけていたかのように、苦しそうに息をして、叫《さけ》んだ。「掛け売りよりましな条件をもってきたんです！」と、彼はあえぐようにいった。「そのまえに、サンダスンさん、ひとつだけちょっと聞いてください。ご自分でライトフットの運動靴を最後におはきになったのはいつだったか憶《おぼ》えていらっしゃいますか？」

サンダスンさんの顔がくもった。「そうだなあ、十年、二十年、まあ、三十年まえか。どうしてだね……？」

「サンダスンさん、お売りになっているテニス靴《ぐつ》がどんな具合《ぐあい》か知るために、たった一分間でいいですから、少なくともそれをご自分で試してみるのが、失礼ですが、お客にたいしての義務だとお考えになりませんか？　テストをつづけていないと、わからなくなってしまうものですよ。

《合同葉巻店》の店員さんは葉巻を吸ってるじゃありませんか？菓子屋《かし》の店員さんは自分のところのものを試食しているんだと、ぼくはおもいますけど。だから……」

「あんたはもう気づいたかもしれんが」と、老人はいった。「靴ならわしもはいているんですぞ」

「でも、それは運動靴じゃありません！　運動靴を賞《ほ》めそやすことができないで、どうして運動靴をお売りになれますか。また運動靴のことを知らないで、どうしてそれを賞めそやせるものですか？」

　サンダスンさんは、片手をあごにあてて、夢中になっている少年からすこしはなれてうしろに退《さが》った。

「それは……」

「サンダスンさん」と、ダグラスはいった。「あなたはぼくになにかを売ってください。ぼくはちょうど同じように貴重ななにかをあなたにお売りしますから」

「わしが運動靴をはくことが、商売に絶対に必要かな、坊《ぼう》や？」と、老人はいった。

「ほんとうにそうしてもらえればと思います！」

老人はため息をついた。一分後、腰《こし》をかけてかすかにあえぎながら、老人は長く細い足に運動靴の紐《ひも》を結んだ。背広のズボンの黒っぽい折りかえしと隣《となり》あうと、それは足元でうちとけず、孤《こ》立《りつ》して見えた。サンダスンさんは立ちあがった。

「どんな感じですか？」と、少年はたずねた。

「どんな感じかというんだな。いい感じじゃよ」老人は腰をおろそうとした。

「おねがいですから！」ダグラスは手をさしだした。「サンダスンさん、こんどはすみませんけど、すこしこう前後にゆすって、からだをひねって、はねるようにしてくれませんか。そのあいだにぼくはお願いのことをいってしまいます。つまりこうなんです――ぼくはあなたにお金をわたします。あなたはぼくに靴をくれます。ぼくはあなたに一ドルの借りができます。でも、サンダスンさん、でもですよ――ぼくがあの靴《くつ》をはくやいなや、なにがいったい起こるかわかりますか？」

「なんだね？」

「ズドン！　ぼくはおたくの荷を配達します、荷を集めます、あなたにコーヒーを運び、屑《くず》を燃やし、郵便局、電報局、図書館に走って行きます！　毎分毎分十二人ものぼくが出たり入ったり、出たり入ったりするのがわかりますよ。サンダスンさん、その靴が感じられますか、その靴がどんなに速くぼくを運んでくれるものか感じますか？　あの跳躍《ちょうやく》が靴のなかに全部感じられますか？　走るのがなかに全部感じられますか？　その靴《くつ》が、なにかこう、自分をつかまえて、ほっておいてくれず、ただそこにつったっていることをいやがるのを感じますか？　あなたが面倒《めんどう》だと思うことをぼくがどんなにすばやくやってのけるものかお感じですか？　ぼくが町じゅうをとびまわっているあいだ、あなたはこのすてきな涼《すず》しいお店でじっとしていればいいんです。でもそれはほんとうはぼくじゃない、靴なんです。靴が狂《くる》ったように裏通りを歩き、近道をし、もどってくるんですよ！　それ！　それ！」

サンダスンさんは殺到《さっとう》する言葉にあっけにとられて立っていた。言葉が調子づくと、氾濫《はんらん》が老人を押《お》しながした。彼は靴のなかに深く沈《しず》み、つま先を曲げ、つちふまずをもみほぐし、くるぶしをたしかめはじめた。開いているドアから入ってくるかすかなそよ風を受けながら、彼は静かに、そっと前後にからだをゆすった。運動靴はカーペットに深々と音もなく静まりかえり、ジャングルの草を踏《ふ》むように、ロームや弾力《だんりょく》のある粘土《ねんど》を踏むように沈んだ。イーストをいれた練り粉、柔《やわ》らかくへこんで歓迎《かんげい》している地面に立っている自分のかかとに、彼はおごそかに一つ跳躍《ちょうやく》をくれた。まるでたくさんの色電球がついたり、消えたりするように、感情が顔の上をかけて通る。口はたれてすこし開きかげんになる。ゆっくりと自分を制してゆらゆらと止まると、少年の声は消えてゆき、二人はおそろしいが自然な沈黙《ちんもく》のなかで、お互《たが》いを見つめながらそこに立っていた。

外の歩道では、暑い日差《ひざ》しを浴びて、何人かがぶらぶらと通りすぎた。

いぜんとしておとなと少年はそこに立ったままで、少年は上気《じょうき》し、おとなは新しい発見におどろいた表情を見せていた。

「坊《ぼう》や」と、老人がようやくいった。「五年後にな、この大きなお店で靴《くつ》を売るという仕事はどうだね？」

「えっ、どうもありがとう、サンダスンさん。でもぼくはまだなにになりたいのかわからないんです」

「なんでもなりたいものになれるよ、坊や」と、老人がいった。「なれるとも。だれもとめられやしないさ」

老人は軽快な足どりでお店を横ぎって一万個もの箱が壁《かべ》に積みあげられたところに行くと、少年のためにいくつかの靴をもってもどってき、少年が靴をはいて紐《ひも》を結び、それから立ちあがって待っているあいだに、手元の紙片に一覧表を書きつけた。

老人はそのリストをさしだした。「十ばかり今日の午後あんたにやってもらうよ。これを片づけなさい、それで貸し借りなしの坊やは馘《くび》だ」

「ありがとう、サンダスンさん！」ダグラスはとびだしていった。

「ストップ！」老人が叫《さけ》んだ。

ダグラスは止まって、ふりかえった。

サンダスンさんはまえにかがんだ。「どんな感じだね？」

少年が足を見おろすと、足は川に、小麦畑に、またすでに彼を町からかりたてようとしている風に、深くとらえられていた。老人を見あげる彼の目は燃え、口は動いたが、声はなにも出てこなかった。

「カモシカかな？」と、少年の顔から靴《くつ》へと目をやりながら老人がいった。「ガゼルかな？」

少年はそれを考えてみて、ためらい、急いでうなずいた。ほとんどすぐに彼の姿が見えなくなった。彼は小声でなにかいってくるっとまわっただけで、行ってしまった。ドアがぽっかり開いていた。テニス靴の音がジャングルの熱気のなかに消えていった。

サンダスンさんは太陽にギラギラと輝《かがや》くドアのところに立って、耳をすました。ずっと昔に、彼がまだ少年で夢を見ていたころから、この音は憶《おぼ》えていた。美しい動物たちが大空のもとではね、茂《しげ》みをぬけ、樹《き》の下へと消えて、ただそれが走っていく静かなこだまのみがあとに残った。

「カモシカだ」と、サンダスンさんはいう。「ガゼルだ」

老人はかがむと、もう忘れられてしまった多くの雨と、とっくに溶《と》けてしまった幾度《いくど》もの雪を吸って重くなった少年の脱《ぬ》ぎすてた冬の靴を拾いあげた。サンダスンさんは、燃えるような陽光からはなれ、そっと、軽やかに、ゆっくりと、また元の文明へとむかって歩きだした……

彼《かれ》は黄色い五セントのメモ帳を取りだした。黄色のタイコンデロガ鉛筆《えんぴつ》を取りだした。メモ帳を開いた。鉛筆をなめた。

「トム」と、彼はいった。「おまえの統計でおまえに一つ教わったよ。ぼくも同じように、ものごとの記録をとってやろうと思うんだ。たとえば——ぼくたちはいつも夏になると、前の夏のあいだじゅうやっていたことを何度も何度もくりかえしているのに気づいているかい？」

「どんなこと、ダグ？」

「たんぽぽのお酒を造ったり、このような新しいテニス靴《ぐつ》を買ったり、その年はじめて爆竹《ばくちく》を鳴らしたり、レモネードをこしらえたり、足に裂《さ》け傷をつくったり、野生の山ぶどうを摘《つ》んだりしてさ。毎年同じことを、同じ仕方《しかた》で、変わりばえもなく、ちがいもなしにさ。夏の半分はそれなんだよ、トム」

「残りの半分はなんだい？」

「これまでにない初めてやることとさ」

「オリーブを食べるようなこと？」

「もっと大きなことさ。おじいちゃんやパパは、世界じゅうのすべてのことを知っているとはかぎらない、なんてことを発見することかな」

「おじいちゃんやパパは、どんなことだって知ってるんだ、覚えておいて！」

「トム、もう議論はいいからさ、ぼくはすでにそれを〈発見と啓示《けいじ》〉として書きとめておいたんだ。全部は知っちゃいないのさ。でもそれは悪いことじゃないんだ。それもぼくは発見したんだよ」

「ほかにどんなクレイジーな新しいことがそこにのってるんだい？」

「ぼくは生きている」

「ちえっ、そいつは古いよ！」

「そいつを考えること、それに気づくことは新しいんだ。なにかをしていても、見てはいないんだよ。ところがとつぜん、目を凝《こ》らしてみて、自分のしていることがわかる、それが最初なんだ、ほんとうに。ぼくは夏を二つの部分に分けようと思うんだ。このメモ帳の第一部のタイトルは——**慣例と儀式《ぎしき》**。その年はじめてルートビール（サルサ根やササフラス根からつくった清涼《せいりょう》飲料）の栓《せん》をぬくこと。その年はじめて草のなかをはだしで走ること。その年はじめて湖で溺《おぼ》れそうになること。はじめてのすいか。はじめての蚊《か》。はじめてのたんぽぽの収穫《しゅうかく》。そういうのはぼくたちが何度も何度も何度もやって、けっして考えてみないことだ。そしてここのうしろのほうは、さっきいったように、**発見と啓示《けいじ》**、できなきゃ**解明**とか、これはいかした言葉だろ、または**直観**とか、いいかい？　いいなおすとね、昔からのおなじみのこと、たとえばたんぽぽのお酒をびんに詰《つ》めるとしたら、**慣例と儀式**の欄《らん》に書くんだ。それからそのことについて考えたら、考えたことを、クレイジーだろうとなかろうと、**発見と啓示**の欄に書くわけ。ここにぼくがお酒について書いたことがあるよ——ソレヲビンニ詰メルタビニ、一九二八年ガソックリ、安全ニ、蓄《たくわ》エラレル。これはどうだい、トム？」

「もうさっきからどこかでわかんなくなっちゃったよ」

「別のを見せるよ。前のほうには**儀式**の欄にぼくはこう書いている——一九二八年夏ノ最初ノ議論トぱぱニ負カサレルコト、六月二十四日朝。うしろの**啓示**のところにはこうだ——大人《おとな》ト子供《こども》ガ喧嘩《けんか》スル理由ハ、両者ガ別々ノ人種ニ属スルカラデアル。彼ラヲ見ヨ、ワレワレトハ異ナッテイル。ワレワレヲ見ヨ、彼ラトハ異ナッテイル。別々ノ人種デアリ、『二ツハ決《けっ》シテ交ワルコトアラジ』。これをよく考えてみなよ、トム！」

「ダグ、うまい、うまいぞ！　そのとおりだ！　ぼくらがママやパパとうまくいかないのは、まったくそのためなんだ。夜明けから夕食まで、ごたごたばかりさ！　そうだ、兄さんは天才だ！」

「これから三カ月のあいだ、なにかが何度も何度もおこなわれるのを見たら、いつでもぼくにいうんだ。それについて考えて、こんどはその考えたことぼくにいうんだ。労働者の日（九月第一日曜日）が来たら、夏の合計をして、ぼくたちが得たものを見てみよう！」

「ちょうどいま兄さんに一つ統計を教えてあげたいんだ。急いで鉛筆《えんぴつ》を持ってよ、ダグ。世界には五十億本の樹《き》があります。ぼく調べたんだよ。一本一本の樹の下に影《かげ》があります。いいね？

そこで、では、なにが夜をつくっているのでしょう？　それはね——五十億本の樹の下から這《は》いだした影《かげ》なんだよ！　どうだい！　影が空中を駆《か》けまわり、水を濁《にご》らせる、といってもいいよ。あの五十億の影をあの樹の下にとどめておく方法さえつかめたら、夜の半分は起きていられるよ、ダグ。だって夜がなくなっちゃうんだから！　さあ、そういうわけ。すこし古くて、すこし新しい」

「古くて、新しい、それでけっこう」ダグラスは黄色のタイコンデロガ鉛筆をなめたが、この名前を彼はとても愛していた。

「もう一度いいなよ」

「五十億本ノ樹ノ下ニ影ガアリマス……」

そうだ、夏とは儀式《ぎしき》、それぞれが本来の時と所をもった儀式の集まりだ。レモネードやアイス・ティーをつくる儀式、ぶどう酒、靴《くつ》、あるいは靴は無用の儀式、そしてついに、残りの儀式のあとを速《すみ》やかに追って、静かな威厳《いげん》をそなえた正面ポーチのブランコの儀式。

夏の第三日目の午後おそく、おじいさんはおもてのドアからふたたび姿を現して、ポーチの天井につけられた二つのあいたままの環《わ》を落ちつきはらってじっと見やった。おだやかな、それはおだやかな日とおだやかな空模様《もよう》とを見晴らしているときのエイハブ（メルヴィル『白鯨《はくげい》』の主人公の船長）のように、おじいさんはゼラニュームの植木鉢《ばち》をならべた手すりのところにいって、指を湿《しめ》らせて風を調べ、太陽が西に傾《かたむ》くいまごろの時間にワイシャツ姿になるのはどんな感じかとおもって上衣《うわぎ》を脱《ぬ》いだ。おじいさんは、花を置いたよそのポーチにもいる船長さんたちの敬礼に答えたが、その人たちは、ポーチの黒い網戸《あみど》のうしろにかくれて見えないが、かん高い、ガミガミ声をだす、埃《ほこり》っぽい手を持った犬みたいにうるさい細君《さいくん》のことを忘れて、天候のゆるやかなうねりを見分けようとして出てきていたのだ。

「よしゃ、ダグラス、組み立てようか」

ガレージのなかで二人が見つけ、埃をはらって、引っぱりだしてきたものは、いわば静かな夏の夜の饗宴《きょうえん》のための象鞍《ぞうぐら》、おじいちゃんがポーチの天井の小穴に鎖《くさり》で取りつけたブランコの椅《い》子《す》だ。

おじいさんよりも軽いダグラスが、最初にブランコに座った。それから、いっときあとには、おじいさんがローマ法王のような重さを少年のかたわらに用心深く落ちつけた。こうして座って、お互《たが》いににっこり笑い、うなずきあって、二人は無言のまま、まえ、うしろ、まえ、うしろとブランコにゆられたのだ。

十分後、おばあちゃんがバケツと箒《ほうき》を持って現れ、ポーチを水で洗い、掃除《そうじ》した。揺《ゆ》り椅子《いす》や背のまっすぐな椅子など、ほかの椅子も家から呼び集められた。

「いつもシーズンのはやくから椅子を持ちだしたいね」と、おじいちゃんがいった。「蚊《か》が多く出るまえにな」

七時ごろには、もし食堂の窓の外に立って耳をそばだてていたら、食卓《しょくたく》から立とうとして椅子をさげるときのこすれる音、だれかが黄色い歯をしたピアノを試している音が聞こえたことだろう。マッチが擦《す》られ、最初の何枚かのお皿が石鹼《せっけん》水のなかで泡《あわ》を立て、壁《かべ》の食器棚《だな》でチャリンチャリンと鳴り、どこかで、かすかに、蓄音機《ちくおんき》がかかっている。それから、晩も時刻が変わるにつれて、黄昏《たそがれ》の通りの家また家で、巨大な樫《かし》や楡《にれ》の樹《き》の下、日かげのポーチに、いい天気かわるい天気かを報《し》らせるお天気時計のあの人形みたいに、人びとが現れてくることだろう。

バート伯父《おじ》さんに、おそらくおじいさん、それからお父さん、それに何人かのいとこ。はじめ男たちがみなシロップのように甘《あま》い夕方へと出てきて、タバコをふかし、女たちの声はだんだんと冷えていく暖かい台所に残って、自分たちの宇宙を正しく整えていた。するとポーチの端《はし》の下で初めて男性の声がし、立ちあがった少年たちは、使い古された踏《ふ》み段や木の手すりにふちどるようにならぶのだが、ここからいずれは夕方のあいだに、男の子か、ゼラニュームの植木鉢《ばち》か、なにかが落っこちることだろう。

ようやくのこと、まるで幽霊《ゆうれい》がドアの網戸《あみど》のうしろでちょっとのあいだためらうようなかっこうで、おばあちゃん、大おばちゃん、それにお母さんが姿を見せ、男たちは椅子《いす》をずらし、動かして、席をつくる。ご婦人方は、たたんだ新聞や、竹の小箒《ぼうき》、香水のついたハンカチなどの種々さまざまな扇《おおぎ》を手にして、話をしながら顔のあたりに風を動かしはじめた。

一晩じゅうかかってしゃべっていたことを、次の日にはだれも憶《おぼ》えてはいない。おとなたちがなにについてしゃべろうと、そんなことはだれにとっても重要ではないのだ。重要なのはただ、ポーチの三方をふちどる優美な羊歯《しだ》の上をわたって音が行き来すること、重要なのはただ、黒い水が家々に注がれるように闇《やみ》が町に広がること、葉巻が赤く光ること、会話がいつまでも、いつまでもつづくことだ。女性のおしゃべりがとびだしてき、初めて現れた蚊《か》は、邪魔《じゃま》をされて逆上したように空中で踊《おど》った。男性の声はこの古い家の材木に侵入《しんにゅう》する。目を閉じて頭を床板につけると、男たちの声が遠くの政治上の動乱のようにゴロゴロと、たえまなく、ひっきりなしに、調子が高くなったり低くなったりしているのが聞こえることだろう。

ダグラスはポーチの乾燥《かんそう》した厚い床板の上に大の字になり、すっかり満ちたりた思いでこれらの声に安心しきっていたが、その声は永遠に話しつづけ、ざわざわとつぶやく小川の流れとなって、からだの上を、閉じたまぶたの上を、うとうととしている耳のなかへと、いつも流れこむとだろう。揺《ゆ》り椅子《いす》はこおろぎのような音をたて、こおろぎは揺り椅子のような音をたてて、食堂の窓のそばの苔《こけ》におおわれた雨水受けの樽《たる》はまた次の世代の蚊《か》を産みだして、さらに果てしのない幾夏《いくなつ》にもわたって会話の種を提供するのだ。

夏の夜のポーチでの夕涼《すず》みはとても楽しく、とてもくつろげて、とても安心できるものだから、これはけっしてやめるわけにはいかない。次のようなことは、ふさわしい、いつまでもつづく儀《ぎ》式《しき》なのである。パイプに火をつけること、暗いなかで編み針を動かす蒼《あお》白い手、フォイルで包んだ冷たいエスキモー・パイ（チョコレートでくるんだ棒型のアイスクリーム）、あらゆる人たちが行き来すること。それというのも、晩のあいだに、いつかはだれもがここを訪れるのだ。道をいった先の近所の人たち、大通りを越《こ》したむこうの人たち。ミス・ファーンとミス・ロバータが彼女たちの小型電気自動車をブンブンいわせて通り、トムやダグラスを乗せて街区《ブロック》をひとまわりしてきては、ポーチに上がってきて腰《こし》をおろし、熱くなったほおを扇《おおぎ》であおいでさます。あるいは屑《くず》屋のジョウナスさんが、馬と車を裏通りの人目のつかないところにおいて、いいたいことがいっぱいでいまにもはちきれそうに、自分の話はこれが初めてであるかのようなういういしい顔つきで踏《ふ》み段を昇《のぼ》ってくるのだが、また事実どういうわけかはじめての話ばかりなのだ。そして最後に、子どもたちは、ハーハーと息を切らし、顔をまっかにして、目を細めて見定めながら遠くで最後のかくれんぼや缶《かん》けりをしていたのが、ブーメランのように三日月形を描《えが》いて芝生《しばふ》を音もなく静かにもどってきて、ポーチの声の、おおいかぶるような、慰《なぐさ》めるような、おしゃべり、おしゃべり、おしゃべりの底に沈《しず》むのである……

ああ、羊歯《しだ》の夜と、草の夜と、闇《やみ》を一つに織りあげて、眠《ねむ》けをさそうささやく声のある夜に、横になっていることのなんという楽しさ。おとなたちは彼がそこにいるのを忘れてしまっていたが、それほどじっとしたまま、それほどひっそりとダグラスは横になって、おとなたちがダグラスや彼自身の将来についてたてている計画に注意していた。そして声は単調に、ただようように、月に照らしだされてもうもうとたちこめるタバコの煙《けむり》のなかを流れ、蛾《が》が、遅咲《おそざ》きのりんごの花のように、遠くの街灯のまわりをパタパタとかすかにたたき、それから声は先へ先へと進んで、やがて来る歳月《さいげつ》へと移っていった……

その夜《合同葉巻店》のまえでは、男たちが集まって、飛行船を焼き、戦艦《せんかん》を沈《しず》め、ダイナマイト工場を爆破《ばくは》し、おおよそ、いつか自分たちを冷たく動かなくしてしまいそうな、まさしくその類のバクテリアの味わいを、入れ歯をした口で楽しんでいた。すべてを絶滅《ぜつめつ》せねばやまぬ雲が、彼らの葉巻の煙《けむり》となってぼうっと浮《う》かびあがり、吹《ふ》いていったあたりには、シャベルと鋤《すき》の音と、「灰は灰に帰り、塵《ちり》は塵に帰る」という葬式《そうしき》の言葉の抑揚《よくよう》にじっと耳を傾《かたむ》けているたくましい姿がぼんやりと認められた。この人かげは町の宝石商レオ・アウフマンで、彼は大きなうるんだ黒い瞳《ひとみ》を見ひらいて、とうとう子どものような手をいきなりあげると、狼狽《ろうばい》して叫《さけ》んだ。

「やめてくれ！　後生《ごしょう》だから、その墓地から出ていってくれ！」

「レオ、ほんとにあんたのいうとおりだ」と、孫のダグラスとトムといっしょに夜のぶらぶら歩きの途中《とちゅう》通りかかったスポールディングのおじいさんがいった。「しかしな、レオ、この破滅《はめつ》を語る連中を黙《だま》らせることができるのはあんただけじゃ。未来をもっと明るい、まったく円満な、大いに楽しいものにするやつをなにか発明しておくれ。あんたは自転車を発明したし、仲町通りの新工夫《くふう》の仕掛《か》けを直したし、ずっとわしらの町の映写技師じゃった。そうでしたな？」

「そうだよ」と、ダグラスがいった。「ぼくたちに幸福機械《マシン》を発明してよ！」

男たちは声をたてて笑った。

「笑わんでくれ」と、レオ・アウフマンがいった。「これまでわれわれは機械をどう用いてきたか、人びとを泣かすために？　そうだ！　人間と機械が仲良くやっていけそうになるたびに——ドドーン！　だれかが歯車の歯を一つよけいに加え、飛行機が爆弾《ばくだん》をおとし、車が断崖《だんがい》から転落する。ではこの子の頼《たの》みはまちがっているのか？　否《いな》！　否……」

その声は、レオ・アウフマンが歩道の縁《へり》石のところへと動いていくにつれてうすれ、彼《かれ》はまるで動物でもさわるかのように彼の自転車に手をおいた。

「わたしが失うものとてなにがあろう？」と、彼はつぶやくようにいった。「指からすこし皮がむけること、数ポンドの金属、いくらかの睡眠《すいみん》の犠牲《ぎせい》？　おれはやるぞ、誓《ちか》って！」

「レオ」と、おじいさんがいった。「わしらはなにも……」

しかしレオ・アウフマンは、暖かい夏の夕方を自転車のペダルを踏《ふ》んですでに行ってしまい、彼の声がうしろに流れてきた。「……おれはやるぞ……」

「ねえ」と、畏怖《いふ》の念につかれたように、トムがいった。「あの人はきっとやるよ」

夕方の通りをレオ・アウフマンが自転車で行くのをながめていると、この人は、溶鉱炉《ようこうろ》のような風が吹《ふ》いている酷暑《こくしょ》の草地にあざみが点々とあったり、雨で濡《ぬ》れた電柱に電線がシューシュー音をたてていたりするありさまを楽しみながら、自転車のペダルをはなして坂をすべり降りる人間であることがわかるだろう。彼《かれ》のような人は、苦しみを苦しみとは思わず、むしろ楽しんで、宇宙の大時計が止まろうとしていること、あるいはそのぜんまいを巻いていること、これはどちらともわかるものじゃないが、それを夜も寝《ね》ずに考えこむのだ。しかし、幾夜《いくよ》も、彼は耳をすまして、初めはこちらだと決めては、それからまた逆に判断を変えたりしていた……

人生でのおどろき——自転車を走らせながら、彼は考える、それはなんであろうか？　生まれること、成長すること、年をとること、死ぬこと。最初のことについてはどうこうする余地《よち》は少ない。しかし——残り三つはどうだ？

彼の発明した《幸福マシン》の車輪がまわって、彼の頭のなかの天井に金色の明るい輻《や》がぐるぐる回転して映った。そうだ。こんどの機械は、男の子が桃《もも》のうぶ毛からいばらの藪《やぶ》に、女の子がきのこからネクタリンに変わるのを手伝ってあげる機械だ。そしていずれ、夜に床に臥《ふ》すと心臓の鼓動《こどう》が何十億回にもたかまり、影《かげ》がくっきりと大地に傾《かたむ》く齢《とし》になれば、彼の発明品が、落ち葉のなかでうつらうつらと安らかに眠《ねむ》りにつかせてくれるにちがいない。ちょうど秋の少年たちが、干し草の山に気持ちよさそうにばらまかれて、自分も世界の死の一部となって満足するように……

「パパ！」

ソール、マーシャル、ジョウゼフ、リベッカ、ルース、ナオミの、みな五歳《さい》から十五歳までの彼の六人の子どもたちが、自転車を受けとろうとして芝生《しばふ》を勢いよく駆《か》けてきて、だれもが同時に彼に触《ふ》れた。

「待っていたんだよ。アイスクリームがあるの！」

玄関《げんかん》にむかいながら、彼はそこの暗がりで妻がほほえんでいるのを感じた。

五分のあいだなにもいわずにくつろいで食べていたが、それから、月のような色をした一さじのアイスクリームを、まるでそれが宇宙の秘密のすべてであって、慎重《しんちょう》に味わわなければいけないとでもいうかのように持ち、彼はいった。「リーナ？　もし幸福マシンを発明したいといったら、おまえはどう思う？」

「どこかお悪いの？」妻はすぐにたずねかえした。

おじいさんはダグラスとトムを連れてわが家にむかって歩いていた。途中《とちゅう》で、チャーリー・ウッドマンとジョン・ハフとほかの何人かの少年たちが一群の流星のように駆《か》けぬけていったが、彼《かれ》らの引力はたいへんなもので、おじいさんとトムからダグラスを引きはなして、峡谷《きょうこく》にむけてひっさらうように運びさった。

「道に迷うんじゃないよ、おまえ！」

「だいじょうぶだよ……だいじょうぶだよ……」

闇《やみ》のなかへと少年たちはつっこんでいった。

トムとおじいさんは残りの途《みち》は黙《だま》ったまま歩いて、ただ家に立ちよるときになって、トムがいった。

「いいぞ、《幸福マシン》か——すげえーな！」

「固唾《かたず》をのんで興奮したりしてはいかんな」と、おじいちゃんはいった。

郡役所の大時計が八時を打った。

郡役所の大時計が八時を打って、だんだん暗くなり、宇宙の奈落《ならく》をいずこともなく、あるいはいずれかへ、音をたてて落ちてゆく惑星《わくせい》地球の、大きな大陸の、大きな州の、小さな町の、この通りにほんとうの夜が訪れ、トムは地球がはるかに落ちてゆくその一マイル一マイルを感じていた。彼《かれ》は玄関《げんかん》の網戸《あみど》のそばに座って、まるでじっとして動いていないかのような、とても悪意があるとは思えない、あの勢いよく走っていく外の暗闇《くらやみ》を見つめていた。ただ目を閉じて横になったときだけ、世界がベッドの下でくるくるまわり、現実にあるわけではない絶壁《ぜっぺき》に、うちよせてはくだける黒い海でもって耳を穿《うが》っているのが感じられるものなのだ。

雨のにおいがしていた。お母さんはトムのうしろでアイロンをかけていて、パリパリと乾《かわ》いた衣服にコルク栓《せん》のケチャップびんから水をふりかけていた。

まだ一軒《けん》だけ開いている店がブロック一つほどはなれたところにある――シンガー夫人の店だ。とうとう、シンガー夫人が店を閉めるまぎわになって、お母さんはトムをかわいそうにおもっていった。「走っていってアイスクリームを一パイント買っておいで。忘れないで固く詰《つ》めてもらうんだよ」

上にひとすくいチョコレートをかけてもらってもいい、ぼくバニラは嫌《きら》いなんだ、とトムはいって、お母さんの許しをえた。彼はお金を握《にぎ》りしめ、暖かい夕方のセメントの歩道を、りんごや樫《かし》の樹《き》の下を通って、お店をめざしてはだしで走っていった。町はとてもひっそりとはるか遠くにおもえ、ただこおろぎだけが、星を寄せつけまいとしている暑いインド藍《あい》の樹のかなたの空間で鳴いているのが聞こえる。

彼のはだしが舗道《ほどう》をピシャピシャと打った。通りを横切っていくと、シンガー夫人は、イディッシュ語の曲を歌いながら、のっそりのっそり店を動きまわっていた。

「アイスクリーム、一パイントかい？」と、彼女《かのじょ》はいった。「上にチョコレートだって？　はいよ！」

彼女がアイスクリーム・フリーザーの金属製の蓋《ふた》をゴトゴトとあけ、盛り器を使って、一パイント入りの紙容器に、「上にチョコレートだって、はいよ！」でもって、ぎっしりと詰《つ》めるのをトムは見まもった。お金をわたし、冷たい、氷のような包み《パック》を受けとって、ひたいやほおにこすりつけ、笑いながら、はだしで足音をたてて家にむかった。ぽつんと一つだけ開いていたこの小さな店の明かりが背後でまたたいて消え、街灯が一つ街角でかすかに光っているだけとなり、街全体が眠《ねむ》りにつくようにおもえた。

網戸《あみど》をあけると、ママはまだアイロンかけをしていた。彼女はじりじり、いらいらしているようだったけれど、それでもにっこりと笑顔を見せた。

「何時になったらパパは支部の集会から帰ってくるんだろうね？」と、彼はきいた。

「十一時か十一時半だわね」と、お母さんは答えた。彼女はアイスクリームをキッチンにもっていって、分けた。トムにはチョコレートのかかった特別のところをやって、自分の分をすこし盛りわけると、残りは「ダグラスやお父さんが帰ってきたときのために」とっておかれた。

二人は座ってアイスクリームをおいしそうに食べ、深く静かな夏の夜に包まれてその中心にいた。お母さんと、トム自身と、この小さな通りにある彼らの小さな家をぐるりとりまく夜と。彼はアイスクリームの一さじ一さじをきれいになめおわってからはじめて次の一さじをすくい、ママはアイロン台を片づけ、開いた箱のなかの熱いアイロンはさめて、彼女は蓄音機《ちくおんき》のそばの肘掛《ひじか》け椅子《いす》に座り、デザートを食べ、そしていった。「ほんとに、今日は暑かったわね。大地は熱を全部吸いこんで、夜に吐《は》きだすのよ。むしむしして寝苦《ねぐる》しいことだわ」

母と子は座ったまま夜に聞きいり、窓という窓、ドアというドア、それに完全な沈黙《ちんもく》が彼らを押《お》しつつんでいた。それというのもラジオはバッテリーがきれていたし、ニッカー・ボッカー・カルテットのレコードや、アル・ジョルスンやツー・ブラック・クロウズのレコードは、みんなすり切れるまで聞いてしまっていたのだ。そこでトムはただかたい木の床にうずくまって、外の闇《やみ》、闇、闇のなかをじっとのぞきこみ、鼻の先がいくつもの小さな黒ずんだ四角形になるまで網戸に鼻を押しつけていた。

「ダグはどこにいるのかしら？　もう九時半になるのに」

「ここに来るさ」と、トムはいったが、ダグラスがここに来るだろうことは彼にはようくわかっていたのだ。

彼はママのあとについてお皿を洗いにたった。音の一つ一つ、スプーンやお皿のガチャガチャいう音の一つ一つが、焼けた夕方のなかに拡大された。黙《だま》ったまま二人は居間に行くと、寝椅子《カウチ》からクッションをのけて、いっしょに、それをぐいと引っぱって広げ、伸《の》ばして、そのひそかなもう一つの用途《ようと》であるダブル・ベッドに変えた。お母さんはベッドを整え、かっこうよく枕《まくら》をポンポンとたたいて、頭のところにどさっと置いた。そして、トムがシャツのボタンをはずしていると、彼女はいった。

「ちょっと待って、トム」

「どうして?」

「どうしてって、お母さんがそういっているでしょ」

「おかしなふうに見えるよ、ママ」

ママはちょっと腰《こし》をおろして、それから立ちあがり、ドアのところにいって呼んだ。トムはお母さんが、「ダグラス、ダグラス、ダグったら! ダーグーラース!」と、何度も何度も呼ぶのにじっと耳をすました。彼女の呼び声は夏の暖かい闇《やみ》のなかへとただよってゆき、けっして帰っては来なかった。こだまはひとつも応《こた》えてくれなかった。

ダグラス。ダグラス。ダグラス。

、、、
ダグラス!

そして彼が床に座っていると、アイスクリームでも、冬でもなく、また夏の暑気の一部ともいえない冷たさが、トムのからだを通りすぎる。ママの目がそっと動き、またたくのに気づいた。気持ちが定まらないでいらだっている感じ。あれこれこんな具合《ぐあい》だ。

彼女は網戸《あみど》を開けた。夜のなかへと足を踏《ふ》み出して、踏み段を降り、ライラックの茂《しげ》みの下のおもての歩道を歩いていった。トムはママの動いてゆく足音に耳をすました。

彼女はふたたび呼んだ。

静寂《せいじゃく》。

さらに二度呼んだ。トムは部屋のなかで腰《こし》をおろした。

もういまにも、長い長い狭《せま》い通りのむこうからダグラスが返事をすることだろう。「だいじょうぶだよ、ママ！　だいじょうぶだよ、お母さん！　ねえ！」

しかし返事はなかった。で、二分間トムは座ったまま、整えられたベッド、黙《だま》ったままのラジオ、無言の蓄音機《ちくおんき》、静かにきらめいている細い透明《とうめい》な紐《ひも》のついたシャンデリア、緋《ひ》と紫《むらさき》のうず巻《ま》き模様《もよう》のある敷《し》き物を見やった。わざとつま先をベッドにぶっつけて痛いかどうか試してみた。たしかに痛かった。

すすり泣くような音をたてて、網戸が開き、お母さんがいった。「おいで、トム。散歩をしましょう」

「どこへ？」

「ちょっとそこの通りまでよ。さあ」

彼はお母さんの手を取った。いっしょにセント・ジェイムズ通りを歩いていった。足の下のコンクリートはまだ暖かく、こおろぎはいっそう暗くなっていく暗闇《くらやみ》を背にますます大きな鳴き声をたてていた。二人は曲がり角にきて、折れて、西峡谷《ウエスト・ラビン》にむけて歩きだした。

遠くどこかで一台の自動車が明かりをかなたに投じながら、ゆらゆらと通過していった。生命、光、活動がまったくなかった。ところどころ、いま歩いている場所よりずっとうしろのあたり、まだ人が起きているところでは、かすかな四角い明かりが光ってみえた。しかしほとんどの家は、暗く、すでに眠《ねむ》っていて、また二、三明かりのぜんぜんない家で、住んでいる人たちがポーチに出て、小声で夜の語らいをしていた。前を通るとポーチのブランコがキーキーいっているのが聞こえた。

「お父さんが家に帰っていてくれるといいのにねえ」と、お母さんがいった。彼女の大きな手が彼の小さな手をぎゅっと握《にぎ》りしめた。「待っていればあの子は帰ってくるのよ。《孤独《こどく》の人》がまたやってきたんだわ。人びとを殺しまわってるのね。もうだれも安全じゃないのよ。《孤独の人》がいつ現れるかはけっしてわからないし、またどこに現れるかもね。ほんとうに、ダグが家に帰ってきたら、お尻《しり》を死ぬほどたたいてあげる」

いま二人はさらに通りをブロック一つ先まで歩いてしまい、チャペル通りとグレン・ロックが交差する角にあるドイツ・バプティスト教会の神聖な黒い影《かげ》のかたわらに立っていた。教会の裏手、百ヤード先から、峡谷《きょうこく》がはじまっている。トムはそのにおいを嗅《か》ぐことができた。暗い下水道、腐《くさ》った枯《か》れ葉、生いしげった草原のもつにおい。それは町を横断してくねくねと通っている広い峡谷だ——昼はジャングル、夜はそっとほっておいとかなきゃいけない場所なのよ、とお母さんはよくいっていた。

ドイツ・バプティスト教会が近くにあるので彼は勇気づけられてしかるべきだったのに、実際

はそうではなかった。教会の建物に照明がないため、それは冷たく、峡谷《きょうこく》の端《はし》の廃墟《はいきょ》ほどにも役に立たなかったのだ。

トムは十歳《さい》にすぎない。死、不安、恐怖《きょうふ》についてはほとんど知らない。死とは、彼が六つのときひいおじいさんが死に、柩《ひつぎ》のなかで見ると大きな禿鷹《はげたか》が落ちたようで、口もきかず、引っこんでしまって、もう好《よ》い子になれともいわず、政治に寸評を加えたりしなくなってしまった棺《かん》のなかの蠟《ろう》のような像のことだった。死とは、彼が七つのとき、ある朝目をさまして、ちっちゃな妹の赤ちゃん用のベッドをのぞきこんでみると、赤ちゃんが、見えない青いじっと見開いたままの冷たい目つきで彼を見あげていたが、やがておとなたちが小さなバスケットを持ってやってきて運んでいってしまった、あの妹のことだった。死とは、その四週間後に彼が妹の赤ちゃん用の椅《い》子《す》のそばに立っていると、とつぜん、妹がそこに座り、笑ったり、泣いたり、生まれてきたことで自分に嫉《しっ》妬《と》心を起こさせたりすることも二度とないのだ、と実感したときだった。それが死なのだ。また〈死〉とは《孤独《こどく》の人》のこと。目には見えず、歩いたり、樹《き》の陰《かげ》に立っていたり、郊外《こうがい》に待機していて、年に一度か二度、この町に、これらの通りに、ほとんど光のないこれらの多くの家々にやってきて、一人、二人、三人の女の人を過去三年間に殺してしまった。それが〈死〉なのだ……

しかしこれは〈死〉以上のものだった。星のもとに深く沈《しず》んだこの夏の夜は、生涯《しょうがい》にわたり肌《はだ》で感じ、目で見、耳で聞くところのすべてのもの、そしていきなり人を溺《おぼ》れさせてしまうものだ。

二人は歩道をはなれて、踏《ふ》み固められた、小石だらけの、雑草が縁どる小径《こみち》を歩いてゆき、こおろぎがいっせいにブンブンとありったけの大声を張りあげた。彼は、勇敢《ゆうかん》で美しく、背の高いお母さん――宇宙の守護者のあとをおとなしくついていった。そうして、いっしょに、二人は近づき、行きつき、足を止めたのだ、まさしく文明の果てに。

《峡谷《きょうこく》》

いまここに、あの密林の暗黒の淵《ふち》の底で、彼がけっして知ることも、理解することもないであろうありとあらゆるものが不意に現出した。名前のないありとあらゆるものが、うずくまる樹《き》の陰《かげ》に、腐敗《ふはい》のにおいのなかに棲《す》んでいるのだ。

自分とお母さんのほかはだれもいないことを彼ははっきり意識した。

彼女の手が慄《ふる》えた。

トムはその慄えを感じた……なぜだろう？　だってお母さんはぼくなんかより大きくて、強くて、もっと利口ではないのか？　お母さんもまた、あの不可解な脅威《きょうい》、あの暗闇《くらやみ》の模索《もさく》、あの底にうずくまる悪意を感じているのだろうか？　それでは、成長することのなかに強さはないのであろうか？　おとなになることに慰《なぐさ》めは求められないのであろうか？　人生に安全な聖域はないのか？　真夜中が引っかくように襲《おそ》ってくるとき、それに耐《た》えうる強い肉体の砦《とりで》はないのか？　疑いが彼を興奮させた。アイスクリームの感覚が咽喉《のど》、胃、背骨、手足にまたまたよみがえった。

過ぎさった十二月のときの風のように、彼はたちまち冷たくなった。

彼はすべての人間がこのようなものであることを悟《さと》った。ひとりひとりの人間は彼自身にたいしたとき孤立《こりつ》した一個のものであること。一つのまとまり、社会の構成単位、しかしたえずおそれている。ここでこうしているように、つったって。もし悲鳴をあげれば、もし助けを求めて叫《さけ》べば、それがなにかになるであろうか？

暗黒はあっというまに訪れて、のみつくすかもしれないのだ。ものすごい凍《こお》りつくような一《いっ》瞬《しゅん》ののちには、すべてが終わっていることだろう。夜明けの訪れるはるかまえに、懐中電灯《かいちゅう》をもって警察が闇《やみ》をさぐるはるか以前に、人びとが頭を心配でびくつかせながらもガサガサと小石を踏《ふ》んで救助に降りていけるようになるずっと以前に。たとえ人びとがいま五百ヤード以内にいたとしても、そして救援《きゅうえん》が確実であったとしても、三秒後には暗い潮が高まって、彼から十年の歳月《さいげつ》を残らず奪《うば》いさり、そして――

人生の孤独《こどく》の本質的な衝撃《しょうげき》が、いまおののきはじめた彼のからだを押《お》しつぶした。お母さんもまた孤立していた。結婚の侵《おか》すべからざる尊厳も、家族の愛情という保護も当てにできず、合衆国憲法や、市警察も頼《たよ》れず、まさにいまのこの瞬間《しゅんかん》にあっては、むかうべきものは、ただおのがこころをのぞきこむだけ。そしてそこに見いだすものはどうにもならない矛盾《むじゅん》であり、不安への意志にほかならないのだ。この瞬間にあっては、それは個人個人で解決をはかるべき個人個人の問題なのである。孤独であることを受けいれ、そこから先に進まなければならないのだ。

彼は大きく息を吸って、母にしがみついた。ああ、神さま、お母さんを死なせないでください、お願いします、と彼はこころに念じた。ぼくたちになにもなさらないでください。一時間もすればお父さんが支部の集まりから帰ってくるでしょうし、家がからっぽになっていたりしたら——

お母さんは小径《こみち》を下って太古の密林のなかへと歩みだした。彼の声は慄《ふる》えていた。「ママ、ダグはだいじょうぶだよ。ダグはだいじょうぶだよ。だいじょうぶさ。ダグはだいじょうぶだったら！」

お母さんの声は緊張《きんちょう》していて、鋭《するど》かった。「あの子はいつもここを通ってくる。いけないといっているのに、あのしょうのない子どもたちったら、あの子たちはどうしてもここを通るんだわ。いつかの夜にあの子がここを通って、二度と姿を見せないことが——」

二度と姿を見せない。これからはどんなことでも考えられるのだ。渡《わた》り者。犯罪者。暗闇《くらやみ》。事故。なかでも——死！

宇宙のなかにたったひとりだ。

世界じゅうにここと同じような小さな町が無数に存在している。その一つ一つがどれも同じように暗く、同じように孤独《こどく》で、どれも同じように疎遠《そえん》で、同じようにおののきと驚異《きょうい》に満ちているのだ。短調のヴァイオリンのか細い調べが小さな町の音楽であり、光はなくて、影《かげ》が多い。ああ、これらの町々にみなぎり盛りあがる寂寥《せきりょう》感。これらの町々にある秘密の湿《しめ》っぽい峡谷《きょうこく》。人生とはそれらの峡谷で夜に過ごされる恐怖《きょうふ》のことであり、このときあらゆるところで、正気、結婚、子どもたち、幸福などは、〈死〉と呼ばれる人喰《く》い鬼《おに》におびやかされるのだ。

お母さんは暗闇のなかにむかって声を張りあげた。「ダグ！　ダグラス！」

とつぜん二人ともなにかがおかしいことに気づいた。

こおろぎは鳴きやんでいた。

静寂《せいじゃく》がきわまっている。

これまでこのような静けさをトムは知らない。これほどのまったく完全な静けさは。こおろぎはなぜ鳴きやんだのだろう？　なぜ？　どういう訳《わけ》で？　かつてこおろぎが鳴くのをよしたためしはない。一度もない。

例外は。例外は――

なにかが起ころうとしているのだ。

それはあたかも峡谷《きょうこく》全体がその黒い繊維《せんい》をぴんと張り、束ねて、何マイルも何マイルにもわたる周囲の眠《ねむ》っている田園から力を引きだしているかのようだ。露《つゆ》に濡《ぬ》れた森や谷から、犬たちが月にむけて頭を傾《かたむ》ける丘の起伏《きふく》から、周囲のすべてから、壮大《そうだい》な沈黙《ちんもく》が一つの中心に吸いとられて、彼らはその核《かく》だったのだ。いま十秒後に、なにかが起こるだろう。なにかが起こるだろう。こおろぎは休止したままで、星はとても低く、彼がその金ぴかを磨《みが》くこともできそうだった。それはおびただしい数で、強烈《きょうれつ》で鮮明《せんめい》だった。

ますます、ますます、静寂だ。ますます、ますます、緊張《きんちょう》だ。ああ、じつに暗い、じつに遠くすべてのものからはなれてしまっている。おお、神さま！　するとそのとき、峡谷のむこう、はるかに、はるかに遠くから――

「だいじょうぶだよ、ママ！　いま行くよ、お母さん！」

そしてまた――「やあ、ママ！　行くよ、ママ！」

それから峡谷の淵《ふち》をそっと走ってくるテニス靴《ぐつ》のすばやい小走りがして、三人の子どもたちが、クスクス笑いながら勢いよく駆《か》けてきた。兄さんのダグラス、チャーリー・ウッドマン、それにジョン・ハフ。駆けながら、クスクス笑いながら……

何千万ものかたつむりが触角《しょっかく》をつっつかれたように、星が引っこんでしまった。

こおろぎが歌った！

暗闇《くらやみ》は、おどろき、あきれ、おこって、退《しりぞ》いてしまった。食事にかかる準備ができたところを、かくもぶしつけに邪魔《じゃま》をされて食欲を失くしてしまい、退いてしまった。渚《なぎさ》の波のように闇が後退してゆくと、三人の子どもがそのなかからどやどやと、笑いながら出てきた。

「やあ、ママ！　やあ、トム！　そら！」

たしかに、ダグラスのにおいがした。汗《あせ》、草、樹《き》や枝や小川のにおいが彼のまわりにあった。

「さあお兄ちゃん、お仕置きですよ」と、お母さんが宣言した。彼女は不安をたちまち片づけてしまった。トムはわかっていた、お母さんは不安をけっしてだれにも話したりしないだろう、絶対に。けれども、お母さんのこころのなかには、不安はいつもあることだろう、ちょうどぼくのこころに不安がいつもあったように。

みんなはおそい夏の夜を、寝《ね》るために家に帰っていった。ダグラスが生きていて彼はうれしかった。とてもうれしかった。一瞬《いっしゅん》のことだったが、あそこで彼はおもったのだ、いっそ――


はるかかなたの、うす暗く月に照らされた田園を、鉄橋を越《こ》え、谷を下って、動く、名もない、忘れられた金属の物体のように、汽笛を鳴らしながら汽車が驀進《ばくしん》している。トムはぶるぶると慄《ふる》えながら、ベッドに、兄さんのそばに寄り、その汽車が汽笛を鳴らすのに耳を傾《かたむ》け、その汽車がいま走っている遠くかなたの田舎《いなか》に住んでいるいとこのことを考える。何年も何年もまえに夜おそく肺炎《はいえん》で死んだいとこのことを――

トムはかたわらのダグの汗《あせ》のにおいを嗅《か》いだ。それは魔法《まほう》だった。トムの慄《ふる》えが止まった。

「ぼくがたしかだと思うのはたった二つだけだよ、ダグ」と、彼は小声でいった。

「なんだい?」

「夜はおそろしく暗い――それが一つ」

「もう一つはなんだい?」

「夜の峡谷《きょうこく》はアウフマンさんの《幸福マシン》の範囲《はんい》外である。たとえ彼がそれを造ったとしても」

ダグラスはしばらくこのことを考えていた。「まったくそのとおりだ」

二人はしゃべるのをやめた。耳をそばだてていると、とつぜん足音が聞こえて、通りを、樹《き》の下をこちらにやってきて、いまは家の外だ、歩道の上だ。お母さんがベッドから静かに呼びかけた。

「お父さんよ」

そのとおりだった。

夜おそく、正面のポーチでは、レオ・アウフマンが暗くて自分でも読めない一覧表《リスト》を書いていて、加えるべきすてきな項目《こうもく》を思いつくと、「ああ！」とか、「これもだ！」とか叫《さけ》び声をあげていた。するとおもての網戸《あみど》を軽く打つ、蛾《が》がバタつくような音がした。

「リーナかい？」と、彼は小声でいった。

彼女《かのじょ》は夫のすぐ近くのブランコに腰《こし》をおろしたが、寝巻《ねま》き姿で、だれにも愛してもらえない十七歳《さい》の少女のように細くもなく、だれにも愛してもらえない五十歳の女性のように肥《ふと》ってもいなくて、まったく申し分がなく、円満、安定、彼《かれ》が思うには、何歳であろうと、なんにも問題がないときには女はこうあるものなのだ。

彼女は奇跡《きせき》のようにすばらしかった。彼女の場合も夫と同じように、肉体がたえず考えているのだが、考える仕方がちがっていて、子どもたちの育成にあたったり、どの部屋にでも夫より先に入っていき、そこの雰囲気《ふんいき》をそのときの夫のどのような気分にもふさわしいものに変えてしまうのである。彼女が長く考えこむことはないようだった。思考と行動とが、頭から手へ、またその逆へと、自然にゆるやかに巡回《じゅんかい》していて、その青写真をとるのは彼にはできなかったし、したいともおもわなかった。

「あの機械ね」と、リーナはとうとういった。「……あれは必要ないわ」

「そうなんだ」と、彼がいった。「でも、ほかの人たちのために造ってあげなきゃいけないときもあるんだよ。考えていたんだ、なにを入れようかってね。映画？　ラジオ？　立体鏡《ステレオ・スコープ》？　そういうものがみんな一つの場所におさまっていて、だれでもそれを手でなでては、にっこり笑い、『ほんとだ、これが幸福というものだ』と、いえるのじゃなけりゃね」

そうなんだ、とアウフマンはおもう。濡《ぬ》れた足、瘻《ろう》の病《やまい》、クシャクシャのベッド、怪物《かいぶつ》がここを食いあらす朝の例の三時間などをものともせずに幸福を製造する器具、ちょうど、大洋に投げこまれて、永久に塩をつくりつづけ、海を塩水に変えているあの魔法《まほう》の製塩工場のようなものを造ることだ。そのような機械を発明するために情熱をふりしぼり、それが毛穴から汗《あせ》となってほとばしるのをだれが厭《いと》ったりするであろうか？　彼は世界にたずねた、彼は町にたずねた、彼は妻にたずねたのだ！

彼のかたわらのポーチにあるブランコで、リーナが答えず不安げに黙《だま》っているのは、一つの意見の表明であった。

こんどは彼もまた黙って、頭をのけぞらせ、頭上で楡《にれ》の葉が風にそよいでシューシューと音をたてているのに耳を傾《かたむ》けた。

忘れてはいかんぞ、あの音もまた機械に入れなければ、と彼は自分にいいきかせた。

一分後には、ポーチのブランコも、ポーチも、闇《やみ》のなかにがらんとしていた。

おじいさんは眠《ねむ》りながらにっこり笑った。

眠りのなかで微笑《びしょう》する自分を知り、なぜだろうとおもったとき、目がさめた。耳をそばだてながら静かに横になっていると、その理由がわかった。

それは、鳥のさえずりや新しい葉っぱのザワザワいう音よりもずっと大事な響《ひび》きが聞こえてきたからである。おじいさんは毎年一度このようにして目をさまし、寝《ね》たまま、夏の正式のはじまりを示すその響きを待ちうけるのだ。そして夏がはじまるのは、寄宿人、甥《おい》、いとこ、息子《むすこ》、あるいは孫が、下の芝生《しばふ》に出てきて、カタカタと回転する金属音をたてながら、北に、東に、南に、西に、連続的にしだいに小さくなっていく四辺形を描《えが》いて、芳《かんば》しい夏の草のあいだを動く、今朝のような朝なのである。クローバーの花、未収穫《しゅうかく》のままのたんぽぽのかすかなきらめき、蟻《あり》、棒きれ、小石、去年の独立記念日のときの爆竹《ばくちく》やほくちの残り、とはいってもぱっと明るい緑が圧倒的《あっとう》で、カタカタ音をたてる芝刈《しばか》り機からは泉が噴《ふ》きあがる。冷たい、柔《やわ》らかな泉。おじいさんは想像するのだ、その泉が脚《あし》をくすぐり、暖かい顔に水煙《みずけむり》となってかかり、鼻の穴に新しくはじまった季節の香気《かき》を充《み》たし、約束を注ぐこと、そうなのだ、わたしたちはみんなまた改めて十二カ月を生きることが約束されるのだ。

神よ、芝刈り機を祝福したまえ、と彼はおもった。一月一日を元旦としたばか者はいったいだれなのだろう？　それよりも、イリノイ州、オハイオ州、アイオワ州の無数の芝生《しばふ》の草をだれかに見張らせて、刈《か》るに十分な長さになったその当日の朝は、浮《う》かれ騒《さわ》いだり、自動車の警笛を鳴らしたり、わめいてみたりするかわりに、大草原で新しい草を刈りとる芝刈《しばか》り機の一大シンフォニーの高まりがあってしかるべきだ。紙吹雪《かみふぶき》や紙テープのかわりに、〈始まり〉をほんとうに象徴《しょうちょう》する毎年のこの唯一の日に、人びとはお互いに草の飛沫《ひまつ》を投げつけ合うべきなのだ！

おじいさんは、この問題についての自分のくどくどしい議論に鼻を鳴らし、窓ぎわに立っていって、柔《やわ》らかな陽光のなかへと身をのりだすと、はたして、寄宿人の、フォレスターという名の若い新聞記者が、ちょうど一列を刈りおえたところだった。

「おはよう、スポールディングさん！」

「大いにやっつけてくれよ、ビル！」と、おじいちゃんは元気よく叫《さけ》んで、やがて階下でおばあちゃんの作った朝食を食べたが、出窓をあけ放して、芝刈り機のガタガタ、ブンブンの音が彼の食事している周囲にのんびりただようようにしていた。

「あれは打ち明け話を聞かせてくれるんだ」と、おじいちゃんはいった。「あの芝刈り機はな。ようく聞いてみなさい！」

「芝刈り機を使うのもそう長くはないようだね」おばあちゃんが重ねたホットケーキをおいた。「ビル・フォレスターが今朝植えるというのだけど、新しい種類の芝ができていて、芝刈りの手間がぜんぜん要《い》らないの。なんという名前か知らないけど、ある長さに伸《の》びたらもう伸びないって」

おじいちゃんはおばあちゃんをにらみつけた。「わたしに下手《へた》な冗談《じょうだん》をいっているな」

「ご自分で見ていらっしゃいな。ほんとに」と、おばあちゃんはいった。「ビル・フォレスターのおもいつきよ。新しい芝《しば》は家の横手で小さな浅かごに入って待っているわ。小さな穴をそこに掘《ほ》って、ところどころに新しい芝をおくだけでいいのよ。年の終わりまでには新しい芝は古い芝を絶やしてしまって、あんたは芝刈《しばか》り機をお売りになるわけ」

おじいちゃんが椅子《いす》から立ちあがり、廊下《ろうか》を通って、玄関《げんかん》のドアから外に出たのは十秒後のことだ。

ビル・フォレスターは機械をおいて、にこにこしながら、日光に目を細くしてやってきた。

「そのとおりです」と、彼はいった。「芝は昨日買いました。休みのあいだにちょっと植えておいてあげようと、そうおもったものだから」

「どうしてわしに相談してくださらなかったんじゃ？　ここはわしの芝生《しばふ》ですぞ！」と、おじいさんは叫《さけ》んだ。

「感謝してもらえると思ったんですよ、スポールディングさん」

「じゃが、わしは自分が感謝するとはおもっておらん。あんたのこのべらぼうな芝をひとつ見ようじゃないか」

二人は新しい芝の小さな四角い束のそばに立った。おじいさんは不審《ふしん》げに靴《くつ》の先でさわってみた。「ふつうの古い芝のようにわしには見えるがね。朝はやくあんたがまだねぼけ眼《まなこ》のときに、ひとつつかまされたんじゃろ、ほんとに？」

「カリフォルニアでこれが生えているのを見たんです。ちょうどいい高さで、それ以上高くなりません。この地方でも生き残るなら、来年はこうして外に出て、一週に一度、こいつを刈りこむ手間が省けますよ」

「そこがあんたたちの世代の困ったところだ」と、おじいさんはいった。「ビル、あんたは新聞記者だというのに、わしはあんたが恥《は》ずかしいよ。ここにある味わいのいっさいを、あんたたちは取りのぞいてしまうんだ。時間を省け、仕事を省け、そういってな」彼は芝生《しばふ》の箱を軽蔑《けいべつ》するようにこづいた。「ビル、あんたもわしの齢《とし》になれば、ささいな面白味《おもしろみ》や、ささいな物ごとこそが、大きなことよりも大事なのがわかることだろう。春の朝の散歩はな、自動車の馬力をむりにあげて、時速八十マイルでとばすよりもいいんじゃが、なぜだかわかるかね？　なぜならそこには味わいがあふれているから、たくさんの成長するものがいっぱいあるからだよ。捜《さが》し求め、そして見いだす時間があるからなんだ。わかっているよ――あんたはいまはっきりした効果を求めているんだし、それがふさわしいとうぜんのことだとはおもう。じゃがな、新聞社で働く青年としては、すいかばかりでなくぶどうも捜さなきゃいかん。あんたは骨格にたいへん感心しているが、わしは指紋《しもん》が好きなんじゃ。それはやむをえん。いまはあんたにはこういうものはわずらわしいだろうが、それはあんたがそういうものの使い方をぜんぜん習ったことがないためじゃないかね。もしあんたが自分のおもいどおりにできたら、あらゆるささいな仕事、ささいな物ごとを廃止《はいし》する法律を通すことだろうな。ところがそのときは、大きな仕事をするか、どえらい時間をもてあまして、気が狂《くる》わないためにするべきことを考えだそうとしているか、そのどちらかで、あいだになにも残ってっこないんだ。そんなことをしないで、自然から二、三教えてもらえばいいんじゃないのかね。芝生刈《しばふか》りや雑草とりも人生のあり方なんだよ、あんた」

ビル・フォレスターはおだやかにおじいさんにほほえんでいた。

「わかっている」と、おじいちゃんはいった。「わしはしゃべりすぎる」

「おじいさん以上にお話をおききしたい人はありませんよ」

「じゃあ、お説教をつづけるかな。茂《しげ》みのライラックは蘭《らん》に優るんじゃ。またたんぽぽや芝類《しば》もしかり！　なぜ？　なぜなら、こういうものがあるから、人はかがみこんで、しばらくすべての人たちや町のことは忘れて、汗《あせ》をかき、大地と顔をつきあわせて、自分も鼻を持っていたことをふたたび思いだすんじゃよ。そのようにして自分がすっかり自分だけのものになったとき、しばらくほんとうの自分自身になる。物ごとは、ひとりっきりで考えぬかないといけないんだ。園芸は、哲学者《てつがくしゃ》になるにはいちばん手ごろな口実なんじゃよ。しゃくやくの花にかこまれたプラトン、自らの手で毒人参《にんじん》をあえて育てたソクラテス。肥料にする血の袋《ふくろ》を運んで芝生《しばふ》をいく男は、くるくるまわる世界を軽々と肩《かた》で支えているアトラスの親類だ。サミュエル・スポールディング殿《どの》はかつていわれた、『大地を掘《ほ》って、魂《たましい》を探《さぐ》れ』と。あの芝刈《しばか》り機の刃《は》をまわすんだ、ビル。そして〈青春の泉〉のしぶきを浴びて歩め。以上、お説教終わり。それにな、たんぽぽ料理の一皿もときにはいいものだよ」

「何年ぐらいまえから夕食にたんぽぽ料理をお食べになるようになったのでしょうか？」

「その話には立ちいるまい！」

ビルは芝生の入った浅かごの一つを軽く足で蹴《け》って、うなずいた。「こんどはこの芝生のことです。まだぼくの話はすんでいませんでした。これはとても密集して生えるものですから、クロバーやたんぽぽが絶滅《ぜつめつ》するのは請《う》けあいです――」

「ああなんということを！　それでは来年はたんぽぽのお酒がないということだ！　うちの土地を蜜蜂《みつばち》の一匹も通らないということだ！　正気の沙汰《さた》じゃないですぞ、あんた！　さあ、これはいくらかかったね？」

「一かご一ドルです。びっくりさせてあげようと思って十かご買ったんです」

おじいちゃんはポケットのなかに手を伸《の》ばして、口の深いがま口を取りだし、銀の締《し》め金をはずして、五ドル紙幣《しへい》を三枚ぬいた。「ビル、あんたはこの取り引きで五ドルの大儲《もう》けだ。この不《ぶ》粋《すい》な芝の荷物は、峡谷《きょうこく》なり、ごみ捨て場なり――どこなりと――運んでいってもらいたいが、わしのとこの庭にだけは植えないでくれるよう、丁重《ていちょう》につつましくお願いしますよ。あんたの動機は立派なものだが、わしの動機を、なにしろわしは一番かよわい年齢《ねんれい》に近づきつつあるのだから、まず考えてもらいたいと思うんじゃよ」

「はい、わかりました」ビルは渋々《しぶしぶ》ながらお札をポケットにしまった。

「ビル、この新しい芝《しば》はいつか別の年に植えたらいい。わしが死んだ翌日にはな、ビル、この芝《しば》生《ふ》の全部を根こそぎにしてくれてけっこうじゃよ。もう五年かそこら老雄弁家が死ぬのを待てるとお考えかな？」

「そりゃ待てますとも」と、ビルがいった。

「芝刈《しばか》り機には、たとえあんたにもいわくいいがたいものがあってな、とにかくわしにとってはあれは世界でいちばんに美しい響《ひび》き、季節のいちばん新しい響き、夏の響きでな、あれがなかったら大いに寂《さび》しいことだろうし、刈った芝のにおいがないのも寂しいことじゃろう」

ビルはかがんで浅かごを拾いあげた。「峡谷《きょうこく》へ行ってきます」

「あんたは賢《かしこ》い、ものわかりのいい青年だから、すばらしい、感受性の強い記者さんになることだろう」と、彼《かれ》に手をかしながら、おじいさんはいった。「これはわしが予言する！」


朝が過ぎ、正午《ひる》がやってきて、昼食後おじいちゃんは部屋に引きさがって、ホイッティア（米国の詩人）を少し読み、日中はぐっすりと眠《ねむ》りつづけた。三時に目をさますと、日光が窓から、明るく、さわやかに、流れこんでいた。ベッドに横になっていると、昔からの、聞きなれた、忘れられない響きを耳にしてはっとなった。

「おや」と、彼はいった。「だれかが芝刈り機を使っているぞ！　ところが芝生は今朝刈ったばかりのはずだ！」

彼はまた耳を傾《かたむ》けた。たしかに、あそこにまちがいなく、ブーンと低いうなり声が行ったり来たり、行ったり来たりしている。

彼は窓から身をのりだすと、ぽかんと口をあけて見とれてしまった。「おや、ビルじゃないか。ビル・フォレスター、あんたがそこにいるとはな！　お天道《てんと》さまが頭にきたのかね？　あんたは今日一度芝を刈ったんだよ！」

ビルは老人を見あげ、白い歯をにこっとみせて、手をふった。「わかってますよ！　刈りのこしたところが少しあるとおもうんです！」

そしておじいちゃんがそれから五分間ベッドににこにことくつろいで横になっていると、ビル・フォレスターは芝生を北に刈り、ついで西に、それから南に、最後に、たいへんな緑のしぶきをあげる噴水《ふんすい》のなかを、東にむかって刈り進んでいった。

日曜日の朝、レオ・アウフマンはガレージのなかをそこらじゅうのそのそ動きまわって、木ぎれや、巻いた針金、ハンマー、あるいはスパナが、「ここから手をつけるんだ！」と、とびあがって叫《さけ》んでくれるのを期待していた。しかしとびはねるものはなく、開始を求めて叫ぶものもなかった。

《幸福マシン》は、ポケットに入れて持ちはこびのできるようなものであるべきなのだろうか、と彼《かれ》はおもう。

それとも、機械が自分のポケットに人を入れて運ぶようなものにすべきなのだろうか？

「一つだけ絶対にわかっていることがあるぞ」と、彼は大声でいった。「それは明るく輝いていなければいかん」

彼はオレンジ色のペンキの缶《かん》を仕事台の中央に置くと、辞書を取りあげ、ぶらぶらと家のなかへ入っていった。

「リーナ？」彼は辞書をちらっと見やった。「おまえは『喜んでいる、満足している、楽しい、うれしい』、そうかね？『幸運で、恵《めぐ》まれている』と感じるかい？おまえにはものごとが『満足で、ふさわしく』『順調で気に入っている』かね？」

リーナは野菜をうすく切っていた手を休め、目を閉じた。「もう一度読みあげてくださいな」

と、彼女《かのじょ》はいった。

彼は辞書を閉じた。

「わたしがいまいったことを、おまえは一時間も立ちどまって考えないことには答えられないのか。わたしがきいているのは、ただイエスかノーか、それだけだよ！　おまえは満足で、うれしく、楽しくないのだね？」

「牛は満足しているといい、赤ん坊《ぼう》や子どもに帰った老人はうれしそうだというわけね、なんてまあかわいそうに」と、彼女はいった。「『楽しい』ということについてもなの、レオ？　わたしが笑いながら流しをごしごしやっているところをごらんになればいいわ……」

彼はまじまじと妻を見つめ、表情をやわらげた。「リーナ、おまえのいうとおりだ。男はわからないものだから。たぶん来月には、どこかに旅行に行こうよ」

「わたしは不平をいっているのではないのよ！」と、彼女は叫《さけ》んだ。「わたしはね、リストを持って入ってきて、『舌を出してみなさい』なんていう人とはちがうのよ。レオ、あんたはどうして心臓が夜通し動いているかなんて質問をするの？　とんでもないわ！　その次にあんたはきくでしょうよ、結婚《けっこん》とはなにか？　そんなことだれがわかって、レオ？　質問はやめてちょうだい。それはどのように動いているか、どのようにものごとは働くのか、そんなふうに考える人は、サーカスの空中ブランコから落っこちて、咽喉《のど》の筋肉の動きを考えているうちに窒息《ちっそく》してしまうのよ。食べて、眠《ねむ》って、息をして、ね、レオ、わたしを家のなかでのなにか新しいものみたいに見つめないでよ！」

リーナ・アウフマンは凍《こお》りついたように動かなくなった。くんくんと空気のにおいを嗅《か》いだ。

「ああ、なんということを、あんたのためにこの始末よ！」

彼女はオーヴンの扉《とびら》をぐいと引っぱってあけた。もくもくとたいへんな煙《けむり》が台所いっぱいに流れでた。

「なにが幸福よ！」と、彼女は泣き叫《さけ》んだ。「あげくのはてが六カ月ぶりに喧嘩《けんか》をするなんて！なにが幸福よ、二十年このかたはじめて夕食にパンじゃなくて炭を食べさせられるなんて！」

煙が晴れたときには、レオ・アウフマンはいなくなっていた。

ガランガランとおそろしい音が響《ひび》き、人間とインスピレーションが衝突《しょうとつ》し、金属、材木、ハンマー、釘《くぎ》、T定規、ねじ回しが投げ散らされる日が何日もつづいた。ときどき、いきづまってしまうと、レオ・アウフマンはぶらぶらと外に出て、いらいら、心配顔で通りを歩き、遠くのこのうえないかすかな笑い声にさえはっとばかりに頭を動かし、子どもの冗談《じょうだん》に耳を傾《かたむ》け、子どもたちのほほえみをささそうものがあるとじっと見ていた。夜は、近所の鈴《すず》なりのポーチに座って、老人たちが人生の重さをはかっているのを傾聴《けいちょう》し、陽気な笑い声が爆発《ばくはつ》するたびにレオ・アウフマンが活気づくところは、邪悪《じゃあく》の力を敗走させて、自分の戦略を改めて確信した大将軍のようであった。帰り道の彼は意気揚々《ようよう》としているが、それも死んだ道具と生気のない材木の待つガレージに入るまでのことだ。やがて彼の晴れやかな顔は消えてビクビクしたものに変わり、失敗感をおおいかくそうとして、それがほんとうに意味があるかのごとく、機械の部品をガンガンたたいたり、ガシャンとばかりに粉砕《ふんさい》する。ついに機械は形をとりはじめて、十日十晩の末に、疲労《ひろう》のために慄《ふる》え、自分を献《ささ》げつくし、半ば飢《う》え、手さぐりしながら、電撃《でんげき》を受けたかのごときかっこうで、レオ・アウフマンがふらりと家のなかに入ってきた。

子どもたちは、ものすごい金切《かな》り声でお互《たが》いにわめきあっていたのが、時計が鳴って《赤い死に神》が入ってでもきたかのように、静まりかえった（ポオの短篇《たんぺん》小説『赤死病の仮面』参照）。

「《幸福マシン》は」と、レオ・アウフマンがしゃがれた声でいった。「完成だ」

「レオ・アウフマンは」と、彼の妻はいった。「十五ポンドやせたわ。二週間子どもたちと話もしないので、子どもたちは気が立って、喧嘩《けんか》するのよ、どうあの騒《さわ》ぎ！　彼の妻はいらいらと興奮して、十ポンド肥え、新しい服がいることだわ、ほら見て！　そりゃあ――機械は完成したわ。でも幸福になるかしら？　だれにもわかりっこないわ。レオ、あなたのこしらえている時計はよしてしまいなさい。そのなかに入るほどの大きな郭公《かっこう》はけっして見つかりはしないわ。人間はそういうものをいじくるように創《つく》られたのではないのよ。神に背《そむ》くことではないわ、けっして。でもそれがレオ・アウフマンに背くものに見えることはたしかね。もう一週間もこれがつづくなら、わたしたちは彼を彼の機械のなかに葬《ほうむ》ってしまいます！」

しかしレオ・アウフマンは、部屋が急速に上の方へ落ちてゆくように感じて、それに気をとられていた。

なんておもしろいんだろう、と床に横たわった彼はおもった。

だれかが《幸福マシン》について、三度、なにか大声で叫《さけ》んだようだったが、大きくまたたきをするように、暗闇《くらやみ》があっというまに彼に押《お》しよせてきた。


翌朝彼が最初に気づいたことは、何十羽もの鳥が空中を羽ばたいて飛びまわり、嘘《うそ》のように澄《す》みきった流れに、色のついた石が投げられたかのようなさざ波を立てて、ガレージのブリキ屋根を静かに打ち鳴らしていたことだ。

一群の雑種の犬が、前足でかくようにして一匹一匹と庭に入りこみ、ガレージのドアからのぞきこんでおとなしく鼻を鳴らしていた。四人の男の子、二人の女の子、それに何人かのおとなたちが車寄せに通じる車道でためらっていたが、やがて桜の樹《き》の下をそろそろと進んできた。レオ・アウフマンは、聞き耳をたててみて、いったいなにがみんなを手招《まね》きして呼びよせたのかを知った。

《幸福マシン》の響《ひび》きなのだ。

それは、神話に出てくる巨人の台所から夏の日に聞こえてくる音がこうもあろうかという響きだ。あらゆる種類のブンブンいう音が入っていて、高いのやら低いのやら、一定しているかとおもえば、こんどは変化があったりする。ティーカップほどの大きさの金色の蜜蜂《みつばち》の群れがブーンと音をたてて、そこで信じられないような食物を焼いているところだ。女巨人みずからも、低い声で満足そうに鼻歌をうたいながら、ひと夏全部ほどもある広大なドアのところにすっと歩みよって、桃《もも》色の巨大な月ともいうべき彼女の顔が、戸外の微笑《びしょう》している犬、とうもろこし色の髪《かみ》をした少年たち、小麦粉色の髪をした老人たちを、落ちつきはらってじっと見ているのかもしれない。

「待てよ」と、レオ・アウフマンは大声でいった。「おれは今朝機械を動かしてないぞ！　ソール！」

下の庭で立っていたソールが見あげた。

「ソール、おまえ動かしたのか？」

「半時間まえにウォーム・アップさせるようにって、ぼくにいったじゃないの！」

「わかったよ、ソール。忘れたんだ。ねぼけているんだな」彼はベッドにあおむけに倒《たお》れた。

彼の妻が、朝食を持って上がってきて、窓ぎわでたたずみ、ガレージを見おろした。

「聞かせてちょうだい」と、彼女は静かにいった。「もしあの機械があんたのいうようなものなら、あれはなかのどこかに赤ちゃんをつくる解決策をもっているわけ？　あの機械は七十歳《さい》の人たちを二十歳にもどしてくれるの？　それからまた、あそこにある幸福全部といっしょにあのなかにかくれたら、死はどんなぐあいに見えるの？」

「かくれるんだって！」

「もしあなたが過労で死んだら、今日わたしはなにをしたらいいの、下のあの大きな箱に乗りこんで幸福になるわけ？　またこれも聞かせて、レオ、わたしたちの生活はどうなのよ？　わたしたちの家がどんなかは知っているわね。朝の七時、朝食、子どもたち。あなたがたはみな八時半までに行ってしまい、わたしひとりで、洗濯《せんたく》、ひとりで、お料理、靴下《くつした》の繕《つくろ》い、草むしり、あるいはお店に走っていったり、銀食器を磨《みが》いたり。だれが不平をいっていて？　わたしはただね、家がどんなふうにまとまっているものか、いい、レオ、その中身ね、それをおもいださせてあげているのよ！　そこでこんどは答えてちょうだい——あんたはわたしがいったそういうもの全部を、どうやって一つの機械に入れるわけ？」

「あれはそんなふうには造られていないんだ！」

「ごめんなさい。それじゃ、わたしは見ている時間がないから」

そこで彼女は彼のほおにキスをして、部屋から出ていき、彼は横になったまま、階下にかくした機械から吹《ふ》いてくる風のにおいを嗅《か》いだ。彼がまだ知らないパリという都会の、秋の街路で売っているあの炒《い》った西洋栗《ぐり》の香《かお》りがむんむんとただよってきた……

一匹の猫《ねこ》が、催眠術《さいみんじゅつ》にでもかかってしまった犬や少年のあいだをこっそりと動き、ガレージのドアにもたれて、ゴロゴロいったが、それははるか遠くでリズミカルに呼吸をしている海岸に雪の波がくだけるときの音だ。

明日には、とレオ・アウフマンは考えた。あの機械を試してみよう。われわれみんなで、いっしょに。

その夜おそく彼は目をさますと、なにかが自分を起こしたのに気づいた。遠く別の部屋でだれか泣いているのが聞こえてくる。

「ソールかな?」と、彼は小声でいうと、ベッドから起きだした。

自分の部屋で、頭を枕《まくら》に埋《う》めて、ソールが泣いていた。「いやだよ……、いやだよ……」と、彼はすすり泣いた。「あそこ……あそこ……」

「ソール、こわい夢を見たのか? 話してごらん、おまえ?」

しかし少年は泣くばかりだった。

そこで少年のベッドに腰《こし》かけていると、レオ・アウフマンは、とつぜん窓の外を見てみる気になった。地上では、ガレージのドアが開いていた。

うなじの毛がよだつのを感じた。

ソールが、不安そうに、しくしく泣きながら、また眠《ねむ》ってしまうと、父親は階下へ降り、外に出てガレージに行き、そこで、息を殺して、機械に手をさしだした。

涼《すず》しい夜なのに、《幸福マシン》の金属部分は熱くてさわれなかった。

やっぱりと彼はおもった。ソールは今夜ここに来ていたんだ。

なぜだろう? ソールが不幸で、この機械を必要としたのだろうか? いや、いまは幸福なんだが、ずっと幸福を手放したくないんだ。利用できる立場にいることがわかるほどの利口な子どもが、そうやって幸福を保とうと試みたからといって、非難できようか？　否《いな》！　しかしそれにしても……

二階で、まったくとつぜんに、なにか白いものがソールの部屋の窓から吐《は》きだされた。レオ・アウフマンの心臓は破れ鐘《がね》を打つように高鳴った。すると、窓のカーテンが吹《ふ》きながされて夜空にはためいているのに気づいた。しかし、それは少年の魂《たましい》が部屋をぬけだしたかのような、ちらちら光る親しいものにおもわれたのだ。そしてレオ・アウフマンは、あたかもそれを邪魔《じゃま》して、眠《ねむ》っている家に押《お》しもどそうとするかのように、両手をふりあげていた。

冷たく、ぶるぶる慄《ふる》えながら、彼は家のなかへともどっていって、ソールの部屋に上がり、風に吹かれてなびいているカーテンをつかんでひきいれ、あのぼんやりと白いものが二度とぬけださないように、窓に錠《じょう》をおろした。それから彼はベッドに腰《こし》をおろし、ソールの背中に手をおいた。

「『二都物語』（ディケンズの小説）？　これはわたしの本。『骨董《こっとう》屋』（同上）？　ふん、レオ・アウフマンの本ね、これは！　『大いなる遺産』（同上）？　それはわたしのものだったわ。でもいまは、『大いなる遺産』は彼に譲《ゆず》りましょう！」

「なんだね、このありさまは？」と、入ってきたレオ・アウフマンがたずねた。

「このありさまはね」と、彼の妻が答えた。「共有財産のふりわけだわ！　父親が夜に息子《むすこ》をおびえさせたりするようじゃ、なにもかも半分にたたききるときだわよ！　退《ど》いてよ、荒涼館《こうりょう》（同名のディケンズの小説にかけて）さん、骨董屋《こっとう》さん。このどの本にも、レオ・アウフマンのような気の狂《くる》った科学者はいないわよ、一人だって！」

「おまえは家を出ていこうというんだね、あの機械を試しさえしていないというのに！」と、彼は抗議《こうぎ》した。「一度試してごらん、おまえは荷を解くぞ、出ていくのはやめにするぞ！」

「『トム・スウィフトと彼の電気絶滅機《ぜつめつ》』（エドワード・ストラトマイヤーの通俗《つうぞく》的少年小説）――それはだれの本かしら？」と、彼女はきいた。「わたしに見当をつけろというの？」

彼女は鼻を鳴らして、『トム・スウィフト』をレオ・アウフマンにわたした。

その日ごくおそくなって、すべての本、お皿、衣服、リンネル類が、ここに一つ、あそこに一つ、ここに四つ、あそこに四つ、ここに十、あそこに十と積みかさねられた。リーナ・アウフマンは、数えるのに目がまわって、座りこまなければならなかった。「さあいいわ」と、彼女はあえぐようにいった。「わたしが出てゆくまえにね、レオ、罪のない息子たちにこわい夢を見させたりしないと証明してちょうだい！」

黙《だま》って、レオ・アウフマンは妻を黄昏《たそがれ》のなかに連れだした。彼女は高さ八フィートのオレンジ色の箱のまえに立った。

「それが幸福なのね？」と、彼女はいった。「わたしが大喜びし、感謝し、満足し、たいへんにありがたいことだと思うためには、どのボタンを押《お》すわけ？」

このときには子どもたちも集まってきていた。

「ママ」と、ソールがいった。「やめてよ！」

「自分がなにをどなりちらしているのか、当の相手を知らなきゃいけないわ、ソール」彼女は機械のなかに入り、腰《こし》をおろし、なかから夫を見て、頭をふった。「これが必要なのはわたしじゃなくて、あなた、神経がおかしくなって、わめきちらすあなたなのよ」

「頼《たの》むから」と、彼がいった。「わかることだよ！」

彼はドアを閉めた。

「ボタンを押して！」と、彼は姿の見えない妻にむかって叫《さけ》んだ。

カチッと音がした。機械が、眠《ねむ》って夢を見ている犬のように、静かに慄《ふる》えた。

「パパ！」と、心配して、ソールがいった。

「聞いてみなさい！」と、レオ・アウフマンはいった。

はじめは、ひそかに動く機械自身の歯車やいろいろの輪の震動《しんどう》だけであった。

「ママはだいじょうぶ？」と、ナオミがきいた。

「だいじょうぶ。ママはごきげんだよ！　ほら、ね……ほら！」

すると機械の内側で、リーナ・アウフマンが「おお！」、それからこんどは「ああ！」と、びっくりしたような声でいっているのが聞こえた。「あれを見て！」と、なかにかくれた妻がいった。「パリだわ！」そしてそのあとで、「ロンドンよ！　あそこにローマが見えるわ！　ピラミッドね！　スフィンクスだわ！」

「スフィンクスだって、おまえたち、聞こえたかい？」レオ・アウフマンは小声でいって、笑った。

「いい香《かお》り！」と、リーナ・アウフマンはおどろいて叫《さけ》んだ。

どこかで蓄音機《ちくおんき》が「青きドナウ」をかすかに鳴らしていた。

「音楽だわ！　わたしは踊《おど》っているのよ！」

「踊っていると思いこんでいるだけなんだよ」と、お父さんは世界にむかってうちあけた。

「おどろきだわ！」と、姿の見えない女性がいった。

レオ・アウフマンは赤面した。「なんと理解のある妻なんだ」すると《幸福マシン》の内側で、リーナ・アウフマンが泣きだした。

発明家の微笑《びしょう》が消えた。

「泣いているよ」と、ナオミがいった。

「そんなはずはない！」

「だってそうなんだもの」と、ソールがいった。

「絶対に泣いてなんかいるはずがない！」レオ・アウフマンは、目をしばたたいて、機械に耳を押《お》しあてた。「しかし……ほんとだ……赤ん坊《ぼう》みたいだな……」

彼はドアをあけるしかなかった。

「待ってよ」そこには彼の妻が座っていて、涙《なみだ》がほおをぽろぽろとこぼれていた。「最後まで泣かせて」彼女はさらにしばらく声をあげて泣いた。

レオ・アウフマンは、びっくり仰天《ぎょうてん》して、機械を止めた。

「ああ、世界で一番悲しいことだわ！」と、彼女は泣き叫《さけ》んだ。「おそろしいわ、こわいわ」彼女はドアから降りてきた。「最初に、パリが見えたの……」

「パリのどこが悪いのかい？」

「いままで自分がパリにいるところなんて考えてもみなかったわ。ところがいまあんたはわたしに考えさせたのよ――パリだわって！　そこでいきなりわたしはパリにいたくなって、それなのに実際にはいないことに気づいたのよ！」

「実際に行ったのとほとんど同じようにすてきなんだな、この機械は」

「ちがうわ。そのなかに座っていてね、わたしはわかったわ。わたしは考えたの、これは現実じゃないって！」

「泣くのはやめて、ママ」

彼女は大きな黒い濡《ぬ》れた瞳《ひとみ》で、彼を見た。「あなたはわたしにダンスをさせてくれたわ。二十年間もわたしたちは踊《おど》ったことがないのに」

「明日の夜ダンスに連れていってやるよ！」

「ちがうの、ちがうのよ！　それは大事なことじゃないの、大事であってはならないんだわ。それなのにあなたの機械はいうのよ、それが大事だって！　そのようにわたしもおもいこんでしまうわよ！　もうすこし泣いたら、わたしは直るから心配いらないわ、レオ」

「ほかには？」

「ほかに？　機械はいうのよ、『きみは若い』って。わたしは若くはないわ。嘘《うそ》をいうんだわ、あの《悲哀《ひあい》マシン》は！」

「どんなふうに悲しいんかね？」

彼の妻はいまはさきほどより落ちついていた。「レオ、あなたのまちがいはね、何時間後か、何日後か、いつかわたしたちはあの機械から降りて、汚《よご》れたお皿や、整っていないベッドにもどらなきゃいけないのを忘れたことね。あのなかに入っているあいだは、たしかに、夕焼け空はほとんど永久につづくでしょうし、空気はかぐわしく、気温は快適だわ。つづいてほしいとおもうものはなんでもつづくわね。でも、外では、子どもたちはお昼のご飯を待っているし、服にはボタンをつけなきゃならない。それに、率直《そっちょく》にいって、レオ、夕焼けをどのくらい見ていられるものかしら？　夕焼けがつづいてほしいとだれがおもうのかしら？　いつも理想的な気温をだれが望むかしら？　空気はいつもかぐわしくあってほしいとだれがおもうの？　だから、しばらくしたら、だれも気にとめないんじゃない？　それよりも、一、二分間は夕焼け。そのあとは、なにか別のものがいいわ。人はそんなものよ、レオ。どうして忘れたりなんかしたのかしら？」

「そうかね？」

「夕焼けがいつも好かれているのは、それが一度だけ起こって消えてしまうからだわ」

「しかし、リーナ、それは悲しいことだ」

「ちがうわ、もし夕焼けのままで飽《あ》きてしまったら、それこそほんとうの悲哀《ひあい》ね。で、あなたは不可能なことを二つしたのだわ。速いものをゆっくり動かして、そばにとどめておこうとしたわ。はるか遠くのものをうちの裏庭へ持ってきたけど、それはもともと裏庭にあるはずのものでなし、ただこういうだけなのよ。『いいえ、あなたはけっして旅行はしませんよ、リーナ・アウフマン。パリをけっして見ることはありませんよ！　ローマを訪れることは断じてありませんよ！』でも、わたしはいつだってそれはわかっていたんだから、なぜわたしにいまさらいうことがあって？　それくらいならむしろ忘れてしまって、無しですましたほうがいいわ、レオ、無しですましたほうが、ね？」

レオ・アウフマンは機械に寄りかかってからだを支えようとした。おどろいて、やけどした手を引きはなした。

「そこでいまどうすればいいんだ、リーナ？」と、彼はいった。

「それはわたしのいうことじゃないわ。わたしにわかることはただ、これがここにあるかぎり、わたしがここへ出てきて、あるいはソールが昨夜のように出てきて、思慮分別《しりょふんべつ》に逆らってなかに座り、はるか遠くのあのいろんな土地を見て、そして毎日泣いて、あなたにはふさわしくない家族になるってことね」

「わからん」と、彼はいった。「どうしてこうまちがってしまったんだろう？　ちょっと調べて、きみのいうことが正しいかどうかみてみよう」彼は機械のなかに腰《こし》をおろした。「すぐ行ってしまわないだろうね？」

彼の妻はうなずいた。「待っているわ、レオ」

彼はドアを閉めた。暖かい暗がりのなかで、彼はためらい、ボタンを押《お》し、色彩《しきさい》と音楽にひたってゆったりとうしろにもたれかかろうとしていた、そのときだれかが金切り声をあげるのが聞こえた。

「火事だ、パパ！　機械が燃えているよ！」

だれかがドアをガンガンたたいた。彼はとびあがり、頭をぶっつけ、ドアが壊《こわ》れるといっしょに倒《たお》れ、少年たちが彼を引きずりだした。背後で鈍《にぶ》い爆発《ばくはつ》音が聞こえた。家族全員がいまは駆《か》けていた。レオ・アウフマンはふりむいて、あえぎながらいった。「ソール、消防署を呼ぶんだ！」

リーナ・アウフマンは駆けてゆくソールをつかまえた。「ソール」と、彼女がいった。「待ちなさい」

焔《ほのお》が噴出《ふんしゅつ》し、また一つ鈍い爆発音があった。機械がほんとうに十分に燃えているとわかってから、リーナ・アウフマンはうなずいた。

「いいわ、ソール」と、彼女はいった。「走っていって消防署を呼びなさい」

一応は名の通った者は、みな火事場にやってきた。スポールディングのおじいさんに、ダグラスに、トムに、寄宿人の大半と、峡谷《きょうこく》のむこうの老人たちに、まわりの六つの街区《ブロック》の子どもたちがいた。そしてレオ・アウフマンの子どもたちは正面に立って、ガレージの屋根からとびあがる焔《ほのお》はなんとみごとなことか、と得意になっていた。

スポールディングのおじいさんはこの空中の発煙筒《はつえんとう》をじっと見て、静かにいった。「レオ、あれがそうかね？　あなたの《幸福マシン》というのは？」

「何年か先に」と、レオ・アウフマンはいった。「よく考えて、説明します」

リーナ・アウフマンは、いま暗闇《くらやみ》のなかに立って、消防士が庭先を走って出入りするところを見まもっていた。ガレージは、大音響《だいおんきょう》を発し、折りかさなって落ちこんだ。

「レオ」と、彼女はいった。「考えるのに一年もいらないわ。見まわして。考えて。ちょっと静かにして。それからわたしのところに話しにいらっしゃい。わたしは家のなかで、本を本棚《だな》に、衣服を押《お》し入れにもどし、夕食の支度《したく》をしているわ、おそい夕食だけど、こんなに暗くなってしまって。さあ、おまえたち、来てママのお手伝いをしてちょうだい」

消防士や近所の人たちが行ってしまうと、レオ・アウフマンひとりスポールディングのおじい

さんとダグラスとトムといっしょにあとに残り、燻《くすぶ》っている見るかげもない姿を見て、じっと考えこんでいた。びしょびしょの灰を靴《くつ》でかきたてて、ゆっくり彼はいうべきことをいった。

「人生で最初に学ぶのは自分がばかだということだ。人生で最後に学ぶのは自分がやはり変わらぬばか者だということだ。一時間のあいだに、わたしはいろいろと考えさせられた。わたしはおもったよ、レオ・アウフマンはなにを見てたんだ！……ほんとうの《幸福マシン》を見たいとおもうのか？　二千年まえに特許を与《あた》えられたもの、それがまだ動いている。いつも快調というわけではなく、断じてそうはいかない！　けどそれは動いているんだ。それははじめからここにあったのだ」

「でも火事が――」と、ダグラスがいった。

「たしかに、火事だ、ガレージだ！　しかしリーナがいったように、考えるのに一年もいらないんだ。ガレージで燃えたものはたいしたものじゃない！」

みんなは彼のあとについて正面ポーチの踏《ふ》み段を昇《のぼ》った。

「ここだよ」と、レオ・アウフマンは小声でいった。「おもての窓だ。静かにして、見えるから」ためらいながら、おじいさん、ダグラス、そしてトムが大きな窓ガラスごしにじっとのぞきこんだ。

するとそこに、ランプの明かりの小さな暖かいたまりのなかに、レオ・アウフマンが見せたがっていたものが見えた。ソールとマーシャルがそこに座って、コーヒー・テーブルの上でチェスをしていた。食堂ではリベッカが銀食器をならべていた。ナオミは紙人形の着物を裁っている。ルースは水彩画《すいさいが》を描《えが》いている。ジョウゼフは彼の電車を走らせている。台所のドアからは、リーナ・アウフマンが鍋焼き肉《ポット・ロースト》をオーヴンから引きだしているのが見える。どの手も、どの頭も、どの口も、大きく、また小さく、動いていた。彼らの遠く聞こえる声が窓の下にする。だれかが高い心地《ここち》よい声で歌っているのが聞こえる。パンの焼けるにおいもして、それはやがて本物のバターを塗《ぬ》られる本物のパンであることがわかる。なにもかもそこにあり、それが動いていた。

おじいさん、ダグラス、それにトムがふりかえってレオ・アウフマンを見ると、彼は窓ごしに静かにじっと見つめていて、ほおにはピンクの光がさしていた。

「たしかに」と、レオ・アウフマンはつぶやくようにいった。「あそこにあるんだ」そして彼はときにおだやかに悲しみ、ときにすばやく喜び、そして最後には静かに受けいれて、この家のあらゆる雑多なものが混じりあい、かきまわされ、落ちついて、平衡《へいこう》をとり、ふたたび着実に動くのを見まもった。「《幸福マシン》だ」と、彼はいった。「《幸福マシン》」

一瞬《いっしゅん》ののちには、彼はいなくなっていた。

すると家のなかで、ここをちょっと調整し、あそこの摩擦《まさつ》を取りのぞいてと、あの暖かく、すばらしい、どこまでも精巧《せいこう》で、永遠に神秘な、つねに動いているあらゆる部品のあいだを忙《いそが》しそうに、彼があちこちいじくりまわしているのが、おじいさん、ダグラス、トムの目に映った。

それから、にこにこしながら、三人は踏み段を降りて、さわやかな夏の宵《よい》に消えていった。

年に二回、大きな敷《し》き物がゆらゆらと庭に運びだされて、それが場違いで捨てられたもののように見える場所、芝生《しばふ》の上へと広げられる。するとおばあちゃんとお母さんが、ダウンタウンのソーダ水売場にあるあの美しいループ状の針金でできた椅子《いす》の背の桟《さん》のようなものをもって家から出てくるのだ。この大きな針金の杖《つえ》が配られると、ダグラス、トム、おばあちゃん、大おばちゃん、それにお母さんは、古いアルメニアの埃《ほこり》だけの模様《もよう》の上にかぶさって、魔女《まじょ》とそれに仕える使いの精よろしく構えて立つ。そして、目をまたたくとか、唇《くちびる》を歯のない歯茎《はぐき》でかむとか、大おばちゃんの合図で、からざおをふりあげ、針金は何度も何度も大きな音をたてて敷き物の上に打ちおろされる。

「あれをやるんじゃ！　それからあれを！」と、大おばちゃんがいった。「蠅《はえ》をやっつけてやるんだよ、子どもたち、しらみを殺すんじゃ！」

「まあ、なんですか！」と、おばあちゃんは彼女《かのじょ》のお母さんにむかっていった。

みんなは声をたてて笑った。埃のあらしが彼《かれ》らのまわりにぱっと吹《ふ》きあがった。彼らの笑い声はつまってしまった。

降りそそぐ綿ぼこり、潮の流れのような砂、パイプタバコの金色の粒《つぶ》が、バタン、バタンとはじける大気のなかにひらひらと舞《ま》い、慄《ふる》えた。少年たちは手を休め、自分らの靴《くつ》が、また年長者たちの靴が、十億回もこの敷《し》き物の縦糸、横糸に押《お》しつけた足跡《あしあと》を見る。いまは自分たちがさおを打つその潮の流れが、この東洋の岸辺を幾度《いくど》となく洗うにつれて、それをきれいにならしてしまうばかりだ。

「そこはあんたの旦那《だんな》さんがコーヒーをこぼしたとこだよ！」おばあちゃんが敷き物に一撃《いちげき》をくれた。

「ここはあんたがクリームを落としたとこじゃよ！」大おばちゃんが棒でピシャとばかりに大きな埃《ほこり》の竜巻《たつまき》をまきおこした。

「足をひきずった跡を見なさい。坊《ぼう》やたち、坊やたちったら！」

「ひいおばあちゃん、これはそちらのペンからこぼれたインクですよ！」

「ふん！　わたしのは紫《むらさき》のインクだからね。それはふつうの青じゃないか！」

バタン！

「玄関《げんかん》のドアからキッチンのドアまでこのすりきれた道をごらんなさい。食べ物だわ。食べ物がライオンたちを水たまりに呼びよせるのね。向きを変えましょう、逆にして敷きましょう」

「もっといいのは、殿方《とのがた》を家から締《し》めだしてしまうこと」

「ドアの外で靴をぬがせるのよ」

バタン、バタン！

彼らはいま敷き物を物干し綱にかけ、いよいよ仕事も終わりだ。トムは、錯綜《さくそう》するうず巻きや輪、花、不思議《ふしぎ》な図柄《ずがら》、左右に走る模様《もよう》を見た。

「トム、そこに立っていないで。たたくのよ、坊《ぼう》や！」

「おもしろいよ、見ているの」と、トムはいった。

ダグラスは疑わしげにちらっと見あげた。「なにが見えるんだい？」

「このひでえ町の全部、人びと、家々、ここがぼくらの家さ！」バタン！「うちの通りだ！」

バタン！「あそこのあの黒い部分は峡谷《きょうこく》だい！」バタン！「学校だ！」バタン！「ここにあるこのおかしな漫画《まんが》は兄さんだよ、ダグ！」バタン！「ここに大おばちゃん、おばあちゃん、ママ」バタン。「この敷《し》き物は何年間敷かれていたの？」

「十五年よ」

「足を踏《ふ》み鳴らして通っていった十五年間の人たちか。靴跡《くつあと》が全部見えるよ」と、トムがあえぐようにいった。

「まあ、おまえ、なかなかしゃべるねえ」と大おばちゃんがいった。

「その年のあいだにあの家で起こったことはみんなここに見えるんだ！」バタン！「もちろん、過去の全部だけど、でも未来だって見えるんだ。ちょっと目を細めてね、ほら、模様のあるあたりをそっとのぞけば、明日ぼくらがどこを歩いたり、走りまわってるかわかるさ」

ダグラスは埃《ほこり》たたきをふりまわすのをやめた。「そのほかに敷き物になにが見えるんだい？」

「大部分は糸だよ」と、大おばちゃんがいった。「下地のほかはあまり残ってないがね。どんなふうにこれが織られているか見てみるといい」

「ほんとうだ！」と、トムがいわくありげにいった。「こっちに向かう糸、あっちに向かう糸。全部見えるんだ。おそろしい鬼《おに》のような人たち。地獄《じごく》に堕《お》ちる大罪を犯した罪人たち。悪い天気、好《よ》い天気。ピクニック。宴会《えんかい》。町のいちご祭り」彼はところどころを埃《ほこり》たたきでしかつめらしく軽くたたいた。

「あれがわたしが経営させられている下宿屋かね」と、おばあちゃんが顔をまっかにして懸命《けんめい》に埃をたたきながらいった。

「みんなそこの敷《し》き物にあるんだよ、けばみたいなかっこうでさ。頭を一方に傾《かたむ》けてね、ダグ、片目をほとんど閉じるようにするんだよ。もちろん、夜のほうがいいのさ、家のなかで、床に敷き物があって、ランプの光やなにやかやそろっていて。そこで影《かげ》があらゆる形をとるだろ、光やら闇《やみ》やら、そして糸が走っているのをじっとながめ、けばにさわって、毛の上を手でなでまわすんだ。ちょうど砂漠《さばく》のようなにおいがするよ、きっと。みんな暑くて砂だらけで、ミイラの棺《かん》の内部みたいだよ、たぶん。ほら、あの赤い点ね、あれは《幸福マシン》が燃えているんだ！」

「だれかのサンドウィッチからこぼれたケチャップよ、きっと」と、ママがいった。

「いや、《幸福マシン》だよ」と、ダグラスはいい、それがそこに燃えているのを見て悲しかった。彼はレオ・アウフマンがものごとをいつも整理しておいてくれ、みんなの微笑《びしょう》をたやさないようにしてくれ、彼がしばしば自分の内部に感じる小さなジャイロスコープを、地球が宇宙空間と暗闇《くらやみ》にむけて傾斜《けいしゃ》するそのたびに、太陽にむけていつも傾くようにしてくれるものと当てにしていたのである。ところが、そうはいかず、アウフマンはばかなことをして、灰と燃えかすが残ったのだ。バタン！　バタン！　ダグラスはたたきつけた。

「ほら、緑の小型電気自動車だ！　ミス・ファーン！　ミス・ロバータ！」と、トムがいった。

「ブブー、ブブー！」バタン！

彼らはみな笑った。

「兄さんの命の綱がね、ダグ、群れをつくってならんでいるよ。あまりすっぱいりんごが多すぎるよ。寝《ね》る時間のピックルスみたいだ！」

「どれがそうだい、どこにある？」と、ダグラスは叫《さけ》んで、じっと見つめた。

「これはね、いまから一年後、これはね、いまから二年後、そしてこれは、いまから三年、四年、五年後だ！」

バタン！　針金の埃《ほこり》たたきが見通しのまったくきかない空に蛇《へび》のようにシューと音をたてた。

「それに大きくなるのが一つあるよ！」と、トムがいった。

彼が敷《し》き物をとても強く打ったので、五千世紀のあいだの全部の埃が衝撃《しょうげき》を受けた織り物からとびだして、空中でひと息つく恐怖《きょうふ》の一瞬《いっしゅん》がすぎると、おりしもダグラスが目を細くして縦糸、横糸、慄《ふる》える模様《もよう》を見て立っているそのところへ、このアルメニアの埃のなだれは、上に、一面に、下に、まわりに、音もなくとどろいて、彼らの目の前で彼を永久に埋《う》めさったのだ……

子どもたちとそもそもどうしてあんなことになったものか、年老いたベントレー夫人はさっぱりわからなかった。彼女《かのじょ》はしばしば子どもたちを、蛾《が》や猿《さる》みたいに、食料品店で、キャベツやつるしたバナナのあいだで見つけ、彼女がにっこり笑いかけると、彼《かれ》らもほほえみ返してきたものだ。子どもたちが冬には雪に足跡《あしあと》をつけたり、秋の煙《けむり》を肺いっぱいに吸いこんだり、春、りんごの花をゆすって大吹雪《ふぶき》のように降らせたりするのを、ベントレー夫人はながめたけれども、ひとつもこわいとはおもわなかった。彼女自身はといえば、家はきわめて整理がゆきとどいて、あらゆるものがしかるべき場所に置かれ、床はきびきびと掃除《そうじ》され、食物はこぎれいに缶《かん》にしまわれ、とめ針は針山に刺《さ》して、寝室《しんしつ》の化粧だんすの引きだしには多年の手まわり品がすがすがしく詰《つ》まっていた。

ベントレー夫人は物をとっておく人なのである。彼女は入場券、古い劇場のプログラム、レースの端《はし》ぎれ、スカーフ、鉄道の乗り換《か》え切符《きっぷ》をしまっておいた。荷札や存在を示すしるしのあらゆるものを。

「わたしはレコードを山ほど持ってますよ」と、彼女はしばしばいった。「ここにあるのがカルーソ。それは一九一六年、ニューヨークで買ったものね。わたしは六十で、ジョンはまだ生きていたわ。こちらはジューン・ムーン、一九二四年のことで、ジョンが死んだすぐあとだとおもうわ」

　それは、見方によれば、彼女の人生での非常な痛恨事《つうこんじ》であった。彼女が手を触《ふ》れ、耳を傾《かたむ》け、目にするのを最も楽しんだただ一つのものを、彼女はとっておかなかったのだ。ジョンは遠く草原地帯に眠《ねむ》り、日付けをつけられ、箱におさまって、草の下にかくされ、形見のものといえば、ただ高いシルクハットと杖《つえ》と上等のスーツが押《お》し入れにあるばかりだ。そのほかは、彼のものはあらかたしみに食いつくされてしまっていた。

　しかし、とっておけるものとあれば、彼女はとっておいた。ピンクの花模様《もよう》のドレスが、とても大きな黒いトランクのなかに防虫剤《ざい》のボールのあいだでもみくちゃになっていたし、また子ども時代からのカットグラスのお皿も――彼女はこれら全部を五年まえにこの町に引っ越してくるときに持ってきたものだった。彼女の夫にはひとに貸してある地所がいくつかの町にあって、それを、黄色くなった象牙《ぞうげ》のチェスの駒《こま》のように、彼女は一つ一つと土地を移っては売りはらい、とうとういまはここの奇妙《きみょう》な町に、彼女のまわりに太古の動物園の呼び物のようにうずくまる、暗く醜《みにく》い、いくつかのトランクと家具だけを相手に住んでいた。

　子どもたちについてのことは、夏のさなかに起こった。ベントレー夫人が、正面ポーチの蔦《つた》に水をやろうとして出てみると、手足を投げだした涼《すず》しげな色の二人の女の子と小さな男の子が一人、芝生《しばふ》に横になって、芝のすばらしくチクチクする感触《かんしょく》を楽しんでいるのが見えた。

　ベントレー夫人が黄色い仮面みたいな顔で、下にいる子どもたちにほほえみかけたちょうどそのときに、街の角をまわって、小妖精《ようせい》の楽隊さながらに、アイスクリーム売りの車がやってきた。クリスタルガラスのワイングラスにエキスパートがなみなみと注いだように、小気味よく鮮《あざ》やかにふちどられた冷たいメロディーをリンリンと鳴らして、その車はあらゆるものを呼びだそうとしていた。子どもたちは起きなおって、ひまわりが太陽のあとを追うように、頭をまわした。

ベントレー夫人は声をかけた。「欲しいのかい？　ここよ！」アイスクリーム売りの車がとまって、彼女はお金と引きかえにもとの氷河時代のかけらを受けとった。子どもたちは口に雪をくわえて彼女にお礼をいい、目を彼女のボタンをとめた靴《くつ》から白髪《はくはつ》までさっと走らせた。

「ひと口どう？」と、少年がきいた。

「いいえ、坊《ぼう》や。わたしはもうずいぶん年とって、冷たくなっていますからね。いくら暑い日でもわたしを暖めて溶《と》かすわけにはいきませんよ」と、ベントレー夫人は声をたてて笑った。

彼らはミニチュアの氷河をもってポーチにあがり、三人が一列に、日かげの揺《ゆ》り椅子《いす》に座った。

「わたしはアリス、この子がジェーン、むこうがトム・スポールディングよ」

「ごていねいなことね。そしてわたしはベントレー夫人よ。みんなはヘレンと呼んでいるわ」

彼らはまじまじと彼女を見た。

「わたしのことをヘレンと呼んでいるのが信じられないの？」と、老婦人がいった。

「年とった女のひとが姓《せい》のほかに名を持っているなんて、知らなかったよ」と、トムが目をぱちくりさせて、いった。

ベントレー夫人は乾《かわ》いた声で笑った。

「この子がいうのは、名が使われるのを聞いたことがないということだわ」と、ジェーンがいった。

「お嬢《じょう》ちゃん、あなたもわたしと同じくらいに年をとると、あなたもジェーンとは呼ばれなくなりますよ。老年というのはおそろしく固苦《かたくる》しいのよ。いつだって『夫人《ミセス》』ですからね。若い人たちは『ヘレン』とは呼びたがらないのよ。それだとあんまりぶしつけに思えるのね」

「おいくつなの、いったい？」と、アリスがきいた。

「わたしは翼竜《よくりゅう》を憶《おぼ》えていますよ」ベントレー夫人はほほえんだ。

「まさか。でもおいくつ？」

「七十二よ」

彼らは考え考え、氷菓子《がし》を特別に長くひとなめした。

「それはほんとに齢《とし》だな」と、トムがいった。

「自分ではあなたたちの年ごろのときと、いまとでぜんぜんちがっていると思ってませんよ」と、老婦人がいった。

「わたしたちの年ごろですって？」

「そうですよ。昔はわたしもきれいなかわいい女の子だったわ、あなたみたいにね、ジェーン。それからあなたみたいによ、アリス」

彼女たちは口をきかなかった。

「どうしたの？」

「べつに」ジェーンが立ちあがった。

「まあ、そう早く行かなきゃならないことはないんでしょ。まだ食べおわっていないし……どうかしたの？」

「お母さんが嘘《うそ》をつくのはよくないって」と、ジェーンがいった。

「もちろんよくありませんよ。たいへん悪いことですよ」と、ベントレー夫人は同意した。

「それに嘘に耳を傾《かたむ》けるのもよくないんですって」

「だれがあんたに嘘をいっているんだね、ジェーン？」

ジェーンは夫人を見て、そわそわと目をそらした。「おばさんだわ」

「わたしが？」ベントレー夫人は笑い声をあげて、しなびた手を小さな胸に当てた。「なんの嘘なの？」

「おばさんの年齢《ねんれい》のことよ。かわいい女の子だったといったでしょう」

ベントレー夫人はかたくなった。「でもほんとにわたしは、何年もまえには、ちょうどあなたと同じようなかわいい女の子だったのよ」

「行きましょう、アリス、トム」

「ちょっと待って」と、ベントレー夫人はいった。「わたしのいうことを信じないの？」

「わからないわ」と、ジェーンがいった。

「そうね」

「でもなんておかしなことでしょう！　これは完全にはっきりしていることだわよ。だれだってかつては若かったんだから！」

「おばさんはちがうわ」と、ジェーンは小声で、目を伏《ふ》せて、ほとんどひとりごとのようにいった。食べおわったアイスクリームのスティックが、ポーチの床のバニラの水たまりに落ちていた。

「でももちろんわたしは、あなたがたみんなと同じように、八つ、九つ、十だったときがあるのよ」

二人の少女は、声を押《お》しころして、くっと、短い笑い声をたてた。

ベントレー夫人の目がきらきらした。「そう、わたしは十歳《さい》の子どもと議論してひと朝つぶすわけにいかないわ。いうまでもないけど、わたし自身もかつては十歳で、同じように愚《おろ》かだったわね」

二人の少女は声をあげて笑った。トムは心配そうだった。

「わたしたちをからかっているんだわ」と、ジェーンがクスクス笑った。「ほんとうに十歳だったことはないんでしょう、そうでしょう、ベントレー夫人？」

「さっさと家にお帰り！」と、この婦人はいきなり叫《さけ》んだが、子どもたちの目つきに耐《た》えられなかったからだ。「あんたたちが笑うのは我慢《がまん》ならないよ」

「で、おばさんの名前はほんとうにヘレンじゃないんでしょ？」

「もちろんヘレンだわ！」

「さよなら」と、二人の少女はいい、クスクス笑いながら、芝生《しばふ》を横ぎって一面の木かげのもとを行ってしまい、トムはゆっくりとあとからついていった。「アイスクリーム、ごちそうさま！」

「昔はわたしもケンケン遊びだってしたわよ！」ベントレー夫人は彼らのうしろから大声でいってみたが、彼らは行ってしまっていた。


ベントレー夫人は、その日の残りを、湯沸《ゆわ》かしを音をたててほうりだしたり、騒々《そうぞう》しく、貧弱な昼食の支度《したく》をしたり、またときどき玄関《げんかん》のドアまで出ていったりして過ごし、あの無礼な悪童どもがふたたび笑いにやってくるところをつかまえてやろうと、その日おそくなってからはずっと考えていた。しかし、もし子どもたちが姿を見せたとしても、いったい彼女はなにを彼らにいえるのだろうか、なにゆえに彼らのことをくよくよしなければいけないのか？

「まあ、あきれた！」と、ベントレー夫人は粋《いき》な、房模様《ふさもよう》の薔薇《ばら》の茶碗《ちゃわん》にむかっていった。「わたしが以前に少女だったことをいままで疑ったりした人はいないわ。なんてばかげた、おそろしいことでしょうね。年をとっていることは気にしていないのよ——ほんとうに——でも子ども時代をわたしから取りあげたりすれば断じておこるわ」

彼女は、洞穴《ほらあな》をおもわせる暗い樹々《きぎ》の下を、空気のように目には見えないけれど、彼女の若さを冷たく凍《こお》った指に握《にぎ》りしめ、子どもたちが駆《か》けさっていくのが見えるようにおもった。

夕食のあと、彼女は、自分の手が、なんの理由もなく、降神術の集まりで見られる幽霊《ゆうれい》のような手ぶくろさながらに、無感覚なくせにたしかな動作で、いくつかの品物を香水《こうすい》のにおいのするハンカチに寄せあつめるのを見まもっていた。それから彼女はおもてのポーチに行くと、そこでからだをこわばらせて半時間も立っていた。

夜の鳥のように不意に子どもたちが飛んで通ってゆき、ベントレー夫人に声をかけられてパタパタと羽ばたくようにとまった。

「なんですか、ベントレー夫人《ヽヽ》?」

「ポーチに上がっていらっしゃい!」と、彼女に命令されて、少女たちは踏《ふ》み段を昇《のぼ》り、トムはゆっくりとあとからついていった。

「なんですか、ベントレー夫人?」彼らは「夫人」というところをピアノで低音の和音を鳴らすように、まるでそれが彼女の名であるかのごとく、とりわけ激しく響《ひび》かせた。

「あんたたちに見せてあげたい宝物があるのよ」彼女はいい香《かお》りのするハンカチを開いて、自分自身もびっくりするかもしれないといったようすでなかをのぞきこんだ。とても小さく精巧《せいこう》にできた、ぶちが模造《もぞう》宝石できらきら輝《かがや》いている櫛《くし》を彼女は引っぱりだした。

「九つのときにこれをつけていたの」と、彼女はいった。

ジェーンは掌《て》のなかでそれを返してみてからいった。「なんときれいなこと」

「見せてよ！」と、アリスが叫《さけ》んだ。

「そしてここにあるのが、わたしが八つのときしていた指輪なの」と、ベントレー夫人はいった。「いまじゃ指にはまらないわ。指輪をよく注意して見ると、いまにも倒《たお》れそうなピサの斜塔《しゃとう》が彫《ほ》ってあるのが見えるわ」

「見せてよ、どれが傾《かたむ》いているの！」少女たちは二人のあいだでそれを何度もやりとりして、最後にジェーンが自分の手にはめてみた。「あら、ちょうどわたしにぴったりだわ！」と、彼女は大声を出した。「櫛《くし》はわたしの頭にあうわよ！」と、アリスがあえぐようにいった。

ベントレー夫人は小石遊び用の小石を取りだした。「これはね」と、彼女はいった。「わたしは昔これで遊んだのよ」

彼女は小石を投げた。それはベランダに星座を描《えが》いた。

「そしてこれ！」勝ちほこったように彼女はちらっと切り札を見せた。絵はがきになった彼女が七歳《さい》のときの写真で、黄色い蝶《ちょう》のような服を着て、金色の巻き毛、青いガラスをふくらませた目、とがらした天使のような口をしている。

「このかわいい女の子はだあれ？」と、ジェーンがきいた。

「わたしですよ！」

二人の少女は写真にしがみついた。

「でもこれはおばさんに似てないわ」と、ジェーンはあっさりいった。「だれだってこんな写真は手に入るわ、どこかで」

少女たちは夫人をしばらくながながと見ていた。

「ほかにもっと写真はないの、ベントレー夫人？」と、アリスがきいた。「おばさんの、もっとあとのは？　十五歳《さい》の写真や、二十歳の写真、四十歳、五十歳の写真があるんでしょう？」

少女たちは得意そうにくっくっと笑った。

「なにもあんたたちに見せる必要なんかないわ！」と、ベントレー夫人はいった。

「じゃあ、わたしたちはおばさんのいうことを信じなくてもいいんだわ」と、ジェーンが答えた。

「でも、この写真がわたしが若かったことを証明しているじゃないの！」

「それはだれかほかの小さな女の子なんだわ、わたしたちみたいな。それを借りたのよ」

「わたしは結婚《けっこん》しましたよ！」

「ご主人のベントレーさんはどこにいるの？」

「ずいぶんまえに死んでしまったわ。もしここにいたら、わたしが二十二のとき、どんなに若々しくきれいだったかあなたたちにいってくれるのにね」

「でもご主人はここにいないし、なにもいえないんだから、あの写真でもってなにが証明されるというの？」

「わたしは婚姻《こんいん》証明書を持っているわ」

「それだって借りることもできたでしょう。あなたがかつて若かったとわたしが信じるにはたったひとつ」――ジェーンは目を閉じて、いかに自分に自信があるかを強調した――「だれかに十歳のときのあなたを見た、といってもらうことよ」

「何千人もの人がわたしを見ているけど、その人たちは死んでしまったわよ、ばかだね、この子は――あるいは、ほかの町で病気だわ。ここの町ではわたしはだれひとり知らないし、数年まえにここに移ってきたばかりで、若いときのわたしをだれも見てやしないわ」

「そう、それごらんなさい！」ジェーンは仲間たちをちらと見た。「だれも見てる人はいないのよ！」

「聞きなさい！」ベントレー夫人は少女の手首をつかんだ。「こういうことは信用しなければいけません。いつかあなたもわたしと同じように年をとりますよ。そのとき人は同じことをいうでしょうよ。『まあ、とんでもない。あの禿鷹《はげたか》たちは蜂鳥《はちどり》なんかではなかった、あの梟《ふくろう》たちは椋《むく》鳥《どり》なんかではなかった、あの鸚鵡《おうむ》たちはけっしてブルーバードなんかではなかった！』いつかあんたもわたしのようになるんだから！」

「いいえ、ならないわ！」と、少女たちはいった。「なるかしら？」彼女たちはお互《たが》いにききあった。

「いまにみているがいいわ！」と、ベントレー夫人はいった。

そして彼女は心中でつぶやいた。ああ神さま、子どもたちは子どもたち、老いた女は老いた女、中間にはなにもないのだわ。子どもたちには目に見えない変化は想像できはしないのだわ。

「あなたのお母さんね」と、彼女はジェーンにいった。「何年ものあいだに、変わったことに気がつかなかったかね？」

「いいえ」と、ジェーンがいった。「お母さんはいつも同じだわ」

しかしそれは正しいのだ。毎日人びとと暮らしていると、人びとはけっして少しも変わりはしない。びっくりしたりするのは、ただ人びとが、何年間も、長い旅行に出ていなかったときだけのこと。そして彼女がいま感じるのも、なにか自分が七十二年間も轟音《ごうおん》を発する黒い汽車に乗っていて、とうとう駅のプラットフォームに降りたってみると、だれもがこう叫《さけ》んでいるのだ――

「ヘレン・ベントレー、ほんとにあなたなの？」

「家に帰ったほうがいいとおもうわ」と、ジェーンがいった。「指輪をありがとう。ちょうどぴったりだわ」

「櫛《くし》をありがとう。すてきだわ」

「かわいい女の子の写真をありがとう」

「もどっておいで――それはあげられませんよ！」少女たちが踏《ふ》み段を駆《か》けおりていくと、ベントレー夫人は大声で叫んだ。「それはわたしのものなんだよ！」

「よしなよ！」と、少女たちのあとを追いながら、トムはいった。「返してあげなよ！」

「いやよ、あれは盗《ぬす》んだのよ！　だれかほかの小さな女の子のものだったんだわ。盗んだのよ。ありがとう！」アリスが叫んだ。

そうしてどんなに夫人が少女たちのうしろから叫んでみたところで、彼女たちは、暗闇《くらやみ》のなかに消える蛾《が》のように、すでにいなくなっていた。

「ごめんなさい」と、トムが、芝生《しばふ》の上で、ベントレー夫人を見あげていった。彼は立ち去った。

あの子たちは、わたしの指輪と、わたしの櫛と、わたしの写真を持っていってしまった、とベントレー夫人は踏み段の上で身を傈《ふる》わせた。ああ、わたしはからっぽだわ、からっぽだわ。あれはわたしの人生の一部なのに。

彼女は夜ふけまで何時間も、トランクや装身具類のあいだで、目をさましたまま横になっていた。こぎれいに積みあげてある道具や小間物《こまもの》や観劇用の正装の羽根飾《かざ》りに彼女はちらと目をやると、大声で、いった。「これはほんとにわたしのものなのかしら?」

それとも、それはひとりの老婦人が自分には過去があるのだと自ら納得《なっとく》するために苦心して仕上げたごまかしなのだろうか? 結局のところ、一つの時間は、いったん過ぎてしまえば、もう終わりなのだ。人はいつも現在にいるものなのだ。自分はかつては少女であったかもしれないが、いまはちがう。自分の子ども時代は過ぎてしまい、なにものもそれを取りもどすことはできはしない。

夜風が部屋に吹《ふ》きこんだ。白いカーテンが黒ずんだ杖《つえ》にはためいたが、この杖は多年のあいだほかの装飾的骨董品《そうしょくてきこっとうひん》の近くにならんでその壁《かべ》にたてかけられていたものだ。杖はゆれて、低いドサッという音とともに、月光の射すところに倒《たお》れてきた。杖《つえ》の先の金の石突《づ》きがきらきら輝《かがや》いた。それは彼女の夫の観劇用の杖だ。まれに二人の意見が合わないとき、よく夫がしていたことだが、いまあたかも、夫がその杖を彼女にむけて、静かな、悲しげな、分別のこもったあの声でいっているかのようにおもわれた。

「あの子どもたちは正しいのだよ」と、夫はいったことだろう。「あの子たちはおまえからなにも盗《と》っていったわけじゃないんだよ、いいかねおまえ。これらのものはここにいるおまえ、いまのおまえのものじゃない。彼女のもの、つまりあの別のおまえのものだったのだ、ずっと昔に」

ああ、とベントレー夫人はおもう。するとそれから、まるで昔の蓄音機《ちくおんき》のレコードがかけられて、鉄の針の下でシーシー音をたてだしたかのように、彼女がかつてベントレー氏と交わした会話を憶《おも》いだした——ベントレー氏は、とてもきちんとして、さっとブラシをかけた衿《えり》の折りかえしにピンクのカーネーションをさしていたが、こういった。「ねえおまえ、おまえはいつまでたっても時間というものがわからないんじゃないだろうかね？　おまえはいつも、今晩おまえが現にある一個の人間であろうとするよりも、過去にあったものごとになろうとつとめているね。どうして入場券の使いのこりや劇場のプログラムをしまっておくんだね？　あとになって苦しくおもうだけだよ。捨ててしまいなさい、おまえ」

しかしベントレー夫人はかたくなにそれらをとっておいたのだった。

「それはうまくいかないよ」と、ベントレー氏は、紅茶をすすりながら、つづけたものだ。「いくら一生懸命《いっしょうけんめい》におまえがかつてあったものになろうとしてみたところで、いまここに現にあるものにしかなれないのさ。時間というのは催眠術《さいみん》をおこなうものでね。九歳《さい》のときには、いままでずっと九歳で、これからもずっと九歳のように考えるものなのだ。三十歳のときは、自分がいつもその中年の輝《かがや》かしいふちにいて、ちょうどうまく均衡《きんこう》をとってきたもののようにおもえるのさ。そしてさらに七十歳を越《こ》すと、いつも永久に七十歳でいるわけだ。現在のなかにいるわけで、若い今とか、年老いた今とかに、罠《わな》にかかったようにつかまってしまうのだが、そのほかに今を捜《さが》してもむだなのさ」

それは彼らの平穏《へいおん》な結婚《けっこん》における、いくつかの、とはいえ軽い、口論の一つだった。彼女が物を骨董品《こっとうひん》のようにためこむのを夫は一度も是認《ぜにん》したことはなかった。「おまえのあるがままでいなさい、おまえがないところのものは埋《う》めてしまいなさい」と、彼はいった。「入場券の使いのこりなどはごまかしだよ。物をしまいこむのは魔法《まほう》のトリックなんだな、鏡のついた」

もし夫が今晩生きていたら、なんということだろう？

「おまえは繭《まゆ》をためこんでいるな」そう彼はいうことだろう。「見方によればコルセットかな、二度とうまくあわないところの。で、どうしてためこむんだね？　かつて若かったとほんとうに証明することはできないんだよ。写真だって？　いや、それは嘘《うそ》をつくさ。おまえは写真じゃないんだから」

「宣誓供述書《せんせい》はどう？」

「だめだよ、おまえ。おまえは日付でも、インクでも、紙でもないんだよ。おまえはこれらのがらくたや埃《ほこり》のトランクじゃないんだ。おまえはただ、ここにいる、いまの、おまえ──現在のおまえであるだけさ」

ベントレー夫人はこの思い出にうなずき、まえよりゆったりと息をついた。

「ええ、わかるわ。わかりますとも」

金の石突《づ》きのついた杖《つえ》は、月光に照らされた敷《し》き物の上に無言のまま、ころがっていた。

「朝には」と、彼女は杖にむかっていった。「わたしはこのことについてなにか結着をつけて、わたしはただのわたしに、別の年から借りてきたものではけっしてないものになるように本気でとりかかるわ。そうだわ、それがわたしのすることだわ」

彼女は眠《ねむ》った……

朝は明るく緑で、彼女の家の戸口には、網戸《あみど》を軽くたたく、二人の少女がいた。「もっとわたしたちにくれるものはないの、ベントレー夫人？　あのかわいい女の子のものはもっとないの？」

彼女は少女たちを案内して、廊下《ろうか》を図書室へと連れていった。

「これを持っていきなさい」彼女はジェーンに、彼女が十五歳《さい》で中国の役人の娘を演じたさいに着た服をやった。「それからこれ、それからこれ」万華鏡《まんげきょう》、虫眼鏡《むしめがね》。「欲しいものはなんでも取りなさい」と、ベントレー夫人はいった。「本、スケート、人形、なんでも――そこにあるのはあんたたちのものよ」

「わたしたちのもの？」

「あなたたちだけのものよ。で、次の時間はちょっとした仕事を手伝ってくれない？　裏庭で大きな焚火《たきび》をしようと思うのよ。トランクをからにして、この屑《くず》をほうりだして屑屋さんに持ってってもらわなきゃ。それはわたしのものじゃない。どれもだれのものでもないわ」

「手伝うわ」と、少女たちはいった。

ベントレー夫人は、腕《うで》にいっぱいかかえこみ、手にマッチの箱を持って、行列をひきつれて裏庭へと行った。

かくして残った夏のあいだ、この二人の少女とトムが、電線にとまったみそさざいのように、ベントレー夫人の家の正面ポーチで、待ちうけているのが見られた。そして氷柱《つらら》屋さんの銀の鈴《すず》をふるようなチャイムが聞こえると、玄関《げんかん》のドアが開いて、ベントレー夫人が銀の口をした財布《さいふ》の咽喉《のど》奥《おく》深く手をつっこんでゆらゆらと現れ、半時間のあいだみんなでポーチにいて、子どもたちと老婦人は冷たさを暖かさのなかに取りこみ、チョコレートの氷柱を食べ、声をたてて笑うのだった。とうとう彼らは仲良しになったのだ。

「いくつなの、ベントレー夫人？」

「七十二よ」

「十五年まえはいくつだったの？」

「七十二よ」

「若かったことなんかなかったんでしょ、こういうリボンやドレスを着たことは一度もないんでしょ？」

「ないわ」

「姓《せい》のほかに名があるの？」

「わたしの名前はベントレー夫人ですよ」

「そしていつもこの一軒の家だけに住んでいたのね？」

「いつもそうでしたよ」

「そしてきれいだったことは一度もなかったのね」

「一度もありませんよ」

「一億兆年の間に一度も？」二人の少女は老婦人のほうにかがんで、夏の午後、四時の圧縮された静寂《せいじゃく》のなかで、答えを待った。

「一度もありませんよ」と、ベントレー婦人がいった。「一億兆年に一度も」

「五セントのメモ帳の準備はいいかい、ダグ？」

「いいとも」ダグは鉛筆《えんぴつ》を十分になめた。

「いままでそこになにを書いてあるの？」

「儀式《ぎしき》の全部さ」

「独立記念日やなんやかやと、たんぽぽのお酒づくりや、ポーチのブランコを運びだすというようながらくたかい、ええ？」

「ここにこう書いてあるよ。一九二八年六月一日、ぼくは夏のシーズンで最初のエスキモー・パイを食べる」

「それは夏じゃない、まだ春だよ」

「とにかく『最初』だからな、そこで書いておいたんだ。六月二十五日、あの新しいテニス靴《ぐつ》を買う。六月二十六日、はだしで芝生《しばふ》に出る。忙《いそが》し、忙し、忙しだよ、くそっ！　で、こんどはなにをいいにきたんだい、トム？　新しい最初のことかい、なにか休暇《きゅうか》を過ごす変わった儀式かい、小川の蟹《かに》をつかまえるとか、アメンボ蜘蛛《ぐも》をひっつかむとか？」

「だれもこれまでにアメンボ蜘蛛をひっつかんだことのある人はいないよ。だれかアメンボ蜘蛛をひっつかんだ人をほんとに知っているの？　そら、考えなよ！」

「いま考えているんだ」

「それで？」

「おまえのいうとおりだ。だれもひっつかんだことはないよ。これからもないと思うな。とにかくまったく速すぎるもの」

「速いからじゃないんだよ。そんなものはいないというだけのことさ」と、トムがいった。彼《かれ》はそのことを考えてみて、自分でうなずいた。「そうなんだ、そんなものはかつてまったく存在しなかったまでのことなんだ。ところで、ぼくが報告しなきゃならないのはね、こういうことさ」

彼はかがみこんで、兄さんの耳にささやいた。

ダグラスはそれを書いた。

彼らは二人してそれを見た。

「これはまいったぞ！」と、ダグラスがいった。「それはまったく考えなかったな。みごとだ！あたっているよ。老人は過去にけっして子どもではなかった！」

「でもそれはなにか悲しいね」と、トムはいい、じっと座っていた。「助けてあげようにもぼくらがしてあげられることはなにもないもの」

「町はマシンでいっぱいみたいだな」と、ダグラスが、走りながらいった。「アウフマンさんと《幸福マシン》、ミス・ファーンにミス・ロバータと《グリーン・マシン》。こんどは、チャーリー、なにを見せてくれるんだい？」

「《タイム・マシン》さ！」と、チャーリー・ウッドマンは先に立って駆《か》けながら、あえぎあえぎいった。「ほんともほんと、コンコンチキだ！」

「過去や未来に旅行するやつだろ？」ジョン・ハフが二人のまわりをゆうゆうとまわりながらきいた。

「過去だけなんだけどね、なんでもというわけにいかないんだ。さあ着いたぞ」

チャーリー・ウッドマンは、ある生け垣《がき》のところで止まった。

ダグラスはその古ぼけた家をじっとのぞきこんだ。「ちえっ、これはフリーリー大佐《たいさ》の家じゃないか。ここに《タイム・マシン》なんかあるはずないよ。発明家じゃぜんぜんないし、もしそうだったら、《タイム・マシン》みたいな大事なことは何年もまえからわかっていたさ」

チャーリーとジョンは正面のポーチの段々をつま先で昇《のぼ》った。ダグラスは鼻をならして頭をふり、踏《ふ》み段の下に残っていた。

「いいよ、ダグラス」と、チャーリーがいった。「トンマなままでいろよ。そりゃ、フリーリー大佐はこの《タイム・マシン》を発明はしなかったさ。でもその所有権を持っているんだし、ずっとここにあったんだ。ぼくらはべらぼうなマヌケだったから気がつかなかったまでの話さ！じゃ、きみとはさよなら、ダグラス・スポールディング！」

チャーリーはまるでレディーにつきそってでもいるようにジョンの肘《ひじ》をとって、正面のポーチの網戸《あみど》をあけ、なかに入った。網戸の閉まるバタンという音はしなかった。

ダグラスが網戸を押《お》さえて、黙《だま》ってあとについてきたからだ。

チャーリーは壁《かべ》で囲まれたポーチを横切っていき、ノックをし、内側のドアをあけた。みんなは長く暗い廊下《ろうか》の先に、海底の洞穴《ほらあな》のように照らしだされた、落ちついた緑の、うす暗く、湿《しめ》っぽい部屋を見つめた。

「フリーリー大佐？」

静まりかえっている。

「耳がよくないんだ」と、チャーリーが小声でいった。「でも、とにかく来て大声で呼んでくればいいっていったんだ。大佐っ！」

答えはただ、ふるいにかけられたような埃《ほこり》が、螺旋《らせん》階段のまわりにかなり上から降ってきただけだ。すると廊下のつきあたりのあの海底の部屋で、かすかに身動きするものがあった。

彼《かれ》らは注意ぶかく進んでいき、ただ家具が二つ入っているだけの部屋をじっとのぞきこんだ――一人の老人と一脚《きゃく》の椅子《いす》と。この二つは互《たが》いに似ていて、どちらもとてもほっそりと、いかにもぴったり合うんじゃないかとおもえる。眼球と眼窩《がんか》、腱《けん》と関節のように。部屋のほかのところは、自然のままの床板、飾《かざ》り一つない壁に天井、それに莫大《ばくだい》な量の沈黙《ちんもく》した空気。

「死んでいるみたいだよ」と、ダグラスが小声でいった。

「いや、新しく旅行する場所をちょうど考えているところなんだ」と、たいへんにほこらしげに、落ちついて、チャーリーがいった。「大佐？」

茶色の家具の一つが動くと、それが大佐であって、目をしばたたきながらまわりを見まわし、焦点《しょうてん》を合わせ、上歯のない口でとほうもなくにこにこした。「チャーリー！」

「大佐、ここにいるのはダグとジョンで――」

「よく来たね、坊《ぼう》やたち。さあ座って、座って！」

少年たちは、不安げに、床に腰《こし》をおろした。

「でもどこに――」と、ダグラスがいった。チャーリーは彼の脇《わき》腹をすかさずつっついた。

「なにがどこだって？」と、フリーリー大佐がたずねた。

「ぼくたちがしゃべってみたってどこに意味があるかって、この子はいっているんです」チャーリーはダグラスをにらみつけ、それから老人にむかってほほえんだ。「ぼくたち、なにもいうことはないんです。大佐、あなたがなにか話してください」

「いいかな、チャーリー、老人はひとがしゃべってくれと頼《たの》むのを待ちぶせしているだけでな。そのときはさびついたエレベーターがザーザー音をたてて、昇降路《シャフト》を上がってくるようにガサゴソとしゃべるわけだ」

「チン・リン・スウ」と、チャーリーはさりげなくいってみた。

「なんじゃと？」と、大佐はいった。

「ボストンですよ」と、チャーリーはうながした。「一九一〇年」

「ボストン、一九一〇年ね……」大佐はむずかしい顔をした。「ああ、チン・リン・スウね、もちろんだ！」

「そうですとも、大佐」

「そうじゃな、たしかにあれは……」大佐の声がつぶやいて、おだやかな湖水の上をただようように消えていった。「たしかにあれは……」

少年たちは待ちうけた。

フリーリー大佐はひとつ深く息をついて、間《ま》をおいた。

「一九一〇年十月一日、静かな涼《すず》しい晴れた秋の宵《よい》、ボストン演芸館、いいかな、そら目の前じゃ。満員で、みな待ちかまえておる。オーケストラだ、ファンファーレだ、そう幕が開く！ 東洋の大魔術《まじゅつ》師チン・リン・スウ！ そら、彼は舞台《ぶたい》の上だ！ そしてそれ、わしは前列のまんなかじゃ。『鉄砲《てっぽう》玉の魔術！』と、彼が叫《さけ》ぶな。『どなたかおりませんか！』わしの隣《となり》の男が出ていくぞ。『ライフル銃《じゅう》をあらためてください！』と、チンがいう。『弾丸《だんがん》に印をつけてもらいます！』と、彼がいうよ。『さあ、この印のついた弾丸を、わたしの顔を的にして、このライフル銃で撃《う》ってください』と、チン・リン・スウがいうんだ。『わたしはこの舞台のむこう端《はし》で、その弾丸を歯で受けとめてごらんにいれます』」

　フリーリー大佐はひとつ深く息をついて、また間をおいた。

　ダグラスは、なかば訳《わけ》がわからず、なかばおそるおそる、彼をじっと見つめていた。ジョン・ハフとチャーリーはすっかり夢中になっていた。いま老人は話しつづけていたが、頭とからだは凍《こお》りついたようになって、唇《くちびる》だけが動いていた。

「『用意、狙《ねら》って、撃て！』と、チン・リン・スウが叫ぶ。ズドン！　ライフル銃が鳴る。ズドン！　チン・リン・スウが悲鳴をあげる、よろける、倒《たお》れる、顔はまっかだ。大混乱。観客はみな立ちあがっている。ライフル銃に故障があったんだな。『死んだ』と、だれかがいう。そしてそのとおりじゃった。死んだ。おそろしいことだ、おそろしいことだ……わしはいつでも憶《おも》いだすことだろう……顔は赤い仮面のよう、幕が急いで降ろされ、女たちは泣いている……一九一〇年……ボストン……演芸館……かわいそうな男だ……かわいそうな男だ……」

　フリーリー大佐はゆっくりと目を開いた。

「わあ、大佐」と、チャーリーがいった。「いまのはよかったな。こんどはポーニー・ビルはどう？」

「ポーニー・ビル……？」

「それにあなたがずっと昔、七五年に大草原に立っていたときのこと」

「ポーニー・ビル……」大佐は闇《やみ》のなかに入っていった。「一八七五年……そう、わしとポーニー・ビルは、あの大草原のまんなかの小さな丘に立って、待ちうけていたんじゃ。『しーっ！』と、ポーニー・ビルがいうぞ。『耳をすましてみろ』大草原は嵐《あらし》が訪れるべくすっかり装置をととのえた大きな舞台《ぶたい》のようだ。雷《かみなり》じゃ。低く鳴っている。もう一度雷じゃ。それほど低くはないぞ。すると見わたすかぎりの大草原のむこうには、黒い稲妻《いなづま》をいっぱいにはらんだ、険悪な黄色く暗い大きな雲が、なにやら大地に沈《しず》んで、幅《はば》五十マイル、長さ五十マイル、高さ一マイル、そして地上から一インチしかはなれておらん。『おお！』と、わしは叫《さけ》んだよ、『おお！』――わしのいた丘の上からな――『おお！』大地は狂《くる》った心臓みたいにどきどきしてな、いいか、あわてふためいてしまった心臓じゃ。わしの骨はガクガクして折れんばかりだった。大地がゆれた――ドドン、ドドン、ドドーン！　これはそうそう聞かれる言葉じゃないぞ――ごうごうたる響《ひび》きというものは。ああ、あのたいした嵐がごうごうと丘を降り、登り、越《こ》えていくさまといったら、見えるものといえば雲ばかりで、そのなかはなにもわからんのだ。『あいつだ！』と、ポーニー・ビルが叫んだ。なんと、雲とは土埃《つちぼこり》なんじゃ！　水蒸気や雨じゃない、そうではなくて、ほくちみたいに乾《かわ》ききった草から舞《ま》いあがる、こまかいひき割りとうもろこしのような大草原の埃、そのときは日光にすっかり燃えあがる花粉というかな、太陽がもう出ていたからな。わしはふたたび大声で叫んだ！　なぜかって？　なぜなら地獄《じごく》の業火《ごうか》がしみだしたようなあの埃全部のなかにじゃ、いまベールが除《の》けられて、わしはあれを見たんじゃ、ほんとうじゃぞ！　昔の大草原の大軍隊――バイソンじゃ、野牛じゃ！」

　大佐は沈黙《ちんもく》が盛りあがるのをまって、また自分でそれを破った。

「黒人の大男の拳《こぶし》のような頭、機関車のような胴体《どう》！　二万、五万、二十万の鉄の弾丸《だんがん》が西から放たれて、軌道《きどう》をはずれ、どこへ飛んでいくともわからぬ燃え殻《がら》が、目は炎《ほのお》を上げる石炭のように、ごうごうと音をたてて忘却《ぼうきゃく》にむけて進んでいくんじゃ！

　埃《ほこり》があがって、しばらくのあいだ、あの一面の瘤《こぶ》にかたまりのようなたてがみ、黒い毛むくじゃらの波が上下しているのが見えた……『撃《う》て！』と、ポーニー・ビルがいいよる。『撃て！』そこでわしは撃鉄《げきてつ》を起こし狙《ねら》いをつける。『撃て！』と、彼がいうぞ。そしてわしは、自分が神の右手のような気になってそこに立ち、力と暴力のあの偉大《いだい》な光景が、真昼のさなかに真夜中の暗闇をおもわせて、きらきら光る葬列《そうれつ》のように、黒一色に長く悲しく永遠につづいて、通り過ぎ、通り過ぎていくのを見ていたんじゃが、葬列にむけて発砲《はっぽう》はできることじゃない、どうだね、おまえたち、そんなことはいったいできるかね？　そこでわしが望んでいたのはただ、埃がふたたび沈《しず》んで、殴《なぐ》りあい、押《お》し合いの困った大騒動《そうどう》を起こしている、運命のこの黒い姿をおおってくれることじゃった。そしてな、おまえたち、埃が降って来たんだ。太鼓《たいこ》を鳴らして雷を集め、埃を巻きあげて嵐を呼んでいる百万もの足を雲がかくしてしまったわ。ポーニー・ビルが罵《ののし》ってわしの腕《うで》をたたくのが聞こえたよ。しかしわしはうれしかったね、あの雲を、あるいはあの雲のなかにある力を、わしが鉛《なまり》の弾丸でさえも触《ふ》れないでいたことを。わしはただ、時がごうごうと音をたて大きく転がって急ぎ過ぎてゆき、すべてはバイソンが起こす嵐《あらし》にかくされて、ともに永遠へと運びさられてしまうのを、立って見まもっていたかったんじゃ。

一時間、三時間、いや六時間かかったろうか、嵐は地平線を越《こ》えて、かなたのわしよりも思いやりのない人たちのほうへと消えていった。ビルはいなくなっており、わしはひとりで、耳が聞こえないまま立っていた。わしはすっかり無感覚のまま、百マイル南の町を歩いて通ったんだが、人びとの声は聞こえず、聞こえないことにわしは満足じゃった。しばしわしはあの雷《かみなり》を思い出していたかったのさ。いまでもそれは聞こえるんじゃよ、今日のように雨が湖の上に生じる夏の午後にな。おそろしい、おどろくべき音じゃ……おまえたちもあるいは聞いておればよかったとおもう音じゃよ……」

かすかな光がフリーリー大佐の鼻から透《す》けて見えたが、大きな鼻で、実際、ごくうすくなまぬるいオレンジ色のお茶を受けている白い磁器《じき》のようであった。

「眠《ねむ》っているのかしら？」と、ダグラスはとうとうきいた。

「ちがうよ」と、チャーリーがいった。「充電《じゅうでん》をしなおしているところさ」

フリーリー大佐は、まるで遠い道のりを駆《か》けてきたかのように、はやく、かすかに息をついた。ついに彼は目を開いた。

「いやあ、大佐！」と、チャーリーは、感嘆《かんたん》の声をあげた。

「やあ、チャーリー」大佐は少年たちにけげんそうにほほえんだ。

「この子はダグで、その子はジョン」と、チャーリーがいった。

「はじめまして、坊《ぼう》やたち」

少年たちも、こんにちはとあいさつした。

「でも——」と、ダグラスはいった。「どこに——?」

「ほんとに、きみはマヌケだなあ!」チャーリーはダグラスの腕《うで》をつついた。彼は大佐のほうをむいた。「お話をされていたところでは?」

「そうかねえ?」と、老人はつぶやいた。

「南北戦争はどう」と、ジョン・ハフはそっとほのめかしてみた。「憶《おぼ》えているかな?」

「わしが憶えているかって?」と、大佐がいった。「ああ、憶えている、憶えているぞ!」彼が目を閉じるにつれて、声が慄《ふる》えた。「なんでもだ! ただ一つだけ憶えてないのは……どちらの側にたってわしは戦ったかということだな……」

「軍服の色は——」チャーリーがいいだした。

「色はにじんできている」と、大佐は小声でいった。「はっきりしなくなっているな。兵士たちがいっしょにいるのは見えるが、わしは長いこと以前から軍服や軍帽《ぼう》の色を見るのはやめてしまったんじゃ。わしはイリノイ州で生まれ、ヴァージニア州で育ち、ニューヨーク州で結婚《けっこん》し、テネシー州に家を建て、そしていま、ずいぶん晩年になってから、これ、このように、どうじゃ、グリーン・タウンに舞《ま》いもどってきた。だからわかるじゃろう、どうして色がにじんで、混って……」

「でも、山脈のどちら側で戦ったか憶《おぼ》えているでしょう？」チャーリーは大声をあげたりはしなかった。「太陽は右手から昇《のぼ》ったの、それとも左のほうから？　カナダにむかって行進したの？　それともメキシコにむかってなの？」

「太陽は、わしのこの右手のほうから昇った朝もあれば、左の肩《かた》の上に昇った朝もあったようじゃな。わしらはあらゆる方角に行進をしたんじゃ。かれこれ七十年にもなる。そんなとうの昔の太陽やら朝やらを憶えてはいないもんさ」

「勝った記憶《きおく》はあるでしょう？　勝った戦いのこと、どこかの？」

「いいや」と、老人は、ずっと奥《おく》深いところに沈《しず》んだままいった。「わしはいつだろうと、どこだろうと、だれかが勝ったなどという記憶はないね。戦争は勝つものじゃないんだ、チャーリー。いつだって敗けるだけで、最後に敗けたほうが降参するのだよ。わしの憶えていることといえばたくさんの敗北と悲しみだけで、よかった記憶は終戦のほかにはなにもない。終戦はな、チャールズ、鉄砲《てっぽう》とはぜんぜん関係がないからな、まったくそれ自身がひとつの勝利なんじゃ。じゃが、おまえさんたち男の子がわしに話せというのはそうした種類の勝利とはおもえんね」

「アンティータム（南北戦争の戦場の一つ）はどうだい」とジョン・ハフがいった。「アンティータムのことをきいてみろよ」

「わしはそこにもいたよ」

少年たちの目が輝《かがや》いた。「ブルラン（二回の戦闘《せんとう》で南軍が勝ったところ）、ブルランをきいてごらんよ……」

「わしはそこにもいたよ」と、おだやかな声。

「シャイロー（一八六二年北軍が勝った古戦場）はどう？」

「わしはこれまで考えなかった年は一年としてない、なんという美しい名前だ、戦闘の記録にしかこの名前が出てこないとはなんと恥《は》ずべきことかとな」

「シャイローね。サムター要塞《ようさい》（一八六一年四月南軍がここを攻撃《こうげき》して南北戦争がはじまった）は？」

「わしは最初の硝煙《しょうえん》が上がるのを見たんじゃ」夢見るような声だ。「とてもたくさんのことがよみがえってくる、ああ、とてもたくさんのことが。いろんな歌を憶《おぼ》えているよ。『今宵《こよい》ポトマック河に異常なく、兵士は安らかに夢を見る。冴《さ》えた秋の月の光に、あるいは篝火《かがりび》に照らされて、露営《ろえい》のテントがかすかに光る』おもいだすぞ、おもいだすぞ……『今宵ポトマック河に異常なく、聞こえるはただ河の速き流れ。されど露《つゆ》はやさしく死者の顔に降る——哨兵《しょうへい》勤務は永遠の非番だ！』……南軍が降伏《こうふく》したのち、リンカン氏がホワイトハウスのバルコニーで楽隊に演奏を所望《しょもう》したのはな『顔をそむけよ、顔をそむけよ、南部諸州《ディクシー・ランド》……』またこれから千年は歌いつがれるじゃろう歌を、ある晩に書きあげたボストンの婦人がいた——『主の再臨の栄光をわたしの目は見た。主は怒《いか》りのぶどうの貯えられた収穫《しゅうかく》を踏《ふ》みつけておられた』夜ふけにわしは自分の口が動いて昔の別の時代に歌をうたっているのを感じることがあるんじゃ。『御身《おんみ》ら、南部諸州の騎士《きし》たちよ！　南部の国の護《まも》り手よ……』『高き誉《ほま》れを約束されて、少年たちが意気揚々《ようよう》と凱旋《がいせん》するとき、兄弟よ……』とてもたくさんの歌が、両方の側で歌われ、夜風にのって北へ、南へと飛んでいったんじゃ。『われらはまいります、父なるアブラハム、三十万もの……』『今夜は露営《ろえい》だよ、今夜は露営だよ、昔の野営地に露営だよ』『万歳《ばんざい》、万歳、われらが解放の祝祭だ、万歳、万歳、わしらを自由にする旗だ……』」

老人の声がだんだん聞こえなくなった。

少年たちは長いあいだ身じろぎもせずに座っていた。やがてチャーリーがふりむき、ダグラスを見て、いった。「さあ、大佐はそうかい、そうでないかい？」

ダグラスは二度息をついて、いった。「たしかにそうだ」

大佐は目をあけた。

「わたしがたしかになにだって？」と、彼はきいた。

「《タイム・マシン》です」と、ダグラスはつぶやくようにいった。「《タイム・マシン》です」

大佐は子どもたちをたっぷり五秒間見ていた。こんど畏怖《いふ》の念に満ちていたのは大佐の声だった。

「そんなふうにきみたち男の子はわしのことを呼んでるのかね？」

「そうですとも、大佐」

「そうですとも」

大佐は椅子《いす》にふかぶかとゆっくり背をもたせると、少年たちを見、自分の両手を見、それから彼らのむこうのなにもないのっぺりとした壁《かべ》をまじまじと見つめた。

チャーリーは立ちあがった。「さあ、そろそろ失礼しないと。さよなら、どうもありがとう、大佐」

「なに？　ああ、さよなら、坊《ぼう》やたち」

ダグラスとジョンとチャーリーはそっとつま先でドアの外に出た。

フリーリー大佐は、子どもたちが彼の視界の境界を越《こ》えていったにもかかわらず、彼らが行くのを見てはいなかった。

通りに出てみると、だれか頭上の一階の窓から「おーい！」と叫《さけ》ぶ者があって、少年たちはびっくりした。

彼らは見あげた。

「はいっ、大佐？」

大佐はからだをのりだして、片方の腕《うで》をふっていた。

「きみたちのいったことを考えたんじゃよ、坊やたち！」

「はい？」

「それで——坊やたちのいうとおりじゃ。どうしてわしはまえにそれを考えてもみなかったんだろう！　《タイム・マシン》じゃよ、ほんとに、《タイム・マシン》な！」

「そうですとも」

「さよなら、坊やたち。いつでも来ておくれ！」

通りのはずれで少年たちがまたふりかえってみると、大佐はまだ腕《うで》をふっていた。彼らも手をふって答え、ほのぼのとした、いい気持ちになり、それからまた歩いていった。

「シュッシュッ」と、ジョンがいった。「ぼくは十二年前まで過去に旅ができるよ。ドシン、シュッシュッ、カンカン！」

「そりゃそうさ」と、チャーリーはいい、あのひっそりした家をふりかえった。「でも百年は行けないだろ」

「うん」と、ジョンは感慨《かんがい》ぶかげにいった。「百年は行けないね。そいつはほんとに旅行らしいや。そいつはほんとにマシンだな」

彼らはまる一分間というもの黙《だま》ったまま、自分の脚《あし》を見て歩いた。垣根《かきね》のところにやってきた。

「この垣根を越《こ》えるびりっけつは女の子」と、ダグラスがいった。

家に帰る途中《とちゅう》ずっと、みんなはダグラスのことを「ドーラ」と女の子の名で呼んでいた。

真夜中もだいぶ過ぎたころ、トムが目をさましてみると、ダグラスが、懐中《かいちゅう》電灯の光を頼《たよ》りに、五セントのメモ帳にせっせと鉛筆《えんぴつ》を走らせていた。

「ダグ、なにが起こったの？」

「起こった？　あらゆるものが起こってるさ！　ぼくは自分の幸福を数えているんだよ、トム！　いいかい、《幸福マシン》はうまくいかなかった、そうだろう？　しかし、かまうもんか！　とにかく、ぼくは一年間の計画をたててあるんだ。本通りのどこへでも、駆《か》けていく必要があれば、グリーン・タウン市街電車に乗って見てまわり、そこから世界を監視《かんし》すればいい。本通りからはずれたどこへでも、駆けていく必要があれば、ミス・ファーンとミス・ロバータの家の戸をたたくと、小型電気自動車の電池に充電《じゅうでん》してくれて、歩道をすいすいと進んでいける。裏通りを駆けていったり、垣根《かきね》を越《こ》えたり、グリーン・タウンのなかでもうしろ側しか見れなくて、這《は》って登るしかない場所を見る必要があれば、ぼくには真新しい運動靴《ぐつ》があるさ。運動靴、小型電気自動車、市街電車！　用意はできているんだ！　でも、もっといいことがあるんだ、トム、もっといいこと、いいかい！　もしぼくが、みんなは気がきかなくて思いもよらないためにぼくしか行けないところに行こうとおもったら、もしぼくが一八九〇年に駆けもどって、それから一八七五年に移って、ふたたび町を横断して一八六〇年に移ろうとおもったら、ぼくは古い《フリーリー大佐急行》にとびのりさえすればいいんだ！　それをぼくはここんところにいまこう書いているんだよ――『ぼくたちがベントレー夫人について主張するように、たぶん老人はかつて子どもだったことはないのだろう。しかし、大きかったにせよ小さかったにせよ、老人のある者は、一八六五年の夏に、アポマトックス（一八六五年南軍リー将軍が北軍グラント将軍に降伏《こうふく》し、南北戦争に終止符《しゅうしふ》をうった町）のあたりに立っていたのである』老人たちはインディアンみたいに目がよく見えて、おまえやぼくが前をいかによく見えるようになっても、もっと遠くまでうしろを見ることができるんさ」

「それはすばらしそうだね、ダグ。どういう意味？」

ダグラスは書きつづけた。「その意味は、おまえやぼくは、お年寄りにくらべて遠く旅する人になれる機会が半分もないということだ。もし運がよかったら、ぼくたちは四十、四十五、五十歳《さい》に達するだろう。それはあの人たちにとっては街区《ブロック》をひとまわりするとぼとぼと歩きにすぎないんだ。九十、九十五、百歳に達して、ようやくものすごく遠く旅をしているというわけ」

懐中《かいちゅう》電灯が消えた。

二人は月明かりに照らされて横になっていた。

「トム」と、ダグラスが小声でいった。「ありとあらゆる旅をしなきゃいけないな。見られるものはなんでも見てやるんだ。とりわけフリーリー大佐のところに週に一、二回は行かなきゃ。彼《かれ》はほかのすべての機械よりいいよ。大佐がしゃべり、ぼくたちは聞くんだ。そして彼がしゃべればしゃべるほど、ますますぼくたちはじっとあたりを見まわして、ものごとに気づくように仕向けられるんさ。ぼくらはとても特別な列車に乗っているのだ、と大佐はいうんだけど、ほんとに、またたしかに、そのとおりなんだ。大佐はその路線を通ってきたもんで、わかっているんだ。そこへいまこうしてぼくらが、おまえとぼくが、同じ線路をやってきたのだけど、もっと先があって、たくさん見たり、嗅《か》いだり、ものをあつかったりしなきゃいけないんだ。老フリーリー大佐に強く押《お》してもらい、ぼんやりしないで、一秒一秒憶《おぼ》えておけといわれる必要があるんだ！　およそ物ごとはどれもこれも憶えるんさ！　そこでぼくらがほんとうに年をとったときに子どもたちがやってきたら、大佐がかつてぼくたちにしてくれたことを、ぼくたちは子どもたちにしてあげられるんだ。こういう次第《しだい》なんだ、トム。ぼくは大佐とできるかぎりひんぱんに遠い旅に出られるように、大佐のところに行って話を聞いて大いに時間を過ごさなきゃならないんさ」

トムはしばらく黙《だま》っていた。それからそこの暗がりにいるダグラスを見やった。

「遠い旅ね。それ兄さんが考え出したの？」

「そうかもしれないし、そうでないかもしれない」

「遠い旅か」トムが小声でいった。

「たった一つだけぼくにたしかなのはね」とダグラスはいい、目を閉じた。「それはほんとに孤《こ》独《どく》のようだよ」

バタン！

ドアが音をたてて閉まった。屋根裏部屋で化粧《けしょう》だんすや本棚《だな》から埃《ほこり》がとびあがった。二人の老婦人が屋根裏のドアにくずれるように倒《たお》れかかって、どちらも躍起《やっき》になってかたく、かたく錠《じょう》をおろした。すぐ頭の上の屋根から千羽の鳩《はと》が飛びたったようだった。二人は重い荷を負わされたかのようにからだを曲げ、バタバタとはばたく音にひょいと頭をかがめた。それから二人は動くのをやめ、口はポカンとおどろいたようすだった。彼女《かのじょ》たちに聞こえたのはただ、純粋《じゅんすい》なとつぜんの恐怖《きょうふ》の音、胸のなかの心臓の音だ……二人はその喧噪《けんそう》を圧して、自分の言葉を伝えようとした。

「なんということをわたしたちはしてしまったんでしょう！　かわいそうなクウォータメインさん！」

「殺してしまったにちがいないわ。またたれかが見て、あとをつけてきたにきまっているわ。ほら……」

ミス・ファーンとミス・ロバータは蜘蛛《くも》の巣のかかった屋根裏の窓からのぞいてみた。地上では、なんらの大悲劇も起こらなかったかのように、樫《かし》や楡《にれ》の樹《き》がさわやかな日光を浴びてすくすくと成長をつづけていた。少年が一人、歩道をぶらぶらと通ってゆき、まわれ右をすると、またぶらぶらと通りすぎて、上を見あげた。

屋根裏では、老婦人たちが、まるで流れる水のなかで相手の顔を求めあうように、顔をじっと見あわせた。

「警察だわ！」

しかし階下のドアをドンドンたたいて、「法の名において！」と叫《さけ》ぶものはなかった。

「下のあの男の子はだれだろうね？」

「ダグラスよ、ダグラス・スポールディングだわ！　そうだ、《グリーン・マシン》に乗せてくれって来たのよ。あの子は知らないのよ。わたしたちの誇《ほこ》りがわたしたちを滅《ほろ》ぼしたのね。誇りとそれにあの電気器械！」

「あのガムポート滝《たき》から来たおそろしいセールスマンよ。あいつのせいだわ、あいつとあいつのおしゃべり」

ペチャクチャ、ペチャクチャ、ちょうど夏の屋根にあたる柔《やわ》らかい雨のようだった。

とつぜん、別の日の、別の正午の光景が展開した。二人は白い扇《おうぎ》を持ち、冷たい、ブルンブルンふるえているライムのジェロウ（ゼリー菓子《がし》の名）の皿をまえに、亭《ちん》のあるポーチに座っていた。

目のくらむようなぎらぎらする光のなかから、黄色い太陽のなかから、燦然《さんぜん》と、華麗《かれい》な王者の乗り物のように現れたのは……

《グリーン・マシン》だ！

それはすべるように進んだ。それはささやいた、大海原のそよ風のささやき。楓《かえで》の葉のように繊細《せんさい》で、小川の流れのようにさわやかで、真昼にのそりのそりとうろつきまわる猫《ねこ》の威厳《いげん》をもってゴロゴロと音をたてた。車《マシン》のなかには、両耳の上でポマードのなかにパナマ帽《ぼう》を浮《う》かせて、ガムポート滝《たき》からやってきたセールスマンがいる！　車は、そっと、ぬけ目のない、ゴムの足を持っていて、灼《や》けた白い歩道をさっと走って、ポーチの一番下の段々のところにヒューと飛んでくると、一回転して、とまった。セールスマンがとびおりて、パナマ帽で日光をさえぎった。この小さな日かげのなかで、彼《かれ》の微笑《びしょう》がぱっと輝《かがや》いた。

「名前はウィリアム・タラです！　そしてこれが――」彼はゴム球をつまんだ。アザラシの吼《ほ》える声が響《ひび》きわたった。「警笛ですな！」彼は黒いサテンのクッションを持ちあげた。「蓄電池《ちくでんち》です！」稲妻《いなづま》のにおいが暑い空中に流れた。「操縦桿《かん》！　足置き！　頭の上のパラソル！　これが全体で、《グリーン・マシン》！」

暗い屋根裏では、婦人たちが、目を閉じて、おもいだしては、身を慄《ふる》わせた。

「どうしてあいつをかがり針で刺《さ》してやらなかったんだろうね？」

「シーッ！　ほら」

だれかが階下の玄関《げんかん》のドアをノックした。ノックはしばらくしてやんだ。一人の女が庭を横切って隣《となり》の家に入るのが見えた。

「きっとラヴィニア・ネッブズよ、からのカップをもって、砂糖、借りに来ただけよ」

「つかまえていてちょうだい、わたしこわい」

二人は目を閉じた。ふたたび追憶《ついおく》がはじまった。鉄のトランクの上にあった古びた麦わら帽《ぼう》が、とつぜんガムポート滝《たき》から来た男によってうちふられたようだった。

「これはどうも、アイス・ティーはぜひごちそうになりますよ」静まりかえったなかで、冷たい液体が男の胃袋《いぶくろ》をおどろかすのが聞こえた。それから男は、お医者さんが小さな明かりをもって、目や鼻や口をのぞきこむように、視線を老婦人たちにむけた。「そちらさまは、おふた方ともお元気なのはようわかります。いかにもお元気そうですからな。八十歳《さい》といいましても」――彼は指を鳴らした――「おふた方にはなんでもありますまい！　ですが、よろしいですか、あなたが忙《いそが》しくて、忙しくて、ほんとうのお友だちが必要になる、まさかのときのお友だちが必要になる、そういうときがあるものでして、まさかのときの友こそ真の友とも、そのお友だちこそがこの二人乗りの《グリーン・マシン》なんですよ」

剝製《はくせい》の狐《きつね》のきらきら光る緑のガラスの眼《め》のような眼差《まなざ》しで、彼はあのすばらしい商品をじっと見つめた。それはいかにも新しいにおいをただよわせて、暑い陽の光のなかで彼女たちを待ちうけて、客間の椅子《いす》が車輪の上に心地《ここち》よくのっているように見えた。

「静かなことと白鳥の羽のごとしですよ」

セールスマンがそっと顔に息を吹《ふ》きかけるのを彼女たちは感じた。「耳をすましてごらんなさい」彼女たちは耳をすましてみた。「いま蓄電池《ちくでんち》はいっぱいに充電《じゅうでん》されて、用意ができています！　耳をすましてごらんなさい！　震動《しんどう》はいたしません、音もしません。電気なんですよ、おふた方！　毎晩ガレージでまた充電をなさればいい！」

「まさか――その――」妹のほうがアイス・ティーをすこしゴクゴクと飲んだ。「あやまって感電死したりしないでしょうね？」

「とんでもございません！」

彼はひらりとまた車のところにとんでもどったが、彼の歯は、夜に歯科医の陳列《ちんれつ》窓を通りすぎるとき、歯だけが、こちらにむかって顔をしかめている、そんな感じだ。

「お茶の会！」彼はその小型自動車と輪を描《えが》いてワルツを踊《おど》った。「ブリッジ・クラブ。夜会。お祭り。午餐《ごさん》会。お誕生日の集まり！　建国者愛国婦人会《ディー・エイ・アール》の朝食会」彼は永久に走り去ってしまうかのように、ゴロゴロ音をたてていってしまった。こんどはゴムタイヤならではの静かさでもどってきた。

「戦死者の母《ゴールド・スター・マザー》の夕食会」お世辞《せじ》たっぷりに女らしくみせようとして、コルセットで締《し》めつけられたように、男は車に固苦《かたくる》しく座っていた。「操縦は簡単。そっと優雅《ゆうが》なお出かけとお帰り。免許証はいりません。暑い日には――そよ風をどうぞ。ああ……」彼はすうっとポーチを通りすぎていったが、頭をうしろにそらし、目をうっとりと閉じて、乱れた髪《かみ》がきれいに風をきって進んだ。

セールスマンはポーチの踏《ふ》み段を、帽子《ぼうし》を手に、うやうやしく一歩一歩昇《のぼ》ってきて、親しい教会の祭壇《さいだん》を見るかのように、この試作品をふりかえってじっと見つめた。「おふた方」と、彼は静かにいった。「二十五ドルを即金《そっきん》でいただきます。あとは毎月十ドルずつ、二年間です」

ファーンが最初に段々を降りて、二人乗りの座席に乗りこんだ。彼女は心配そうに座ってみた。手がむずむずした。手をあげた。勇気を出してゴムの丸い警笛をつねった。

アザラシが吼《ほ》えた。

ロバータは、ポーチの上で、陽気にキャッキャッ笑って、手すりから身をのりだした。セールスマンも彼女たちといっしょになってはしゃいだ。大笑いしながら、彼は姉の老婦人の手をとって踏《ふ》み段を降りてゆき、同時にペンを取りだし、麦わら帽子《ぼうし》のなかからなにやら紙切れを捜《さが》していた。

「そこでそれを買ったんだわ！」と、ミス・ロバータは、屋根裏で、自分たちの大胆《だいたん》さにぞっとしながら憶《おも》いだした。「もっと注意しなきゃいけなかったのね！　巡業《じゅんぎょう》見世物のローラーコースターから取ってきた小さな車みたいだって、いつもおもっていたわよ！」

「でもね」と、ファーンは弁解するようにいった。「わたしはお尻《しり》がわずらわしくなっているし、あなたはいつも歩くと疲《つか》れるから。あれはとても洗練されていて、とても王者らしい風格があるようにおもえたけどね。女が輪骨入りスカートをはいていた昔みたい。昔の女のひとたちは颯爽《さっそう》と歩いたわ！　《グリーン・マシン》もそれは静かに颯爽と進んだもの」

遊覧船のようなものでしてね、操縦はおどろくほどやさしくって、ハンドルの棒を手でグイと引くんです、そうそうそんなふうに。

おおあのすばらしかった、魅《み》せられたような最初の週――金色の光に輝《かがや》く魔法《まほう》の午後に、時間を超《こ》えた夢見る河の流れにのって、日かげの町をブンブンと通ってゆき、からだをかたくして座り、通りがかりの知人たちににっこり笑いかけ、曲がり角ごとに落ちついてしわくちゃの手をさしのべ、交差点では黒いゴムの警笛からしわがれた叫《さけ》び声を絞《しぼ》りだし、ときにはダグラスやトム・スポールディングなり、ほかのだれでも、おしゃべりしながら、ならんでトコトコと走る男の子を便乗させてやったりした。時速十五マイルのゆっくりと愉《たの》しい最高速度なのである。二人は夏の日光と日かげとを出たり入ったり、通りすぎる樹々《きぎ》に顔はそばかすやしみをつけられながら、年老いた幽霊《ゆうれい》が車に乗っているかのように行き来したのだった。

「そして」と、ファーンが小声でいった。「今日の午後なんだわ！　ああ、今日の午後といったら！」

「あれは事故だったのよ」

「でもわたしたちは逃《に》げたんだし、これは罪になるわ！」

今日の正午のこと。お尻《しり》の下の皮のクッションのにおい、持っているにおい袋《ぶくろ》の灰色の香料《こうりよう》のにおいをうしろになびかせて、彼女たちはこの小さな、けだるい町を、自分たちの静かな《グリーン・マシン》に乗って通っていった。

それはあっという間に起こった。通りは火ぶくれになって燃えさかり、日かげといえば芝生《しばふ》の上の木かげしかなかったので、彼女たちは正午の歩道に静かに車を走らせて、しわがれ声の警笛を鳴らしながら、見通しのきかない曲がり角にさしかかった。いきなり、びっくり箱のように、どこからともなく、クウォータメインさんがよろよろと出てきた！

「気をつけなさい！」と、ミス・ファーンが金《かな》切り声をあげた。

「気をつけなさい！」と、ミス・ロバータも金切り声をあげた。

「気をつけろ！」と、クウォータメインさんは大声で叫《さけ》んだ。

二人の婦人は操縦桿《かん》を握《にぎ》るかわりに、お互《たが》いにしがみついた。

おそろしいドスンという音がした。《グリーン・マシン》は、陰《かげ》をつくっている西洋栗《ぐり》の樹《き》の下を、たわわに実をつけたりんごの樹を通りすぎて、暑い日射しのなかをすべるように進みつづけた。彼女たちはたった一度だけうしろをふりかえったが、二人の老婦人の目は先ほどの恐怖《きょうふ》をおもわせて虚《うつ》ろだった。

老人は、歩道に、沈黙《ちんもく》したまま、横になっていた。

「そしてここにもどってきたんだわ」と、暗くなっていく屋根裏でミス・ファーンが嘆《なげ》いていった。「ああ、どうしてとまらなかったんでしょう！　どうして逃《に》げたりしたんでしょう？」

「シーッ！」二人は聞き耳をたてた。

ふたたび階下で戸をたたく音がした。

それがやむと、一人の少年がうす暗がりのなかを芝生《しばふ》を横切っていくのが見えた。「なんだ、ダグラス・スポールディングがまた乗せてもらおうとしてきたのね」二人ともため息をついた。

時間が過ぎた。太陽は沈《しず》みはじめた。

「午後のあいだずっとこの上にいたのね」と、ロバータが疲《つか》れたようすでいった。「みんなが忘れてしまうまで屋根裏に三週間もかくれているわけにはいかないわ」

「飢《う》えてしまうわよ」

「じゃあ、どうしましょう？　だれかわたしたちを見かけて、ついてきたとおもう？」彼女たちはお互《たが》いに顔を見あわせた。

「いいえ。だれも見てはいなかったわ」

町は静まりかえっていて、小さな家々がどこも明かりをつけた。地上では草に水をやったり、夕食を料理するにおいがした。

「食事の時間ね」と、ミス・ファーン。「十分したらフランクが帰ってくるわ」

「思いきって階下《した》へ降りてみる？」

「家がからっぽだとわかったらフランクは警察を呼ぶわ。そうしたらもっと悪いことになるわね」

太陽は急速に落ちていった。いまや二人は黴《かび》くさい暗黒のなかに動く二つのものにすぎなかった。「あなた」と、ミス・ファーンはいぶかしげに、「彼は死んだと思う?」

「クウォータメインさんのこと?」

一瞬《いっしゅん》の沈黙《ちんもく》。「ええ」

ロバータはいいにくそうだった。「夕刊を調べてみましょう」

彼女たちは屋根裏のドアをあけ、下に通じる階段を注意ぶかく見た。「ああ、もしフランクがこのことを聞いたら、わたしたちの《グリーン・マシン》を取りあげてしまうだろうねえ。あれに乗って、涼《すず》しい風をうけて、町を見るのはほんとにすてきな楽しいことなのに」

「彼にはいわないわよ」

「いわないの?」

二人は助けあいながらキーキーきしる階段を二階に降りて、立ちどまって耳をすました……台所に入ると、隣《となり》の食料品貯蔵室をのぞき、こわごわ窓の外をそっとうかがい、最後にこんろでハンバーグステーキを焼く仕事にとりかかった。五分間黙《だま》って仕事をしたあと、ファーンは悲しげにロバータを見やって、いった。「考えていたのよ。わたしたちったら年をとっていて、かよわく、そのくせそれを認めたがらない。わたしたちは危ない存在なのね。轢《ひ》き逃《に》げしたことで社会に借りがあるんだわ——」

「それで——?」二人の姉妹が、手にはなにも持たず、顔を見あわせると、揚《あ》げものをしていた台所に一種の沈黙が襲《おそ》った。

「わたしはおもうのよ」——ファーンは長いあいだ壁《かべ》をじっと見つめた——「もう二度と《グリーン・マシン》にけっして乗るべきじゃないんだわ」

ロバータは皿をとりあげて、細い手でそれをもっていた。「二度と——けっして?」と、彼女はいった。

「ええ」

「でも」と、ロバータはいった。「なにも——始末することはないんじゃないの? 置いておくことはできるでしょう?」

ファーンはそのことを考えてみた。「そうね、置いておけると思うわ」

「少なくともあれにはなにか意味があるでしょうしね。いま外にいって、バッテリーの線を切ってくるわ」

彼女たちの弟、彼女たちから見ればたった五十六歳《さい》のフランクが入ってきたときは、ちょうどロバータが出ていこうとしていた。

「やあ、姉さんたち!」と、彼は大声でいった。

ロバータはひとこともいわずに彼のわきをかすめて通りすぎ、外の夏の黄昏《たそがれ》のなかへと歩いていった。フランクが新聞を持っていたのを、ファーンはすぐに彼からひったくった。慄《ふる》えながら、彼女はその隅《すみ》から隅まで目を通して、ため息とともに、彼に返した。

「いまさっき外でダグラス・スポールディングに会ったよ。伝言があるというんだ。心配しないようにとさ——あの子はすっかり見ていて、なにごとも問題はないそうな。いったいそれはなんのことかね？」

「そんなことさっぱりわからないわよ」ファーンはむこうをむいて、ハンカチを捜《さが》した。

「やれやれ、あの坊《ぼう》やたちは」フランクは姉の背中をじーっと見ていたが、つぎに肩《かた》をすくめた。

「夕飯はもうすぐなんだろう？」と、彼は快活にたずねた。

「ええ」ファーンはキッチン・テーブルの用意をした。外から警笛の球をつまんだ音が聞こえた。一度、二度、三度——はるかに遠く。

「あれはなんだね？」フランクはキッチンの窓ごしにうす明かりのなかをのぞきこんだ。「ロバータはなにをしているんだ？　あそこにいるあれを見てごらんよ、《グリーン・マシン》に座って、ゴムの警笛をつっついているぞ！」

さらに一度、二度、うす明かりのなかに、低く、ある種の動物がなにか悲しみに沈《しず》んでいるような、ゴム球をつねった音が聞こえた。

「いったい姉さんはなにに取り憑《つ》かれたんだ？」と、フランクがたずねた。

「あなたはほっとけばいいの！」と、ファーンが叫《さけ》んだ。

フランクはおどろいたようだった。

一瞬《いっしゅん》のちにはロバータが、だれにも目をくれず、静かに入ってきて、そしてみんなは夕食の席についた。

外の屋根にさす曙光《しょこう》。早い早い朝。すべての樹々《きぎ》の葉は、夜明けのごくかすかなそよ風にも慄《ふる》えて、静かに目をさます。するとこんどは、遠くむこうのほうで、銀色に光るカーブした路線を、市街電車が、四つの鋼鉄色をした小さな車輪の上で平衡《へいこう》をとりながらやってくるのだが、色はタンジールミカンの赤味のかかった強烈《きょうれつ》な橙色《だいだい》だ。ちらちら光る真鍮《しんちゅう》の肩章《けんしょう》をつけ、金の縁飾り《パイピング》がしてある。老運転手が皺《しわ》のよった靴《くつ》で軽くたたくと、クロムのベルがチンチンと鳴った。前面と両わきに書かれた数字はレモンのように鮮《あざ》やかだ。車内では、座席が冷たい緑の苔《こけ》のようにチクチクする。なにやら馬車の鞭《むち》のようなものが屋根からパッと伸《の》びて、通りすぎてゆく樹々のあいだに高くかかる蜘蛛《くも》の糸をこすり、そこから電車は活力を得ている。窓という窓からは、芳香《ほうこう》が、いたるところに広がる夏の嵐《あらし》と稲妻《いなづま》の青いひそかなにおいが、吹《ふ》きだしている。楡《にれ》の木かげの長い通りを市街電車は進んでゆき、運転手の灰色の手ぶくろをした手は、優しく、時間を忘れたもののように、レバー・ハンドルのついた操縦装置をさわっていた。

正午に運転手は電車をブロックのまんなかでとめて、身をのりだした。「やあー!」

するとダグラスにチャーリーにトムにそのブロック全部の男の子や女の子たちが、灰色の手ぶくろをした手がふられているのを見て、木から降り、縄跳《なわと》びの縄を白い蛇《へび》のようにして芝生《しばふ》にほったらかし、駆《か》けてきて緑のプラッシュの座席に座ったが、そこも無料なのだ。運転手のトリデンさんは、声をかけながら、日かげの多いそのブロックに市街電車を進めるあいだ、手ぶくろで集金箱の口をずっと押《お》さえていたのである。

「ちょっと！」と、チャールズがいった。「どこへいくの？」

「これが最後なんだよ」と、前方の高い電線を見すえて、トリデンさんがいった。「もう市街電車はなくなるんだ。明日からバスが走りますよ。年金をつけてこのわしを引退させようというんだね、当局は。そこでな——みなさん無料で乗ってください、というわけだ！　危ない！」

彼《かれ》は真鍮《しんちゅう》の把手《とって》をカタカタとまわし、電車はうなって、無限につづく緑のカーブをぐーんとまわり、そのあいだ世界はいっさいの動きを止めて、ただ子どもたちとトリデンさんと彼のすばらしいマシンだけが、果てしのない河を、遠くに、進んでいくかのようであった。

「今日が最後だって？」と、おどろいて、ダグラスはきいた。「そんなことできることじゃないよ！《グリーン・マシン》がガレージにしまいこまれて、見られなくなってしまい、それも議論なしにきまったなんて、それだけでもひどい話なのに。またぼくの新しいテニス靴《ぐつ》が古びて、のろのろしてきたのだって十分にひどいというのに！　どうやってぼくは動きまわったらいいのさ？　でも……でも……市街電車をとりはらってしまうなんてできることじゃないよ！　だって、きまってるじゃないの」と、ダグラスはいった。「どう見たって、バスは市街電車じゃないもの。同じような音はたてないじゃない。線路も電線もないし、火花も散らさないし、線路に砂を撒《ま》いたりしないし、色はちがうし、ベルはついていないし、市街電車のようにステップを降ろしたりしないじゃないか」

「やあ、そのとおりだ」と、チャーリーがいった。「ぼくは市街電車が、アコーデオンみたいにさ、ステップを降ろすのを見るのがいつも楽しみなんだ」

「そうさ」と、ダグラスはいった。

そうして彼らはその線路の終点にきた。銀色に光る線路は、十八年間放置されたまま、さらに起伏《きふく》する平野へとのびていた。一九一〇年には、人びとは大きなピクニック用の大型バスケットをもって、チェスマンズ・パークに市街電車に乗っていったものである。線路は、一度もはぎとられることもなく、丘陵《きゅうりょう》のあいだにさびつくままになっていた。

「ここでまわれ右するのね」と、チャーリーがいった。

「ここで残念、ちがいました！」トリデンさんは非常用発電機のスウィッチをパチッといれた。

「それ！」

市街電車は、ガタガタとゆれ、颯爽《さっそう》とすべるように、市の境界を押《お》し通り、街路とは分かれて、丘をかぐわしい日光と、きのこのにおいのする広大な広がりをもつ日かげとの合い間を通って、一気に舞《ま》いおりた。そこここで小川の流れが線路を浸《ひた》し、日光が緑のガラスを通すように樹々《きぎ》から漏《も》れてきた。彼らは野生のひまわりに洗われ、さらさらと音をたてて牧草地をすべって、パンチ穴の入った乗り換《か》え切符《きっぷ》の紙吹雪《ふぶき》のほかはいっさいなにも残っていない小駅を通りすぎて、森の流れを追って夏の田園へと入り、そしてダグラスはしゃべった。

「そりゃもちろん、問題は市街電車のにおいなんだ。これがちがうんだよ。ぼくはシカゴのバスに乗ったことがあるんだ。妙《みよう》なにおいさ」

「市街電車はのろすぎるんだな」と、トリデンさんがいった。「バスを運行させるというんだよ。みんなのためのバス、学校行きのバス」

電車が哀《あわ》れっぽい音をたててとまった。頭の上からトリデンさんは大きなピクニック用の大型バスケットをおろした。喚声《かんせい》をあげて、子どもたちはバスケットを運びだすのを手伝い、古い野外音楽堂が白蟻《しろあり》に食われ、ぼろぼろに塵《ちり》となって建っている、静まりかえった湖に注ぎこむ小川のそばに置いた。

みんなは座って、ハム・サンドや新鮮《しんせん》ないちごやつやつやのオレンジを食べ、トリデンさんは二十年まえのようすを話してきかせた——あの飾《かざ》りたてた音楽堂では夜に楽団が演奏をおこなって、楽士たちはラッパに懸命《けんめい》に空気を吹《ふ》きこんでいた。まるまると肥《ふと》った指揮者の指揮棒から汗《あせ》がとび散り、子どもたちと螢《ほたる》とは深い草のなかを駆《か》けっこし、長い裾《すそ》をひき前髪《まえがみ》を高くふくらませた女性が、息のつまりそうなカラーをした男性と連れだって、木琴《もっきん》のように音をたてる遊歩道を歩いていたもんだ。その散歩道も長い歳月《さいげつ》にすっかりぐちゃぐちゃになっている。湖は静まりかえって、碧《あお》く、波風もなく、魚が明るい葦《あし》のあいだをぬってのどかに泳ぎ、運転手はいつまでもいつまでもつぶやくように語りつづけ、子どもたちはいま別の年にいるように感じて、トリデンさんの目は、青く電気で光る、小さな球みたいに輝《かがや》いて、おどろくほど若く見えた。のんびり

とただよう、くつろいだ一日で、あわただしく駆《か》けたりするものはない。まわりはすっかり森にかこまれ、太陽は一点にとどまって、トリデンさんの声は高くなったり低くなったり、金色の目には見えぬ模様《もよう》を、かがり針が空中を刺《さ》して縫《ぬ》いとり、縫いとりしていた。蜜蜂《みつばち》が一匹、ブンブン、ブンブン羽音をたてて花のなかにもぐりこんだ。市街電車は、太陽の当たったところがチンチンとなる、魔法《まほう》のかかった蒸気オルガンのようだ。熟れたさくらんぼを食べていると、市街電車のにおいが手に移ったようで、真鍮《しんちゅう》のにおいがした。市街電車の明るい香《かお》りが夏の風にのって彼らの衣服から吹《ふ》いた。

阿比《あび》が一羽、啼《な》きながら、空を飛んだ。

だれかが身《み》ぶるいをした。

トリデンさんは手ぶくろをゆっくりたんねんにはめた。「さあ、行く時間だよ。わしがきみたちを永久にさらっていったと親御《おやご》さんたちはおもうだろうからな」

市街電車は、アイスクリームを売っているドラッグストアの内部のように、静かで、ひんやりと暗かった。ビロードの布にカサコソかすかな緑色の音をたてさせて、子どもたちは黙々《もくもく》と座席をまわし、静まりかえった湖、さびれた野外音楽堂、歩くと一種の音楽を奏でる、岸辺の島々にかかっている遊歩道の厚板などに、背をむけて座った。

チン！　と、トリデンさんの足の下で低いベルの音がして、彼らは太陽に見捨てられた、しおれた花の草地を越《こ》え、林を通って、町を指して飛んでいったが、トリデンさんが電車から子どもたちを日かげの通りに降ろしたとき、町は、煉瓦《れんが》とアスファルトと木材とで市街電車の側面を押《お》しつぶすのではないかとおもえた。

最後にチャーリーとダグラスが、市街電車が舌を出して電気を呼吸し、折りたたみ式のステップを伸《の》ばしている近くに立って、真鍮の操縦装置の上のトリデンさんの手ぶくろをじっと見た。

ダグラスは座席の緑色の小川の苔《こけ》を指ですーっとなで、天井の銀色、真鍮色、ぶどう酒色を見た。

「それじゃ……もいちどさよなら、トリデンさん」

「さようなら、坊《ぼう》やたち」

「またそこらでね、トリデンさん」

「またそこらでな」

大気がそっとため息をついた。ドアは静かに折りたたんで閉まり、段々のついた舌をしまいこんだ。市街電車はおそい午後を、太陽よりも明るく、タンジールミカンの色そのままに、きらめく金やレモンの色そのままに、ゆっくりとすべるように進んで、ぐるりと遠くの角を曲がり、見えなくなって、行ってしまった。

「スクール・バスなんて!」チャーリーは街路の縁石《ふちいし》のほうへ歩いていった。「学校に遅刻《ちこく》するチャンスだってなくなっちゃうじゃないか。玄関《げんかん》まで迎《むか》えにきて乗せてってしまうんだ。一生二度と遅刻することもなくなるんさ。どうだい、この悪夢は、ダグ。ようく考えてみてごらんよ」

しかしダグラスは、芝生《しばふ》に立って、明日、人びとがこの銀色に光る線路に熱いタールを注ぎ、かつてこの道を市街電車が走っていたとはまったくわからないようにしてしまうさまを想像していた。たとえいかに深く埋《う》められようとも、この線路を忘れてしまうには、いま自分が考えうるかぎりの長い年月がいるであろうことが彼にはわかっていた。秋、春、あるいは冬のある朝に、きっと、自分は目をさまして、たとえ窓ぎわに行かなくても、ベッドに深々と心地《ここち》よく暖かく横になっているだけで、かすかに遠くそれを聞きつけることだろう。

そして朝の通りのカーブをまわり、大通りを、すずかけ、楡《にれ》、楓《かえで》の平坦《へいたん》な並木をぬって、一日の生活がまだはじまらない静けさのなかを、自分の家のまえを通りすぎてゆく、あのなれ親しんだ音を聞きつけることだろう。掛《か》け時計のカチカチいう音、一ダースの金属製の樽《たる》が転がるゴロゴロいう音、明け方に一匹だけ巨大なトンボがブンブンいう音のようだ。回転木馬のように、小さな雷雨《らいう》のように、青い稲妻《いなづま》の色が、むこうから、すぐまえにきて、そして行ってしまう。市街電車のチャイムだ！ ステップを降ろして上げるときのシューというソーダ水売場のコックをあけるような音がして、ふたたび夢路をたどるうちに、それはかくれ埋もれた線路を、かくれ埋もれたどこかの目的地にむけて、さらにすべるように進んでいくのだ……

「晩ご飯のあとで缶《かん》けりはどうだい？」と、チャーリーがいった。

「いいよ」と、ダグラスが答えた。「缶けりをしよう」

十二歳《さい》のジョン・ハフに関する事実は、簡単で、ちょっと述べればすんでしまうことである。彼《かれ》は歴史がはじまって以来のチョクトー族やチェロキー族のインディアンのだれよりも多く山中の小径《こみち》を発見することができ、ぶどうの木から空中をチンパンジーのように跳《と》ぶことができる。二分間の潜水《せんすい》が可能で、最初の地点から五十ヤード下流に浮《う》かびあがることができた。野球のボールを投げてやると、彼はそれをりんごの樹《き》のなかに打ちこんで、収穫《しゅうかく》をたたき落とした。六フィートの果樹園の塀《へい》をとびこえ、枝にぶらさがってさっと登り、桃《もも》をいっぱいにつめこんで、すばやく降りてくるのも遊び仲間でいちばんだった。笑い声をあげて駆《か》けた。くつろいで座った。彼は弱い者いじめではなかった。思いやりがあった。髪《かみ》は黒く、巻き毛で、クリームのように白い歯をしていた。あらゆるカウボーイ・ソングの歌詞を憶《おぼ》えていて、きけば教えてくれた。すべての野生の草花の名前、月の出、月の入りの時刻、潮の満ち干の時刻を知っていた。彼は、要するに、イリノイ州グリーン・タウン全体で、二十世紀をとおしてダグラス・スポールディングの知る唯一《ゆいいつ》の生きている神さまのごときものだったのだ。

ちょうどいま、彼とダグラスは、暖かい、おはじき玉のようにまるいまた別の日に、郊外《こうがい》にハイキングに来ているところで、空は碧《あお》いガラスを吹《ふ》いて高くとどくまで脹《ふく》らませたかに見え、小川は白い石の上をゆるゆると流れる鏡のごとき水できらきら輝《かがや》いた。それは蠟燭《ろうそく》の焔《ほのお》のように申し分のない日だった。

ダグラスはこの状態がいつまでもつづくようにおもいながら、そのなかを歩いていった。光が進むように、遠く、速く、この理想の状態が、完全な世界が、草のにおいが先へ先へと動いた。インディアン・ダンスをしながら、鍵《かぎ》をチリンチリンならして埃《ほこり》まみれの道をゆくと、ソフトボールのボールを打ち、椋鳥《むくどり》のように口笛を吹《ふ》く仲良しの友の声がして、そのなにもかもが完璧《かんぺき》で、なんでも手で触《ふ》れてみることができた。いろんなものが身近に感じられた。手を伸《の》ばせばとれるところにあって、そのままそこにいてくれるようだった。

すばらしい晴れわたった日だったのに、そこにとつぜん雲がひとつ空を横切って、太陽をおおい、ふたたび動かなかったのだ。

ジョン・ハフが数分まえから静かに話していた。ダグラスはいま道に立ちどまって、彼のほうを見た。

「ジョン、いまなんていった？」

「いままでぼくの話を聞いていなかったんだね、ダグ」

「いまきみは――行ってしまう、といったのかい？」

「ここのポケットに汽車の切符《きっぷ》が入ってるんだ。ピーピー、ガチャン！　シュシュ、シュシュ、シュシュ、ポ、ポォ……」

彼の声が消えていった。

ジョンはポケットから黄色と緑色の汽車の切符をおごそかに取りだし、二人ともそれをのぞきこんだ。

「今夜じゃないか！」と、ダグラスがいった。「なんてことだい！　今夜ぼくたちは《赤信号》、《青信号》、それに《石像ごっこ》をするはずじゃないか！　どうして、こう急なの？　ぼくが生まれたときから、きみはここのグリーン・タウンにいるんだよ。荷物をまとめて、さっさと行っちまうなんてひどいよ！」

「お父さんなんだよ」と、ジョンはいった。「ミルウォーキーで勤めることになったんだ。今日になるまではっきりしなかったんだよ……」

「まったくなあ、来週はバプティスト教会のピクニックがあるし、労働者の日やハロウィーンの大きな祭りがあるというのに――きみのパパはそれまで待てないかな？」

ジョンは頭を横にふった。

「これは悲しいな！」と、ダグラスはいった。「座ろうよ！」

二人は町をふりかえる丘の斜面《しゃめん》に立つ古い樫《かし》の木の下に腰《こし》をおろし、太陽は少年たちのまわりにゆれうごく、大きな影《かげ》をつくった。そこは木の根元の洞穴《ほらあな》のように涼《すず》しかった。そのむこうは、陽光に照らされて、町は暑気を塗《ぬ》りたくったかのよう、窓という窓はあえいでいた。あそこならば、町がほかならぬその重みで、家々で、その図体《ずうたい》で、まわりを囲み、ジョンが立ちあがって逃《に》げていってしまわないようにしてくれるかもしれないと思うと、ダグラスは駆《か》けてもどりたかった。

「でもぼくたちは友だちだよ」と、ダグラスは力なくいった。

「これからもずっと友だちだよ」と、ジョンはいった。

「きっと週に一度ぐらいはもどってくるんだろ？」

「パパがいうには年一、二回だけだって。八十マイルあるんだ」

「八十マイルは遠くないよ！」ダグラスは大声でいった。

「うん、ぜんぜん遠くないさ」と、ジョンがいった。

「おばあちゃんのところに電話があるんだ。電話するよ。あるいはたぶん、みんなできみのほうを訪ねもするさ。これはすてきだぞ！」

ジョンは長いあいだなにもいわなかった。

「ねえ」と、ダグラスがいった。「なにか話をしようよ」

「なにをだい？」

「おい、いいかい。もしきみが行ってしまうというんなら、話すことはいくらだってあるよ！きみが行かなかったら来月、再来月に話すはずのことを全部さ！　かまきり、飛行船、アクロバット、刀《かたな》をのむ人間！　そこにいるつもりになれよ、ほらバッタがタバコを吐《は》いたりしてさ！」

「妙《みよう》なことにね、バッタの話をしたくないんだ」

「いつだってしていたのに！」

「そりゃそうさ」ジョンは町をじっと見つめた。「でもいまはほんとにその場合じゃないと思うんだ」

「ジョン、どうしたんだい？　妙だよ……」

ジョンは目を閉じて、顔をしかめた。「ダグ、タールさんの家ね、階上の、知ってるだろ？」

「知ってるさ」

「小さなまるい窓にはまっている色ガラスのことだけど、あれはいつもずっとあそこにあったかい？」

「あったさ」

「ぜったいたしかかい？」

「あの古っちい窓はぼくたちが生まれるまえからあそこにあるんだ。どうかしたの？」

「ぼくは今日はじめてあれを見たんだ」と、ジョンがいった。「町を通って歩いてくる途中《とちゅう》で、見あげると、あれがあったんだ。ダグ、ぼくがあれを見ていなかったここ何年ものあいだ、ぼくはいったいなにをしていたんだろう？」

「ほかにやることがあったじゃないか」

「そうだろうか？」ジョンはふりむいて、なにか狼狽《ろうばい》したようにダグラスを見た。「いったい、ダグラス、どうしてあんな窓にぼくがおびえなきゃならないんだ？　つまりね、あれにおびえたりする必要はないわけだろ？　問題はただ……」彼はどもってしまった。「問題はただ、もしぼくがあの窓を今日まで見ていなかったとなると、そのほかにぼくが見おとしていたのはなにかということ。またぼくがこの町で実際に見たあらゆるものについてもどうなのかということだ。もしぼくが行ってしまったら、ぼくはそれをおもいだせるだろうか？」

「なんでもおもいだしたいとおもうものは、おもいだすもんだよ。ふた夏まえにぼくはキャンプに行ったんだ。そこでだよ、ぼくはおもいだしたもの」

「いや、きみはおもいだしはしなかったんだ！　ぼくにいったじゃないの。夜に目をさますのだけど、お母さんの顔がおもいだせなかったって」

「まさか！」

「自分の家にいてもぼくもそういう経験をする夜があるんだ。すっかりこわくなっちゃってね。家の人たちの部屋に行って、寝顔《ねがお》を見ずにはいられないんだよ、ほんとに！　そしてぼくの部屋にもどってきてみると、またわからなくなっているんだ。まったく、ダグ、なんということだ！」彼はダグラスの膝《ひざ》がしらにしかとしがみついた。「ひとつだけ約束してよ、ダグ。ぼくを憶《おぼ》えていてくれると約束して。ぼくの顔からなにから全部憶《おぼ》えていてくれると約束して。約束してくれるかい？」

「簡単なことさ。ぼくの頭のなかに映写機があるからな。夜、ベッドに横になって、頭のなかの明かりをつけさえすりゃ、ぱっと壁《かべ》に、ばつぐんにはっきりした画面が出て、そこにきみがいて、大声で叫《さけ》んでぼくにむかって手をふっているんだ」

「目を閉じてみなよ、ダグ。さあ、いってごらん、ぼくの目は何色だい？　透《す》き見しちゃいけないよ。ぼくの目は何色だい？」

ダグラスは汗《あせ》をかきはじめた。瞼《まぶた》がぴくぴくといらだたしげに動いた。「くそっ、ジョン、これはフェアじゃないよ」

「いってごらん！」

「茶褐色《ブラウン》！」

ジョンは顔をそむけた。「ちがうよ」

「ちがうというのはどういうことだい？」

「ぜんぜん当たってないよ！」ジョンは目を閉じてしまった。

「こっちをむけよ」と、ダグラスはいった。「あけて、見せろよ」

「見ても仕方がないさ」と、ジョンがいった。「もうきみは忘れてしまったんだ。ぼくがいったとおりにね」

「こっちをむけったら！」ダグラスは髪《かみ》をつかんで、ジョンの頭をゆっくりとまわした。

「わかったよ、ダグ」

ジョンは目をあけた。

「緑だ」ダグラスは、狼狽《ろうばい》して、手をおろした。「きみの目は緑だ……そうねえ、これは茶褐色《ちゃかっしょく》に近いよ。うす茶色といっていいくらいだ！」

「ダグ、ぼくに嘘《うそ》をつくなよ」

「わかったよ」と、ダグラスは静かにいった。「嘘はつかない」

二人はそこに座って、ほかの少年たちが丘を駆《か》けあがり、彼らにむかって金切《かな》り声をあげたり、どなったりするのを聞いていた。

彼らは鉄道線路にそって競争し、ハトロン紙の袋《ふくろ》に入ったお弁当をあけ、蠟紙《ろうがみ》にくるんだ、からしをつけてあぶったハムのサンドウィッチ、深い緑色をしたピックルス、色のついたはっかドロップのにおいを深々と嗅《か》いだ。彼らはふたたび走りに走り、ダグラスは身をかがめて熱い鋼鉄のレールの上に耳を焦《こ》がして、はるか遠く、目には見えないが別の土地を旅しているとおもえる列車が、殺人的な太陽のもと、ここにいる彼までモールス符号《ふごう》で通信を送ってくるのを聞いた。ダグラスは、衝撃《しょうげき》を受けたように、立ちあがった。

「ジョン!」

ジョンはいま駆けているところで、これはおそろしいことだ。なぜなら、駆けたりすれば、時間も駆けるからだ。大声をあげ、きゃあきゃあいって、競争をし、ごろごろと転がって、のたうちまわると、とつぜん、太陽は沈《しず》んでいて、口笛を吹《ふ》いて、夕餉《ゆうげ》の待つ長い家路をたどることになるのだ。注意して見ていないと、太陽はぐるりと背後にまわってしまう! ものごとをゆっくりさせておくたった一つの方法は、なにごともながめていて、なにもしないことなのだ! ただながめているだけで、ほんとに、一日を三日に延《の》ばすことだってできるのだ！

「ジョン！」

いまはジョンに協力させようとすれば、策略を用いるしかない。

「ジョン、まくんだ。ほかの連中をまくんだ！」

喚声《かんせい》をあげて、ジョンとダグラスは全速力で走りだし、風にのって丘を舞《ま》いおり、重力の作用のままに、牧草地を越《こ》え、家畜《かちく》小屋をまわり、とうとう最後には追跡《ついせき》してくる者の音は消えてしまった。

ジョンとダグラスは干し草の山にもぐりこんだが、これはからだの下でバリバリ音をたてる大きな篝火《かがりび》のようだった。

「なにもするのはやめよう」と、ジョンがいった。

「それをぼくはいおうとしていたんだ」と、ダグラスはいった。

二人は静かに座って、息をついた。

干し草のなかで昆虫《こんちゅう》のような小さな音がした。

二人ともそれを耳にしたが、その音のほうを見はしなかった。ダグラスが手首を動かすと、音は干し草の山のまた別のところでカチカチいった。腕《うで》を膝《ひざ》の上にもってくると、音は彼の膝でカチカチいった。ちらとほんの一瞬《いっしゅん》、彼は目を落とした。腕時計は三時をつげていた。

ダグラスは右手をこっそりカチカチいう音のほうに動かして、腕《うで》時計の竜頭《りゅうず》の芯《しん》を引きだした。

彼は針をもどした。

いまや、世界をゆっくりたんねんに見つめ、太陽が燃える風のように空を動いてゆくのを感じようとすれば、必要な時間はいくらでもあるのだ。

しかしとうとうジョンは、自分たちの影《かげ》の無形の重みが位置を変え、傾《かたむ》くのを感じたにちがいなく、彼は口を開いた。

「ダグ、何時だい？」

「二時三十分だ」

ジョンは空を見た。

見ないで！　ダグラスはこころにおもった。

「それより三時間三十分、四時に近いようだぞ」と、ジョンがいった。「ボーイ・スカウトだよ。こういうことを教えてくれるのさ」

ダグラスはため息をついて、ゆっくりと時計の針を進めた。

ジョンは、なにもいわずに、彼がそうするのを見まもっていた。ダグラスは目をあげた。ジョンは彼の腕《うで》を、力をぜんぜん入れずに、拳骨《げんこつ》で殴《なぐ》った。

さっと一閃《いっせん》、飛びこんでくるように、列車があっというまにやって来て、行ってしまい、その勢いに少年たちはみなわきに跳《と》びのいて、大声をあげ、列車のあとから拳《こぶし》をふったが、ダグラスとジョンもそれに加わっていた。列車は轟音《ごうおん》をたてて線路を去ってゆき、二百人のひとびとを乗せて、行ってしまった。埃《ほこり》が南にむかって少しばかり列車のあとを追ったが、ついで蒼《あお》いレールのあいだに金色の沈黙《ちんもく》となって落ちついた。

少年たちは家にむかって歩いていた。

「十七歳《さい》になったらぼくはシンシナティに行って、鉄道の機関助手になるんだ」と、チャーリー・ウッドマンがいった。

「ぼくはニューヨークにおじさんがいるんだ」と、ジムがいった。「ぼくはそこに行って、印刷工になるよ」

ダグは、ほかの少年たちにはきかなかった。すでにいくつかの列車が音をたてて走りだし、後部の展望デッキにいる少年たちの顔がだんだんと去ってゆき、あるいは窓に押《お》しつけられているのが見えた。ひとつひとつ列車はそっと発《た》っていった。そして次には、からっぽの線路と、夏の空と、また別の列車に乗っている自分が、別の方向に走ってゆく。

ダグラスは足下の大地が動くのを感じ、足の影が草からはなれて大気を染めるのを見た。

彼は大きく息を吸うと、こんどは金切り声で叫《さけ》び、握《にぎ》りしめた手をうしろに引いて、ヒューと音をさせてソフトボールを空中に投げた。「おうちに帰るびりっけつは犀《さい》の尻《しり》!」

彼らは線路を、笑いさざめきながら、大気を打ちつけるように、ドタンドタンと足音を響《ひび》かせて帰っていった。あそこにはジョン・ハフが、地面にはぜんぜん触れもしないで飛んでゆくところだ。そしてこちらにはダグラスが、地面から足もはなさずとぼとぼと帰ってゆくところだった。

七時に、夕食も終わって、少年たちは自分の家のドアをバタンと閉めたその音のなかから、一人また一人と集まってきて、親たちは、ドアの音をたてるんじゃない、と大声で叱《しか》っていた。ダグラスとトムとチャーリーとジョンはほかの六人の少年たちにまじり、いまはかくれんぼと《石像ごっこ》の時間だった。

「一ゲームだけだよ」と、ジョンがいった。「それが終わったら帰らなきゃ。汽車は九時に発《た》つんだ。だれが『鬼《おに》』になるんだい？」

「ぼくだ」と、ダグラスがいった。

「自分からすすんで『鬼』になるなんてはじめて聞いたよ」と、トムがいった。

ダグラスは一瞬《いっしゅん》まじまじとジョンを見つめた。「さあ走れっ」と、彼はいった。

少年たちは、わあわあいいながら、散らばった。ジョンは後退《あとずさ》りして、それからむこうをむくと大股《おおまた》で走りだした。ダグラスはゆっくりと数えた。みんなが遠くまで駆《か》けて、広がり、それぞれがそれぞれの小さな世界に分たれるにまかせた。彼らが勢いを増して、ほとんど見えなくなったとき、彼はひとつ深く息を吸った。

「石像だ！」

みんな凍《こお》りついたように動かなくなった。

静かに静かにダグラスは芝生《しばふ》を横切り、ジョン・ハフがうす明かりのなかに鉄の鹿《しか》をおもわせて立っているところにいった。

はるか遠くで、ほかの少年たちが、手を上にあげ、顔をしかめ、剝製《はくせい》のりすのようなきらきら輝《かがや》く目をして立っていた。

しかしここにはジョンが、ただひとりで身じろぎもせずにいて、だれひとり、殺到《さっとう》し、大きな喚声《かんせい》をあげて、この瞬間《しゅんかん》をだいなしにしてしまう者はなかったのだ。

ダグラスはこちらから石像をまわってみた、あちらから石像をまわってみた。石像は動かなかった。口もきかなかった。水平線を見ていて、口はなかばほほえんでいた。

ちょうど何年もまえに、シカゴで、大理石の像の置いてある大きな建物をみんなで訪れ、静まりかえったなかで、彼が彫像《ちょうぞう》のあいだを歩きまわったあのときのようだ。そしてここにいるのは、膝《ひざ》とズボンの尻《しり》を草でよごし、指に切り傷をつくり、肘《ひじ》にかさぶたをつけたジョン・ハフなのだ。音のしないテニス靴《ぐつ》を履《は》き、足を沈黙《ちんもく》で包んだジョン・ハフがここにいるのだ。夏になるとアプリコット・パイをいくつもぱくつき、人生や情勢について穏当《おんとう》なひとことふたことを幾度《いくど》となくいった口がある。そして目、彫像のように見えない目ではなく、緑がかった十四金を溶かして詰《つ》めた目がある。そのときどきのわずかなそよ風に、あるいは北あるいは南、いかなる方角にもなびく黒い髪《かみ》がある。道路からは泥《どろ》を、樹木からは樹皮の裂片《れっぺん》を、この町のすべてに触《ふ》れた両手、大麻《たいま》や蔓《つる》や青いりんご、古い硬貨《コイン》やピックルスのような緑色の蛙《かえる》のにおいがする指がある。明るく暖かい桃《もも》の表面の蠟《ろう》のような日光が射しこむ耳があり、ここには、目には見えない、スペアミントの香《かお》りのする息が空中にかかっている。

「ジョン、いいかい」と、ダグラスがいった。「睫毛《まつげ》の一本だって動かしちゃいけないよ。ぼくはきみにこれから三時間ここにいて、ぜったいに動かないことを断固《だんこ》命令する！」

「ダグ……」

ジョンの唇《くちびる》が動いた。

「じっとして！」と、ダグラスがいった。

ジョンはまたもとのように空を見ていたが、いまはもうほほえんではいなかった。

「行かなきゃ」と、彼は小声でいった。

「筋肉ひとつだって動かしちゃだめだぞ、ゲームなんだから！」

「とにかくもう家《うち》に帰らなきゃだめなんだ」と、ジョンはいった。

いまや彫像《ちょうぞう》は動いて、空中からあげた手をおろし、頭をめぐらしてダグラスを見た。お互《たが》いに見つめあって立っていた。ほかの子どもたちもまた腕《うで》をおろしはじめた。

「もう一回やろう」と、ジョンがいった。「ただしこんどは、ぼくが『鬼』だよ。走れ！」

少年たちは走った。

「動くな！」

少年たちはじっと動かなくなり、ダグラスもそう。

「筋肉ひとつ動かしちゃだめだよ！」と、ジョンが叫《さけ》んだ。「髪《かみ》の毛一本もだよ！」

彼はダグラスのそばにやってきて立った。

「ほんとに、こうするしかないんだ」と、彼はいった。

ダグラスは顔をそむけて黄昏《たそがれ》の空を見ていた。

「石像なんだぞ、きみたちみんな、これから三分間！」

ジョンが自分のまわりを、ついいましがた自分がジョンのまわりを歩いてまわったのとなんとそっくりに、歩いてまわるのをダグラスは感じた。ジョンが彼の腕を、軽く、一度殴《なぐ》るのを感じた。「さよなら」と、彼はいった。それから急いで駆《か》けていく音がして、もう、うしろにはだれもいないことが見なくてもわかった。

遠くかなたで、汽車の汽笛が鳴った。

ダグラスはまる一分のあいだ石像のかっこうで立ったまま、駆けていく音が消えるのを待っていたが、足音はやまなかった。ジョンはまだ駆けているんだ、でも足音がいっこう遠くならないな、と彼はおもった。どうして駆けるのをやめないのだろう？

それから、それが自分のからだのなかの心臓の音にすぎないのに気づいた。

とまれ！　彼は手をいきなり動かして心臓にもっていった。駆けるのをやめろ！　あの音はぼくは好かないんだ！

それから彼は、自分はいま、ほかの石像たちみんなとまじって芝生《しばふ》を横切って歩いているところだと感じたものの、彼らもまた生きかえりだしたのかどうか、彼はわからなかった。彼らはまったく動いていないみたいだった。そのことなら、彼自身だって動いているのは膝《ひざ》から下だけだ。からだの残りの部分は冷たい石のようで、たいへんに重かったのだ。

自分の家の正面のポーチを昇《のぼ》りながら、彼はいきなりふりかえってうしろの芝生《しばふ》を見た。芝生にはだれもいなかった。

ひとしきり銃声《じゆうせい》が聞こえた。通りにそって網戸《あみど》がバタンバタンとつぎつぎに音をたてて閉まり、日没《にちぼつ》の一斉射撃《いつせいしやげき》となったのだ。

《石像ごっこ》がいちばんだ、と彼はおもった。自分の家の芝生の上にとっておこうとしたら、この彫像《ちようぞう》だけなんだ。けっして動かしちゃだめだ。いったん動かしたとなると、すっかりかたなしだ。

とつぜん、ダグラスの拳《こぶし》が脇《わき》腹からピストンのようにつきだして、芝生に、通りに、濃《こ》くなっていく夕闇《ゆうやみ》にむけて、激しく打ちふられた。顔は血がのぼって息《いき》苦しく、目は焔《ほのお》となって燃えた。「ジョン！」と、彼は叫《さけ》んだ。「やい、ジョン！　ジョン、いいか、おまえはぼくの敵だぞ。友だちなんかじゃけっしてないぞ！　もう帰って来るなよ、ずっと！　行っちまえ、おまえなんか！　いいか、敵だぞ。敵なんだぞ、おまえは！　ぼくたちのあいだはすっかり終わりで、きみはごみなんだ、いいか、きみはごみなんだよ！　ジョン、いいか聞けよ、ジョン！」

あたかも町のかなたで、大きな透明《とうめい》なランプの芯《しん》がわずかに細くなったかのように、空はさらに暗さをました。彼はポーチに立ちつくし、口はあえいでぴくぴく動いた。あい変わらずつきだされたままの拳は、通りを越《こ》え、道をいった先の、あの家にむけられていた。拳に目をやると、拳は闇《やみ》に溶け、そのむこうでは世界が溶けた。

暗闇のなかを、自分の顔が感じられるばかりで、自分のからだはなにひとつ、拳さえも見えないところを、彼は階上へとあがりながら、何度も何度も自分にいった。ぼくはカンカンなんだぞ、ぼくはおこっているんだぞ、ぼくはあいつは大嫌《きら》いだ、ぼくはカンカンなんだぞ、ぼくはおこっているんだぞ、ぼくはあいつは大嫌いだ！

十分後に、ゆっくりと彼は階段の一番上までできた、暗闇のなかを……

「トム」と、ダグラスがいった。「ひとつだけぼくに約束してくれよ。いいかい?」

「約束するよ。なんだい?」

「おまえはぼくの弟だろうし、たぶんぼくもときにはおまえが大嫌《きら》いになったりするだろうけどさ、そばにいろよ、いいかい?」

「それはなにかい、兄さんがハイキングに行くとき、兄さんや大きい人たちについていってもいいということなの?」

「ええと……そうさ……それだっていいよ。ぼくがいうのはね、いなくなってしまうなってこと、ええ? 車に轢《ひ》かれたり、崖《がけ》から落ちたりしないでくれよ」

「そんなことするものかい! ぼくをなんだと思っているの、いったい?」

「それはね、もし最悪の事態になってさ、二人ともほんとに年をとったとき――いつか四十とか四十五とかになったら――西部に金鉱をもって、とうもろこしの毛を喫《す》って、あご鬚《ひげ》を生《は》やして座っていられるからさ」

「あご鬚を生やすのか? いいぞ!」

「ぼくがいうように、おまえはそばにいて、なにごともないようにしろよ」

「ぼくなら安心してくれていいよ」と、トムがいった。

「ぼくが心配なのはおまえじゃないんだ」と、ダグラスはいった。「神さまが世界を動かしているそのなされ方なのさ」

トムはこのことをしばらく考えてみた。

「神さまはだいじょうぶだよ、ダグ」と、トムはいった。「神さまは試練をお与《あた》えなさるのさ」

彼女《かのじょ》はバスルームから指にヨードチンキを塗り塗《ぬ》り出てきた。ココナッツ・ケーキを食べるつもりで一切れ厚く切ろうとして、危うく指を切りおとしそうになったのだ。ちょうどそのとき、郵便配達人がポーチの階段を昇《のぼ》り、ドアをあけ、入ってきた。ドアがバタンと閉まった。エルマイラ・ブラウンは一フィートばかり跳《と》びあがった。

「サム！」と、彼女は叫《さけ》んだ。ヨードチンキを塗った指をふって風にあて、冷やそうとした。「自分の夫が郵便屋さんだということにわたしはまだ慣れないのよ。とにかくあなたが入ってくるたびに、命が縮まる思いだわ！」

サム・ブラウンは半分からになった郵便袋《ぶくろ》を持って、頭をかきかきそこに立っていた。静かなかぐわしい夏の朝にとつぜん霧《きり》が流れこんでもきたかのように、彼《かれ》はドアから外をふりかえって見た。

「サム、早いお帰りね」と、彼女がいった。

「また行かなきゃいけないんだ」と、彼《かれ》は当惑《とうわく》した声でいった。

「どうしたの、遠慮《えんりょ》なくおっしゃいよ」

「なんでもないことかもしれんし、たいしたことかもしれないな。いまそこの通りのクララ・グッドウォータ宛《あて》の郵便を配達したんだが……」

「クララ・グッドウォータだって！」

「まあ癇癪《かんしゃく》を起こすなよ。本なんだな、ウィスコンシン州ラシーンのジョンスン＝スミス商会からの。本のタイトルは……まてよ」彼は顔をしかめ、ついでしかめた顔をもとにもどした。「『アルベルトゥス・マグヌス（ドイツのスコラ哲学者《てつがくしゃ》）』――これだよ。『立証され、確認された、神秘的感応による、自然の理性に基づく**エジプトの秘密**、或《あるい》は……』」彼は文字を呼びだそうとして天井を見つめた。

「『古代哲学者の禁断の知識と奥義《おうぎ》をあかす、人畜《じんちく》のための白と黒の術』！」

「クララ・グッドウォータの本だといったわね？」

「歩きながら、わしは本の扉《とびら》をたっぷりのぞき見できたんだが、そいつはさしつかえないからな。『かの高名な学者、哲学者、化学者、博物学者、心霊《しんれい》学者、錬金《れんきん》術師、冶金《やきん》学者、妖術《ようじゅつ》師、魔法《まほう》使いと魔法の奥義の解説者によって明らかにされた生命の隠《かく》れた秘密、加えて多数の――難解《なんかい》、平易、実際的等々――技術と学問の深遠なる見解』どうだい！ほんとに、わしは箱型写真機みたいな頭を持っておるぞ。たとえ意味がわからなくても、ちゃんと言葉を憶《おぼ》えておる」

エルマイラはヨードチンキを塗った自分の指を、まるで他人が自分にむかって指さしているもののように見ながら立っていた。

「クララ・グッドウォータね」と、彼女はつぶやいた。

「わしがそいつを手わたすときにわしの目をまっすぐのぞきこんでな、こういったよ。『魔女《まじょ》になるのよ、一流のね、もちろん。すぐにお免状《めんじょう》をもらうわ。開業するの。群衆も個人も、老いも若きも、大きい人も小さい人も、魔法《まほう》にかけてしまうのね』それから、あの女はなにやら笑って、あの本に鼻をつっこんで、家のなかに入っていったな」

エルマイラは腕《うで》の打ち傷をじっと見、口のなかのぐらぐらする歯を注意ぶかく舌でさわった。

ドアがバタンと鳴った。エルマイラ・ブラウンの玄関《げんかん》先の芝生《しばふ》に跪《ひざまず》いていたトム・スポールディングが目をあげた。彼は近所をぶらぶらして、そこここで蟻《あり》のしぐさを見ていたのだが、大きな穴にありとあらゆる種類の火のように輝《かがや》く蟻が転げまわって鋏《はさみ》で切るように足を空中にばたつかせ、死んだバッタやきわめて小さな鳥のちっぽけな包みを狂《くる》ったように地中に運びこんでいる、とりわけみごとな蟻塚《ありづか》を見つけたのだった。いまは、それ以外にもここには見るべきものがあった——ブラウン夫人が、あたかもいま世界が毎秒六十兆マイルの速度で宇宙を落下していることを発見したばかりのように、ポーチの縁にふらふらしながら立っていたのだ。彼女のうしろにはブラウン氏がいたが、彼は毎秒何マイルなどは知りもせず、また知ったところでたぶん意に介《かい》さなかったであろう。

「ねえ、トム！」と、ブラウン夫人がいった。「わたしには道徳の支えと、十字架《じゅうじか》の上のイエスさまの死にひとしいものが必要なのよ。さあ、いらっしゃい！」

そういうなり彼女はとびだしてゆき、庭をつっきってゆくさいに、蟻を踏《ふ》みつぶし、たんぽぽを蹴《け》ってその頭を刎《は》ね、花壇《かだん》を小走りに走ってスパイクで掘《ほ》ったような大きな穴をあけた。

トムは一瞬《いっしゅん》そのまま膝《ひざ》をついたかっこうで、通りをよろよろと行く、ブラウン夫人の肩甲骨《けんこうこつ》と背骨をつくづくながめた。彼が骨を読んでみると、そこには、ふつうご婦人に結びつけては考えたことのなかった、メロドラマと冒険《ぼうけん》がまざまざと現れていた。ブラウン夫人には海賊《かいぞく》の口髭《ひげ》の面影《おもかげ》はあったのだが。次の瞬間《しゅんかん》には、彼は夫人と縦に一列に並んでいた。

「ブラウン夫人、まったく気がへんになったみたいですよ!」

「気がへんになるってどんなのか知らないじゃないの、坊《ぼう》や!」

「気をつけて!」と、トムは叫《さけ》んだ。

エルマイラ・ブラウン夫人は、緑の芝生に眠《ねむ》っていた鉄鉤《てつかぎ》にもろにつんのめって転んだ。

「ブラウン夫人!」

「いいこと?」ブラウン夫人はその場に座りこんだ。「クララ・グッドウォータがわたしにこれをやったのよ! 魔術《まじゅつ》よ!」

「魔術だって?」

「心配することはないのよ、坊や。ここに段々があるわ。あなたが先に行って、張ってある目に見えない紐《ひも》などはみんな蹴《け》とばして片づけてしまいなさい。あのドアのベルを鳴らすのだけど、指をすぐはなすのよ、エレキで黒焦《こ》げになってしまうから!」

トムはベルに手を出さなかった。

「クララ・グッドウォータ!」ブラウン夫人はヨードチンキを塗《ぬ》った指で、ベルのボタンをちょっとはじいてみた。

はるか遠く、大きな古い家の冷たくうす暗いからっぽの部屋で、銀の鈴《すず》がチリンチリンと鳴って消えた。トムは耳をすました。さらに遠くで、鼠《ねずみ》が走るような動きがした。影《かげ》がひとつ、風に吹《ふ》かれているカーテンであろうか、遠くの客間で動いた。

「こんにちは」と、静かな声がいった。

そしてまったく不意に、グッドウォータ夫人が、はっかドロップのようにさわやかに、網戸《あみど》のうしろに現れたのだ。

「まあ、こんにちは、トムに、エルマイラ。なにか――」

「わたしにしつこくつきまとわないでよ！　あんたが一人前の魔女《まじょ》になろうと稽古《けいこ》しているというからやってきたんだわ！」

グッドウォータ夫人はにっこり笑った。「おたくのご主人は郵便配達人であるばかりか、法の守護者でいらっしゃいますのね。こんなところまで鼻が利《き》くんですもの！」

「たくは郵便物を見たりはしませんでしたよ」

「はがきを見て笑ったり、通信販売の靴《くつ》を試しに履《は》いてみたりで、家から家まで十分もかかっていてよ」

「たくが見たからじゃないわ。あんたが自分で受けとった本のことをたくに話したからだわ」

「冗談《じょうだん》よ。魔女になるのよ！　ってわたしがいったら、バタン！　でしょ。すっとんでサムは駆《か》けだしていったわ、まるでわたしが稲妻《いなづま》を投げつけたみたい。あの人の脳にはひとつの皺《しわ》もあるはずがないと断言するわ」

「あんたは昨日よそでもあんたの魔術《まじゅつ》のことを話したわね――」

「サンドウィッチ・クラブのことをきっとおっしゃっているのね……」

「そこにわたしはことさら招かれなかったんだわ」

「まあ、奥《おく》さま、昨日はおばあちゃんといっしょにおられるいつもの日だと考えたのですわ」

「もし招《よ》んでくださりさえすれば、おばあちゃんの日はまた別にいつでもとれるわよ」

「サンドウィッチ・クラブであったことといえばね、わたしがハムとピックルスのサンドウィッチをまえに座って、まさしく大声でいっただけですよ。『とうとうわたしは魔女《まじょ》のお免状《めんじょう》をもらえるのよ。何年も勉強してきたんですもの！』って」

「それは電話で聞いていることだわ！」

「近代の発明はすてきなことね――！」と、グッドウォータ夫人がいった。

「どうやら、あんたは南北戦争このかた忍冬《すいかずら》婦人会支部の会長らしいから、この質問をあんたの鼻面《はなづら》にたたきつけたいわね。あんたはここ何年もずっと魔術を使ってご婦人たちに呪文《じゅもん》をかけ、賛成者多数ということにもっていったんでしょう？」

「ちょっとのあいだでもそれを疑問におもうこともあるんですの、奥さま？」と、グッドウォータ夫人はいった。

「また選挙が明日にあるし、わたしが知りたいことは、ただね、あんたは次期にも立候補するおつもりなの——それで恥《は》ずかしいとおもわないの?」

「最初のご質問にはイエス、二番目のご質問にはノーですわ。奥《おく》さま、いいですか、あの本はわたしのいとこのラーウールのために買ったんですよ。その子はようやく十歳《さい》で、帽子《ぼうし》のなかに兎《うさぎ》がいるとおもってあちこちのぞきまわるのね。帽子のなかに兎がいるチャンスは、名前をあげてもいいけど、ある人たちの頭のなかに脳味噌《みそ》を見つけようとするのと同じようなものだといったんですけどね、その子はどうしてものぞくものだから、そこでこういう贈《おく》り物を買ってやったんですよ」

「聖書を積みあげて誓《ちか》っても、あんたのいうことを信じないわ」

「とにかく、絶対の真理なんだから。魔女《まじょ》のことで冗談《じょうだん》をいうのはわたし大好きよ。わたしの秘密の能力を説明したらご婦人たちはみんなヨーデルを歌いだしたわよ。あなたにもその場にいてもらいたかったわ」

「わたしはその場で明日、金の十字架《じゅうじか》と味方にできるすべての善の神々を後楯《うしろだて》にして、あんたと争うつもりよ」と、エルマイラがいった。「いまのところは、あんたの家にほかにどのくらい魔法《まほう》のがらくたがあるのかいいなさいよ」

グッドウォータ夫人は、ドアの内側にあるサイド・テーブルを指さした。

「あらゆる種類の魔法の植物を買ってあるわ。妙《みょう》な香りがするものだからラーウールがよろこぶのよ。その小さな袋《ふくろ》の中身、それはシシス・ヘンルーダというのだし、これはサビスの根、あそこにあるのがエボンの葉ね。ここにあるのが黒硫黄《いおう》で、これは骨の粉だといわれているわ」

「骨の粉ですって！」エルマイラは跳《と》び退《の》き、そのさいトムの踝《くるぶし》を蹴《け》った。トムは叫《さけ》び声をあげた。

「それからここにあるのが苦蓬《にがよもぎ》に羊歯《しだ》の葉で、散弾銃《さんだんじゆう》を凍《こお》らせたり、夢のなかでこうもりのように飛んだりするためだと、この小さな本の第十章に書いてあるわ。育ちざかりの男の子の頭にとっては、こうしたものについて考えるのはいいことだと思うの。ところで、あなたの顔つきだとラーウールがこの世にいるとは信じておられないようね。じゃあ、スプリングフィールドのあの子の住所を教えてあげるわ」

「そうなんだわ」と、エルマイラはいった。「わたしがその子に手紙を書くその当日には、あんたはスプリングフィールド行きのバスに乗って、局留め郵便課に行き、わたしの手紙を受けとって、少年の筆跡《ひっせき》で返事を書くんでしょう。あんたのことはお見透《とお》しなんだから！」

「ブラウン夫人、遠慮《えんりょ》なく話してください——あなたは忍冬《すいかずら》婦人会支部の会長になりたいんでしょう、ちがって？　もう十年間毎年立候補なさっていますものね。自己推薦《すいせん》で候補に立っているわ。そしていつも一票だけ獲得《かくとく》して終わりなのね。ご自分の票だけだわ。エルマイラ、もしみなさんがあなたを会長に望んでいるのなら、地滑《すべ》りを起こしてあなたのほうに票がなだれこむわね。でもわたしがいま立っているところから山を見あげると、ご自分のほかは小石ひとつ音をたてて落ちてこないじゃないの。じゃあね、明日の正午にはわたしがあなたを候補に推《お》して、あなたに投票する、これはどう？」

「それじゃ、地獄《じごく》行きにきまっているわよ」と、エルマイラはいった。「昨年はちょうど選挙の時期にひどい風邪《かぜ》をひいたんだわ。外に出て、井戸端《ばた》から井戸端をまわって運動することもできなかったのよ。そのまえの年は、脚《あし》を折ったわ。なかなか奇妙《きみょう》なことね」彼女は目を細め陰気《いんき》な顔をして網戸《あみど》のうしろの婦人を見た。「それで全部じゃないわ。先月わたしは指を六回切り、膝《ひざ》を十回打ちつけ、裏のポーチから二回、いい――二回も落ちたのよ！　窓ガラスを一枚割り、お皿を四枚と、ビックスビィのお店で、一ドル四十九セントした花びんを落としてしまったけど、これからはわたしの家と近所で落としたお皿については、一皿のこらず請求書を送るから！」

「クリスマスまでに貧乏《びんぼう》になっちゃうわ」と、グッドウォータ夫人がいった。彼女は網戸をあけて、いきなり外に出てくると、ドアがバタンと閉まるにまかせた。「エルマイラ・ブラウン、あなたはおいくつなんですか？」

「たぶんあんたの邪悪《じゃあく》な本のひとつに書きこんであるんでしょ。三十五歳よ！」

「そう、あなたの三十五年の人生を考えてみると……」グッドウォータ夫人は口をすぼめ、目をしばたたいて、計算してみた。「それは約一万二千七百七十五日、また一日につき三つを数えると、一万二千あまりの興奮と、一万二千の大騒《さわ》ぎと、一万二千の災難《さいなん》だわね。実に豊かな人生をお過ごしなのね、エルマイラ・ブラウン。握手《あくしゅ》しましょう！」

「ばかをいわないでよ！」エルマイラは彼女をよけた。

「もちろん、あなた、あなたはイリノイ州グリーン・タウンではなんと二番目に無器用な女性なのよ。椅子《いす》をアコーデオンみたいにあつかわなけりゃ座ることもできやしない。猫《ねこ》を蹴《け》とばさなきゃ立ちあがることもできない。広々とした牧草地を急いで横切れば、きまって井戸に落っこちる。あなたの人生は一つの長い下り道だったのだから、エルマイラ・アリス・ブラウン、いっそどうしてそれを認めないの？」

「わたしの災難の原因は無器用だからじゃなくて、家で鍋《なべ》いっぱいの豆を落としたり、電気のソケットで指がピリリとしたようなときは、あんたが一マイル以内にいたせいだわ」

「あなた、この程度の大きさの町でしたら、だれだってだれかの一マイル以内にいる時間が一日のうちにあってよ」

「それじゃあたりにいたことは認めるのね？」

「わたしはここで生まれたことを認めますよ、ええ。でもいまじゃ、なんでもあげるから、できることならキノウシャかザイアン（ともにミシガン湖畔《こはん》の都市）に生まれていたかったわ。エルマイラ、かかりつけの歯医者さんに行って、その蛇《へび》のような舌がなんとかならないか診《み》てもらいなさいよ」

「まあ！」と、エルマイラはいった。「まあ、なんということを！」

「あなたは調子に乗りすぎたわね。わたしは魔法《まほう》なんかに興味は持っていなかったのだけど、ちょっとこの世界をのぞいてみようかとおもうわ。いいこと、お聞きなさいよ！　あなたはたったいま目に見えないのよ。そこに立っているあいだに、わたしはあなたに呪文《じゅもん》をかけた。あなたはすっかり見えなくなっている」

「まさかそんなことってないわ！」

「もちろんありますよ」と、魔女《まじょ》は認めた。「わたしはぜんぜんあなたが見えなかったんですよ、奥《おく》さま」

エルマイラは懐中《かいちゅう》鏡を引っぱりだした。「ほらいるわよ！」彼女はさらにしげしげと見つめ、そして息をのんだ。彼女はハープの調律をしている人のように、手を上に伸《の》ばして、たった一本の細い線を引きぬいた。彼女はそれを示した――証拠《しょうこ》第一号。「わたしはいままで、白髪《しらが》は一本もなかったんですよ！」

魔女は人を魅《み》するようににっこりと笑った。「それを静かな水の壺《つぼ》にいれておきなさい。朝になればみみずになっていることですよ。ああ、エルマイラ、いよいよご自分をご覧になったらどう。ここ何年もあなたはご自分の木槌《きづち》のような足と落ちつきのない癖《くせ》を他人のせいにしているのよ！　シェイクスピアを読んだことがあって？　なかにこんなちょっとしたト書きがあるわ――**太鼓**《たいこ》**の音と出撃**《しゅつげき》。あなたはそれなのよ、エルマイラ。太鼓の音と出撃だわ！　さあ、わたしがあなたの頭の隆起《りゅうき》をさわってみて、一晩じゅうイカシタことを予言してあげるまえに帰ったほうがいいわよ！　シッ！」

彼女は、エルマイラがなにか雲のように群がったものでもあるかのように、空中に手をふった。「まあ、この夏は蝿《はえ》がなんと多いこと！」と、彼女はいった。

彼女は家のなかに入り、ドアに鉤《かぎ》を引っかけた。

「これも限度がありますからね、グッドウォータ夫人」と、腕《うで》を組んで、エルマイラがいった。「最後にひとつだけ機会をあげるわ。忍冬《すいかずら》支部への立候補を取りさげるか、それとも明日わたしに正面から立ちむかい、出馬したわたしが、正々堂々の戦いであんたから会長の椅子《いす》をもぎとることになるかのどちらかね。ここにいるトムを連れてゆくわ。無邪気《むじゃき》な好《よ》い子よ。そして純潔と善とが勝つことでしょう」

「ぼくならぼくが無邪気だってことを当てにしませんよ、ブラウン夫人」と、少年はいった。「お母さんがいうには――」

「お黙《だま》り、トム。善《よ》いことは善いのよ！　そのときはわたしの右手にいるんだよ、坊《ぼう》や」

「はい」と、トムはいった。

「もちろん、それは」と、エルマイラがいった。「わたしが一晩生きのびられればのことね。このご婦人はわたしの蝋《ろう》人形をつくって――人形のまさしく心臓と魂《たましい》にさびた針を突《つ》き刺《さ》すんだわ。日の出になって、わたしのベッドにすっかりしなびたとても大きな無花果《いちじく》の実を見つけたときはね、トム、ぶどう園で果実を摘《つ》んだのがだれかわかるでしょうよ。そうしたらグッドウォータ夫人が百九十五歳まで会長でいるのが見られるわ」

「まあ、奥《おく》さま」と、グッドウォータ夫人がいった。「わたしはいますでに三百五歳ですのよ。昔は彼女《かのじょ》とだけよばれたものです」彼女は指を通りにむけて突《つ》きだした。「アブラカダブラ、ジミティ、ザム！　これはどーうかしら？」

エルマイラはポーチを駆《か》けおりた。

「明日だわ！」と、彼女は叫《さけ》んだ。

「そのときまでね、奥さま！」と、グッドウォータ夫人はいった。

トムは肩をすぼめ、歩道から蟻《あり》を蹴《け》ちらしながら、エルマイラのあとを追った。

玄関《げんかん》から門につづく車道を走って横切るとき、エルマイラは金《かな》切り声をあげた。

「ブラウン夫人！」と、トムは大声で叫んだ。

ガレージからバックしながら出てきた車が、ちょうどエルマイラの右足の親指を轢《ひ》いたのだった。

エルマイラ・ブラウン夫人の足の痛みが真夜中に彼女を苦しめ、そこで彼女は起きだして、キッチンに降りてゆき、コールド・チキンを少し食べ、いかにも苦心して正確を期した、きちんとしたリストを作製した。第一に、過去一年間の病気のことである。風邪《かぜ》三回、軽症《けいしょう》の消化不良四回、鼓張症《こちょうしょう》、関節炎《えん》、腰痛《ようつう》、痛風と思われるもの、激しい気管支の咳《せき》、初期の喘息《ぜんそく》、腕《うで》の吹《ふ》き出物に襲《おそ》われること各一回、加えて幾日《いくにち》か酔《よ》っぱらった蛾《が》のようなめまいのもとになった三半規管《さんはん きかん》の膿瘍《のうしょう》、背の痛み、頭痛、吐《は》き気。薬代——九十八ドル七十八セント。

第二に、ここ十二カ月のあいだに家のなかで壊《こわ》れたもの——ランプ二個、花びん六個、皿十枚、スープ用深皿一枚、窓ガラス二枚、椅子《いす》一脚《きゃく》、ソファ・クッション一つ、コップ六個、シャンデリアのクリスタルガラス製の垂れ飾《かざ》り一つ。しめて——十二ドル十セント。

第三に、ほかならぬこの夜の苦痛のことである。轢《ひ》かれた足指がうずいた。胃は調子をこわした。背中がつっぱって、脚《あし》は苦痛でどきどき脈うった。眼球は炎《ほのお》をあげて燃える詰《つ》め綿のようだ。舌は雑巾《ぞうきん》の味がした。耳は吠《ほ》え、鳴りひびいた。費用は？　ベッドにもどりながら、彼女は思案してみた。

個人的苦痛にたいして一万ドルだわ。

「これは示談《じだん》で解決してみましょう！」と、彼女はなかば大声でいった。

「え？」と、彼女の夫が、目をさまして、いった。

彼女はベッドに横になった。「とにかく死ぬことはごめんだわ」

「なんていったかね？」と、彼はいった。

「死にはしないわ！」と、天井をにらんで、彼女がいった。

「それはわしがいつもいっていることさ」と、彼女の夫はいい、ごろりと寝《ね》がえるといびきをかいた。

朝、エルマイラ・ブラウン夫人は早くから起きだして、図書館に出かけ、それからドラッグストアにまわり、家に帰って、ありとあらゆる化学薬品を忙《いそが》しく混ぜあわせていると、夫のサムが正午にからの郵便袋《ぶくろ》をもって帰ってきた。

「お昼は冷蔵庫に入っているわ」エルマイラは大きなコップのなかの見たところ緑色のポリッジ（オートミルなどを水または牛乳で煮《に》て作った粥《かゆ》）をかきまわした。

「おいおい、なんだいそれ？」と、彼女の夫がきいた。「ひなたに四十年もほっておいたミルクセーキみたいだな。なにやらかびがはえているぞ」

「魔術《まじゅつ》には魔術で戦うのよ」

「ほんとにそれを飲むのかい？」

「忍冬《すいかずら》婦人会支部に行って大きいことをやってのけるまぎわにね」

サミュエル・ブラウンはその調合物のにおいを嗅《か》いでみた。「わしの忠告を聞けよ。ことを先におえてから、そのあとでそれを飲むといいな。なにが入っているんだね？」

「天使の翼《つばさ》からとった雪、まあ、ほんとうはメントールなんだけど、焼きつくす地獄《じごく》の業火《ごうか》を鎮《しず》めるためのもの、と図書館で借りてきたこの本に書いてあるわ。ぶどう園からとりたてのぶどうの汁《しる》、これは見通しのきかない暗黒をまえに明晰《めいせき》にして甘美《かんび》な思いを可能にするため、とこう書いてあるわ。それに赤い大黄《だいおう》、酒石英《しゅせきえい》、白砂糖、卵の白身、泉の水、そして大地の力をうちにふくむクローバーの芽。まあ、一日じゅうかかってもいいつくせそうにないわ。ここにリストになっているでしょ、善対悪、白対黒。負けるはずがないわ！」

「ああ、おまえは勝つだろうし、それはけっこうさ」と、彼女の夫はいった。「でも、どうしてもそれを知りたいかね？」

「ましなことを考えなさいよ。魔《ま》よけのお守りになってもらいにトムを呼びにゆくところだわ」

「かわいそうにな」と、彼女の夫はいった。「おまえのいうように無邪気《むじゃき》だというのに、地階特売場の安売り日みたいに、忍冬《すいかずら》支部でバラバラに引きさかれるとはな」

「トムは助かるわよ」と、エルマイラはいい、ブツブツ泡《あわ》だっている調合物を、蓋《ふた》をしたクエーカー・オーツ（朝食用穀物食の商品名）の円筒《えんとう》形の箱のなかにかくし持って、ドアにドレスをとられたり、新しい九十八セントもしたストッキングを引っかけたりすることもなく外に出た。このことに気づいたので、彼女はトムの家に行く途中《とちゅう》ずっと気どっていたが、トムは彼女の指図《さしず》どおり白の夏服を着て待っていた。

「へえっ！」と、トムはいった。「その箱のなかになにが入っているの？」

「運命よ」と、エルマイラはいった。

「ほんとにそうだといいとおもうよ」と、彼女から二歩ほどまえを歩きながら、トムはいった。

忍冬《すいかずら》婦人会支部では、お互いの鏡をのぞきこんだり、スカートを引っぱったり、スリップが見えていないかときいてたしかめたりしているご婦人たちでいっぱいだった。

午後一時に、エルマイラ・ブラウンは白服を着た少年をともない階段を上がってやってきた。

少年は鼻をつまみ、片方の目をすぼめているので、どこに行くのか自分でも半分しか見えなかった。ブラウン夫人は大勢の人びとに、ついでクエーカー・オーツの箱に目をやり、蓋《ふた》をとり、のぞきこみ、あえぎ、なかにある例のものはすこしも飲まないまま蓋をもとにもどした。彼女がホールのなかを動くと、それにつれて琥珀《こはく》織りの絹ずれの音も動き、ご婦人たちが残らず次つぎに交わすささやきが、ひとつの潮の流れとなって彼女のあとを追った。

彼女はうしろのほうにトムとならんで腰《こし》をおろし、トムはいままでになく惨《みじ》めなようすだった。あけていた片方の目も、大勢の婦人たちを見て、それを最後に閉じてしまった。そこに座ると、エルマイラはあの飲み物を取りだし、ゆっくりと飲み下した。

一時半に、会長、グッドウォータ夫人は、槌《つち》を打ちならし、二十人ほどの婦人をのぞいてはみな話をやめた。

「みなさん」と、会長はあちこちに白や灰色の頭が浮《う》かんでいる、一面の絹とレースの夏の海に大声で呼びかけた。「選挙の時間になりました。しかしはじめますまえに、きっとエルマイラ・ブラウン夫人、そのご主人は筆跡観相法《ひっせきかんそう》でわたくしどもに有名——」

しのび笑いが部屋を走った。

「筆跡観相法ってなに?」エルマイラが肘《ひじ》でトムを二度つついた。

「知らないよ」と、目は閉じたまま、闇《やみ》のなかから肘が彼をめがけて突《つ》きだされるのを感じて、トムはあらあらしくいった。

「――ご主人は、申しあげますように、筆跡判断の専門家としてわたしどもに有名なサミュエル・ブラウン……（いっそうの笑い声）……合衆国郵便局勤務でいらっしゃいますが」と、グッドウォータ夫人は言葉をつづけた。「ブラウン夫人がご意見をお持ちのことと思います。ブラウン夫人いかがですか？」

エルマイラは立ちあがった。椅子《いす》が後ろにひっくりかえり、熊《くま》とりの罠《わな》のように、ぱちっと折りたたんで閉じてしまった。彼女が床から一インチ跳《と》びあがり、かかとを軸《じく》に前後にゆらゆらすると、かかとはピシッピシッといまにもくずれて塵《ちり》となりそうな音をたてた。「いうことはたくさんありますわ」と、片手に聖書といっしょにクエーカー・オーツの空き箱をもって彼女はいった。彼女はもう一方の手でトムをつかむと、かきわけかきわけ前に出ていき、何人かの肘《ひじ》にぶつかっては、その人たちにむかっていった。「自分のしていることに気をつけなさい！　ぼさっとしないで、あんたたち！」演壇《えんだん》に登り、こちらをむき、水の入ったコップを倒《たお》して、テーブルから水がポタポタ落ちた。このことが起こると、彼女はグッドウォータ夫人にいま一度憤然《ふんぜん》としかめつらをしてみせ、夫人が小さなハンカチで拭《ふ》きとるのをそのまま見ていた。それからひそかに得意の面持《おもも》ちで、エルマイラはからになった魔法《まほう》の薬のコップを引っぱりだし、さしあげて、グッドウォータ夫人に見せて小声でいった。「ここになにが入っていたか、ご存《ぞん》じ？　いまは、わたしのからだのなかですわ、あなた。魔法のかかった環《わ》がわたしを取りまいているわ。どんなナイフも切り開くことはできないし、どんな手斧《ておの》も破るわけにいかない」

婦人たちは、みなおしゃべりしていて、聞いてはいなかった。

グッドウォータ夫人はうなずき、両手をあげると、みんなは黙《だま》った。

エルマイラはしっかりとトムの手を握《にぎ》りしめていた。トムは目をつむったままで、たじろいでいた。

「みなさん」と、エルマイラはいった。「わたしはあなたがたにご同情します。ここ十年間みなさんがどういう目にあってきたかわたしは知っています。なぜみなさんがここにいるグッドウォータ夫人に投票なさったか、わたしは知っております。男のお子さんや女のお子さん、それにご主人に食事を作ってあげなければなりません。家計をまもっていかなければなりません。ミルクがすっぱくなったり、パンが落っこちたり、ケーキがぺちゃんこになったりしてもいいというわけにいかなかったでしょう。お多福《たふく》かぜ、水疱瘡《ぼうそう》、百日咳《ひゃくにちぜき》を一度に三週間も家に持ちこんでもらいたくはなかったでしょう。ご主人が自動車をガチャンとぶつけたり、郊外《こうがい》の高圧電線で感電死したりしてほしくはなかったんです。しかし、いまやそういうことはすべて終わりました。いまは広々としたところに出てくることができるのです。もはや胸やけや背中の痛みに悩《なや》まされることはないのです。なぜなら、わたしがよい知らせを持ってきましたし、わたしたちはここにいるこの魔女《まじょ》を払《はら》いのけるところなのです！」

だれもがあたりを見まわしたが、魔女はどこにも見えなかった。

「わたしが魔女というのはあなたがたの会長のことです！」と、エルマイラが叫《さけ》んだ。

「わたしですよ！」グッドウォータ夫人はみんなに手をふった。

「今日」と、エルマイラはささやくような声でいい、机にしがみついてからだを支えた。「わたしは図書館に行きました。逆の作用を調べました。どうして他人に乗じている人びとを除くか、どうして魔女《まじょ》に呪《のろ》いをやめさせ、はなれさせるか。そしてわたしはわたしたちのあらゆる権利のために戦う方法を見つけました。力がだんだん大きくなるのがわたしには感じられます。あらゆる種類の効能のある草木や化学薬品の魔法の力がわたしのなかにはあります。わたしは……」彼女はひと息つき、からだがゆらいだ。「わたしは酒石英《しゅせきえい》と……わたしは……やなぎたんぽぽと月の光のなかですっぱくさせたミルクと……」彼女は話をやめて、しばらく考えていた。口を閉ざすと、彼女の内部奥《おく》深いところから小さな音が出て、だんだんと上がってくると、唇《くちびる》の隅《すみ》から外にもれた。彼女はしばし目を閉じて、どこに力が宿っているのか知ろうとした。

「ブラウン夫人、気分はだいじょうぶですか？」と、グッドウォータ夫人がたずねた。

「気分はいいですとも！」と、ブラウン夫人はのろのろといった。「わたしが入れましたのは、粉末人参《にんじん》に、パセリの根、細かく刻みましてね。杜松《ねず》の実……」

ふたたび彼女は、**やめろ**と声をかけられたかのようにひと息いれて、その場の顔を残らず見わたした。

部屋は、気づいてみると、最初左から右へ、次に右から左へ、ゆっくりとまわりだしていた。

「迷送香《まんねんろう》に毛莨の花《うまのあしがた》」と、いくぶんはっきりしない口調で彼女はいった。トムの手を放した。

トムは片目を開いて彼女を見た。

「月桂樹《げっけいじゅ》の葉、凌霄《のうぜん》葉蓮《はれん》の花弁……」と、トムはいった。

「たぶん座ったほうがいいですよ」と、グッドウォータ夫人がいった。

横にいた一人の婦人が行って窓をあけた。

「乾燥《かんそう》させた檳榔子《びんろうじ》、ラヴェンダー、野生りんごの種子」と、ブラウン夫人はいい、話をやめた。

「さあはやく、選挙をしましょう。投票をしていただかないと。投票の集計はわたしがやります」

「急ぐことないわ、エルマイラ」と、グッドウォータ夫人はいった。

「いや、急がなきゃ」エルマイラは慄《ふる》えながらひとつ深く息を吸った。「よろしいですか、みなさん、もはやおそれることはないんです。いつも望んでおられたとおりになさってください。わたしに投票してください。そのときは……」立ったり座ったり、部屋はまたざわついていた。「誠実な執行部《しっこうぶ》ができるのです。グッドウォータ夫人が会長になることに賛成のみなさんは『賛成』とおっしゃってください」

「賛成」と、部屋にいる全員がいった。

「エルマイラ・ブラウン夫人に賛成のみなさんは?」と、エルマイラは消えいるような声でいった。

彼女は息をのんだ。

一瞬《いっしゅん》ののち彼女は口を開いたが、ひとりきりだ。

「賛成」と、彼女はいった。

彼女は演壇《えんだん》に茫然《ぼうぜん》と立ちつくした。

部屋の隅々まで沈黙《ちんもく》がおおった。その静まりかえったなかで、エルマイラ・ブラウン夫人はしわがれた声をたてた。手を咽喉《のど》に当てた。ふりむいてぼんやりとグッドウォータ夫人を見ると、夫人はそのときさびた画鋲《がびょう》がいくつも刺《さ》さった小さな蠟《ろう》人形を、いかにもなにげなくハンドバッグから引っぱりだした。

「トム」と、エルマイラはいった。「トイレに案内してちょうだい」

「はい」

二人は歩きだし、それから急ぎ足になり、それから駆《か》けだした。エルマイラが先に立って、大勢のなかを、通路を走っていった……彼女はドアまで来て、左にむかった。

「だめよ、エルマイラ、右、右よ!」と、グッドウォータ夫人が大声でいった。

エルマイラは左に曲がって見えなくなった。

石炭がシュートをすべり落ちるような物音がした。

「エルマイラ!」

婦人たちはさながら女子バスケットボール・チームのように、ぶつかりあいながら走りまわった。

ひとりグッドウォータ夫人のみは一直線を描《えが》いてやってきた。

来てみると、トムが階段の吹《ふ》きぬけを見おろしており、少年の手は手すりを握《にぎ》りしめていた。

「四十段か!」彼はうめいた。「地面まで四十段か!」その後何日間も何年間も語られたことだが、エルマイラ・ブラウンは、まるで酔《よ》っぱらいみたいに、はるか下まで途中《とちゅう》の一段一段に残らず当たりながらも、あの階段をなんとか切りぬけたらしい。落ちはじめるそもそもから、すでに彼女は意識がないほど気分が悪く、そこで骨格がゴムのようになっていて、段々にはね返りながら落ちたというより、いわば転がったのだといわれた。彼女は階段の下まで落ちると、目をしばたたき、まえより気分がよくなったわ、とおもったが、途中で彼女の不安の原因となっていたものを、なにによらず捨ててきたからだった。たしかに、ひどい痣《あざ》をつくって、刺青《いれずみ》をした女性のようになってしまった。しかし、ほんとに、手首ひとつ挫《くじ》いたわけでなく、踝《くるぶし》ひとつ捻挫《ねんざ》もしなかった。首が三日間おかしな具合《ぐあい》で、なにか頭をまわして見るかわりに眼球の端《はし》からじっと見ているようだった。しかし大事なことは、婦人たちがヒステリーを起こしたように興奮して集まってきたとき、階段の下ではグッドウォータ夫人が、自分の膝《ひざ》を枕《まくら》にエルマイラの頭を載《の》せ、彼女の上に涙《なみだ》をこぼしていたことだ。

「エルマイラ、約束するわ。エルマイラ、誓《ちか》うわ。あなたが生きてさえいてくれれば、死なないでくれたら、いいこと、エルマイラ、聞いてちょうだい！　わたしは今後魔法《まほう》を良いことのためにしか使わない。もう黒魔術はいっさいやめて、白魔術だけにするわ。これからあなたの一生のあいだ、わたしのおもいどおりになるかぎり、もう鉄鉤《てつかぎ》につつんのめったり、敷居《しきい》につまずいたり、指を切ったり、階段を落ちたりはさせないわ！　極楽よ、エルマイラ、極楽を約束するわ！　ただあなたが生きていてくれさえしたら！　ほら、人形から画鋲《がびょう》をぬいているのよ！　エルマイラ、わたしに話しかけてちょうだい！　さあ口を開いて、起きあがってよ！　そしてまた投票をするために階上《うえ》に来てちょうだい！　会長よ、約束するわ、忍冬《すいかずら》婦人会支部の会長よ、喝采《かっさい》できまるのよ、ねえ、みなさん？」

これにたいして婦人たちみんなはたいへんな叫《さけ》び声をあげ、おたがいに寄りかからねばならなかったほどだった。

トムは、階上にいて、階下《した》ではいよいよ死んだのかとおもった。

彼が中途《ちゅうと》まで降りてくると、いましもダイナマイトの爆発《ばくはつ》のなかからさまよい出てきたかのようすで、階上へともどってくる婦人たちに会った。

「退《の》きなさいよ、坊《ぼう》や！」

最初にグッドウォータ夫人が、笑いながら、泣きながら、やってきた。

次にエルマイラ・ブラウンが、同じようにして、やってきた。

それから彼女たち二人のあとに、支部の会員百二十三人全員が、自分たちはいま葬式《そうしき》からもどってきたところなのか、それとも舞踏会《ぶとうかい》に行く途中《とちゅう》なのかもわからずに、ついてやってきた。

彼は婦人たちが通りすぎるのをながめ、頭をふった。

「もうぼくは必要ないんだ」と、彼はいった。「もうぜんぜんいらないんだ」

そこで彼は、いなくなったのに気づかれるまえに、階段をしのび足で降りていったが、途中ずっと、手すりにはしっかりとつかまっていた。

「ありのままにね」と、トムがいった。「あらましこれが全部さ。ご婦人たちは気が狂《くる》ったみたいに騒《さわ》いじゃってさ。みんなまわりに立って鼻をかんでいるんだ。エルマイラ・ブラウンはその階段の下に座りこんでいるのに、どこも折れたりしたところはなくて、骨がジェロウでできているんじゃないのかな。そしてあの魔女《まじょ》は彼女《かのじょ》の肩《かた》で啜《すす》り泣いていたんだけど、それからみんな急に笑い声をたてて階上にむかったんだ。ほら、わかるだろ。ぼくは急いでそこから出てきたんだ！」

トムはワイシャツをゆるめ、ネクタイをとった。

「魔術、っていったね？」と、ダグラスがきいた。

「どうみても魔術だよ」

「信じているのかい？」

「信じているとも信じていないとも」

「いやぁー、この町にはいろんなことがあるなあ！」雲が巨大な古《いにしえ》の神々や戦士たちの姿をとって、空いっぱい浮《う》かんでいるはるか地平線を、ダグラスは、じっと目を凝《こ》らして見入った。

「呪文《じゆもん》に蠟《ろう》人形に針に霊薬《れいやく》か、え？」

「霊薬としちゃたいしたことなかったけど、吐《は》き薬としちゃおそろしく優秀だったな。ゲッ！

ウゥー！」トムは胃をぎゅとつかんで、舌を突《つ》きだした。
「魔女たちか……」と、ダグラスはいった。彼《かれ》は怪《あや》しげに目を細めた。

それから、あたりに、あたり一面に、一つまた一つと、樹《き》からりんごの落ちる音を聞くあの日がやってくる。最初はここに一つあそこに一つだが、やがて三つになり、次に四つ、つづいて九つ、そして二十になって、ついにはりんごは雨のようにまっすぐ糸を引いて落ち、柔《やわ》らかく、黒ずみかけた草地のなかの、馬の蹄《ひづめ》をおもわせるふきたんぽぽみたいに地面に散って、いつのまにか自分が樹に残っている最後のりんごになってしまう。そこで、空につかまっている自分の手を、風がゆっくりと解きはなち、自分を下へ下へ落としてくれるのを待つのだ。地面の草むらにぶつかるまでに、樹や、ほかのりんごの実や、夏や、下の緑の草地が存在していることすらとうに忘れていることだろう。暗闇《くらやみ》のなかを落ちていくことだろう……

「いやだ！」

フリーリー大佐《たいさ》ははっと目をあけて、車椅子《いす》のなかでまっすぐに座りなおした。冷たい手をいきなり伸《の》ばして電話を見つけようとした。「まだあったぞ！」彼《かれ》は胸に電話をしばらくだけるばかりに押《お》しあてて、目をしばたたいた。

「あの夢は好かん」と、だれもいない部屋にむかって彼はいった。

とうとう、慄《ふる》える指で、彼は受話器をとり、長距離《きょり》の交換手《こうかんしゅ》を呼びだし、番号をつげて待つ。

彼は寝室《しんしつ》のドアを見張っていた。いまにも厄介《やっかい》な息子《むすこ》たち、娘《むすめ》たち、孫たち、看護婦たち、医者たちがわっと押《お》しよせてきて、弱っている自分の感覚にたったひとつ最後に残してあるこのなにものにも代えがたい贅沢《ぜいたく》をもぎとってしまうのではないかとおそれているかのようだ。何日もまえに、あるいはそれは何年もまえのことであろうか、心臓が肋骨《ろっこつ》と肉とを短刀のように突《つ》きさすのが感じられた時分、階下に男の子たちの声を聞いたものだが……名前は、名前はなんといったかな？　チャールズ、チャーリー、チャック、そうだ！　それにダグラス！　そしてトム！　憶《おも》いだしたぞ！　わしの名前を廊下《ろうか》の奥《おく》まで呼んでいよったが、ドアに錠《じょう》がおろされていて入れず、あの少年たちは引きかえしていったのだ。興奮してはいけません、というのが医者の言いぐさじゃった。面会禁止、面会禁止、面会禁止。すると通りを横断する少年たちの声がして、わしはその姿を認め、手をふった。そしてあの男の子たちも手をふってよこしたものだ。「大佐……大佐……」しかしいま、彼はひとりで座って、小さな灰色のひきがえるのような心臓が、ときどき胸のなかのそこここで、弱々しくパタパタ動くばかりだった。「フリーリー大佐」と、交換手がいった。「先方がお出になりました。メキシコシティー。エリクスン三八九九」

そしてこんどは、はるかに遠くだが、きわめて冴《さ》えた声が聞こえてきた。

「はい《ブエノ》」

「ホーヘイ！」と、老人は叫《さけ》んだ。

「セニョール・フリーリー！　またかね？　これは金がかかるんだよ」

「かかったっていいさ！　やることはわかってくれているね」

「わかっているよ。窓だね？」

「窓を頼《たの》むよ、ホーヘイ、お願いだ」

「ちょっと待ってくれ」と、その声がいった。

そして、何千マイルものかなた、南の国で、その南の国のビルディングのオフィスで、電話から遠ざかる足音がした。老人は前かがみになって、受話器をしっかりと握《にぎ》りしめ、次の音を待ちかねて疼《うず》く、皺《しわ》のよった耳に押しあてた。

窓を押《お》しあげているぞ。

ああ、と老人はため息をついた。暑く黄色い正午のメキシコシティーの物音が立ちのぼり、開いた窓を通って待ちうける電話へと流れこむ。ホーヘイがそこに立って、送話口を外へ、明るく輝《かがや》く陽のなかへとさしだすのが老人の目に映る。

「セニョール……」

「いや、黙《だま》っててくれ、お願いだ。わしにじっと聞かせてくれ」

大佐はたくさんの金属製警笛のプープーいう音、ブレーキの軋《きし》る音、屋台で赤紫色《あかむらさきいろ》のバナナやジャングルで採《と》れるオレンジを売っている露天《ろてん》商人の呼び声に耳を傾《かたむ》けた。フリーリー大佐の足は動きだして、車椅子《いす》の端《はし》からぶらぶらし、歩いている人の動作をなぞった。彼は目をきつく閉じた。つづけて大きくくんくんとにおいを嗅《か》いだが、ひなたに鉄の鉤《かぎ》につるされ、干しぶどうのマントさながら、一面蠅《はえ》におおわれた肉のにおいを嗅ぎとろうとしているかのようだ。また朝の雨に濡《ぬ》れた石畳《いしだたみ》の裏通りのにおい。太陽がとげのようにとがったあご鬚《ひげ》を灼《や》くのが感じられ、彼はふたたび二十五歳《さい》にもどって、歩き、歩き、見て、ほほえみ、生きているのがうれしく、じつにきびきびとして、色彩《しきさい》とにおいに陶然《とうぜん》となった。

ドアをコツコツたたく音がする。急いで彼は電話を膝掛《ひざか》けの下にかくした。

看護婦が入ってきた。「いかがですか」と、彼女がいった。「具合《ぐあい》は良かったですか？」

「ああ」老人の声は機械的だった。ほとんどなにも見えなかった。ただコツコツとドアをたたく音がしただけで、その衝撃《しょうげき》はあまりにも大きく、彼の一部はまだ遠くはなれたまま、別の都市に残っていた。彼は自分のこころが大急ぎで帰宅するのを待った――ここにもどって、質問に答え、正気にふるまい、礼儀《れいぎ》を失しないようにしてくれなくては困るのだ。

「脈を診《み》に来ましたの」

「いまは困る！」と、老人がいった。

「べつにどこにもお出かけではないのでしょう」彼女はほほえんだ。

彼は看護婦をじっと見つめた。十年間どこにも行ったことはないのだ。

「手を出してください」

彼女の指は、かたく正確に、測径器《カリバス》ではかるように脈搏《みゃくはく》のなかに病気を捜《さが》した。

「興奮したりして、なにをなさっていたのですか？」と、彼女はたずねた。

「いやなにも」

彼女の視線が移って、空いている電話台にとまった。ちょうどその瞬間《しゅんかん》に、二千マイルかなたで、警笛がかすかに鳴った。

看護婦は膝掛《ひざか》けの下から受話器を取りだして、彼の顔のまえにさしだした。「なぜこういうことをご自分にたいしてなさるのです？　しないというお約束でしたね。まずなによりも、こうしてご自分を傷つけていらっしゃるんですよ。興奮したり、おしゃべりをしすぎたり。ここに来るあの男の子たちはあたりをはねまわるし——」

「あの子たちはおとなしく座って、聞いていたんじゃ」と、大佐はいった。「それにわしはあの子たちが一度も聞いていないことを話してやった。バッファローのこと、バイソンのことを話してやったんじゃ。それだけの価値はあったんだ。わしは心配しておらん。わしはまったく熱中して、生き生きしておった。これほど生き生きしていることで死ぬというのならかまやせん。新鮮《しんせん》な興奮をそのたびに得るほうがましというもんじゃ。さあ、その電話を返しておくれ。子どもらがここに来て、行儀《ぎょうぎ》よく座っていることがいかんというのなら、すくなくともこの部屋の外のだれかと話をしていいだろう」

「申しわけありませんが、大佐。このことについては、お孫さんにお知らせしなければなりませんわ。先週この電話をはずそうとなされたのをわたしがお止めしたんです。いまとなっては、それを進めてもらうようにしたほうがよさそうですわね」

「ここはわしの家だし、わしの電話だ。あんたの給料はわしが払《はら》っておるんですぞ！」と、彼はいった。

「お元気になっていいただくためで、興奮していいただくためではありませんわ」彼女は部屋を横切って椅子《いす》を押《お》していった。「さあベッドにお休みください、お若い方！」

彼はベッドから電話をふりかえって見、いつまでも見入っていた。

「二、三分のあいだお店まで行ってきますわ」と、看護婦がいった。「絶対に二度と電話をお使いにならないように、車椅子は廊下《ろうか》にかくしてしまいましょう」

彼女はからの椅子をドアから外へ押していった。階下《した》の玄関《げんかん》で、彼女が立ちどまり、電話の接続を頼《たの》んでいるのが彼に聞こえた。

彼女はメキシコシティーに電話しているのだろうか？　と彼はおもった。まさか！

おもてのドアが閉まった。

彼はおもった。先週はここでひとりきり、部屋にいて、秘密の麻酔薬《ますいやく》のような電話で、大陸を越《こ》し、地峡《ちきょう》をひとつ渡《わた》り、雨の多い熱帯樹林の一面のジャングル、青い蘭《らん》の高原、湖、そして丘のむこうを呼びだし……おしゃべりを……おしゃべりをしたな……ブエノスアイレスと……また……リマ……リオデジャネイロ……

彼は冷たいベッドのなかで身を起こした。明日には電話はなくなってしまう！　なんとわしは強欲なばか者だったことか！　くだけやすい象牙《ぞうげ》の脚《あし》をそっとすべらせてベッドから降ろしてみて、そのひからびているさまに彼はおどろいた。ある夜、眠《ねむ》っているあいだにからだにくっつけられたもののようで、そのあいだに若いほうの脚は取りさられ、地下室の炉《ろ》で焼かれてしまったのだ。何年にもわたって、連中はわしのすべてを破壊《はかい》しつくして、手、腕《うで》、そして脚を取りのぞいては、チェスの駒《こま》のようにきゃしゃで役に立たぬ代用品を当てがいよった。そして、いま、連中はもっと手には触《ふ》れられないものにもおせっかいをしようとしている——記憶《きおく》にたいしてさえも。現在とはまた別の年へと、昔に結ぶ電線を切ろうとしているのだ。

大佐はよろよろと走って部屋のむこう側へと達した。電話をつかみ、それを持ったまま壁《かべ》にそってずり落ち、床に座りこんだ。長距離《きょり》の交換手《こうかんしゅ》を呼びだしたが、かれの内部では心臓が爆発《ばくはつ》をくりかえし、ますます速くなって、目の前が暗くなった。「急いで、急いで!」

彼は待った。

「はい《ブエノ》?」

「ホーヘイ、わたしたちは切りはなされたんじゃ」

「もう電話をしてはいかんよ、セニョール」と、遠くの声がいった。「看護婦さんがわしに電話をよこしたんだ。きみが重病だといってね。わしは電話をきらなきゃ」

「待ってくれ、ホーヘイ! お願いだ!」と、老人は嘆願《たんがん》した。「これが最後だ、わしのいうことを聞いてくれ。やつらは明日電話をはずしてしまうんだ。二度ときみに電話をすることもできんようになる」

ホーヘイはなにもいわなかった。

老人はつづけた。「神さまのためにお願いだ、ホーヘイ！　友情のため、それから昔の日のために！　これがどういうことかきみはわからんのだ。きみはわしと同じ齢《とし》だが、きみはなんといっても動けるんだ！　わしは十年間どこにも出かけたことはない」

彼は受話器を落としてしまい、それを拾いあげるのに苦労して、しきりと胸が痛んだ。「ホーヘイ！　まだそこにいるんだろうね？」

「これが最後かね？」と、ホーヘイがいった。

「約束するよ！」

電話が何千マイルもはなれた机の上に置かれた。いま一度、くっきりとなれ親しんだ音が聞こえ、足音がして、立ちどまり、そして、ついに、窓が押《お》しあげられた。

「よく聞くんだ」と、老人は小声で自分にいいきかせた。

そして彼の耳には、ここはまた別の日光のなかの千人もの人びとや、「ラ・マリンバ」を演奏している手まわしオルガンの、かすかにチリンチリンと鳴る音楽が聞こえてきた――おお、美しいダンスのメロディーだ。

目をきつくつぶったまま、老人はパチリと古い大寺院の写真を撮《と》るかのように手を上げたが、からだは肉がついてより重く、より若く、また足の下には熱い舗道《ほどう》が感じられた。

彼はいいたかったのだ。「きみはまだそこにいるんだろ？　きみたち、あの都市の人びとはみんな午睡《シエスタ》のはじまった時刻だ。商店は閉まり、小さい男の子たちが富くじを売ろうとして、国営富くじは今日までだよ！　と叫《さけ》んでいるんだな。きみたちはみなそこにいるんだ。そこの都市の人たちは。わしがかってきみたちのあいだにいたことがあるなどとは信じられん。都市は、そこからはなれてしまうと一つの幻想《げんそう》になるんじゃな。どんな都市も、ニューヨークも、シカゴも、そこに住む人びとともども、距離《きょり》をおくとほんとうとはおもえないものになるんだ。ちょうどわしが、ここ、イリノイ州で、静かな湖のそばの小さな町にいて、ほんとうにはおもえないようなものだ。わしらはみな、お互《たが》いにそこにいないために、お互いに真実とはおもえないものになっているんだ。だから、音を聞いて、メキシコシティーがあい変わらずそこにあって、人びとは動きまわって生活しているのを知ることはいいことなんだ……」

彼は受話器を耳にしっかりと押《お》しつけて座っていた。

そしてついに、このうえなく澄《す》んだ、もっともありそうにない物音——角を曲がる緑色の市街電車の音がして——電車には褐色《かっしょく》の異国の美しい人たちがたくさん乗っていたが、ほかにも人びとが走ったり得意げに叫んでいる音も聞こえ、彼らは跳《と》びあがると、電車にひらりととび乗って、金《かな》切り声をたてる線路の上を、角をまわって見えなくなり、太陽の燃える遠方に運ばれていってしまい、あとに残るのはただ市場のこんろでとうもろこし粉の丸い焼き餅《もち》を焼いている音だけ、あるいはそれも二千マイルの銅線で、たえず上下する電波のうなる音と、雑音の慄《ふる》えがもたらす焼けるような音にすぎないのだろうか……

老人は床に座っていた。

時間が過ぎた。

階下のドアがゆっくりと開いた。軽やかな足音が入ってきて、ためらい、それから思いきって階段を昇《のぼ》りだした。つぶやく声がした。

「ここに来るのはよくないよ！」

「いいかい、ぼくに電話して来たんだぞ。訪問してあげる人がぜひ必要なんだ。見捨てるわけにはいかないよ」

「病気なんだぞ！」

「そうさ！　でも看護婦さんが外出しているときに来るようにっていわれたんだ。ほんのちょっとだけいて、こんにちは、をいって、それから……」

寝室《しんしつ》のドアが動き大きく開いた。三人の少年が立っていて、なかをのぞき、そこの床の上に座っている老人を見た。

「フリーリー大佐？」と、ダグラスがそっといった。

老人の沈黙《ちんもく》のなかに、彼らに口を閉じさせたなにかがあった。

少年たちは、ほとんどつま先で、近づいていった。

ダグラスは、かがみこんで、いまはまったく冷たくなった老人の指から電話をはずした。ダグラスは受話器をとって自分の耳に当て、耳をすました。雑音よりひときわ高く、奇妙《きみよう》な、はるかかなたの、最後の音が聞こえた。

二千マイルむこうで、窓が閉じられた。

「ズドーン！」と、トムがいった。「ズドーン。ズドーン。ズドーン」

彼《かれ》は郡役所の広場にある南北戦争時代の大砲《たいほう》に乗っていた。

ダグラスは、大砲のまえで、胸をかきむしり、芝生《しばふ》に倒《たお》れた。しかし彼は起きあがってこなかった。ただそこに横になったままで、考えこんでいる面持《おもち》ちだった。

「いまにもあの古い鉛筆《えんぴつ》を取りだすところみたいだな」と、トムがいった。

「考えさせろよ！」と、ダグラスはいって、大砲を見ていた。ごろりとあおむけになり、空と樹々《きぎ》の梢《こずえ》をじっと見つめた。「トム、いま思いついたぞ」

「なんだい？」

「昨日チン・リン・スウは死んだんだ。昨日南北戦争はまさしくここのこの町で永久に終わったんだ。昨日リンカン氏はまさにこの地で倒れ、リー将軍も、グラント将軍も、北に南にむかいあったほかの十万もの人たちもまた死んだのだ。そして昨日の午後に、フリーリー大佐の家で、イリノイ州グリーン・タウン全部ほどもあるバッファロー＝バイソンの群れが、断崖《だんがい》から落ちて虚空《こくう》に消えたんだ。昨日塵《ちり》は残らず永久に沈《しず》んでしまったんだ。それなのにぼくはそのとき気づきさえしなかった。これはおそろしいことだよ、トム、おそろしいことだ！　あのバッファローがすっかりいなくなってしまって、ぼくたちはいったいどうしたらいいんだ……あの兵隊さんや、リー、グラント両将軍、正直者のエイブ（アブラハム・リンカンの愛称《あいしょう》）がみんないなくなってしまって、ぼくたちはどうしたらいいんだ。チン・リン・スウがいなかったら、ぼくたらはどうしたらいいんだ？　こんなに多くのひとびとがこれほどはやく死んでしまうことがあるなんて一度も考えなかったよ、トム。でもそれが起こったんだ。ほんとにみんな死んでしまったんだ！」

トムは大砲にまたがって、ダグラスの声がしだいに消えてゆくなかで、兄を見おろしていた。

「メモ帳は持っているのかい？」

ダグラスは頭をふった。

「家に帰って、忘れないうちにそれをみんな書きとめといたほうがいいよ。世界の人口の半分を殺してしまうなんて毎日あることじゃないもの」

ダグラスは上体を起こし、それから立ちあがった。下唇《くちびる》をかみながら、郡役所の芝生を横切ってゆっくり歩いていった。

「ズドーン」と、トムがそっといった。「ズドーン。ズドーン！」

それから声をあげた――

「ダグ！　芝生を横断しているところを、三回殺したんだよ！　ダグ、聞いているのかい？　ちょっと、ダグったら！　オーケー。まあいいさ」彼は大砲の上に身を伏《ふ》せて、表面がかさぶたのようになっている砲身《ほうしん》にそって照準を合わせた。片目を細めた。「ズドーン！」と、だんだん小さくなっていくあの人かげにむかって彼は小声でいった。「ズドーン！」

「それ！」

「二十九！」

「それ！」

「三十！」

「それ！」

「三十一！」

レバーが勢いよく下ろされる。ブリキの蓋《ふた》が、いっぱいに詰《つ》まったびんの上にガシャンと押《お》しつけられて、きらきらと黄色く輝《かがや》いた。おじいさんはダグラスに最後のびんを手わたした。

「夏の第二の収穫《しゅうかく》じゃな。六月のは棚《たな》にならんどる。ここにあるのが七月じゃ。もう、この先八月があるばかりだ」

ダグラスは暖かいたんぽぽのお酒のびんを取りあげてみたが、棚には置かなかった。番号をつけられた残りのびんがそこに待っているのを見たが、お互《たが》いに似ていて、なんら変わったところもなく、どれもきらきら輝き、どれも一定で、どれも一つ一つまとまっていた。

ぼくが自分の生きているのを見いだした日があるのに、と彼《かれ》はおもう。それがなぜほかの日にくらべてより明るくないのだろうか？　ジョン・ハフが世界の縁から転げおちて、いなくなってしまった日もあるのに。なぜその日がほかの日にくらべて暗くないのだろうか？

風が編んだり、解《ほど》いたりした、潮の流れのような小麦のなかを、イルカさながらに跳《と》びはねていた夏の犬たちはみな、どこへ、いったいどこへいってしまったのだろうか？《グリーン・マシン》や市街電車の稲妻《いなづま》のにおいはどこにいったのだろうか？　お酒は憶《おぼ》えているのだろうか？　憶えてはいなかった！　あるいは、とにもかくにも、憶えているようには見えなかった。

どこかに、かつてなにかの本で読んだことだが、これまで話されたすべての話、これまで歌われたすべての歌がいまだに生きていて、振動《しんどう》しながら宇宙に出てきており、もしケンタウロスの星座まで行けるものならば、ジョージ・ワシントンが寝言《ねごと》をいっているのや、シーザーが背中にナイフを突《つ》きたてられておどろくところを聞くことだってできるのだそうだ。音についてはそのくらいにして、それでは光はどうだろう？　あらゆるものは、ひとたび見られたとなると、そのまま死に絶えたりはしないんだ。それはありえないことだ。とすれば、世界を捜《さが》せば、きっとどこかに、おそらくは花粉に焼かれた蜜蜂《みつばち》が、光を琥珀色《こはくいろ》の活液として貯えている、蜜のしたたる幾層《いくそう》もの箱からなる蜜蜂の巣に、あるいは正午のとんぼの、宝石をちりばめた頭蓋骨《ずがいこつ》の三万個のレンズのなかに、あらゆる年の一年間のすべての色彩《しきさい》と光景とが見つかるかもしれない。あるいは、このたんぽぽのお酒のたった一滴を顕微鏡《けんびきょう》の下に注げば、おそらく七月四日の独立記念日の世界全部が花火となってとびちり、ベスビアス火山の爆発《ばくはつ》のように、降りそそぐことだろう。これはたぶん信じなければならないことなのだ。それにしても……フリーリー大佐がよろめき、六フィートもくずれおちて大地に倒《たお》れたあの日を、その番号で象徴《しょうちょう》しているここのこのびんを見てみると、一グラムの黒い沈澱《ちんでん》物すらダグラスには認められず、あのもうもうと舞《ま》いあがったバッファローのたてる塵《ちり》のひとかけらすらなく、シャイローで鉄砲《てっぽう》から撃《う》ちだされた硫黄《いおう》の火花ひとつすらない……

「この先八月か」と、ダグラスはいった。「そりゃそうだけど。でもこのようすだと、機械もなくなってしまい、友だちもいなくなって、最後の収穫《しゅうかく》にはほとんどたんぽぽはなくなっちまうよ」

「運命、運命って。おまえのいうことは葬《とむら》いの鐘《かね》が鳴っているように聞こえるな」と、おじいさんはいった。「そんなふうに話すのは罰《ばち》当たりな言葉を吐《は》くよりもっと悪いぞ。じゃが、わしはおまえの口を石鹼《せっけん》で洗ってやろうとはおもわん。ほんのちょっぴりばかりのたんぽぽのお酒が必要なんじゃ。さあ、これじゃ、ぐいと飲んでごらん。どんな味だね？」

「手品師みたいに火を食べちゃった！　ひゅーっ！」

「さあ地下室から出て、駆《か》け足でブロックを三周、宙返りを五回、腕《うで》立て伏《ふ》せ六回、木登り二回をするんじゃや。そうすりゃおまえは喪主《もしゅ》なんかじゃなくて、コンサートマスターになるんだ。かかれ！」

途中《とちゅう》、走りながら、ダグラスはおもった。腕立て伏せ四回、木登り一回、宙返り二回でもほんとにそうなりそうだぞ！

あそこで、八月の第一日のなかばに、いま自動車に乗りこもうとしているのはビル・フォレスター——彼《かれ》が大声でどなる、ダウンタウンへ特別変わったアイスクリームかなんかを食べに行こうとおもうんだが、だれかいっしょに来ないか？　そこで、五分とたたないうちに、ひょいひょいからだを軽くゆすり、ぽっぽっと汗をかいていい気分になったダグラスが、灼熱《しゃくねつ》の歩道をはなれてドラッグストアに入ってくると、ソーダ水の香《かお》りがただよい、バニラのさわやかさでいっぱいの洞穴《ほらあな》をくぐりぬけ、雪のように白い大理石のソーダ水売場のカウンターにビル・フォレスターとならんで腰《こし》をおろした。二人はついで一番めずらしいアイスクリームを一つ一つ数えあげてくれるようにと頼《たの》み、ソーダ水売場の人が「オールドファッション・ライム＝バニラ・アイス……」というなり、

「それだ！」と、ビル・フォレスターはいった。

「そのとおり！」と、ダグラスもいった。

そして、待っているあいだ、彼らは回転椅子《いす》に座ったままゆっくりとからだをまわした。銀色に光る栓《せん》、きらめく鏡、静かに回転する天井の扇風機《せんぷうき》、小窓にかけられた緑色のカーテン、針金で作ったハープのような椅子が、移ってゆく視線を通りすぎていった。彼らはまわるのをやめた。二人の目が、クリームを口にし、スプーンを手に持った、九十五歳《さい》のミス・ヘレン・ルーミスの

顔と姿に触《ふ》れた。

「お若い方」と、彼女はビル・フォレスターにいった。「あなたは鑑識《かんしき》力と想像力の持ち主なのね。それに、十人分の意志力をお持ちだわ。それでなきゃメニューに載《の》っている月並みな香《かお》りをあえて避《さ》けて、ライム＝バニラ・アイスなどと聞いたこともないものを、率直《そっちょく》に、言いのがれも遠慮《えんりょ》もなく、注文などしなかったでしょうね」

彼はしかつめらしく彼女《かのじょ》に頭を下げた。

「わたしのところに来てお座りなさい、おふたりとも」と、彼女はいった。「変わったアイスクリームや、わたしたちが好きそうなものについてお話ししましょうよ。心配しなくてもだいじょうぶ。勘定《かんじょう》はわたしが払《はら》いますよ」

にこやかに笑いながら、二人はアイスクリームの皿を彼女のテーブルに運び、腰《こし》をかけた。

「あなたはスポールディングさんとこのお子さんのようじゃが」と、彼女は少年にいった。「おじいさんそっくりの頭だね。それからあなた、あなたはウィリアム・フォレスター（ビルは愛《あい》称《しょう》）。『クロニクル』に書いていますね、なかなかいいコラムですよ。あなたについてはわたしがお話ししたいとおもう以上に、いろいろ聞いていています」

「わたしはあなたを存じあげています」と、ビル・フォレスターがいった。「あなたはヘレン・ルーミス」彼はためらってから、またつづけた。「わたしはかつてあなたに恋《こい》をしました」と、彼はいった。

「さあさあ、そういう会話のはじまりかたこそわたしは好きですよ」彼女は静かにアイスクリームをすくった。「そういう話があるからまた会うことができるのね。そうですよ——どこで、いつ、どんな具合《ぐあい》にわたしに恋をしたかはいわないでくださいな。それはこの次のときのためにとっておきましょう。あなたのお話でわたしの食欲はなくなってしまいましたよ。まあ、なんということでしょう！　さてと、とにかくわたしは家に帰らなきゃ。あなたは記者さんだから、明日三時から四時のあいだにお茶を飲みにいらっしゃい。あなたのために、この町の歴史を、つまりここは交易所だったからだけど、そのあらましを話してあげることはできるからね。そうしたらわたしたちふたりが、もの好きに考えこんでみるものを持てることでしょうね。フォレスターさん、あなたはわたしが七十年、そうですよ、七十年昔に交際していた立派《りっぱ》な男性をおもいださせますよ」

彼女はテーブルをはさんで彼らのむかいに座っていたが、打ちしおれて、慄《ふる》える、灰色の蛾《が》と話しているかのようだった。声は、はるかかなたの、灰色と老齢《ろうれい》の内側から、押《お》し花と古びた蝶《ちょう》の粉に包まれて出てきた。

「それじゃ」彼女は立ちあがった。「明日いらっしゃいませんか？」

「ぜひともおうかがいします」と、ビル・フォレスターはいった。

そこで彼女は町に用事に出かけ、少年と若者はあとに残って、彼女を見送り、ゆっくりとアイスクリームを食べおえた。

ウィリアム・フォレスターは、新聞のための地方記事をいくつか調べて翌朝を過ごし、昼食後には時間があったので郊外《こうがい》の川で釣《つ》りをして、ほんのわずか捕《と》れた小魚は上機嫌《じょうきげん》で川に投げかえしてやり、それから、べつに考えてもみず、すくなくとも考えているとは気づかないまま、三時にはさる通りに車を走らせていた。手がハンドルをきって、大きく円を描《えが》いて玄関《げんかん》の車寄せに通ずる車道を行き、蔦《つた》でおおわれた玄関口に車をとめるあいだ、彼は興味をもってながめていた。降りてみると、自分の自動車が、ちょうど自分のパイプのようなものだという事実に彼は気づいた――この広大な緑の庭で、ペンキも新しいこの三階建てのヴィクトリア朝風の家とならぶと、古く、さんざん歯でかんだ、だらしのないものなのである。かすかに幽霊《ゆうれい》のような動きが庭のむこう端《はし》に見え、ささやくような叫《さけ》び声がしたと思うと、ミス・ルーミスが、時間と距離《きょり》をぬけだしてきて、ひとり座り、表面が柔《やわ》らかく銀色に輝《かがや》いているティーセットとともに、彼を待っているのがわかった。

「女の人が用意して待っていてくださるなどこれがはじめてです」と、近よりながら、彼はいった。「もっとも、約束の時間どおりに来たのも、またこれまでこれがはじめてです」

「それはなぜでしょう?」と、柳細工《やなぎざいく》の椅子《いす》に背中をもたせて、彼女はたずねた。

「さあ、わかりません」と、彼は自分でも認めた。

「そうね」彼女はお茶を注《つ》ぎはじめた。「まず話のはじめに、あなたは世界についてなにを考えているの?」

「ぼくはなにもわかりません」

「いうところの、知恵のはじまりね。十七歳《さい》のときはなんでもわかっているものです。二十七歳になって、もしまだあい変わらずなんでもわかっていたら、まだ十七歳のままなんだわ」

「何年ものあいだに、ほんとにたくさんのことをお知りになったようですね」

「なんでもわかっているように見えるのは老人の特権なんですよ。でもそれは見せかけと仮面なのね、ほかのあらゆる見せかけと仮面と同じように。ここだけの話ですけども、わたしたち老人は、お互《たが》いに目配せして、ほほえみ、いいあうんですよ、わたしの仮面、わたしの素振《そぶ》り、わたしの落ちつきはどう？　人生はお芝居《しばい》じゃないこと？　わたしはうまくお芝居しているでしょ？」

二人は静かに笑った。ビル・フォレスターは椅子《いす》に深々と腰《こし》をかけ、何カ月ぶりかに口から自然な笑い声をもらした。二人が静まると、彼女は両方の手で茶碗《ちゃわん》を持って、なかをのぞきこんだ。

「ねえ、わたしたちがたいへんにおそく会ったことは幸運なのよ。もしわたしが二十一で、愚《おろ》かさでいっぱいだったときだとしたら、わたしはあなたに会ってもらいたくなかったでしょうね」

「二十一歳のきれいな女の子にはまた特別の法があるものですよ」

「じゃあ、わたしがきれいだった、とおもっていらっしゃるわけ？」

彼は愛想《あいそう》よくうなずいた。

「でもどうしてわかります？」と、彼女はきいた。「白鳥を食べた竜《りゅう》に出会ったとき、あなたは口のまわりに残ったわずかの羽毛でそれと察することができますか？ まさしくそれなのよ――このようなからだは竜そのもの、鱗《うろこ》と襞《ひだ》ばかしね。まさに竜が白鳥を食べてしまったのだわ。何年も白鳥を見ていません。どんなようすをしていたか憶《おぼ》えてすらいません。でも、わたしはそれを感じるんですよ。内に無事にいて、まだ生きているんです。真の白鳥は羽毛ひとつ変わってやしない。いいですか、春とか秋の朝には、目をさましてみて、野原をつっきって林に駆《か》けこみ、野いちごを摘《つ》もうかとおもうことだってあるんですよ！ あるいは湖で泳ごうとか、今夜は夜明けまで徹夜《てつや》で踊《おど》ろうとか！ すると、むしょうに腹の立つことに、自分がこの年老いて見るかげもない竜のなかに閉じこめられていることを発見するのね。わたしは、出口のない、ぼろぼろにくずれた塔《とう》のなかに幽閉《ゆうへい》された王女さまで、《魅惑《みわく》の王子》を待っているんだわ」

「あなたは本をお書きになればよかったのに」

「まああなた、わたしは事実書いたのですよ。オールド・ミスにほかにすることがあって？ 三十歳になるまで、わたしは見世物《みせもの》のピカピカの飾《かざ》りを頭いっぱいに詰《つ》めこんだクレイジーな娘《むすめ》で、それからわたしがほんとに好きだったたった一人《ひと》の男は、待ちくたびれてほかの女《ひと》と結婚《けっこん》してしまったのよ。そこで自分にたいする腹いせやら、怒《いか》りやら、このうえない機会が手近にあったときに結婚しなかったんだから、わたしにはこんな運命がふさわしいんだと自分にいいきかせたのね。旅をするようになったわ。わたしの旅行鞄《かばん》は行く先ざきのステッカーの大吹雪《ふぶき》に埋《う》もれたわ。パリでひとり、ウィーンでひとり、ロンドンでひとり、で、だいたい、それはイリノイ州グリーン・タウンにひとりぼっちでいるのときわめて同じことね。要するに、ひとりぼっちだということなのよ。ほんとに、あなたには思索《しさく》したり、行儀《ぎょうぎ》を直したり、会話を磨《みが》いたりする時間がふんだんにあるわ。でもわたしは、三十歳《さい》の週末のつきあいと引きかえられるものなら、動詞の時制や会釈《えしゃく》なんかどうでもいいことだとおもうときがときどきあるわ」

二人はお茶を飲んだ。

「あら、なんとひどい自分への憐《あわ》れみでしょう」と、彼女はおだやかにいった。「こんどは、あなたのことですよ。あなたは三十一歳で、まだ結婚していないのですか？」

「こんなふうにいわせてください」と、彼はいった。「あなたのように行動し、考え、話す女のひとはなかなかいないんですよ」

「まあ」と、彼女は真面目《まじめ》にいった。「若い女性がわたしと同じように話すことを期待してはいけません。これはもっとあとから訪れるものですよ。第一、娘さんたちはずっと若すぎます。第二に、ふつうの殿方《とのがた》は、婦人に頭脳《あたま》らしきものを少しでも見つけたとたんに、あわてふためくものなのね。それはみごとに頭のあるところをかくしていた頭のいい女性に、あるいはあなたもかなり会っているんですよ。変わった虫を見つけようとしたら少しのぞきまわらなければね。いくつか棚板《たないた》をあげてみるんですよ」

二人はまた声をたてて笑っていた。

「たぶんぼくは小心な年配の独身《どくしん》ものになるんでしょう」と、彼はいった。

「だめ、だめ、そういうことをしてはいけません。それはいいことじゃないでしょうね。今日の午後、ここにいるのさえ、あなたのすべきことではないんですよ。ここはエジプトのピラミッドに行きつくしかない通りなの。ピラミッドはどれもたいへんにすてきだけれど、ミイラはまずふさわしい相手じゃありませんからね。あなたはどこに行ってみたいの、ご自分の人生をほんとうはどうしてみたいの？」

「イスタンブール、ポートサイド、ナイロビ、ブダペストを見ること。一冊本を書くこと。紙巻きタバコをふんだんに吸うこと。断崖《だんがい》から落ちるけれど、途中《とちゅう》で木にひっかかること。モロッコの真夜中の暗い裏通りで数発の銃弾《じゅうだん》をあびること。美しい女性を愛すること」

「そうねえ、それを全部わたしがあげるわけにはいかないわね。でも、わたしは旅をしていますから、そのうちのかなりの場所については話してあげられるわ。また、うちのおもての芝生《しばふ》を今夜十一時ごろ駆《か》けて横切ってもらえば、そしてもしわたしがまだ起きていたら、南北戦争のときのマスケット銃をあなためがけて撃《う》ってあげるわ。それで冒険《ぼうけん》へのあなたの男性的な衝動《しょうどう》は満足できて？」

「それはほんとにすばらしいでしょうね」

「最初にどこに行きたいの？　あなたをそこに連れていってあげられるのよ、いい。わたしは魔法《まほう》を織ることができますからね。とにかく地名をいってごらんなさい。ロンドン？　カイロ？　カイロと聞いてあなたの顔は電灯をつけたみたいにパッと明るくなったわね。じゃ、カイロに行きましょう。さあ、気持ちを楽になさいよ。あなたのあのパイプにあのすてきなタバコをいくらかつめて、椅子《いす》に背をもたせて座りなさい」
彼は椅子に深々と座り、パイプに火をつけ、なかばにこにこと、くつろいで、耳をすまし、彼女は語りはじめた。「カイロ……」と、彼女はいった。

時間は、宝石と、裏通りと、エジプトの砂漠《さばく》から吹《ふ》く風のなかを過ぎていった。太陽は金色で、ナイル河がひたひたと三角洲《す》にうちよせているあたりはぬかるみだ。ピラミッドの頂上では、とても若く、とても機敏《きびん》な何者かが、哄笑《こうしょう》し、彼に日かげの斜面《しゃめん》を登って陽光のなかへと出てくるように呼びかけている。彼のほうはいま登る最中で、最後の段を昇《のぼ》るのを彼女が手を下に伸《の》ばして助けてやり、それから二人は駱駝《らくだ》の背中で笑いながら、大きく伸びたスフィンクスの巨体をさしてゆるく駆けてゆく。夜おそく、原住民の居住地域では、青銅や銀を打つ小さなハンマーのチリンチリンと鳴る音がして、なにかの弦《げん》楽器から流れる音楽がだんだんとかすかに、かすかに、かすかに……

ウィリアム・フォレスターは目をあけた。ミス・ヘレン・ルーミスは冒険を終え、二人はまた、お互《たが》いにとても親密に、このうえなく仲良くなって、故郷の庭の現実にもどったが、銀のポットのなかのお茶は冷たく、ビスケットはおそくなった陽の光に当たってかさかさに乾《かわ》いていた。彼はため息をつき、伸《の》びをして、またため息をついた。

「ぼくはこれほど気持ちのよかったことはこれまで一度もありません」

「わたしも」

「おそくまでお邪魔《じゃま》してしまいました。一時間まえに行かなきゃいけなかったのですのに」

「わたしはこうしている一分一分が楽しいんですよ。でも、年老いた愚《おろ》かな女にあなたが見るものは……」

彼は椅子《いす》に寄りかかり、目をなかば閉じて、彼女を見た。ごくごく細い糸のような光だけが入るように、目を細めた。頭をほんのわずかだけこちらに、それからあちらにと傾《かたむ》けてみた。

「なにをしているの？」と、彼女が心地《ここち》悪そうにたずねた。

彼はなにもいわずに、ながめつづけた。

「これをうまくやれば」と、彼はつぶやいた。「加減して、割引くことも……」心中では彼はこうおもっていたのだ。皺《しわ》を消し、時間の因子《いんし》を加減して、年を逆もどりさせられるぞ。

とつぜん、彼ははっとなった。

「どうしたの？」と、彼女がきいた。

しかしそのときにはそれは見えなくなっていた。彼は目を開いてつかまえようとした。ところがそれはまちがいだった。寄りかかったまま、のんびりと、拭《ぬぐ》い消すようにして、目はそっとなかば閉じておくべきだったのだ。

「ほんの一瞬《いっしゅん》だったけど」と、彼はいった。「ぼくはそれを見たんですよ」

「なにを見たって?」

「白鳥ですよ、もちろん」と、彼は心でおもった。その言葉を、声には出さずとも、彼は口の動きで表したにちがいなかった。

次の瞬間《しゅんかん》、彼女は椅子《いす》のなかでからだをとてもまっすぐにして座っていた。手を膝《ひざ》において、かたくしていた。目は彼を見すえて、彼がどうにもならない想《おも》いで見まもっていると、両方の目が茶碗《ちゃわん》のようにまるくなって、涙《なみだ》がこぼれんばかりに満ちあふれた。

「ごめんなさい」と、彼はいった。「ほんとにごめんなさい」

「いいえ、謝ることはないわ」彼女は身をかたくしたまま、顔にも目にもさわろうとしなかった。手は重ねあわせて、握《にぎ》りしめたままだ。「もう行ったほうがいいわ。ええ、明日は来てもけっこうだけど、いまはお願いだから行ってちょうだい、これ以上なにもいわないでちょうだい」

彼女を日かげのテーブルのそばに置きざりにしたまま、彼は庭を通って立ちさった。ふりかえる気にはなれなかった。


四日たち、八日たち、十二日が過ぎ、彼はお茶に、夕食に、昼食に招待された。長い緑の昼下がりに、彼らは座っていつまでも語りあった——彼らは美術のこと、文学のこと、社会と政治のことを語りあった。アイスクリームや、雛鳩《ひなばと》を食べ、上等のぶどう酒を飲んだ。

「だれがなにをいおうとわたしは気にしませんよ」と、彼女はいった。「で、世間の人はとやかくいっているんでしょうね」

彼は不安げにからだを動かした。

「わかっていたんですよ。女は、たとえ九十八歳でも、ゴシップから逃《の》がれられないものなのね」

「訪問をやめてもいいですけど」

「まあ、なにをいうの」と、彼女は大声を出してから、また平静にもどった。さらにおだやかな声でいった。「そんなことできないのはわかっているのに。ねえ、ひとがなにを考えようと気にはしないわね？　わたしたちがさしつかえないと承知しているかぎりはそうでしょう？」

「ぼくは気にしません」と、彼はいった。

「さあ」——彼女は深々と椅子《いす》にからだを落ちつけた——「わたしたちのゲームをしましょう。こんどはどこにしましょうか？　パリがいいとおもうわ」

「パリ」と、彼はいい、静かにうなずいた。

「そうね」と、彼女は語りはじめた。「いまは一八八五年で、わたしたちはニューヨークの港から船に乗りこむところよ。そこにわたしたちの旅行荷物、ここに切符《きっぷ》、あそこに街がシルエットになって空に浮《う》かんでみえるわ。いまわたしたちは海の上よ。さあマルセーユ港に入るところだわ……」

CHOCOLATE
VANILLA

いま彼女は橋の上でセーヌ河の澄《す》んだ水をのぞきこんでおり、また彼は、一瞬《いっしゅん》ののち、とつぜんに、彼女のそばにいて、夏の湖が流れすぎてゆくのを見おろしている。いま彼女はタルカム・パウダーのように白い指にアペリチフをもち、また彼は、おどろくほどのすばやさで、彼女のほうにかがみこむと、彼女のワイングラスに自分のワイングラスを軽く打ちつける。彼の顔が、ベルサイユ宮殿の鏡の間に現れ、ストックホルムで湯気を立てているスカンジナビア式前菜料理を食べているのが見られ、また彼らはベニスの運河にある理髪《りはつ》店の赤白の看板を数えてみた。彼女がひとりだけでやったことを、いまは二人でいっしょにやっていたのだ。

八月のちょうど半ばに、彼らはある午後おそく、お互《たが》いに顔を見つめあいながら座っていた。「お気づきですか」と、彼はきいた。「二週間半もわたしはほとんど毎日あなたに会っているのですよ?」

「まさか!」

「わたしはとても楽しかったですよ」

「ええ、でも若い娘《むすめ》さんたちはいくらでもいるのに……」

「若い女の子がもっていないものをあなたは全部持っているんです——親切で、理解力があって、機《き》知《ち》に富んで」

「ばかをおっしゃい。親切や理解力は年をとると大事な仕事になるのよ。二十歳《はたち》のときは、残酷《ざんこく》で無分別《むふんべつ》なほうがずっとずっと魅力《みりよく》的だわ」彼女はちょっと話をやめて、一つ息を吸った。「さあ、いまからあなたを困らせてあげますよ。わたしたちがソーダ水売場で出会った最初の午後に、あなたはわたしにいくぶんかの——そう、好意を、かつてはいだいたことがあるとおっしゃったのを憶《おぼ》えていますか？　あなたは二度とそれを口に出さないで、故意にこのことを逃《に》げているのね。さあいまこの厄介《やつかい》なことをすっかり説明していただくように頼《たの》まないわけにいきませんわ」

彼はどういってよいのかわからないようだった。「それは困りますよ」と、彼は抗議《こうぎ》した。

「さあ白状なさい！」

「あなたの写真をかつて見たことがあるんです、何年もまえですが」

「わたしは一度も写真を撮《と》らせませんでしたよ」

「それは古い写真で、あなたが二十歳《はたち》のとき撮ったものですよ」

「ああ、あれ。あれはまったくの冗談《じようだん》なの。わたしが慈善《じぜん》事業に寄付したり、舞踏会《ぶとうかい》に出たりするたび、あの写真を引きだしてきて印刷するんだわ。町じゅうのものが笑うわ。このわたしさえもよ」

「新聞は残酷《ざんこく》なものですね」

「そうじゃないのよ。わたしがいってやったんです。わたしの写真が欲しかったら、一八五三年の昔に撮ったのを使いなさいって。わたしのことはそれで憶えていてもらうのよ。奉仕《ほうし》しているあいだは、後生《ごしよう》だから、憶えてもらいたくないものには蓋《ふた》をしてもらいます」

「すべてをお話ししましょう」彼は手を組み、その手を見て一瞬《いっしゅん》黙《だま》りこんだ。写真をおもいだしていたが、彼のこころにそれはきわめて鮮明《せんめい》に見えていた。いまここの庭で、あらゆる角度からあの写真を、それからたいへんに若いヘレン・ルーミスが、ひとりで、美しく、はじめて写真のためにポーズしているところをおもってみる時間があった。彼女のもの静かな、羞《はず》かしそうに微笑《びしょう》している顔を彼は想像した。

それは春の顔だ、それは夏の顔だ、それはクローバーの息吹《いぶ》きの暖かみだ。ざくろが唇《くちびる》に燃え、真昼の空が目のなかにあった。彼女の顔に触《ふ》れることは、ある十二月の朝、早くから、窓をあけて、夜のあいだに、ひっそりと、なんの前触《まえぶ》れもなく訪れてきた、はじめての白く冷たいさらさらした雪に手をさしだしてみる、あのつねに新鮮《しんせん》な経験なのだ。そしてこのすべてが、この息の暖かさとプラムの柔《やわ》らかさが、写真化学のひとつの奇跡《きせき》のなかに永久に保たれていて、いかに時計を巻こうと、新鮮味を失わせ、時間を一秒たりとも変えるわけにはいかない。この細かな、はじめての冷たく白い雪は、けっして溶けずに、千もの夏を過ごすことだろう。

それが写真なのだ。それが彼の彼女を知っているあり方なのだ。こころのなかで彼女の写真をおもいだし、よく考えて、握《にぎ》りしめたあとで、彼はいま、ふたたび話していた。「わたしがはじめてあの写真を見たとき――単に素朴《そぼく》な髪型の、簡単な、なんの飾《かざ》りけもない写真でしたけど――それがあれほど昔に撮《と》ったものとは知りませんでした。新聞の記事には、ヘレン・ルーミスがその夜、町の舞踏会《ぶとうかい》で先導をつとめるとか、そんなことが書いてありました。わたしは新聞からその写真を破りとりました。その日は一日じゅうそれを持ち歩いていました。舞踏会に行こうとおもいました。それから、午後おそくなって、だれかがわたしが写真を見ているのをみて、話してくれたんです。その美しい女性の写真はずっと昔に撮られたもので、そのあと新聞が毎年それを使っているということを、そしてみんなは、わたしがあの写真を持って、あなたを捜《さが》しに、その夜の町の舞踏会に行ったりしないほうがいいっていったんです」

二人はしばらく長いあいだ庭に座ったままだった。彼は彼女の顔にちらりと目をやった。彼女は庭の一番むこう側の塀《へい》と、そこをピンクの薔薇《ばら》が這《は》いのぼっているのを見ていた。彼女がなにを考えているかは知るよしもなかった。表情にはなにもうかがえなかった。ちょっとのあいだ椅《い》子《す》にゆられてから、彼女はそっといった。「もう少しお茶を飲みませんか？ はいこれ」

二人は座ってお茶を少しずつ飲んだ。それから彼女は手を伸《の》ばして、彼の腕《うで》を軽くたたいた。

「ありがと」

「なにをですか？」

「ダンスパーティーにわたしを見つけに来てくださろうとしたこと、わたしの写真を切りぬいてくださったこと、なにもかもよ。とてもとても感謝しているわ」

彼らは庭の小径《こみち》を歩きまわった。

「ところでこんどは」と、彼女がいった。「わたしの番ね。憶《おぼ》えていらっしゃるかしら、いつか、七十年まえに、昔わたしを気にかけてくれたある青年のことを話したわね。ほんとに、あの人が死んで、すくなくとも、もう五十年になるけれど、彼がそれは若くて、それはハンサムだったときは、快速の馬で何日も遠乗りしたり、夏の宵《よい》に町のまわりの牧草地を乗りまわしたりした人なのよ。健康な、野性的な顔で、いつも陽《ひ》に焼けて、手には切り傷が絶えたことがなく、ストーブの煙突《えんとつ》みたいに息まいて、いまに粉微塵《こなみじん》に飛びちるかのような歩きぶりだったわ。仕事をつづけようとしないで、その気になるとすぐ辞めてしまい、そしてある日、わたしが彼よりももっと無《む》軌道《きどう》で、落ちつこうとしなかったものだから、彼はわたしからはなれて、いってみれば馬に乗って行ってしまった、それでその話はおしまいね。二度と生きている彼を見る日が来るとはけっして考えなかったわ。でもあなたもずいぶんと生き生きして、彼と同じように灰をあたりにこぼしてまわり、無器用なのと優雅《ゆうが》なのがいっしょになって、わたしにはなんでもあなたがしようとしていることは、するまえからわかるのだけど、いざあなたがしてみると、いつもわたしはおどろくの。生まれ変わりというのはわたしとってはばかげたことだけど、このまえわたしはおもったの、もしロバート、ロバートって、通りにいるあなたに呼んだら、ウィリアム・フォレスターはふりむくかしらって？」

「さあ、わかりません」と、彼はいった。

「わたしもわからないわ。これだから人生はおもしろいのね」

八月はほとんど過ぎさった。秋の最初の涼《すず》しい感触《かんしょく》がゆっくりと町を通りぬけ、どの樹《き》も色は和らぎ、徐々に燃えるような熱がきざして、丘はかすかに輝《かがや》き、色づくのが見られ、小麦畑はライオンの色となった。いまや日々の型《パターン》はおなじみになり、くりかえしとなって、ちょうど書家が、練習で、何度も何度もlやら、wやら、mやらをつづけて美しく書いているように、一日一日と線が優美な流れとなってくりかえされるのだ。

ウィリアム・フォレスターが八月のある昼さがりに庭を横切って歩いてゆくと、ヘレン・ルーミスが茶卓《ちゃたく》にむかってきわめて細心に書きものをしているところだった。

彼女はペンとインクをわきに置いた。

「あなたに手紙を書いていたのですよ」と、彼女はいった。

「じゃあ、わたしがここに来たので、その手間が省けましたね」

「いいえ、これは特別の手紙なのよ。ご覧なさい」彼女は彼に青い封筒《ふうとう》を見せ、それをこんどは封をして、平らに押《お》しつけた。「外見を憶《おぼ》えておきなさい。郵便物にまじってこれを受けとったときは、わたしが死んだことがわかるのよ」

「そういういい方はしないものですよ」

「座って、わたしのいうことをお聞きなさい」

彼は腰《こし》をおろした。

「ねえ、ウィリアム」と、パラソルの日かげで、彼女はいった。「数日したらわたしは死にますわ。いいから黙《だま》って」彼女は手をあげた。「あなたになにもいってほしくはないの。こわいことはありません。あなたもわたしと同じくらい長生きしたら、あなただってそういう恐怖心《きょうふしん》はなくなります。わたしはこれまでロブスターを一度も好きになれなかったけれど、そのおもな理由は食べてみたことがなかったからね。八十歳《さい》の誕生日にわたしはそれを食べてみましたよ。いまだにロブスターには大いにわくわくするとはいえないけれど、でもその味はいまでは疑っていないし、おそろしいとは思いません。おそらく死もまたロブスターのようなものなのでしょうし、それと折りあうことはできます」彼女は両手で合図した。「でもこの話はこれでたくさん。大事なのはわたしがあなたと二度と会えないということ。葬式《そうしき》はありますまい。あの特別のドアから行ってしまった女性は、寝室《しんしつ》に引きとった女性と同じだけのプライバシーの権利をもっていると思いますよ」

「死を予言することはできません」と、彼はようやくいった。

「五十年間、わたしは玄関《げんかん》ホールにある箱型の大置き時計をながめてきましたよ、ウィリアム。ねじが巻かれたあとは、その止まる時間までわたしは予言できます。老人もまったく同じことよ。機械の動きがおそくなって、最後の分銅《ふんどう》が位置を変えるのが感じられるのよ。まあ、どうかそんなふうに見ないでください――お願いだから」

「そうおっしゃっても無理です」と、彼はいった。

「楽しかったわね。ここで、毎日おしゃべりして、それはほんとにすてきでしたわ。荷が勝ちすぎてすり切れてしまっている言葉だけど、あの『こころの出会い』といわれていることなのね」

彼女は掌《てのひら》のなかで青い封筒《ふうとう》を裏返した。「愛の本質はこころだとはいつもわかっていましたよ、たとえ肉体がときにこの認識を拒絶《きょぜつ》することがあっても。肉体はそれだけで生きているんです。食事をし、夜を待つだけのためにそれは生きているのですよ。本質的に夜のものなのね。でも、太陽から生まれたこころのほうはどうなの、ウィリアム？　一生のうち何千時間となく、目ざめて、意識しながら過ごさなきゃならないのよ。あなたは、あのみじめで利己的な夜のものである肉体を、太陽と知性の全生涯《しょうがい》につりあわせることができて？　わたしはわからないわ。わたしがわかるのはただ、ここにあなたのこころがあり、ここにわたしのこころがあって、ともに過ごした午後にくらべるべきものはわたしの記憶《きおく》にないということね。まだまだたくさん話すことはあるけど、別のときにとっておかなきゃ」

「もうあまり時間はないようですね」

「そうね、でもおそらくきっとまた別の機会はあることでしょうよ。時間はとても不思議《ふしぎ》なもので、人生はその二倍も不思議だわ。歯車が欠け、車輪がまわり、人生が交錯《こうさく》するのも早すぎたりおそすぎたり。わたしは長く生きすぎました、それだけはたしかね。そしてあなたは生まれるのが早すぎたか、おそすぎたかのどちらかだわ。ちょっとしたタイミングがおそろしいものね。でもたぶんわたしは愚《おろ》かな娘《むすめ》だった罰《ばつ》をうけているのよ。とにかく、次のもう一回転したときは、車輪はふたたびうまく働くかもしれないわ。そのあいだにあなたはいい娘さんを見つけて、結婚《けっこん》して、幸せにならなければいけないわ。ただしひとつだけわたしに約束してもらいたいの」

「なんなりとも」

「年をとりすぎるまで生きないと約束してほしいのよ、ウィリアム。少しでも都合《つごう》がよかったら、五十歳《さい》になるまでに死になさい。少しばかりのおこないが要《い》るかもしれないわね。でも、わたしがこんな忠告をするのは、ただただ、いつまた別のヘレン・ルーミスが生まれてくるやもしれないからなのね。あなたがそれはそれは長生きして、一九九九年のある午後に本通りを歩いてゆくと、そこに、二十一歳のわたしが立っているのを見つけて、またすべてがバランスを失ったら、おそろしいことじゃないの？　どんなに楽しくとも、わたしたちが過ごしてきたような午後を、またこれ以上経験することはできないとおもうのだけど、あなたはどう？　いっしょに千ガロンのお茶を飲み、ビスケットを五百も食べれば、ひとつの友情には十分だわ。だから、あなたは二十年くらいのあいだに、いつか肺炎《はいえん》に襲《おそ》われるにきまっているわ。いつまであなたをわたしとは反対側にぐずぐずさせておくつもりなのか、わたしにはわからないのよ。おそらくすぐにあなたをもどしてくれるのでしょう。でも、わたしもできるかぎり、ウィリアム、ほんとにできるかぎり力をつくすわ。そしてすべてがふたたび正常にもどって、バランスがとれたら、なにが起こるかわかる？」

「話してください」

「一九八五年か一九九〇年のある午後に、トム・スミスとか、ジョン・グリーンとか、なにかそのような名前の若者が、ダウンタウンを歩いていて、ドラッグストアに立ちよると、この場面にふさわしく、ある変わったアイスクリームを一つ注文することでしょう。同じ年齢《ねんれい》の若い女性がそこに座っていて、そのアイスクリームが名指されるのを彼女が聞いたとき、なにかが起こるでしょうね。なにが、どういうふうにとは、わたしはいえません。彼女にしても、なぜとも、どのようにとも、わからないでしょう、きっと。また青年もわからないでしょう。ただ、そのアイスクリームの名前は、この二人にとってとてもよいものだということなの。二人はお話するわ。そしてそのあと、お互《たが》いに名前を知ると、連れだってドラッグストアから出ていくの」

彼女は彼ににっこりと笑いかけた。

「これはとても瀟洒《しょうしゃ》な話だけど、おばあちゃんがものごとをこぎれいな包みにくくってしまうことは赦《ゆる》してちょうだい。ばかげたつまらないものだけど、これをあなたに残していきますわ。さあ、なにかほかのことをお話ししましょう。なにを話しましょうか？　まだ旅行していなかった場所が世界にありましたかしら？　ストックホルムは行きましたっけ？」

「ええ、すばらしい都市です」

「グラスゴーは？　行ったの？　じゃ、どこかしら？」

「イリノイ州グリーン・タウンはどうですか？」と、彼はいった。「ここですよ。わたしたちは自分たちの町をいっしょにほんとに訪れたことはまったくありませんね」

彼女は、彼にまねて、背を椅子《いす》に深々と沈《しず》めて、いった。「じゃ、話してあげるわ、わたしがまだ十九歳《さい》だったとき、この町はどんなようすだったか、ずっと昔……」

それはある冬の夜のこと、彼女は氷が白く月光に浮《う》かぶ池の上を軽快にすべっているところで、足もとでは彼女の像がすうっと動いてはささやいていた。それは大気中で、ほっぺたのなかで、胸のうちで火が燃える、この町のある夏の宵《よい》のこと、目には光ったり、消えたりする蛍《ほたる》の色がいっぱいに映っていた。それはサラサラと音が聞こえる十月の夜のこと、彼女はほら、歌いながら、台所の鉤《かぎ》に引っかけてはタフィー（キャンディの一種）を引っぱって作っている最中だし、またそれ、河のそばの苔《こけ》の上を走って、春の宵の町のかなたの花崗岩採掘場《かこうがんさいくつじょう》で、柔《やわ》らかく深く暖かい水のなかを泳いでいるところ、そしてこんどは独立記念日で、打ちあげ花火が空をつんざき、どこのポーチでも、あるときは赤い光、あるときは青い光、またあるときは白い光に照らしだされる顔で埋《う》まり、最後の花火が消えてゆくとき、彼女の顔も人びとにまじって目のくらむばかりに輝《かがや》いたのだ。

「こういうことがみんな見えて？」と、ヘレン・ルーミスがたずねた。「わたしがこれをしたり、人びとといるのが見えて？」

「ええ」と、目を閉じたまま、ウィリアム・フォレスターが答えた。「あなたが見えます」

「それから」と、彼女はいった。「それから……」

午後もおそくなり、黄昏《たそがれ》が急に深まっていくとともに彼女の声はさらに先へ先へとつづいたが、その声は庭にもれ、そのとき道路を通っていた人ならばだれもが、はるか遠くから、その蛾《が》のような音を聞きつけたことだろう、かすかに、かすかに……

二日後、手紙が来たとき、ウィリアム・フォレスターは自分の部屋で机にむかっていた。ダグラスがそれを二階に持っていって、ビルに手わたしたが、内容を知っているかのようだった。ウィリアム・フォレスターは青い封筒《ふうとう》を見てとったが、あけなかった。彼はそれをシャツのポケットに入れただけで、しばし少年を見て、そしていった。「さあ来い、ダグ。ぼくのおごりだ」

二人はダウンタウンを歩いたが、ほとんど口をきかず、ダグラスは自分でも必要と感じて沈黙《ちんもく》をまもっていた。一時訪れる気配を示していた秋も、消えてしまっていた。夏がすっかりもどってきて、雲をわきたたせ、金属の空を磨《みが》きあげていた。彼らはドラッグストアに入り、ソーダ水売場の大理石のカウンターに腰《こし》をおろした。ウィリアム・フォレスターは手紙を取りだして、前に置いたが、まだあけなかった。

彼は、コンクリートに、また緑の日除《ひよ》けに照り、通りのむかいの窓に書かれた看板の金文字に輝《かがや》いている戸外の黄色い陽《ひ》の光を見、そして壁《かべ》のカレンダーを見た。一九二八年八月二十七日。彼は腕《うで》時計を見、心臓がゆっくりうっているのをさわってたしかめ、彼の目には時計の秒針がまったくスピードなしに動くのが見え、カレンダーはその一日が永遠であるかのようにそこに凍《こお》りつき、太陽は空に釘《くぎ》付けになって日没《にちぼつ》にむけてすこしも動く気配がなかった。頭上で音をたてている扇風機《せんぷうき》のもとには温かい空気が広がっていた。大勢の女たちが開いたドアのそばで、笑い声をたてて目の前を通過していったが、彼の目は彼女たちを越《こ》えて、町そのものと高い郡役所の時計台とに焦点《しょうてん》を結んでいた。彼は手紙をあけて、読みはじめた。

彼は回転椅子《いす》に座ったからだをゆっくりとまわした。その言葉を何度も何度も、声には出さず、舌の上で試してみてから、とうとう大声で口にし、くりかえした。

「ライム＝バニラ・アイスを一皿」と、彼はいった。「ライム＝バニラ・アイスを一皿」

ダグラスとトムとチャーリーが日かげのない通りをあえぎあえぎやってきた。

「トム、さあ、正直に答えるんだよ」

「なにを正直に答えるの？」

「ハッピー・エンドはいったいどうなったんだい」

「土曜のマチネーの映画にあったじゃないか」

「そりゃそうだ。でも実際のほうはどうなんだよ？」

「ぼくにわかっていることは、夜にベッドに入ると気分がいいってことだけさ、ダグ。それが一日一回のハッピー・エンドね。つぎの朝起きてみたら、ものごとは悪い方にむかっているかもしれないよ。でもぼくとしたら、あの晩寝《ね》ようとして、ベッドにしばらく横になっていただけですべてが良かったな、とそれだけ憶《おぼ》えていればそれでいいんだ」

「ぼくはフォレスターさんとミス・ルーミスのことを話しているんだぞ」

「どうしようもないさ。あの人は死んだんだもの」

「わかっているよ！　けどだれかがそこでしくじったとおもわないかい？」

「フォレスターさんは写真と同じ齢《とし》だとおもい、彼女《かのじょ》のほうはずっと一兆年も年をとったままだったということかい？　とんでもない、これはいかしているとおもうよ」

「いかしているって、どうして？」

「フォレスターさんがここをちょっと、あそこをちょっとと話してくれてね、最後にとうとうぼくが全部をまとめあげたんだけど、その何日間は――ほんと、ぼくはめちゃくちゃに泣いちゃったよ。なぜかはわかりもしないんだ。あの話はひとつも変えたくないな。変えたりしたら、それについてなにを話すというんだい？　なにもありゃしないよ！　それに、ぼくは泣き叫《さけ》ぶのが好きさ。思いきり泣いたあとは、また朝みたいで、はじめから一日をやりなおすのさ」

「もう全部聞いたよ」

「兄さんは自分も泣き叫ぶのが好きなのに、認めようとしないだけなんだ。とにかくおもうぞんぶん泣き叫べば、すべてよくなるんさ。そしてそこにその人のハッピー・エンドがあるんだ。そのときはまたもどっていって、人びとといっしょに歩きまわる用意ができているんだな。するとそこからなにやかやがはじまるんだ。きっといまにも、フォレスターさんはようく考えてみて、それしか方法がないことに気づき、おもうぞんぶん泣き叫んで、それからあたりを見まわしてみると、また朝になっているのに気づくことだろうなあ。たとえほんとは午後の五時だとしてもさ」

「それはぼくにはハッピー・エンドとはおもえないな」

「一晩ぐっすり眠《ねむ》ること、十分間泣きわめくこと、チョコレート・アイスクリーム一パイント分、あるいはこの三つの全部、これがいい薬なんだ、ダグ。医学博士トム・スポールディングのいうことを聞きたまえ」

「おい黙《だま》れよ、きみたち」と、チャーリーがいった。

「もうそこだぞ！」

彼らは角を曲がった。

真冬に、彼らは夏の残り物を捜《さが》して、炉《ろ》を置いた地下室に、またスケート場の凍《こお》った池の端《はし》で夜に燃す焚火《たきび》に、それを見つけたものだった。いまは、夏に、忘れられた冬のほんのわずか、ほんのひとかけらを求めて彼らは出てきたのだ。

角をまわると、広大な煉瓦《れんが》の建物からたえず落ちる、わずかな雨のしぶきでさわやかな気分になるのを感じながら、諳《そら》んじている看板、自分たちが求めてやってきたものを示している看板を読んだ――

夏の氷室《ひむろ》
夏の日の《夏の氷室》！　彼らはこの言葉を口にしてみて、氷河が、氷山が、一月に降りいまだに忘れられていない雪が、五十、百、二百ポンドのかたまりになって、アンモニアの蒸気と、水晶《すいしょう》のような雫《しずく》のなかに眠《ねむ》っている、あの巨大な洞窟《どうくつ》をのぞきこもうと進んでいった。

「感じるな、あれ」と、チャーリー・ウッドマンがため息をついた。「これ以上なにもいうことないよ」

というのは、頭上の製氷機からたえず霧《きり》が虹《にじ》となってちらちら光る、湿《しめ》った木の台のにおいを嗅《か》ぎながら、ぎらぎらする日光のなかに立っていると、冬の息吹《いぶ》きが彼らのまわりに何度も何度も吐《は》きだされたのだ。

氷柱《つらら》をかんでみると、持つ手が凍《こお》りついてしまい、氷をハンカチに包んで、そのハンカチをしゃぶるしかなかった。

「あの蒸気、あの霧」と、トムが小声でいった。「《雪の女王》だな。あの話を憶《おぼ》えているかい？　いまは、だれも《雪の女王》などは信じていないんだ。そこでね、おどろいちゃいけないよ、だれにももう信じてもらえないものだから、彼女はここにやってきてかくれているのさ」

彼らは目を凝《こ》らし、蒸気が立ちのぼって、冷たい煙《けむり》が長い包帯のようにただようのを見た。

「ちがうよ」と、チャーリーがいった。「ここにだれが住んでいるかを知っているの？　男がたったひとりさ。こいつが自分のことを考えてもらおうとおもってぼくらにとりはだを立たせるんだ」チャーリーは声を低く低く落とした。「《孤独《こどく》の人》だよ」

「《孤独の人》だって？」

「ここに生まれ、育って、そして住んでいるんだ！　あの冬はどうだ、トム、あの寒さはどうだ、ダグ！　一年じゅうで一番暑い夜にぼくたちを慄《ふる》えさせるやつが、ここ以外のどこからやってくるんだよ？　彼のにおいがするだろう？　きみたちにもちゃんとわかっているんだ。《孤独の人》……《孤独の人》……」

靄《もや》と蒸気が暗闇《くらやみ》のなかでうずまいた。

トムが金《かな》切り声を上げた。

「だいじょうぶだよ、ダグ」チャーリーは歯をむいてにやにや笑った。「ほんのちっぽけな氷のかたまりをトムの背中に落としてやった、それだけだよ」

郡役所の時計台が七たび刻《とき》をつげた。鐘《かね》の反響《はんきょう》がしだいに消えさった。

ここイリノイ州北部の田舎《いなか》のこの小さな町に、奥《おく》深く、あらゆるものから遠くはなれて、暖かい夏の黄昏《たそがれ》が川や、森や、牧草地や、湖の近くに固まっていた。歩道はまだほてったままだ。店が閉まり、通りに陰《かげ》がおちた。そして月が二つ出ていた。おごそかに黒々とそびえる郡役所の上で、四方の夜に四つの顔をむけている時計の月と、暗い東からバニラのように白々《しらじら》と昇《のぼ》ってきたほんとの月とである。

ドラッグストアでは、高い天井で扇風機《せんぷうき》が音をたてていた。ロココ趣味《しゅみ》を感じさせるポーチの陰には、目には見えないが何人かが腰《こし》をおろしているらしい。ときどき、葉巻がピンク色に光った。網戸《あみど》のスプリングが哀《あわ》れっぽい音をたて、バタンと閉まった。夏の夜の通りのくれないの煉《れん》瓦《が》の上を、ダグラス・スポールディングは走った。犬と少年たちがあとを追った。

「やあ、ミス・ラヴィニア!」

少年たちは大股《おおまた》で元気よく走りさった。静かに手をふって見送りながら、ラヴィニア・ネッブズはたったひとりで、丈《たけ》の高い冷たいレモネードのグラスを白い指に持ち、それで唇《くちびる》を軽くたたき、ちびりちびりと飲んで、待ちうけていた。

「来たわよ、ラヴィニア」

ふりかえるとフランシーンが、雪のような白づくめで、ポーチの階段の一番下で百日草とハイビスカスのにおいに包まれていた。

ラヴィニア・ネッブズはおもてのドアに錠《じょう》をおろし、レモネードのグラスを半分空けたままポーチにおいて、いった。「映画に行くにはいい夜だわ」

二人は通りを歩いていった。

「どこに行くの、あなたたち？」と、道のむこう側のポーチから、ミス・ファーンとミス・ロバータが叫《さけ》んだ。

ラヴィニアは、暗闇《くらやみ》のおだやかな大洋のなかを叫びかえした——「エリート劇場に**チャーリー・チャップリン**を見に行くのよ！」

「こんな夜にはわたしたちはつかまりたくないわ」と、ミス・ファーンが泣きわめいた。「《孤独《こどく》の人》が女を絞《し》め殺すなんてまっぴら。鉄砲《てっぽう》をもってわたしたちの部屋に錠をかけて閉じこもるのよ」

「まあ、ばかばかしい！」ラヴィニアは、老婦人たちの家のドアがバタンと閉まって錠がおろされる音を聞き、夏の夜の暖かい息吹《いぶ》きがオーブンで焼かれたような歩道からちらちらと光るのを感じながら、ただようように歩いていった。温められたばかりのパンの固い皮の上を歩いているみたいだ。ドレスの下で熱気が、脚《あし》にそって脈うち、こそこそと侵入《しんにゅう》してくる不愉快《ふゆかい》ではない感覚があった。

「ラヴィニア、《孤独《こどく》の人》のことは、あんたなにも信じちゃいないんでしょ」

「あの女《ひと》たちは舌に踊《おど》りをさせたいのよ」

「そうはいっても、ハティ・マクドリスは二カ月まえに死んだし、ロバータ・フェリーはそのまえの月だし、こんどはエリザベス・ラムゼルがいなくなってしまったわ……」

「ハティ・マクドリスったらばかな女ね、旅の男と行ってしまったのだわ、きっと」

「でもほかの人たちは、みんな、絞め殺されて、舌が口から突《つ》きだしていたっていうわよ」

二人は町を二分している峡谷《きようこく》のふちに立った。背後には灯のともった家々と音楽が、前方には深遠、湿気《しつけ》、蛍《ほたる》、そして闇《やみ》があった。

「たぶん今夜は映画に行くべきじゃないわ」と、フランシーンがいった。「《孤独の人》があとをつけてきて、わたしたちを殺すかもしれないわよ。あの峡谷はいやだわ。ご覧よ、あれを！」

ラヴィニアが見ると、峡谷は、昼も夜も、けっして止まることのない発電機《ダイナモ》だった。ブンブンまわる大きな音、動物、昆虫《こんちゆう》、草木のがやがや、ざわざわいう音がした。温室のにおい、ひそかな蒸気と、水に押《お》しながされた大昔の泥板岩《でいばんがん》と流砂《りゆうさ》のにおいがした。そして黒いダイナモはたえずブンブンとうなり、蛍が空中に飛ぶところでは、強力な電気をおもわせる火花が散った。

「今夜おそく、それこそとんでもないおそい時間に、この古い峡谷を通ってもどってくるのは、わたしじゃないのよ。あなたなのよ、ラヴィニア、あなたが階段を降りて、橋を渡《わた》ると、そこにたぶん《孤独の人》がいるんだわ」

「ばかなこといわないで！」と、ラヴィニア・ネッブズはいった。

「道にひとりぼっちで、自分の足音に聞きいるのはあなたなんで、わたしじゃないのよ。家に帰る途中《とちゅう》、あなたはまっくひとりきりなのよ。ラヴィニア、あの家に住んでいて寂《さび》しくならないの？」

「オールド・ミスはひとりで住むのが好きなのよ」ラヴィニアは、闇《やみ》へと降りてゆく暑いうす暗い道を指さした。「近道をしましょう」

「こわいわ！」

「まだ早いのよ。《孤独の人》はおそくならなきゃ出てこないわ」ラヴィニアは連れの腕《うで》をとると、曲がりくねった道を下へ下へ、こおろぎの温かさ、蛙《かえる》の鳴き声、蚊《か》の繊細な沈黙《ちんもく》のなかへと入っていった。二人は夏の暑気でしおれた草をわけて、裸《はだか》の 踝《くるぶし》 をギザギザで刺《さ》されながら進んでいった。

「走りましょう！」

フランシーンはあえぐようにいった。

「だめ！」

彼女《かのじょ》たちが曲がり道をカーブしたとたん――急に目の前に。

歌っている深い夜、暖かい樹々《きぎ》の陰《かげ》に、まるで優しい星と軽やかな風を楽しむために手足を広げて、優美な舟の櫂《かい》をおもわせる手を両わきに、エリザベス・ラムゼルが横たわっていた！

フランシーンは悲鳴をあげた。

「金切《かな》り声をたてたりしないでよ!」ラヴィニアは手をさしのべてフランシーンをしっかりつかまえていたが、彼女は啜《すす》り泣き、むせんでいた。「やめなさい! やめなさいったら!」

その女性は、まるでそこに浮《う》かんでいるかのように、顔は月に照らされ、目は見開いて火打ち石のごとく、口から舌を突《つ》きだして横になっていた。

「彼女は死んでいるわ!」と、フランシーンはいった。「ああ、彼女は死んでいるわ、死んでいるわ! 彼女は死んでいるわ!」

ラヴィニアは、こおろぎがキーキー声をたて、蛙ががやがやと騒《さわ》いでいる、一千もの温かい影《かげ》のまんなかに立っていた。

「警察を呼んだほうがいいわ」と、彼女はやっといった。

「わたしを抱《だ》いていてよ、ラヴィニア。抱いていて。寒いの。まあ、こんなに寒かったことはこれまでなかったわ!」

ラヴィニアはフランシーンを抱きしめ、警官たちはパリパリと草をかきわけながらやってきて、懐中《かいちゅう》電灯がゆれ、声が入りまじり、夜はしだいにふけて八時三十分になるところだった。

「十二月の寒さよ。セーターがいるわ」と、フランシーンは、目を閉じて、ラヴィニアに寄りかかったままいった。

警察がいった。「もう行かれてけっこうです、ご婦人がた。いますこしおたずねしたいことがありますので、明日、署に寄ってくださいませんか」

ラヴィニアとフランシーンは、峡谷《きょうこく》の草地の上に横たわる繊細《せんさい》なるものをおおっているシーツと警官たちからはなれて歩みさった。

自分のなかで心臓が大きな音をたてているのをラヴィニアは感じたが、彼女もまた、二月の寒さで冷えきっていた。膚《はだ》一面ににわかに降りだした雪のかけらがついていて、脆《もろ》い指を月がますます白く洗い、フランシーンが自分にもたれて啜《すす》り泣いてばかりいるあいだ、自分がありとあらゆるおしゃべりをしていたことを彼女は憶《おぼ》えていた。

はるか遠くから呼ぶ声があった。「お送りしましょうか、ご婦人がた?」

「けっこうですわ。わたしたちだけでやってみますから」と、ラヴィニアはだれにいうともなくいい、二人は歩いていった。くんくんと鼻をつっこみ、小声で話している峡谷、ささやき声やカチッという音がひびく峡谷を通って彼女たちは歩いてゆき、明かりと話し声といっしょに、犯罪調査のちっぽけな世界は背後に小さくなっていった。

「死んだ人って一度も見たことがなかったの」と、フランシーンがいった。

ラヴィニアは、まるで時計が千マイルのかなたで腕《うで》についていて、手首は信じられないほど遠くなってしまったかのように時計を調べた。「まだ八時半だわ。ヘレンを途中《とちゅう》で誘《さそ》ってから、映画に行きましょう」

「映画ですって！」フランシーンがいきなりからだを引いた。

「それがいまわたしたちに必要なのよ。このことは忘れなきゃいけないわ。おもいだすのは良いことじゃないのよ。いま家に帰ったりしたら、おもいだすことでしょう。なにごともなかったように、映画に行くことよ」

「ラヴィニア、あなたはまさか本気じゃないでしょう！」

「わたしはこれまでこれ以上本気だったことはないわ。わたしたちはいま笑って、忘れることが必要なのよ」

「でもさっきのあのエリザベスは――あなたの友だち、わたしの友だち――」

「彼女を助けてあげることはできないわ。わたしたちはただ自分を救うことができるだけよ。さあ行きましょう」

二人は闇《やみ》のなかを、石の多い道を踏《ふ》んで、峡谷《きょうこく》の斜面《しゃめん》を登りだした。するといきなり、彼女たちの行く手をさえぎるように、一点にじっと動かず立ちつくして、彼女たちには目もくれず、ゆれうごく懐中《かいちゅう》電灯の明かりと死体を見おろし、警官たちの話し声に聞きいっている、ダグラス・スポールディングの姿が見えた。

彼《かれ》は、茸《きのこ》のように白く、両手を腰《こし》にあててそこに立ち、下の峡谷をじっとのぞきこんでいた。

「家に帰りなさい！」と、フランシーンが叫《さけ》んだ。

彼は聞いていなかった。

「きみ！」とフランシーンは金切り声を出した。「家に帰りなさい、この場所から去りなさい、いいこと？　帰りなさい、帰りなさい、さあ家に帰りなさい！」

ダグラスはいきなり頭を動かして、彼女たちをまるでそこにいないもののようにじっと見つめた。口が動いた。羊《ひつじ》の鳴くような声を出した。それから、黙《だま》ったまま、身をひるがえして駆《か》けだした。彼は音もなく遠くの丘を駆けのぼり、温かい暗闇《くらやみ》へと消えた。

フランシーンはまた啜《すす》り泣き、泣き叫《さけ》んで、そのあいだも、ラヴィニア・ネッブズといっしょに歩きつづけた。

「来たわね！　あなたたちはもう来ないのかとおもったわよ！」ヘレン・グリアはポーチの階段のてっぺんに立って足を鳴らした。「たった一時間だけ遅《おそ》かったけど、それだけのことよね。なにがあったの？」

「わたしたち――」と、フランシーンがいいかけた。

ラヴィニアは彼女の腕《うで》をきつくつかんだ。「ごたごたがあってね。エリザベス・ラムゼルを峡《きょう》谷《こく》で見つけた人がいたの」

「死んでいたの？　彼女は――死んでいたの？」

ラヴィニアはうなずいた。ヘレンは息がとまりそうになって、咽喉《のど》に手をやった。「だれが見つけて？」

ラヴィニアはフランシーンの手首をかたく握《にぎ》りしめた。「知らないわ」

三人の若い女性は、夏の宵《よい》に立ちつくしたままお互《たが》いに顔を見あわせた。「家のなかに入って、ドアに錠《じょう》をおろしてしまいたいわ」と、とうとうヘレンがいった。

でも最後には彼女はセーターを取りに行ったが、まだ暖かいとはいえ、彼女もまた冬の夜をおもわせるとつぜんの寒さを訴《うった》えたのだ。彼女のいないあいだに、フランシーンはおそろしい勢いでささやいた。「いったいどうしていわなかったのよ？」

「ショックを与《あた》えることはないでしょ？」と、ラヴィニアはいった。「明日よ。明日ならいくらでも時間があるわ」

三人の女は、黒々とした樹々《きぎ》の下の通りを歩いて、急いで錠をおろした家々を通りすぎた。事件の知らせは、峡谷《きょうこく》から発して、家から家へ、ポーチからポーチへ、電話から電話へ、なんと速く伝わったことか。いま、家々の前を通っていくとき、ガチャガチャと錠がはまるとともに、カーテンを引いた窓のうしろからいくつもの目が自分たちをうかがっているのを三人の女は感じた。それはなんとも奇妙《きみょう》な、アイスキャンディ、バニラエッセンスの夜。ぎっしり詰《つ》まったアイスクリームや、蚊《か》に喰《く》われてローションをつけた手首をおもわせる夜。走っていた子どもたちがゲームをとつぜんにやめさせられて、ガラス戸の背後に、木戸の背後にかくされてしまい、子どもたちが家のなかにさらわれていくとき、アイスキャンディが落ちて、その場にライムやストロベリーの水たまりをつくって半分溶けかかっている夜。奇妙なことに、暑い部屋部屋には、青銅の把手《ノブ》やノッカーのうしろに汗《あせ》まみれの人びとがぎっしり押《お》しこめられていた。野球のバットとボールが、足跡《あしあと》ひとつない芝生《しばふ》に転がっている。灼《や》かれ、蒸された歩道に、石けり遊びの白いチョークの線が半分引かれたままだ。まるで、一瞬《いっしゅん》まえに、だれかが凍《こお》りつくような天候を予報したかのようだった。

「こんな夜に外に出ているなんて、わたしたちどうかしてるわね」と、ヘレンがいった。

「《孤独《こどく》の人》は三人連れの女性を殺したりしないわ」と、ラヴィニアがいった。「人数の多いほうが安全というわけよ。それに、あまりに早すぎるわ。いつもひと月あいだをおいて殺されているのよ」

影《かげ》がひとつ、彼女たちのおびえた顔に落ちた。人かげが樹木の背後にぼうっと浮《う》かびでた。だれかがオルガンに拳《こぶし》でものすごい一撃《いちげき》を加えたかのように、三人の女たちは、それぞれに音程をかえたかん高い声で、悲鳴を発した。

「さあ、つかまえたぞ！」と、どなる声がした。男が彼女たちめがけてとびかかった。彼は笑いながら、明かりのなかに出てきた。樹《き》に寄りかかり、女性たちを弱々しく指さして、また声をたてて笑った。

「おい！　おれさまが《孤独の人》だぞ！」と、フランク・ディロンがいった。

「フランク・ディロン！」

「フランク！」

「フランク」と、ラヴィニアがいった。「こんな子どもじみたことを二度としたら、だれかに鉄《てっ》砲《ぽう》玉で蜂《はち》の巣みたいに穴だらけにされるわよ！」

「なんてことをするのよ！」

フランシーンはヒステリックに泣き叫《さけ》びはじめた。

フランク・ディロンはにやにやするのをやめた。「ねえ、ごめんよ」

「行って！」と、ラヴィニアがいった。「エリザベス・ラムゼルのことを聞いてないの――峡谷《きょうこく》で死んで見つかったのよ？　あんたは女をこわがらせに駆《か》けまわっているのね！　二度とわたしたちに話しかけないで！」

「そんな、もう――」

彼女たちは歩きだした。彼もそのあとを追って歩きだした。

「ここにこのまま残ってなさいよ、《孤独《こどく》の人》さん、自分でこわがるといいわ。エリザベス・ラムゼルの顔を見にいったら、おもしろいものかどうかわかるでしょうよ。おやすみなさい！」

ラヴィニアはほかの二人を連れて樹《き》と星の通りを先へと行き、フランシーンはハンカチを顔に当てていた。

「フランシーン、ただの冗談《じょうだん》じゃないの」ヘレンはラヴィニアのほうをむいた。「なぜ彼女はこんなに泣くのかしら？」

「繁華街《はんかがい》についたら教えてあげるわ。どんなことがあってもわたしたちは映画に行きましょうよ！　もうこんなことはたくさんだわ。さあさあ、お金を用意して、もうすぐそこだから！」

ドラッグストアは、よどんだ空気がつくる小さな淵《ふち》で、その空気を大きな木製のファンがかきまわして、アルニカ・チンキやトニックやソーダ水のにおいの潮流として、煉瓦《れんが》の通りへと送りだしていた。

「五セント分の緑のペパーミント・キャンディが欲しいの」と、ラヴィニアは店の主人にいった。なかば人通りの絶えた通りで見かけた顔がどれもそうだったように、店主の顔はひきしまり、蒼《あお》ざめていた。「映画を観《み》ながら食べるの」と、主人が五セント分の緑のキャンディを銀色に光るシャベルではかりわけていると、ラヴィニアがいった。

「みなさん今晩はほんとに美しいですな。午後にチョコレート・ソーダを飲みに来られたとき、あなたは涼《すず》しそうでしたよ、ミス・ラヴィニア。あまりに涼しくてすてきなものだから、あなたのことをたずねた人がいましたな」

「へえ？」

「カウンターに座っていた男なんだが――あなたが出ていくのを見てたんだ。わしにいったよ、『ねえ、あれだれ？』きまっているじゃないかね、あれはラヴィニア・ネッブズ、町一番の美しい娘《むすめ》さんだよってわしはいったね。『彼女は美しい』と、その男はいってね、『どこに住んでいるんだろう？』って」ここでドラッグストアの主人は、不安げにひと息いれた。

「いわなかったんでしょう?」と、フランシーンがいった。「その人に彼女の住所を教えはしなかったでしょうね? いわなかったんでしょう!」

「わしはなにも考えてなかったんだな。わしはこういったんだ、『ああ、むこうの公園通りさ、ほら、峡谷《きょうこく》の近くの』って。なにげなくいっちまったんだがね。でもいまになって、今夜、死体が見つかったとなると、これはいまさっき聞いたところなんだが、わしはおもったよ、ああ困った、なんということをわしはやらかしたんじゃ!」彼はキャンディの包みをよこしたが、それはそれはいっぱい入っていた。

「ばか!」と、フランシーンは叫《さけ》び、目には涙《なみだ》を浮《う》かべていた。

「ごめんよ。もちろん、たぶんなんでもなかったんだろう」

三人に見られ、見つめられて、ラヴィニアは立っていた。彼女はなにも感じなかった。ただ、おそらく、咽喉《のど》が興奮にちょっぴりチクチクと痛んだだけだ。彼女は機械的にお金をさしだした。

「そのペパーミント・キャンディは無料《ただ》でいいですよ」と、主人はいい、むこうをむいてなにか紙をごそごそしだした。

「さあ、いまやるべきことは心得ていてよ!」ヘレンは店から大股《おおまた》で出ていった。「タクシーを呼んでみんなを家に送ってもらうわ。あんたのための捜索隊《そうさく》なってまっぴらよ、ラヴィニア。その男は良からぬことをたくらんでいたのよ。あんたのことなんかきいたりしてさ。この次に峡谷で死にたいの?」

「ただの男の人よ」と、ラヴィニアはいい、ゆっくりふりむいて町を見た。「フランク・ディロンだって同じように男じゃない。でももしかしたら、彼が《孤独《こどく》の人》かもしれないわ」

フランシーンがいないわ、と彼女たちは気づき、ふりかえると、あとからやってくるところだった。「特徴《とくちょう》を教えてもらったわよ――店の主人に。その男がどんなようすだったか話してもらったの。見たことのない人ですって」と、彼女はいった。「ダーク・スーツを着てね。いくらか蒼白《あお》く、痩《や》せているようよ」

「わたしたちはみんなひどく興奮しているのよ」と、ラヴィニアがいった。「あなたがタクシーを拾ってきても、とにかくわたしは乗らないわ。わたしが次の犠牲《ぎせい》者だというのなら、わたしを次の犠牲者にさせてちょうだい。生活のなかにはそれはそれはちょっぴりしか興奮することなんてないし、三十三歳の未婚《みこん》女性ときたらとりわけそうなんだから、わたしがそれを楽しんだからといって気にしないでよ。とにかく、ばかげているわ。わたしは美しくないもの」

「まあ、あなたは美しいわよ、ラヴィニア。町で一番の美人だわ、エリザベスがもう――」フランシーンは言葉を切った。「あなたは男のひとを近づけないからいけないんだわ。ちょっとくだけたらよかったのよ。何年もまえに結婚《けっこん》していたでしょうに！」

「めそめそこぼすのはやめてよ、フランシーン！　ほら映画館の切符《きっぷ》売り場だわ。わたしはチャーリー・チャップリンを観《み》るために四十一セントを払《はら》いますよ。あんたたち二人はタクシーを拾いたかったら、行くといいわ。わたしはひとりで座って観て、ひとりで家に帰るから」

「ラヴィニア、あんたはむちゃね。そんなことあんたにやらせるわけにはいかないわ――」

彼女たちは映画館に入った。

最初の上映が終わり、ちょうど休憩《きゅうけい》時間で、うす暗い観客席にはちらほらと客が入っていた。三人の婦人はなかほどの座席に、古い真鍮《しんちゅう》磨《みが》き粉の残ったにおいに包まれて座り、支配人がすりきれた赤いビロードのカーテンを分けてまえに進み、口上するのをながめた。

「警察のほうより手前どもに要請《ようせい》がありまして、今夜はみなさまがた、ほどよい時間にご退出いただくため、早く終えるようにとのお達しでございます。したがいまして短いものは割愛《かつあい》させていただき、ただちに長編映画をひきつづき上映いたしたいと存じます。終了時刻は十一時でございます。どちらさまもまっすぐご帰宅くださいますように。通りでぶらぶらなさいますな」

「あれはわたしたちのことをいっているのよ、ラヴィニア！」と、フランシーンがささやいた。

照明が消えた。スクリーンが躍《おど》って活《い》き活きと動きだした。

「ラヴィニア」と、ヘレンが小声でいった。

「なに？」

「わたしたちが館内に入ったときにね、ダーク・スーツの男が、通りのむこう側から、渡《わた》ってきたわよ。いま通路をわたしたちのほうにやってきて、うしろの列の席に座るところだわ」

「まあ、ヘレン！」

「わたしたちのすぐうしろなの？」

三人の女たちは、一人ずつふりかえって見た。

うしろの座席には白い顔が見え、銀色のスクリーンからのおぞましい光を受けてゆらめいていた。すべての男という男の顔が、闇《やみ》のなかに浮《う》かんでいるかのようだ。

「支配人をよんでくるわ！」ヘレンは通路を行ってしまった。「映画をやめて！　明かりをつけて！」

「ヘレン、もどってらっしゃい！」と、立ちあがりながら、ラヴィニアは叫《さけ》んだ。

彼女たちはからになったソーダ水のグラスをコツンと音をたてて下に置いたが、それぞれ上唇《うわくちびる》にバニラの口髭《ひげ》を生やしていて、舌でそれに気づいて、笑った。

「いかにばかげていたかわかるでしょう？」と、ラヴィニアがいった。「なんにもないことにあんな大騒《さわ》ぎをしちゃって。ほんとに困ったわよ！」

「ごめんなさい」と、ヘレンは弱々しくいった。

時計はいま十一時三十分を指していた。彼女たちは暗い映画館を出て、通りのいたるところを、どこともなく急いで、ヘレンを笑いながら右往左往する男女の群れから逃《のが》れてきたところだった。ヘレンは自分を笑おうとしていた。

「ヘレン、あんたが『明かりをつけて！』って叫びながら、あの通路を駆《か》けていったときは、わたしはおもったわ、わたしは死んでしまうわ！　って。あの男の人ったらかわいそうなこと！」

「ラシーンからやってきた映画館の支配人の弟だったなんて！」

「謝罪したわよ」と、ヘレンはいい、暖かい夜ふけの空気をあい変わらずぐるぐる、ぐるぐるまわして、バニラ、木いちご、ペパーミント、それにクレゾール石鹸《せっけん》液のにおいをかきたて、かきたてしている大きなファンを見あげた。

「こうしてソーダ水を飲みに立ちよったりしてはいけなかったんだわ。警察が警告――」

「なによ、警察なんてばかばかしい」と、ラヴィニアは声をたてて笑った。「わたしはなにごともこわくないわ。《孤独《こどく》の人》はいまは百万マイルのかなたよ。何週間かもどってこないでしょうし、もどってきたら警察がつかまえるでしょうから、見ていてごらんなさい。映画はすてきじゃなかった？」

「閉店です、みなさん」冷ややかな白いタイル張りの静寂《せいじゃく》のなかで、ドラッグストアの主人は明かりのスウィッチをきった。

　外に出ると、通りはすっかり掃《は》き清められて、車もトラックも人もいなかった。明るい電灯がいぜん商店の小さなウィンドーのなかでともっていて、温かそうな蠟《ろう》製のマネキンが、青白いダイヤモンドのリングが輝《かがや》くピンクの蠟の手をあげていたり、オレンジ色の蠟の脚《あし》を見せびらかして、靴下《くつした》を見せていたりしていた。河川にそった低地の通りを女たちがぶらぶら歩いていくと、燃えるような、青いガラスのマネキンの目が見まもっていて、その姿は、黒々と流れる水中の花を見るように、ウィンドーのなかでちらちらと光った。

「わたしたちが金切り声をあげたら、なにかすると思う?」

「だれが?」

「マネキンよ。ウィンドーの人たちよ」

「まあ、フランシーン」

「だって……」

ショーウィンドーには、硬直《こうちょく》して、ものいわぬ、千人もの人びとが、また通りには三人の人間がいて、彼女たちのかかとが灼《や》けた舗道《ほどう》をコッコッと打つと、むかいのお店の正面からつぎつぎと発砲《はっぽう》されるかのようにこだまがあとを追ってきた。

赤いネオンサインが一つ、彼女たちが通りすぎていくとき、かすかに明滅《めいめつ》し、死んでゆく昆《こん》虫《ちゅう》みたいにブンブンといった。

乾《かわ》ききって白く、長い並み木道が前方に伸《の》びていた。樹《き》々《ぎ》の茂《しげ》みの頂にわずかに吹《ふ》きわたる風にそよぎ、聳《そび》えるように、樹木が三人の小さな女性の両側にならび立っていた。郡役所のとがったてっぺんから見ると、彼女たちははるかかなたの三つのあざみのように思われた。

「最初にあなたを家に送っていくわ、フランシーン」

「だめよ。あなたこそ家に送っていってあげるわ」

「ばかなことをいわないでよ。あなたの家はずっとはなれたエレクトリック・パークにあるんじゃないの。わたしを送ってくるなんて、あなたが、ひとりで峡谷《きょうこく》を渡《わた》ってもどらなきゃならなくなるわ。そしたら、木の葉が落ちてきただけで、あなたはばったり倒《たお》れて死んでしまうわ」

フランシーンがいった。「あなたのお家《うち》に一晩泊《と》まってもいいわよ。美人というのは、あなたのことなんだから」

そこで彼女たちは歩いてゆき、三つのとりすました服の形みたいに、月光に照らされた芝生《しばふ》とコンクリートの海をさまよい、ラヴィニアは、黒々とした樹々が自分の両わきを飛びさっていくのをながめ、友だちたちがささやきあい、笑おうとつとめている声に耳を傾《かたむ》けていた。すると夜が活気づくようにおもわれ、ついで、ゆっくりと歩いているのに走っているかのようにもおもわれて、なにもかもが速さを増して、熱い雪の色におもわれたのだ。

「歌いましょうよ」と、ラヴィニアはいった。

彼女たちは歌った。「輝《かがや》け、輝け、収穫《しゅうかく》の季節の満月よ……」

三人は腕《うで》を組み、うしろをふりかえりもせず、甘《あま》く、静かに歌った。暑い歩道が足の下で冷えて、動いてゆく、動いてゆくと彼女たちは感じた。

「聞いてごらんなさいよ！」と、ラヴィニアがいった。

みんなは夏の宵《よい》に耳をすました。夏の夜のこおろぎと、はるか遠くの郡役所の大時計の響《ひび》きが、十一時四十五分だとつげていた。

「ほら、聞いてごらんなさい！」

ラヴィニアは耳をすました。闇《やみ》のなかでポーチのブランコのきしむ音がして、タールさんが、だれになにひとついうのでもなく、ひとりブランコに座って、最後の葉巻を吸っていた。葉巻の先の灰がピンク色にゆっくり前後にゆれるのが見えた。

いまや、明かりはひとつ消え、またひとつ消えて、すっかり消えてしまった。小さな家の明かりに、大きな家の明かりに、黄色い明かりに、緑の暴風雨用の明かり、蠟燭《ろうそく》に、石油ランプに、ポーチの明かり、すべてが真鍮《しんちゅう》に、鉄に、鋼鉄に、閉じこめられた感じで、すべてが、ラヴィニアがおもうのに、箱に入れられて、錠《じょう》をおろされて、包みこまれて、おおいをかけられてしまったのだ。月明かりに照らされたベッドのなかの人びとを彼女は想像した。また夏の宵《よい》の室内に、安心しきって寄りそっている息づかいを。ところがわたしたちはこうして、灼《や》けた夏の夜の歩道に足音を響《ひび》かせて歩いているんだわ、とラヴィニアはおもう。そしてわたしたちの頭の上では、ぽつりと立っている街灯が道を照らし、酔《よ》っぱらったような影《かげ》をおとしているんだわ。

「ここがあなたのお家《うち》よ、フランシーン。おやすみなさい」

「ラヴィニア、ヘレン、今夜はここに泊《と》まりなさいよ。もうおそいし、ほとんど真夜中だもの。客間で眠《ねむ》ったらいいいわ。わたしが、暖かいチョコレートを作ってあげる――とても楽しいことよ！」フランシーンはいま、二人をつかまえて、自分のそばからはなさなかった。

「遠慮《えんりょ》するわ」と、ラヴィニアがいった。

するとフランシーンは泣き叫《さけ》びだした。

「まあ、やめてよ二度も、フランシーン」と、ラヴィニアはいった。

「あなたが死んだりしてほしくないの」と、フランシーンは啜《すす》り泣き、涙《なみだ》がほおをまっすぐに伝わって落ちた。「あなたはほんとに立派な、いい人なんだもの、生きてほしいの。お願いよ、ねえ、お願い！」

「フランシーン、こんなにあなたが心配しているとはわたし知らなかったの。家に帰ったら電話をするって約束するわ」

「まあ、ほんとなの？」

「そしてわたしが無事だって知らせてあげる、ほんとよ。それに、明日はエレクトリック・パークでピクニックのお弁当を食べましょうよ。わたしもハム・サンドを作っていくわ、どう？ 見ててごらんなさい、わたしは永遠に生きるわよ！」

「じゃ、電話してくれるのね？」

「約束したでしょう」

「おやすみなさい、おやすみなさい！」二階に駆《か》けあがると、フランシーンはドアのむこうにさっと消えて、ドアはバタンと音をたて、たちどころに自動閂《かんぬき》ががっちりと締《し》まった。

「さあ」と、ラヴィニアはヘレンにいった。「こんどはあなたを家まで送りましょう」

郡役所の大時計がなって時刻をつげた。その音は、人気《ひとけ》のない、かつてないほど人気のない町

に響《ひび》きわたった。人気《ひとけ》のない通りと人気のない空地と、人気のない芝生《しばふ》の上を、その音は消えていった。

「九、十、十一、十二」と、ラヴィニアは数え、ヘレンは彼女の腕《うで》にすがりついていた。

「おかしくおもわない？」と、ヘレンがきいた。

「どうして？」

「わたしたちがこうして外の歩道の樹《き》の下にいるときに、あの人たちはみな錠《じょう》をおろしたドアのむこうで安全に、ベッドのなかで寝《ね》ているのかとおもうとね。千マイル捜《さが》しても、戸外で歩いているのはわたしたちぐらいのものよ、きっと」

深く、暖かく、暗い峡谷《きょうこく》の音が近づいてきた。

すぐそのあと、二人はヘレンの家のまえに立ち、長いあいだ見つめあっていた。風が、二人のあいだにカットグラスのにおいを吹《ふ》きこんだ。くもりはじめた空では、月が沈《しず》みつつあった。

「泊《と》まっていくように頼《たの》んでもむだなようね、ラヴィニア？」

「わたしは先を行くわ——」

「ときどき——」

「ときどきどうしたの？」

「ときどきわたしはおもうのよ、人びとは死にたいんじゃないかって。あなたは一晩じゅうおかしかったわ」

「わたしはただこわくないだけよ」と、ラヴィニアはいった。「それに、わたしは好奇心《こうきしん》が強いんだとおもうわ。そのうえ、わたしは頭を使っているのよ。論理的にいって、《孤独の人《こどく》》があたりにいるはずはないわ。警察の人もなにもかもだわ」

「警官は家で毛布を耳までかぶっているわよ」

「危なっかしいけど、わたしは安全に楽しんでいるのだと、こういうことにしましょうよ。もしちょっとでもわたしになにかがほんとに起こりそうなら、わたしはあなたのところに泊《と》まるし、それは信じてくれてけっこうだわ」

「たぶん、あなたはこころの一部でこれ以上生きることを欲していないのよ」

「あなたやフランシーンがいるじゃないの。ほんとよ！」

「わたしはとてもやましい気持ちよ。あなたがちょうど峡谷《きょうこく》の底に行きついて、橋を渡《わた》っているころ、わたしは熱いココアを飲んでいることでしょうね」

「わたしのために飲んでちょうだい。おやすみ」

ラヴィニア・ネッブズはひとりで真夜中の通りを、おそい夏の夜の静寂《せいじゃく》のなかを歩いていった。暗い窓の家々を見、はるかに犬の遠吠《とおぼ》えを聞いた。五分後にはわたしは無事に家に帰っているわ、と彼女はおもった。五分後には、わたしはおばかさんでちびのフランシーンに電話をしていることだわ。わたしは――

彼女はあの男の声を聞いた。

遠くかなたの樹々《きぎ》のあいだで、男の声が歌っていた。

「ああ、ぼくに与《あた》えておくれ。六月の夜、月の光、そしておまえ……」

彼女はすこし足を速めた。

その声は歌った。「ぼくの腕《うで》のなかに……おまえの魅力《みりょく》のすべてを……」

通りを、ほのかな月明かりを浴びて、一人の男がゆっくりとなにげなく歩いていた。いざとなったら、とラヴィニアは考えた。この家並みのどれかに駆《か》けこんでドアをノックしたらいいんだわ。

「ああ、ぼくに与えておくれ。六月の夜」と、その男は歌い、また彼は手に長い棍棒《こんぼう》を持っていた。「月の光、そしておまえ。おや、あなたか、よくまあこんなところで！　夜もふけたこんな時間にあんたは外出ですか、ミス・ネッブズ！」

「ケネディ巡査《じゅんさ》！」

そしてこの男があの人物だったのだ、もちろん。

「あなたをお宅までお送りしたほうがよいようですな！」

「ありがと。わたしはちゃんと帰れますわ」

「でも、あなたは峡谷《きょうこく》のむこうに住んでいるんだし……」

そのとおりだわ、と彼女はおもった。でも男の人とは、たとえ警官とでも、峡谷をいっしょに歩いていくつもりはないわ。《孤独《こどく》の人》とはだれなのかわかりようもないじゃないの？「けっこうです」と、彼女はいった。「急いでいますから」

「わたしはここで待っていましょう」と、警官はいった。「もしなにか助けが必要なときは、叫《さけ》び声をたててください。ここは声がよくとおりますからな。わたしはすぐ駆《か》けつけますよ」

「ありがとう」

彼女は先を急ぎ、警官はあとに残って、ひとり、街灯のもとで、鼻歌をうたっていた。

さあ来たわ、と彼女はおもった。

峡谷《きょうこく》。

急斜面《しゃめん》を下り、ついで七十ヤードの橋を渡って、丘を登り公園通りに通じている、百十三段の階段の端《はし》に彼女は立った。そして足もとを照らすのはたった一つの手提《てさげ》ランプだけだ。いまから三分後には、わたしは家の玄関《げんかん》のドアに鍵《かぎ》をさしこんでいるところだわ。たった百八十秒間になにも起こるはずがないじゃないの。

彼女は長い暗緑色の階段を、深い峡谷へと降りはじめた。

「一、二、三、四、五、六、七、八、九、十段」と、彼女は小声で数えた。

自分が駆けているように感じたが、駆けてはいなかった。

「十五、十六、十七、十八、十九、二十段」と、彼女はつぶやいた。

「五分の一!」と、彼女は自分にむかってつげた。

峡谷は深く、暗く、ますます暗い!　そしていま世界は自分の背後に去ってしまい、ベッドのなかの安全な人びとの世界、錠《じょう》をおろしたドア、町、ドラッグストア、映画館、明かり、すべてが消えてしまっていた。ただ峡谷《きょうこく》だけが、彼女のまわりに、暗く、広々と、存在し、生きていたのだ。

「なにも起こらなかったじゃないの。だれもあたりにいないじゃないの。二十四、二十五段。子どものころお互《たが》いに話しあったあの昔の怪談《かいだん》を憶《おぼ》えていて?」

彼女は階段を踏《ふ》む自分の足音に耳をすましました。

「黒い男が家に入ってくる、あなたは二階のベッドに寝《ね》ているという話だわ。いま男はあなたの部屋にあがってこようとして最初の段にいるところよ。そしていまは二段目。そしていまは三段目、四段目、五段目! まあ、あなたはその話になんと大笑いしたり、悲鳴をあげたりしたことでしょう! いまそのおそろしい黒い男は十二段目よ、いまあなたの部屋のドアをあけるところよ、ほらいまベッドのそばに立っているわ。『つかまえたぞ!』」

彼女は金《かな》切り声をあげた。その悲鳴は、かつて彼女の聞いたことのないものだった。これまでこのような大声で金切り声をあげたことはない。彼女は立ちどまった、彼女は凍《こお》りついた、彼女は木の手すりにしがみついた。からだのなかで心臓が破裂《はれつ》した。おびえた心臓の鼓動《こどう》が宇宙を満たした。

「そこよ、ほらそこよ!」と、彼女は自分にむかって金切り声をだした。「階段の一番下よ。男の人が、電灯の下に! いや、もう行ってしまったわ! そこに待ちかまえているんだわ!」

彼女は聞き耳をたてた。

静寂《せいじゃく》。

橋には人かげはなかった。

なにごともないわ、と彼女はおもい、心臓をおさえてみた。なにごともないわ。ばかねえ！あの話をわたしは自分に話していたのだわ。なんとばかな。わたしはどうすればいいのかしら？

動悸《どうき》は弱まっていった。

警官を呼んだものだろうか——わたしの悲鳴を聞きつけたかしら？

彼女は耳をすました。なにごともなかった。なにごとも。

あと残りの道のりを行くことにしましょう。あのばかげたお話ったら。

彼女はまた階段を数えはじめた。

「三十五、三十六、気をつけて、落っこちないように。ほんとに、わたしったらばかね。三十七段、三十八、九、四十、そして二段で四十二——ほとんど半分来たわ」

また彼女は凍りついたように立ちどまった。

待って、と彼女は自分にいいきかせた。

一段進んだ。こだまがした。

また一段進んだ。

またこだまがした。ほんの一瞬《いっしゅん》とたたぬまに、また一段進む音がしたのだ。

「だれかがついてくるわ」と、彼女は峡谷《きょうこく》にむかって、黒いこおろぎとかくれている暗緑色の蛙《かえる》と黒い流れにむかって、小声でいった。「だれかがわたしのうしろの階段にいるんだわ。ふりかえってみる勇気はわたしにはない」

また一段進むと、またこだまがした。

「わたしが一段進むたびに、一段進んでくるのね」

一段進むと、こだまが一つ返ってくるのだ。

弱々しく彼女は峡谷にたずねた。「ケネディ巡査《じゅんさ》、あなたなんですか？」

こおろぎは静かだった。

こおろぎはじっと聞き耳をたてていたのだ。夜は彼女に耳をすましていたのだ。いつもと趣《おもむき》を変えて、夏の夜の遠い牧草地や夏の夜の近くの樹々《きぎ》のすべてが、動きを止めていた。葉、灌木《かんぼく》、星、それに牧草が、それぞれにそよぐのをやめ、ラヴィニア・ネッブズの心臓に耳を傾《かたむ》けていた。またおそらく何千マイルものかなた、機関車がひとり走る田園のむこうに、人気《ひとけ》のない小駅で、ぽつんと一つだけともっているうす暗い裸《はだか》電球のもとで新聞を読んでいるひとりぼっちの旅人が、頭をあげ、耳をすまし、あれはなんだろう？　と考えてみて、なにあれはきっと、ウッドチャック（アメリカ産のマーモットで猫《ねこ》ほどの大きさの齧歯《げっし》類の動物）が、空洞《くうどう》の丸太をつついているだけさ、ときめてしまったかもしれない。しかしそれはラヴィニア・ネッブズ、それはこのうえまちがいようもなく、ラヴィニア・ネッブズの心臓の鼓動《こどう》だったのだ。

静寂《せいじゃく》。千マイルにわたって広がり、白くうす暗い海のように大地をおおっている、夏の夜の静寂。

もっと速く、もっと速く！　彼女は階段を降りていった。

走るのよ！

音楽が聞こえてきた。狂《くる》おしくも、愚《おろ》かしくも、大波となって打ちよせ、自分を襲《おそ》う音楽が聞こえ、彼女は駆《か》けながら、あわてふためき、こわくなって駆けながら、自分がこころのどこかで、あるかくれた劇をうつしている乱れに乱れた楽譜《がくふ》から借りてきて、それを劇的に演じているのだと気づいていたが、音楽はいまやさらにいっそう高まり、より速く、さらに速く、とびこみ、小走りにかけて、下のほうへ、峡谷《きょうこく》の奈落《ならく》へと、彼女をかりたて、押《お》しうごかした。

わずかばかりの道ですから、と彼女は祈《いの》った。百八、九、百十段！　降りきったわ！　さあ、走るのよ！　橋を渡《わた》って！

彼女は自分の脚《あし》になすべきことを命令した。腕《うで》にも、からだにも、恐怖《きょうふ》にも命令した。この白々しいおそろしい瞬間《しゅんかん》に、轟々《ごうごう》とうなる小川の流れの上で、ドサッドサッとうつろな音をたてる、ゆれて、ほとんど生き物のような、弾力《だんりょく》のある橋の厚板の上を彼女が駆け、あらあらしい足音がうしろから、背後から追いかけてき、音楽もまた追いかけてきて、それが悲鳴のような声をたて、さざめくなかで、彼女は自分自身のあらゆる部分に忠告を与《あた》えた。

彼がついてくるわ、ふりかえったらだめよ、見てはだめ、見たりしたら動けなくなってしまうわ、それはびっくりしてしまうことよ。ただ走るの、走るのよ！

彼女は橋を駆《か》けて渡《わた》った。

ああ、神さま、神さま、どうか、どうか丘を登らせてください！　さあ登りよ、この道だわ、いまは丘と丘のあいだ、ああ神さま、暗くて、なにもかもとてもはるかかなたね。いま悲鳴をあげても、役に立たないでしょうね。どっちみち悲鳴をあげることはできないわ。ここが道を登りきったところね、ここに通りがあるわ、ああ、神さま、無事でいられますように、無事に家に帰れましたら、もう二度とひとりで外出はいたしませんから。わたしはばかでした、ほんとに、わたしはばかでした、恐怖《きょうふ》とはどんなものか知りませんでした、でもわたしをこれから救いだして家に帰してくださいましたら、もう二度とヘレンかフランシーンといっしょでなければけっして出かけたりはいたしません！　ここが通りね。さあ、通りを渡って！

彼女は通りを横断し、歩道を勢いよく駆けていった。

ああ神さま、ポーチだわ！　わたしの家だわ！　ああ神さま、家に入って、ドアに錠《じょう》をおろし、安心できるまで、どうか時間をお与《あた》えください！

するとそこに――ばかげたものに気づいたものだが――ただちに、一瞬《いっしゅん》のうちに、どうして彼女が気づいたものか――しかしとにかく、さっと通りすぎるとき、そこにあったのだ――ポーチの手すりの上に、遠い昔、一年前、いや今夜さきほど彼女が置き去りにしたところの、半分入ったレモネードのグラスが！　そこの手すりの上に、レモネードのグラスが落ちついて、平然と座して……そして……

彼女はポーチの上の自分のぎこちない足音を耳にし、耳をすますと、自分の手が鍵《かぎ》で錠《じょう》をひっかき、乱暴にあけようとしているのを感じた。心臓の音が聞こえた。内なる声が金切り声をたてるのが聞こえた。

鍵は合った。

ドアの錠をあけるのよ、早く、早く！

ドアが開いた。

さあ、なかへ。ピシャンと閉めて！

彼女はピシャリとドアを閉めた。

「さあ、錠をかけて、閂《かんぬき》をして、錠をかけて！」彼女は情けないようすであえいだ。「錠をかけるの、しっかり、しっかり！」

ドアはしっかりと錠をおろされ、閂で締《し》められた。

音楽がやんだ。ふたたび心臓に耳をすますと、その音は小さくなって黙《だま》ってしまった。

わが家だわ！　ああ神さま、わが家で安心していられます！　わが家で安心です、安心です、安心していられます！　彼女はドアにドシンと倒《たお》れるようにもたれかかった。安心よ、安心よ。耳をすまして。なにもの音ひとつしないわ。安心よ、安心よ、ほんとにありがたいこと、わが家で安心していられるのだわ。もう二度と夜分に外出したりしないわ。家にじっとしているわ。

二度とあの峡谷《きょうこく》のむこうに行こうとはけっしておもわないわ。安全な、ほんとに安全な、安全なわが家だもの、ほんとによかった、ほんとによかった、心配はいらないわ！　家のなかは安全よ、ドアには錠《じょう》がおりているし。ちょっと待って。

窓の外を見たらいいわ。

彼女は外をみた。

なんだ、ぜんぜんだれもいないわ！　だれも。だれもわたしをつけてこなかったのね。だれも追いかけてきはしなかったのね。彼女は息をついて、自分を笑わんばかりだった。理屈《りくつ》からいってもとうぜんだわ！　もしも男の人がほんとにわたしをつけていたのなら、実際にわたしをつかまえていたでしょうに！　わたしは足が速いほうじゃなし……ポーチにも庭にもだれもいないわ。なんてわたしはばかなんでしょう。なにかに追っかけられていたわけじゃないんだわ。峡谷はべつに危険じゃないのよ。そうはいっても、わが家にいるのは快適ね。わが家は、ほんとに幸福な温かい場所、それは唯一《ゆいいつ》の場所なんだわ。

彼女は手を電灯のスウィッチにさしのべ、そこで動かなくなった。

「なんなの？」と、彼女はいった。「なんなの？　なんなのよ？」

彼女の背後の居間で、咳《せき》ばらいするものがあった。

「とっても悲しいことさ。なにもかもだいなしにしてしまうんだから！」

「あまりそう気にするなよ、チャーリー」

「じゃあ、ぼくたちはいまなにを話そうというんだい？　生きてさえいないとなっちゃ、《孤独《こどく》の人》のことを話してみたって仕方がないもの！　もうおっかなくもないんだから！」

「きみはどうか知らないけどね、チャーリー」と、トムがいった。「ぼくは《夏の氷室《ひむろ》》にもどっていって、その戸口に座って、《孤独の人》が生きているものとおもって、背筋が上から下までぞくぞくするほど冷やしてこよう」

「それはごまかしだよ」

「冷やりとしたかったら、冷やりとできる機会を利用しなきゃ、チャーリー」

ダグラスはトムとチャーリーの話を聞いてはいなかった。彼《かれ》はラヴィニア・ネッブズの家を見て、ほとんどひとりごつように、話した。

「ぼくは昨夜あそこの峡谷《きょうこく》にいたんだ。ぼくは見たんだ。すっかり見てしまったんだ。家に帰る途中《とちゅう》ここを横切って近道をした。あのレモネードのグラスがちょうどポーチの手すりの上に、半分からになっているのが見えたよ。ぼくはそれを飲みたいとおもった。それを飲みたい、とぼくはおもったんだ。ぼくは峡谷にいたし、またあの事件の起きた真夜中に、ぼくはここにいたんだ」

トムとチャーリーが、こんどは、ダグラスを無視した。

「そのことならね」と、トムがいった。「ぼくは《孤独《こどく》の人》がほんとうに死んだとはおもっていないんだ」

「今朝、救急車がやってきてあの男を担架《たんか》で運びだしたとき、きみはここにいたんだろう？」

「そうさ」と、トムはいった。

「つまりね、あの男こそ《孤独の人》なんだよ、ばか！　新聞を読めよ！　十年も長いこと逃《に》げまわったあとで、老ラヴィニア・ネッブズは立ちあがり、手近な裁縫《さいほう》ばさみでそいつを刺《さ》したんだ。あの人は自分のことだけ考えていればよかったのに」

「横になって、男に喉笛《のどぶえ》を締《し》めつけられるままにさせておきたいのかい？」

「そうじゃないけど、少なくともできたと思うのはね、家から急いでとびだして、通りを『《孤独の人》よ！《孤独の人》よ！』って叫《さけ》びながらしばらく駆《か》けていってさ、そいつに逃《に》げだす機会をやることもできたんだ。この町は昨夜の十二時ごろまではなにかいいところがあったものなんだ。このあとずっとぼくらはつまらないものばかりさ」

「もう一度だけいわせてもらうよ、チャーリー。ぼくは《孤独の人》は死んでいないとおもう。ぼくも彼の顔を見たし、きみも彼の顔を見たし、ダグも彼の顔を見た。そうだろ、ダグ？」

「なに？　うん、見たとおもうよ。うん」

「だれもかも彼の顔を見たんだ。では、答えてよ――その顔はきみには《孤独の人》のように見えたかい？」

「ぼくは……」と、ダグラスはいいかけて、やめてしまった。

太陽が約五秒間、大空でブンブンうなった。

「困ったな……」と、とうとうチャーリーが小声でいった。

トムは、ほほえんで、答えを待っていた。

「ぜんぜん《孤独の人》のようじゃなかった」と、チャーリーはあえぐようにいった。「ふつうの男みたいだった」

「そう、そうなんだ、ごくふつうのありふれた男で、蠅《はえ》、いいかいチャーリー、蠅の羽根さえもむしり取ったりしそうにない男なんだ！　彼が《孤独の人》だとしたら、少なくとも《孤独の人》は、《孤独の人》らしく見えないとおかしいだろ、ね？　ところがさ、あの男ときたら、エリート劇場で夜にキャンディを売っている売り子みたいなんだ」

「きみの考えではあの男はなにかい、浮浪者《ふろうしゃ》が町にやってきて、空き家だとおもって入りこんで、ミス・ネッブズに殺されたというのかい？」

「そうとも！」

「しかし待てよ。ぼくらはだれも《孤独の人》がいったいどんなようすをしているのか知らないんだぞ。写真はないしさ。彼を見た唯一《ゆいいつ》の人たちは死んでしまったし」

「彼のようすは、きみも知っている、ダグも知っている、ぼくも知っているんだ。彼は背が高くなきゃいけないよね」

「そうさ……」

「それに顔が蒼白《あお》くなきゃいけないよね」

「蒼白い、そのとおりだ」

「そして骸骨《がいこつ》のようにやせこけて、長い長い髪《かみ》をしているよね」

「それはぼくがいつもいっていたことだよ」

「そして大きな目がとびだしていて、猫《ねこ》みたいな緑の目なんだろ？」

「ぴったりだよ」

「じゃあ、どうだい」トムは鼻をならしていった。「ネップズさんの家から二時間ほどまえに運びだされたあのかわいそうなやつをきみは見ているんだ。あの男はどうなんだい？」

「小さくて、赭《あか》ら顔で、いくぶん肥《ふと》っていて、髪の毛は多くなく、残っている髪は赤毛だったよ。トム、きみはうまく当てたぞ！　さあ！　連中を呼べよ！　ぼくに話してくれたように、行って話してやれよ！《孤独の人》は死んでいないんだ。今夜もまだそこらにひそんでいるんだ」

「そうさ」と、トムはいってから、急に考えこむように、黙《だま》ってしまった。

「トム、きみはいい友だちさ、ほんとに頭がいいぞ。かたなしになるところをこんなふうに救うなんて、ぼくらじゃだれもできなかっただろうよ。いまのいままで夏は悪くなる一方だったんだ。

きみは危ないところを溝に親指をつっこんで止めてくれた。これで八月がすっかり完全にだめになることもないさ。おーい、きみたち！」

そしてチャールズは、腕《うで》をふり、わめきながら、行ってしまった。

トムは、蒼白い顔をして、ラヴィニア・ネップズの家のまえの歩道に立った。

「ああ、困った！」と、彼は小声でいった。「ほんとにいま、ぼくはなんということをやらかしたんだ！」

彼はダグラスのほうをふりむいた。

「ねえ、ダグ、ほんとにぼくはなんとしたことをやらかしたんだろうねえ？」

ダグラスはじっと家を見つめていた。彼の唇《くちびる》が動いた。

「ぼくは、昨夜、峡谷《きょうこく》にいたんだよ。エリザベス・ラムゼルを見たんだ。家に帰る途中《とちゅう》、昨夜ここを通りかかったんだ。そこの手すりにレモネードのグラスがあるのが見えた。ほんの昨夜のことなんだ。あれを飲んでもいいな、とぼくはおもった……あれを飲んでもいいな……」

彼女《かのじょ》は、箒《ほうき》や、ちり取りや、手ぬぐいや、攪拌《かくはん》スプーンをいつも手にしていた女だった。朝にはパイの皮を切りながら、それにあわせて鼻歌をうたっている姿が見られたし、正午には焼けたパイをならべているところが、夕暮れには、冷《さ》めた、そのパイを食べているところが見られた。磁器製《じきせい》のカップを、チリンチリンと、スイスの鐘《かね》つきさながらに鳴りひびかせて、いつもの場所にしまった。真空掃除器《そうじ》がすべるように、廊下《ろうか》をいちようにまわって、ごみを捜《さが》し、見つけ、そして整頓《せいとん》した。窓という窓を鏡のように磨《みが》いて、日光を入れた。どんな庭も、彼女が移植ごてを手に、たった二度ぶらぶらとまわっただけで、彼女の通った跡《あと》は、暖かい大気のなかに、花はちらちらと慄《ふる》える火花を燃えたたせたものだ。静かに眠《ねむ》って、一晩に三度しか寝《ね》がえりを打つこともなく、明け方になれば、きびきびした手がもどってくるのを待っている白い手ぶくろのように、くつろいで眠った。目がさめれば、彼女は写真でもあつかうように人びとに手をふれ、額縁をまっすぐに直してやった。

ところが、いま……?

「おばあちゃん」と、みんながいった。「大おばちゃん」

いまは、ちょうど莫大《ばくだい》な算数の合計が、いよいよ終わりに近づいているかのようだった。彼女は、七面鳥、雉《きじ》、雛鳩《ひなばと》、殿方、それに男の子のおなかを詰《つ》め物や食べ物でいっぱいにしてやった。

天井、壁《かべ》、病人、それに子どもを洗ってやった。リノリウムを敷《し》き、自転車を修理し、時計のねじを巻き、炉《ろ》の火をかきたて、一万回もひどい傷に消毒綿でヨードチンキを塗《ぬ》った。彼女の手は、あたり一面を、とびまわり、舞《ま》いおりして、これをなだめ、あれを抑《おさ》え、野球のボールを投げ、クロケー（球戯《きゅうぎ》の一種）の色あざやかな木槌《きづち》をふりまわし、黒い大地に種子をまき、ゆで団子《だんご》、ラグー（肉と野菜のシチュー）、それにお行儀《ぎょうぎ》悪くからだを投げだして眠りこけている子どもたちにカバーをかけてやった。日除《ひよ》けをおろし、蠟燭《ろうそく》をつまんで消し、スウィッチをひねり、そして――年をとった。始められ、進められ、仕上がって、おしまいになった三百億ものあれこれをふりかえってみると、それが全部合わせられ、合計されていた。最後の小数が置かれ、いよいよ終わりの零《れい》がゆっくりと円を描《えが》いて列にならんだ。いま、彼女はチョークを手にしたまま、黒板ふきに手を伸《の》ばすまえの沈黙《ちんもく》のひととき、人生から一歩うしろにさがってみた。

「さあわたしに見させておくれ」と、大おばちゃんはいった。「見させておくれ……」

騒《さわ》ぎたてることも、またそれ以上の面倒《めんどう》もなく、彼女は家のなかを、いつまでもまわって、棚《たな》卸《おろ》しをするように見て歩き、最後に階段にたどりつくと、とくにあらためてつげるでもなく、階段を三つ昇《のぼ》って自分の部屋に赴《おもむ》き、そこで、音もなく、雪が降るように冷たいベッドの掛《か》け布の下に、化石の跡《あと》さながらに身を横たえ、死を迎《むか》えた。

ふたたび声があがった――

「おばあちゃん！　大おばちゃん！」

大おばちゃんが死にかけているとの噂《うわさ》は、階段の吹《ふ》きぬけを落ち、ぶつかり、さざ波を広げて部屋部屋を通りぬけ、ドアや窓から外に出て、楡《にれ》の通りにゆき、緑の峡谷《きようこく》のふちに達した。

「さあ、ここよ、ここ！」

家族は大おばちゃんのベッドをとりまいた。

「どうかわたしを寝《ね》かしておいておくれ」と、彼女はささやき声でいった。

彼女の病気はどんな顕微鏡《けんびきよう》をもってしても見とどけるわけにはいかない。それはゆるやかな、たえず深まってゆく疲労《ひろう》であり、雀《すずめ》のような彼女のからだがわずかながら重みを増すのだ。眠い《スリーピー》、さらに眠い《スリーピア》、もっとも眠い《スリーピエスト》。

彼女の子どもたち、また子どもたちの子どもたちにとっては——こんな単純な行動、世の中にこれほどのんびりたした行動もないような行動で、彼女がこれほどの心配をひきおこすとは、ありえないことにおもえた。

「大おばちゃん。ねえ、聞いてくださいよ——大おばちゃんのなさっていることは、貸借契約《たいしやくけいやく》を反故《ほご》にするようなものですよ。大おばちゃんがいなかったら、この家は倒《たお》れてしまいますよ。すくなくとも一年まえにいってくださらなくちゃ！」

大おばちゃんは片目をあけた。急速にだれもいなくなっていく家の高い丸屋根の塔《とう》の窓から埃《ほこり》がたつように、九十年の歳月《さいげつ》が、彼女についている医者たちをおだやかに見つめた。

「トム……？」

少年は、ひとりだけ、小声でささやいている彼女のベッドへとやられた。

「トム」と、かすかに、はるか遠くで、彼女がいった。「南の海ではね、人間はめいめい、友だちのみんなと握手《あくしゅ》して、お別れをいい、帆《ほ》をあげて去っていく時だとわかる日が一生のうちにはあってね、また実際そうだし、それが当然なの――とにかくその日がその人に定まった時なのね。今日がそれなんだよ。わたしもときどきおまえにそっくりでね、おまえが土曜のマチネーをずっと座りっぱなしで観《み》つづけたりしたら、とうとう夜の九時になって、パパにおまえを迎《むか》えにいってもらわなきゃならない。いいかいトム、まえに見た同じカウボーイたちが、同じ山の頂で、同じインディアンどもを撃《う》ちはじめたら、そのときは座席の椅子《いす》をたたんで、ドアにむかい、思いのこしたり、通路をまたもどっていったりしないのが一番いいんだよ。だから、わたしはまだ幸福で、また愉快《ゆかい》な気持ちでいるあいだに出ていこうとおもうの」

つぎにダグラスがかたわらに呼ばれた。

「おばあちゃん、今度の春はだれが屋根のこけら板を葺《ふ》くの？」

暦《こよみ》のはじまりに遡《さかのぼ》る昔から、いつも四月になると、啄木鳥《きつつき》が屋根をコツコツたたく音がするとおもったものだ。ところがそうではなく、それは大おばちゃんがなにやら夢中になって、大空の高いところで、歌い、釘《くぎ》を打ち、こけら板を葺きかえているところなのだ！

「ダグラス」と、彼女は小声でいった。「それが楽しいという人でなきゃ、だれにもこけら板葺きをさせちゃいけないよ」

「はい、おばあちゃん」

「四月が来たらあたりを見まわして、『屋根を直したい人はだれですか？』ときいてごらんなさい。そこでぱっと輝《かがや》いた顔があったら、それがだれであっても、それがおまえの捜《さが》していた顔なんだよ、ダグラス。なぜって、あそこのあの屋根の上から見るとね、町全体が田園にむかって延《の》び、その田園が地球の端《はし》にむかって延び、河が光って、それに朝の湖や、樹々《きぎ》にとまっている鳥たちを見おろすことができて、頭の上のあたり一帯に最高の風が吹《ふ》いているのよ。このどれひとつとっても、ある春の日の出のときに、風見に登ってみる価値はあるものよ。これは力に満ちた時間なのね、半分でもその力を発揮させてやると……」

彼女の声は低くなって、そっと慄《ふる》えるだけの音になった。

ダグラスは泣き叫《さけ》んでいた。

彼女はまた意識をとりなおした。「さあ、なんでそんなことをしているのかい？」

「だって」と、彼はいった。「おばあちゃんは明日はここにいないんだもの」

彼女は小さな手鏡を自分から少年のほうにむけた。「明日の朝、ぼくは七時に起きて、耳たぶのうしろを洗います。チャーリー・ウッドマンといっしょに教会に駆《か》けてゆきます。エレクトリック・パークへピクニックに行きます。泳いで、はだしで駆けて、木から落ちて、スペアミント・ガムをかんで……ダグラス、ダグラス、みっともないぞ！　おまえは指の爪《つめ》を切るだろうが？」彼女が話しているあいだ、少年は彼女の顔を見、鏡のなかの自分自身を見、それからまた彼女の顔を見た。

「はい、おばあちゃん」

「また、おまえのからだが七年かそこらごとにすっかりつくりなおされて、古い細胞《さいぼう》が死に、新しい細胞がおまえの指や心臓につけ加わったからといってわめいたりはすまい。それは気にならないだろうが？」

「はい、おばあちゃん」

「じゃあ、そこで考えてごらん、坊《ぼう》や。だれでも指の爪《つめ》の切り屑《くず》をとっておくような人はばかよね。蛇《へび》がぬけ殻《がら》をしまっておこうなんて心配しているところを見るものかね？　おまえが今日ここで、このベッドのなかに見ているのは、指の爪や蛇のぬけ殻なのよ。大きくひと吹《ふ》きすれば、わたしなんかはひらひらと舞《ま》いあがってしまうでしょうよ。大事なことは、ここに寝《ね》ているわたしじゃなくて、ベッドの端《はし》に座ってわたしをふりかえって見ているわたし、階下で夕食を料理していたり、外のガレージで車の下にもぐったり、書斎《しょさい》で読書しているわたしなのよ。すべての新しい部分、それがたいせつなのね。わたしは今日ほんとに死ぬのじゃない。家族を持っている人でほんとに死んだものはかつてひとりもないのよ。これからも長いあいだ、わたしはおまえたちの近くにいるのさ。いまから千年後には、郡区いっぱいほどのわたしの子孫が、ゴムの樹《き》の陰《かげ》ですっぱいりんごをかじっていることだろうて。大きな質問をきいてくる人には、だれにたいしてもこれがわたしの答えなのよ！　さあ急いで、残りの人たちをなかに入れなさい！」

とうとう家族全員が、鉄道の駅で見送っている人たちのように、部屋に立って待ちうけた。「さあ」と、大おばちゃんはいった。「いいかね。わたしはつつましいわけじゃないから、おまえたちがわたしのベッドのまわりに立っているのを見るのは楽しいことだよ。ところで来週は、遅《おく》れた庭の手入れと、押《お》し入れの掃除《そうじ》と、衣服の買い物を子どもたちはしなきゃいけないよ。で、わたしのなかでも、ただ便利のために大おばちゃんと呼ばれている部分はな、ここに残ってもう面倒《めんどう》をみるわけにいかないから、ほかの、バート伯父《おじ》やレオやトムやダグラスや、そのほかあらゆる名前でよばれているわたしの部分が、それぞれ自分自身の仕事を引きつがないといけないよ」

「はい、おばあちゃん」

「わたしは明日ここでハロウィーンのパーティのようなものはいっさいしてほしくないね。だれにもわたしのことで甘《あま》いことは一つもいってほしくないの。それはみんな、わたしが若い、盛んなときにいったことなのよ。食べ物という食べ物は味わったし、ダンスというダンスは踊《おど》ってしまいましたよ。いまはまだかぶりついていないタルトが最後に一つだけ残っていて、口笛で吹《ふ》いたことのない曲が一曲あるだけね。でもわたしはこわくはありません。わたしはほんとうに好奇《こうき》心《しん》が強いのよ。死ぬことだって、わたしが欲しくない、味わいたくないものは、ひとかけらだってわたしは口にしませんからね。だからわたしのことは心配しなくていいの。さあ、みんな出ていって、わたしに眠《ねむ》らせておくれ……」

どこかでドアが静かに閉まった。

「このほうがいい」ひとりになると、大おばちゃんは暖かい雪だまりのようなリンネルやウール、シーツやカバーのなかに、満足そうにもぐりこみ、パッチワーク・キルトの掛《か》けぶとんのとりどりの色は、昔のサーカスの旗のように鮮《あざ》やかだった。そこに横になっていると、彼女は、八十何年かまえの朝、目がさめて、ベッドのなかで脆《もろ》いからだを楽に伸《の》ばしてみたときのように、小さく、ひそかな感じがした。

ずっと昔のことね、と彼女はおもう。わたしは夢を見ていて、とても楽しんでいたときにだれかに起こされ、それがわたしの生まれた日だったんだわ。で、いまは？　いまは、さあ……。彼女は過去に思いを馳《は》せた。どこなのかしら、と彼女はおもった。九十年……あの失われた夢の糸と模様《もよう》をふたたびどうして拾いあげたものか。彼女は小さな手を出した。そこだわ……。そう、それなのよ。にっこりとほほえんだ。暖かい雪の丘にさらに深くからだを沈《しず》め、枕《まくら》にのせた頭をまわした。このほうがいい。いま、そう、いま彼女は、その夢がこころのなかに、静かに、またどこまでもつづく、おのずからさわやかな海岸にたゆたう海のようにのどかに、浮《う》かんでくるのを見た。いま、彼女は、この古い夢が自分に触《ふ》れ、雪から持ちあげて、ほとんど忘れていたベッドの上を、自分を押《お》しながしていくにまかせたのだ。

階下では、みんなは銀器を磨《みが》き、地下室をかきまわし、廊下《ろうか》では埃《ほこり》をはらっていることだろう、と彼女はおもった。家じゅうに、みんなが生活しているのを彼女は聞くことができた。

「けっこうだよ」と、夢にただよいながら、大おばちゃんは小声でいった。「この世のほかのすべてのことと同じように、これはふさわしいことなのよ」

そして海は、彼女を浜辺へと押《お》しもどした。

「幽霊《ゆうれい》だ！」と、トムが叫《さけ》んだ。

「ちがうよ」と、声がした。「ぼくさ」

ぞっとする蒼《あお》ざめた光が、りんごのにおいのする暗い寝室《しんしつ》に流れこんだ。一クォート容量の広口びんが、見たところ空間につりさがっているかのごとく、いくつもの薄暮色《はくぼいろ》のひらひらする光を点滅《てんめつ》させていた。この蒼白い照明に照らされて、ダグラスの目が、うす暗く、ものものしく光った。彼はとても日焼けして褐色《かつしょく》だったので、顔と手は暗闇《くらやみ》に溶けてしまい、彼《かれ》の寝巻《ねま》きは、肉体から、分離《ぶんり》された霊魂《れいこん》のようにおもえた。

「しぇーっ！」と、トムが声を出した。「二十四、三十四もの螢《ほたる》とはね！」

「しーっ、頼《たの》むから！」

「なんでこれをつかまえたんだい？」

「ぼくたち、夜中に懐中電灯《かいちゅう》をシーツの下にかくして本を読んでいるところを見つかっただろ？　そこで、螢を入れた古いびんならだれも怪《あや》しまないだろうとおもうんだ。ただの夜の博物館ぐらいにしかみんな考えないよ」

「ダグ、兄さんは天才だよ！」

しかしダグラスは答えなかった。きわめて厳粛《げんしゅく》なようすで、彼は断続的に信号を送っている光源をベッドの脇机《わきづくえ》の上に置くと、鉛筆《えんぴつ》を取りあげ、メモ帳に大きく、長々と書きはじめた。螢《ほたる》が光って、消え、光って、消え、つかの間の淡い緑色の三十ものかけらに、彼の目がきらきらと反射するなかで、彼は十分、さらに二十分と活字体の字を書きつらね、この季節のあいだにあまりにもすばやく集めてしまったことごとを、一列にならべ、ならべかえ、書いては、書きなおした。トムは、びんのなかで跳《は》ねたり、たたまったりする昆虫《こんちゅう》の小さな篝火《かがりび》に魅《み》せられて、じっと見つめていたが、とうとう、肘《ひじ》をついてもたれたまま、眠《ねむ》って、そのまま動かなくなり、一方ダグラスのほうは書きつづけていた。彼はその全部を、最後のページに要約してみた――

物は当てにできない。なぜなら……

……例《たと》エバ、機械《マシン》ノヨウニ、バラバラニ壊《こわ》シタリ、錆《さび》ツイタリ、腐《くさ》ッタリスルシ、アルイハモシカシテ決《けっ》シテ完成スルコトガナイカモシレズ……アルイハがれーじニシマイコマレテ終ワリニナリ……

……てにす靴《ぐつ》ノヨウニ、トテモ遠クマデ、トテモ速ク、走ルコトダケハ出来ルケレド、ソレカラマタフタタビ大地ニツカマルノダ……

……市街電車ノヨウニ。市街電車ハ、大キイケレドモ、イツモ終点ニ来テシマウ……

人は当てにできない。なぜなら……

……行ッテシマウカラ。

……見知ラヌ人ガ死ヌカラ。

……カナリヨク知ッテイル人々ガ死ヌカラ。

……友ダチガ死ヌカラ。

……人ハ人ヲ殺害スルカラ、本ノ中ノヨウニ。

……家族ノ者モ死ヌコトガアルカラ。

ソレ故《ゆえ》ニ……！

彼は両手の拳《こぶし》いっぱいの息をつめて、ゆっくりとシューシュー音をさせて吐《は》き、またもっと多くの息をつかみとって、きつく喰《く》いしばった歯の間からかすかにもらした。

それ故に。彼は最後に大文字の太いブロック書体で書いた。

それ故に、市街電車や小型自動車や友だちや親友が、しばらくいなくなるか、永久にいなくな

ってしまい、あるいはさびつき、あるいはバラバラに壊《こわ》れたり、死んだりするものならば、また人々が殺害されたり、大おばちゃんのような、いつまでも生きつづけるような人が、死ぬことがあるものならば……もしこれが全部真実であるならば……それならば……ダグラス・スポールディングも、いつか……きっと！

ところが螢《ほたる》は、彼の暗い思いにかき消されたかのごとく、そっと自分の明かりを消してしまった。

とにかく、ぼくはこの先は書けない、とダグラスはおもった。これ以上は書かないでおこう。ぼくはやめておこう、ぼくは今晩書きおえるのはやめておこう。

彼は、トムが片肘《かたひじ》にもたれて眠《ねむ》っているのを見やった。トムの手首に触《ふ》れると、トムのからだはくずれ、ため息をつく惨《みじ》めな姿と化して、ベッドにあおむけに転がった。

ダグラスが冷たく暗い螢の群れの入った広口びんを取りあげる。まるで彼の手によって生命を与《あた》えられたもののように、涼《すず》しい光がふたたびパッとついた。びんを持ちあげて、彼の書いた要約をとぎれとぎれに照らしだす位置に持っていくと、それは最後の言葉が記されるのを待っていた。しかし彼は、書こうとはしないで窓のところにゆき、網戸《あみど》になった窓枠《わく》を押《お》しあけた。びんの栓《せん》をあけ、びんを傾《かたむ》けて、風のない夜に青白い火花を流すように、螢を逃《に》がした。螢は羽根を広げ、そして飛んでいった。

ダグラスは螢が飛びさるのをじっとながめた。滅《ほろ》びゆく世界の歴史の、最後の黄昏《たそがれ》の蒼白《あお》いかけらのように、螢は失《う》せていった。わずかばかり手に残っていた温かい希望の切れ端《はし》が消えるように去ってしまった。螢は、彼の顔とからだとからだの内部の空間とを、暗闇《くらやみ》にゆだねていったのだ。広口びんと同じようにからっぽのまま残された彼は、自分のしていることに気づかないままに、眠ろうとして、びんをベッドにいっしょに持ってもどったのだった……

くる夜もくる夜も、彼女はガラスの柩《ひつぎ》のなかに座って、そのからだは夏は見世物《みせもの》興行のきらめく輝《かがや》きに溶け、冬は幽霊《ゆうれい》をおもわせる風に凍《こお》りつきながら、鎌《かま》のような微笑《びしょう》と、彫《ほ》られた、鉤形《かぎ》の、ぶつぶつと蠟《ろう》の気泡《きほう》の見える鼻を浮《う》かべて、扇《おうぎ》形に広げた一組の昔のトランプの上に、蠟でできた淡いピンク色の皺《しわ》だらけの手をいつも構えて待っていた。《タロットの魔女《まじょ》》。楽しい名前だ。《タロットの魔女》。銀色に光る料金入れに一セント玉を押《お》しこむと、はるかに下のほうで、うしろ側で、内部で、機械がうなって歯車がかみあい、梃子《てこ》が動き、輪がまわった。するとケースのなかでは、魔女がきらきら輝く顔をあげて、針のように鋭《するど》いただのひとにらみであなたの目をくらますのだ。彼女《かのじょ》の無慈悲《じひ》な左手が下に動いて、しゃれこうべ、悪魔《あくま》、首吊《つ》り役人、隠者《いんじゃ》、枢機卿《すうききょう》、それに道化といった謎《なぞ》のようなタロットの絵札をなで、ばらばらにくずし、頭がのぞきこむように下がってきて、不幸や殺人、希望や健康、毎朝の再生と夜間の死の復活をさぐりだす。それから彼女は、一枚のカードの裏に、書家の蜘蛛《くも》の巣のような字を書いて、手元に送りだしてくる。それがすむと、魔女は最後に目をぼやっときらめかせ、永遠の大網膜《もうまく》のなかに、何週間、何月間、何年間もひきこもって凍りついたように動かず、次の一セント銅貨が彼女を忘却《ぼうきゃく》から甦《よみがえ》らせてくれるのを待つのだ。いまは、蠟そのままの死んだ姿で、彼女は二人が近づいてくるのを待っていた。

ダグラスがガラスに指紋《しもん》をつけた。

「ほら、あそこだよ」

「蠟人形じゃないか」と、トムがいった。「なぜぼくにあれを見せたいんだい？」

「なぜっていつもきくんだな！」と、ダグラスはわめいた。「なぜなら、それが理由だよ。なぜなら、というのがね！」

なぜなら……アーケード（ゲームセンター）の明かりがうす暗くなったから……なぜなら……ある日、ぼくたちは自分が生きていることを見いだす。

爆発《ばくはつ》！　衝撃《しょうげき》！　照明！　歓喜《かんき》！

ぼくたちは声を立てて笑う、踊《おど》りまわる、叫《さけ》ぶ。

しかし、やがて、太陽は没《ぼっ》する。雪が、だれの目にも見えないけれど、ある八月の正午に降ってくる。

まえの土曜日に西部劇のマチネーを観《み》ていると、白熱した銀幕の上で一人の男が倒《たお》れて死んだ。ダグラスは絶叫《ぜっきょう》した。何年も、彼《かれ》は何十億というカウボーイが撃《う》たれ、首を吊《つ》られ、焼かれ、殺されるのを観てきた。しかしいま、特にこの一人の男にかぎって……

あの人はもうけっして歩いたり、走ったり、座ったり、笑ったり、泣いたりしない、もうなにひとつしないのだ、とダグラスはおもった。すると、彼はぞっとしてきた。歯はカタカタ鳴り、心臓はどろどろに溶けた雪を胸にポンプで送りこんだ。彼は目を閉じ、痙攣《けいれん》にからだが慄《ふる》えるにまかせた。

他の少年たちは、死については考えず、まるでその死んだ男がまだ生きているかのように、彼を嘲《あざけ》り、どなりつけるだけだったので、ダグラスはこの少年たちからは逃《に》げださないわけにいかなかった。ダグラスとその死んだ男とは出てゆく舟に乗りあわせたが、ほかの者たちはみな明るい岸にとりのこされて、駆《か》け、跳《と》びはね、陽気に動きまわり、舟が、死んだ男とダグラスとが、出てゆき、出ていって、いま暗闇《くらやみ》に消えてしまったのに気づかなかった。ダグラスは泣きながら、レモンのにおいのただようトイレに走ってゆき、気分が悪く、咽喉《のど》から消火栓《せん》が三度も泡《あわ》をたてるようなつらい思いをした。

そして吐《は》き気が去るのを待ちながら、彼は考えた――ぼくの知っている人たちがこの夏にあんなにも死んだのだ！　フリーリー大佐《たいさ》が、死んだ！　まえにはそのことに気づかなかった。どうしてだろう？　大おばちゃんも、死んだ。ほんとうに。それればかりじゃない……　彼はためらった。ぼくもだ！　いや、ぼくを殺せるものか！　なに殺せるさ、と声がして、そうとも、いつだってその気になったときに殺せるし、いかにじたばたしようが、悲鳴をあげようが、大きな手をおくだけでいいというのに、おまえはあい変わらず……　ぼくは死にたくない！　ダグラスは、声には出さず、絶叫《ぜっきょう》した。とにかくおまえは死ななきゃならない、とその声がいった。とにかくおまえは死ななきゃならない……

映画館を一歩外に出てみると、ぎらぎらと太陽の照りつける通りや建物は現実のものとはおも

えず、人びとはゆっくりと動き、あたかも純粋なガスがあかあかと燃え、重く沈《しず》んでいる大海の底にいるかのよう、そして彼は考えていた、いまこそ、いよいよいまこそ、ぼくは家に帰って、五セントのメモ帳に最後の一行を書きあげなければいけないのだ――**いつか、この、ダグラス・スポールディングも、死ななければならない……**

彼が通りを横断するだけの勇気を奮いおこし、心臓の鼓動《こどう》もおさまるようになるには十分かかったが、アーケードがあって、蠟《ろう》でできた異様な魔女《まじょ》が、指の爪《つめ》の下に《運命の三女神》（ギリシャ・ローマ神話で、人の生命の糸を紡《つむ》ぎ、長さを決め、断ち切るといわれる）と《復讐《ふくしゅう》の三女神》（同じく、悪事をおこなったものに復讐した三人姉妹の女神）をかくして、冷たく埃《ほこり》っぽい暗がりにいつものようにひそんでいるのを目にした。自動車が一台、通りすぎるさい、アーケードいっぱいにぴかっと光を炸裂《さくれつ》させて、影《かげ》を躍《おど》らせ、そのとき蠟の女が彼になかに入るようすばやくうなずいてみせたように感じられた。

そこで彼は、魔女のお召しに応じてなかに入り、五分後に、無事を確認して出てきたのだった。こんどは、トムに見せてやらなきゃ……

「ほとんど生きているみたいだ」と、トムがいった。

「ほんとに生きているんだよ。見せてやるから」

彼は一セント玉を料金入れに押《お》しこんだ。

なにごとも起こらなかった。

ダグラスは、アーケードのむこう側で、さかさまに倒《たお》したソーダ水用の木枠《わく》に腰《こし》をかけ、コルクの栓《せん》を抜《ぬ》いて、四分の三はからになったびんから黄褐色《おうかっしょく》の液体をがぶ飲みしている、経営者のブラック氏にむかってどなった。

「ちょっと、魔女《まじょ》がどこか具合《ぐあい》が悪いよ！」

ブラック氏は、目を半ば閉じ、鋭《するど》く激しい息をしながら、足をひきずってやってきた。「ピンボールの具合が悪い、のぞき眼鏡《めがね》の具合が悪い、**一セントでできる電気自殺**の機械の具合が悪い」彼はケースをたたいた。「おい、なかにいるの！　元気を出せ！」魔女は平然と座っていた。「毎月の稼《かせ》ぎよりも修理代のほうが高いときている」ブラック氏はケースのうしろに手をやって、彼女の顔のうえに、「**故障**」の掲示《けいじ》をつるした。「故障しているのはこいつだけじゃない。おれも、おまえも、この町、この国、全世界もだ！　地獄《じごく》に堕《お》ちちまえ！」彼はその女にむかって拳《こぶし》をふった。「いいかよく聞け、がらくたの山行きだぞ、がらくたの山！」彼は機械からはなれて、ソーダ水の木枠にどすんと腰をおろし、またまた前垂れのなかの硬貨《こうか》を手さぐりしはじめたが、胃が痛むのかとおもわせるしぐさだった。

「彼女にそんな——ほんとに、故障なんてあるはずないよ」と、うちのめされたようすで、ダグラスがいった。

「年をとってるもの」と、トムがいった。「おじいちゃんの話だと、おじいちゃんが少年のころも、その以前も、彼女はここにいたんだって。だからとうぜんいつか壊《こわ》れて……」

「さあ、お願いだ」と、ダグラスが小声でいった。「ねえ、お願い、お願いだから、トムに書いてみせてやってよ！」

彼はまた一つの硬貨をそっと機械に押《お》しこんだ。「お願いだから……」

少年たちはガラスにへばりつき、彼らの息で窓ガラスに積雲が発生した。

すると、箱の内部奥《おく》深くで、サラサラという音、ブンブンまわる音がした。

そしてゆっくりと、魔女《まじょ》は頭をもたげて、少年たちを見、手がトランプの上を行ったり来たり、ほとんど気も狂《くる》わんばかりの勢いでひっかきまわし、立ちどまり、先を急ぎ、元にもどりなどしはじめたとき、彼女の目には彼らを凍《こお》りつかせるものがあった。頭をかがめ、一方の手は止まって、そして他方の手が書き、休止し、書き、とうとうケースのガラスが調子を合わせて鳴るほどの激しい発作とともに止まるまで、機械はがたがたと震《ふる》えていた。魔女の顔は、機械のこわばった苦痛にゆがみ、ぎゅっと握《にぎ》りしめられたボールのようになった。それから機械はあえぎ、歯車の歯が一つすべって、小さなタロット・カードが一枚、そっと管《くだ》をくすぐるように落ちてきて、茶碗《ちゃわん》の形につくったダグラスの両手に入った。

「彼女は生きているよ！　また動いている！」

「カードにはなんて書いてあるの、ダグ？」

「まえの土曜日にぼくに書いてよこしたのと同じだよ！　いいかい……」

そしてダグラスは読んだ——

「ヘイ、ノニー、ノー！
死んで花が咲《さ》くものか！
死のお告げの鐘《かね》が鳴りゃ
踊《おど》って、歌って、いいじゃないか？
お酒に浸《ひた》って、
つま先でまわって、いいじゃないか？
そして歌えや、ヘイ、ノニー、ノー！
いつになったら、風が吹《ふ》くやら、潮が差すやら？
ヘイ、ノニー、ノー！」

「それが書いてある全部かい？」と、トムがいった。

「一番下にお告げがあるよ――『予言――長生き、かつ活発な人生』」

「そのほうがふさわしいよ！　こんどは、ぼくのどうだろう？」

トムは自分の硬貨を入れた。魔女が身を震《ふる》わせた。カードが一枚、彼の手に落ちた。

「この屋敷《やしき》を出るびりっけつは魔女の尻《しり》」と、トムが静かにいった。

彼らは脱兎《だっと》のごとく駆《か》けだし、あまりの勢いにあの経営者は息が止まるほどおどろいて、一方の拳《こぶし》には一セント銅貨を四十五枚、他方には三十六枚を握《にぎ》りしめた。

外の、おぼつかない街灯のぎらぎらする光のもとで、ダグラスとトムはおそるべきことを発見した。

タロット・カードは白紙で、お告げはなにも書いてなかったのだ。

「そんなはずはないぞ！」

「興奮しないでよ、ダグ。ただの無地の古いカードじゃない。一セントむだにしただけさ」

「これは無地の古いカードじゃないし、一セントですむことじゃなくて、生死の問題だよ」

パタパタと蛾《が》のはばたく通りの明かりのもとで、カードをじっと見つめ、ひっくりかえし、カサコソと、どうにかして言葉を書きこもうとしているダグラスの顔は乳白色に見えた。

「彼女はインクが切れたんだ」

「彼女のインクがけっして切れたりするものか！」

ブラック氏がそこに座り、びんをすっかり飲みほして、自分がアーケードに住んでいることでどんなに幸運であるかも気づかずに、悪口をたれているのを彼は見た。お願いですから、このアーケードもまたバラバラにくずれるようなことはさせないでください、とダグラスはおもった。友だちがいなくなり、現実の世界で人びとが殺され、埋葬《まいそう》されただけでも十分にひどいのですから、アーケードはいまのままつづけさせてください、お願いします、お願いします……

いまダグラスは、なにゆえアーケードが今週これほど変わらずに自分を惹《ひ》きつけ、また今夜もいぜん自分を惹きつけているかを知った。なぜなら、ここにはあるべき場所に完全に整理された、予言可能な、たしかな、確実な世界があって、キラキラ銀色に輝《かがや》くスロット・マシンがならび、ガラスのむこう側では、おそろしいゴリラが蠟《ろう》でできた英雄によって、いっそう蠟をおもわせる女主人公を救うべく永久に刺《さ》し殺されたままになっているのだ。それからまた裸《はだか》電球の下で、インディアンの頭が刻まれている一セント銅貨を入れると、果てしのない写真の錘《つむ》が暗闇《くらやみ》のなかでぐるぐると螺旋《らせん》を描《えが》いてまわり、ドタバタ喜劇の巡査《じゅんさ》たちが、ばたばたと滝《たき》をなしてちょこまか動くのだ。この巡査たちは、たえず列車、トラック、市街電車と衝突《しょうとつ》したり、危く衝突しかかったりで、いつも桟橋《さんばし》から大海に落ちこむところだが、溺《おぼ》れたりはしないらしい、というのは、彼らはせかせかと追いたてられて、またまた列車、トラック、市街電車に衝突し、古い、見慣れた美しい桟橋からとびこむのである。世界のなかの世界であって、一セントののぞき眼鏡《めがね》のクランクをまわせば、昔の儀式《ぎしき》や祭文《さいもん》がくりかえされる。そこでは、望むならば、汗《あせ》まみれの硬貨《こうか》を自己満足している機械に与《あた》えているかぎりは、ライト兄弟がキティホーク村（一九〇三年ライト兄弟が最初の飛行に成功した土地）で砂だらけの風に乗って飛び、テディ・ルーズベルト（米国第二十六代大統領）がまぶしいほどの歯をむきだし、サンフランシスコの町が建設されては焼け、焼けては建設されるのだ。

ダグラスはこの夜の町を見まわしてみたが、ここでいま、いまから一分後、なにが起こるかもしれないのだ。ここでは、夜にしろ昼にしろ、お金を押《お》しこんでみようと思うスロット・マシンもなんと少なく、読むために手わたされるカードもなんと少なく、また読んだところで、意味をなすものがなんと少ないことか。この人びとの世界では、時間、金、祈《いの》りをささげてみても、返ってくるものがほとんどない、あるいはまったくないことがあるかもしれないのだ。

しかし、あそこのアーケードでは、**我慢《がまん》できますか？**　電気機械のクロムメッキのハンドルをぐいと引くと、電力が指を振動《しんどう》させて、雀蜂《すずめばち》のように刺《さ》し、ビリつかせ、縫《ぬ》いつけ、そのとき稲妻《いなづま》を手に握《にぎ》ることもできる。バッグを殴《なぐ》りつければ、もし世界をたたく必要があるとき、そのために腕《うで》に何百ポンドの筋力を期待できるかわかるのだ。そこでは、ロボットの手を握りしめ、腕相撲《うでずもう》に怒《いか》りのかぎりを注いでみると、数字のついた図の上を、下から半分まで電球をつけることができるし、これでもし頂上の花火が火を吹《ふ》けば最高の激しさを証明することになるのだ。

アーケードでは、したがって、これこれのことをすれば、これこれのことが起こるのである。これまでにまだ知られていないある教会から出てくるようなもので、安らかに出てこれるのだ。

しかしいまは？　いまは？

魔女《まじょ》は動きはするものの、音を立てず、おそらくやがて、水晶《すいしょう》のような棺《かん》のなかで死んでしまうのだ。あちらでブラック氏が、ものうげな声で、全世界を、自分自身の世界すらも、ばかにして挑《いど》んでいるのをダグラスは見た。いつかは精巧《せいこう》な機械も、愛情のこもった手入れがなされないためにさびついて、ドタバタ喜劇の巡査《じゅんさ》たちは、半分は湖のなか、半分は外にいるところで、半分は機関車につかまり、半分はぶつけられたところで、じっと永久に動かなくなってしまうだろう。ライト兄弟は自分たちの飛行機をけっして離陸《りりく》させられないのだ……

「トム」と、ダグラスがいった。「図書館に座ってこのことを解決しなきゃ」

二人は通りを先へと歩いてゆき、なにも書かれていない白いカードは、彼らのあいだを行ったり来たりした。

彼らは図書館のなかで、シェードのついた緑の明かりに照らされて座り、それから外の石のライオンの彫刻の上に座って、顔をしかめ、その背中で足をぶらぶらさせていた。

「老人のブラックは、いつも彼女にむかって怒《いか》り声をあげ、殺すといって脅迫《きょうはく》しているんだ」

「一度も生きたことのないものを殺すわけにいかないよ、ダグ」

「ブラック氏は、彼女が生きているか、かつて生きていたか、なにかそのように魔女《まじょ》をあつかっているのさ。彼女にむかって金切り声をたてるものだから、たぶん彼女はとうとうまいってしまったんだ。あるいはもしかして、彼女はひとつもあきらめてはいなくて、気づかれない手段で生命の危険をぼくたちに知らせているのかもしれない。あぶりだしインクだよ。たぶんレモンの汁《しる》だ！　ぼくたちがアーケードにいるあいだにブラック氏が見るのを心配して、ここには彼に見られたくない伝言が書いてあるんだ。待っていなよ！　ぼくにマッチがあるから」

「なんでぼくたちに書いてよこすんだろうね、ダグ？」

「カードを持って。そら！」ダグラスはマッチを擦《す》り、カードの裏側に炎《ほのお》を走らせた。

「あっ、あつっ！　ぼくの指に書いてあるんじゃないんだから、ダグ、マッチをはなしてよ」

「ほら！」と、ダグラスが叫《さけ》んだ。するとそこに、螺旋《らせん》状のコルク抜《ぬ》きをおもわせるおどろくべき書家の筆になる、かすかな蜘蛛《くも》の巣のような走り書きが明るいところに黒く浮《う》きだしはじめた
……一語、二語、三……

「カードが、カードが燃えているよ！」

トムが大声で叫《さけ》んで、カードを落とした。

「踏《ふ》みつけるんだ！」

しかし、彼らが跳《と》びあがって、古いライオンの石の背骨に足をたたきつけたときには、カードは黒い見るかげもない姿になっていた。

「ダグ！　もうなにが書いてあったか絶対にわからないぞ！」

ダグラスはひらひらする暖かい灰を掌《てのひら》に持った。「いや、ぼくは見たよ。言葉を憶《おぼ》えているよ」

灰は、サラサラ音を立てて、彼の指のあいだに吹《ふ》きちった。

「憶えているだろ、このまえの春のあのチャーリー・チェイス・コメディーでさ、フランス人が溺《おぼ》れかかって、なにやらフランス語でチャーリー・チェイスが理解できないことを大声で叫びつづけていたの。secours, secours!（助ケテ、助ケテ！）そこで、だれかがチャーリーにその意味を教えてやると、彼はとびこんで、その男を助けたんだ。ところで、このカードに、ぼくはこの

目で、見たんだ。secours!（助ケテ！）って」

「なんでフランス語なんかで書くんだろう？」

「ブラック氏に知られたくないからじゃないか、ばか！」

「ダグ、カードをあぶったときに古い透《す》かし模様《もよう》が出てきただけで……」トムはダグラスの顔を見て、話すのをやめた。「わかったよ、おこった顔をしないでよ。『お人好し』とかなんとか書いてあったんだ。でもそのほかにも書いてあったけど……」

「マダム・タローって書いてあったんだ。トム、いまぼくはわかったぞ！　マダム・タローは実在の人で、ずっと昔に生きていて、運勢を占《うらな》っていたのさ。まえに一度彼女の写真を百科事典で見たことがあるよ。ヨーロッパじゅうから人びとが彼女に会いにやってきたんだ。さあ、もう自分でわからないか？　考えろよ、トム、考えるんだ！」

トムはライオンの背中に背をもたせて腰《こし》をおろし、通りの、アーケードの明かりがちらつく方角を見ていた。

「あれはまさか本物のタロー夫人じゃないだろう？」

「あのガラスの箱のなか、あの赤や青の絹とあの古い半分溶けた蠟《ろう》全部の下にいるんだよ、きっと！　たぶんずいぶん昔に、だれかが彼女を嫉妬《しっと》するか、憎《にく》むかして、上に蠟《ろう》を流して永久に閉じこめてしまい、彼女は悪者の手にわたって、何世紀もあとに最後にここ、イリノイ州グリーン・タウンにやってきたんだ――ヨーロッパの王冠《おうかん》をおもてにした硬貨《こうか》のかわりに、インディアンをおもてにした一セント銅貨を稼《かせ》いでいるのさ！」

「悪者？　ブラック氏はどう？」

「名前がブラック、シャツがブラック、ズボンがブラック、ネクタイがブラック。映画の悪者たちは黒いものを身につけているだろ」

「でも、どうして彼女は、去年も、一昨年《おととし》も、大声で叫《さけ》ばなかったのだろうね？」

「そんなことわかるものか。百年間も毎晩彼女はレモンの汁《しる》でトランプにお告げを書いてきているのに、だれもきまったお告げしか読まなくて、ぼくらみたいに、裏にマッチを走らせて、それこそほんとうのお告げを引き出そうとはおもわなかったのさ。ぼくが secours の意味を知っていたのは幸運だったよ」

「わかったよ、彼女は『助けて！』っていったんだ。で、どうなんだい？」

「ぼくたちは彼女を助けるのさ、もちろん」

「ブラック氏のすぐ目の前で彼女を盗《ぬす》みだすというのかい、え？　そしてぼくら自身が、次の一万年のあいだ、顔に蠟《ろう》を注がれて、ガラスの箱のなかの魔女《まじょ》になって終わりというわけね」

「トム、ここに図書館があるじゃないか。ブラック氏と戦うために、ぼくたちは呪文《じゅもん》と魔法《まほう》の薬で武装するんだ」

「ブラック氏をやっつける魔法の薬は一つだけだよ」と、トムがいった。「いつの晩も一セント玉を十分稼いだとなるが早いか、彼は——そうだ、まてよ」トムはポケットからいくらかの硬貨を引きだした。「これでうまくいくかもしれない。ダグ、行って本を読んでいてよ。ぼくは走ってひきかえし、ドタバタ喜劇のお巡《まわ》りさんを十五回観《み》てくる。ぼくはけっして飽《あ》きないんだ。兄さんがアーケードでぼくと落ちあうまでに、この古い魔法の薬がぼくたちのために効《き》きはじめているかもしれないよ」

「トム、自分のしようとしていることがわかっているんだろね」

「ダグ、この王女さまを救いだしたいのかい、救いだしたくないのかい？」

ダグラスは身を翻《ひるがえ》すと、勢いよく駆《か》けていった。

トムは、図書館のドアがドシンと閉まって、落ちつくのをながめた。それから、彼はライオンの背から、夜のなかへと跳《と》びおりた。図書館の段々では、タロット・カードの灰がひらひら舞《ま》い、吹《ふ》きとんでいった。

アーケードは暗かった。なかでは、ピンボールの機械が、巨大な洞穴《ほらあな》のなかのつまらぬ落書きのように、うす暗く、謎《なぞ》のようにならんでいた。のぞき眼鏡《めがね》では、テディ・ルーズベルトやライト兄弟が、かすかに口をゆがめて笑い、あるいはクランクをまわして木製のプロペラにエンジンをかけるところだ。魔女《まじょ》はケースのなかに座っていて、蠟《ろう》でできた目は大網膜《もうまく》をかぶったように閉じていた。すると、とつぜん、片方の目がきらめいた。懐中《かいちゅう》電灯の光が外でゆれて、埃《ほこり》まみれのアーケードの窓から射しこんだ。どっしりした人かげが、よろよろと錠《じょう》のおりたドアにもたれかかり、鍵《かぎ》が鍵穴をさぐりながら差しこまれた。ドアはバタンと開いて、開いたままになった。太い息づかいの音がした。

「なに、おれだよ、おまえ」と、ゆらゆらゆれながら、ブラック氏がいった。

外の通りでは、ダグラスが本に鼻をつっこみながらやってきて、トムが近くの戸口にかくれているのを見つけた。

「シーッ！」と、トムがいった。「効《き》いたよ。ドタバタ喜劇のフィルムを十五回さ。ぼくがあのお金全部を入れるのを聞くと、ブラック氏の目玉がとびだして、あの人は機械を開け、一セント玉を取りだし、ぼくを追いはらって、魔法《まほう》の薬を求めにむこうのもぐり酒場へと出かけていったんだ」

ダグラスがしのび足で近寄って、うす暗いアーケードをじっとのぞきこむと、そこに二匹のゴリラの姿が見えたが、一匹はぜんぜん動かずに蠟《ろう》でできた女主人公をわきにかかえ、もう片方は部屋のまんなかにびっくりしたようにつったって、かすかに左右にゆれていた。

「ほんとだ、トム」と、ダグラスはささやいた。「おまえは天才だよ。あいつは魔法の薬をしこたま入れたんだな」

「それをもう一度いってくれてもけっこうだよ。兄さんのほうはなにがわかったんだい？」

ダグラスは本をトントンとたたいて、低い声で話した。「マダム・タローは、ぼくがいったように、死と運命と金持ち連中の客間のたわごとについてなんでも語ったんだけど、一つだけまちがいをしたんだ。彼女はナポレオンの敗北と死を、なんと面とむかって予言したんだよ！　そこで……」

ダグラスの声は、彼がふたたび埃《ほこり》だらけの窓ごしに、水晶《すいしょう》のようなケースに静かに座っているあの冷ややかな超然《ちょうぜん》とした姿を見ているうちに、消えてしまった。

「secours（助ケテ）」と、ダグラスはつぶやいた。「老ナポレオンは、マダム・タソー蠟《ろう》人形館をちょっと呼びいれて、《タロットの魔女《まじょ》》を煮《に》えたぎる蠟のなかに生きたまま浸《つ》けさせ、そしていま……いま……」

「気をつけて、ダグ、ブラック氏が、ほらあのなかに！　棍棒《こんぼう》かなにか持っているよ！」

ほんとうだった。なかでは、ものすごく罵《ののし》りながら、ブラック氏の巨体がよろよろと歩いていた。彼の手のなかでは、魔女の顔から六インチの空間を、キャンプ用のナイフがたけり狂《くる》っていた。

「このひどい小屋全体で彼女がたった一つ人間らしいものだから、彼は彼女をいじめているんだ」と、トムがいった。「べつになにも危害を加えはしないよ。いまにもひっくりかえって、寝《ね》て忘れてしまうさ」

「とんでもない」と、ダグラスがいった。「彼女がぼくたちに知らせて、ぼくらが救けにくることを彼は知っているんだ。やましい秘密をぼくたちにあばかれたくないから、たぶん今夜に、彼女をきれいさっぱり壊《こわ》してしまうつもりなんだ」

「彼女がぼくたちに知らせたとどうしてわかるんだい？　ぼくらだって、ここからはなれてみるまでわからなかったんだから」

「彼女にいわせたんだ、機械に硬貨《こうか》を入れたんだ。あれは彼女が嘘《うそ》をつけないただ一つのことなんだよ、あのカード、あのタロットのしゃれこうべやら骨やらは。彼女はとにかくほんとうのことをいわないわけにはいかなくて、きっと、二人の小さな、それも子どもの大きさしかない騎士《きし》が描《えが》いてあるカードをわたしたんだよね。そいつはぼくたちが、手に棍棒《こんぼう》を持って、通りをやってくるところなんだ」

「最後の一回だぞ！」と、ブラック氏がなかの洞穴《ほらあな》で叫《さけ》んでいた。「おれは硬貨を入れるぞ。さあ最後の一回、ちくしょう、いってみろ！　このアーケードめはいったい金を稼《かせ》ぐつもりなのか、それともわしに破産を宣言させるというのか？　どの女どもも同じだな。男が飢《う》えているというのに、そんなところに座って、すましやがって！　カードをよこせ。ほいきた！　さあ、どれどれ」彼はカードを明かりにかざした。

「ああ、困ったぞ！」と、ダグラスが小声でいった。「用意」

「ちがう！」と、ブラック氏が叫んだ。「嘘つきめ！　嘘つきめ！　これを喰《くら》いやがれ！」彼は拳《こぶし》でケースをこなごなにたたき破った。ガラスはどっと降りそそぐ星明かりとなってはじけたかにおもわれ、暗闇《くらやみ》のなかに消えた。魔女《まじょ》は、外の大気にさらされ、つつましく落ちつきはらい、第二の打撃《だげき》を待ちうけて、裸《はだか》で座っていた。

「やめて！」ダグラスがドアからとびこんだ。「ブラックさん！」

「ダグ！」トムが叫《さけ》んだ。

ブラック氏は、トムの叫び声にぐるりとふりかえった。打ちかかるかのように、ナイフをやみくもに空中にふりあげた。ダグラスは凍《こお》りついたように動けなくなった。すると、目を見ひらき、瞼《まぶた》を一度ぱちくりさせて、ブラック氏は完全に一回転すると、背中を床にむけて倒《たお》れだし、一千年ともおもえる時間をかけてゆっくりとぶつかり、彼の右手からは懐中電灯《かいちゅう》が飛び、左手からはナイフが銀色の魚のように急ぎ逃《に》げだした。

トムはそろそろとなかに入り、闇《やみ》のなかに長々と伸《の》びた姿を見た。「ダグ、彼は死んだの？」

「いや、マダム・タロ－の予言にショックを受けただけさ。おや、やけどをしたみたいだよ。ぞっとしたんだ、カードはきっとぞっとするやつだったんだよ」

男は床に騒々《そうぞう》しく眠《ねむ》っていた。

ダグラスは散らばったタロット・カードを拾いあげ、慄《ふる》えながら、ポケットにしまった。「さあ、トム、おそくならないうちに彼女をここから運びだそう」

「彼女を誘拐《ゆうかい》するの？　兄さんは気が狂《くる》っているよ！」

「おまえはもっと悪い犯罪を幇助《ほうじょ》して有罪になりたいのか？　たとえば、殺人だったら？」

「なにいってるの、古い人形なんか殺せるものか！」

しかしダグラスは聞いてはいなかった。開いたケースのなかに彼はすでに手を伸《の》ばしていて、そしていま、まるで何年も待ちかねていたかのように、蠟《ろう》でできた《タロットの魔女《まじょ》》は、ザワザワとため息をつきながら、前かがみになって、ゆっくり、ゆっくり、彼の腕《うで》のなかに倒《たお》れてきたのだった。

町の大時計が九時四十五分をつげた。月は高く、空いっぱいに、暖かく冬のような光を満たしていた。歩道は、黒い影法師《かげぼうし》が歩む純銀の道だ。ダグラスはビロードと妖精《ようせい》の蠟とでできた人形を腕にかかえて歩き、立ちどまって、ゆれうごく樹々《きぎ》のもとに淵《ふち》をなしている暗がりに、ひとり、身をかくした。彼は耳をすまし、うしろをふりかえった。鼠《ねずみ》の走る音がする。トムがとつぜん角をまわって現れ、彼のそばに来てとまった。

「ダグ、ぼくはあとに残っていたんだ。気になったんだよ、ブラック氏がその……あれから元気になってきたんだ……毒づいて……どうしよう、ダグ、兄さんがもし彼の人形《ダミー》を持っているところをつかまえられたりしたら！　家《うち》の人たちはなんて思うだろうね？　盗《ぬす》みだよ！」

「静かに！」

月光を浴びている川のような背後の通りに彼らは聞き耳をたてた。「いいかい、トム、彼女を救出するのを手伝いにくるのはいいけれど、『人形《ダミー》』などといったり、大声で話したり、重荷みたいに引きずるのだったら断わるよ」

「手伝うったら！」トムは重さの半分を引きうけた。「おや、軽いよ！」

「あのとき彼女はほんとに若かったんだ、ナポレオンが……」ダグラスはいうのをやめた。「老人は重いのさ。それでわかるんだよ」

「でも、なぜ？　なぜ彼女のためにこんなにまで駆《か》けずりまわるのか教えてよ、ダグ？　なぜ？」

なぜ？　ダグラスは目をぱちくりさせて立ちどまった。ものごとはとても急速に過ぎてしまい、自分はとても遠くまで走って、血がとても激しくわきたったので、もう長いあいだなぜということは忘れてしまっていた。たったいま、黒い蝶《ちょう》のような影《かげ》が瞼《まぶた》にちらつき、埃《ほこり》まみれの蠟《ろう》のひどいにおいを手に、二人でふたたび歩道を歩んでいくときになって、彼になぜと考える余裕《よゆう》ができて、ゆっくりと、それを語りはじめたが、その声は、月明かりのように別の世界のものとおもえた。

「トム、二週間ほどまえに、ぼくは自分が生きているのを知った。いやあ、ぼくは踊《おど》りまわったものだ。それから、ほんの先週に映画を観《み》ているとき、ぼくは自分がいつか死ななければいけないことを知った。ほんとうに、それについてはまえに一度も考えていなかったんだ。するととつぜん、ＹＭＣＡが永久に閉められてしまうところだと知ったみたいに――あるいは学校が、これだってぼくたちが考えたがるほど悪くないのに、いつまでも閉じたままで、町のはずれの桃《もも》の木は全部がしなびてて、峡谷《きようこく》が埋《う》まってしまい、もう二度と遊ぶ場所もなく、ぼくは考えられるだけ長いあいだ病気で寝《ね》ついて、すべてが暗くなったみたいで、そこでぼくはおびえてしまった。で、ぼくにはわからないいんだけど、ぼくがしたいとおもっているのはこのこと――マダム・タローを助けることだ。ぼくは二、三週間か二、三カ月彼女をかくしておいて、そのあいだに図書館の黒魔術《まじゅつ》の本で、彼女の呪文《じゅもん》を解き、蠟《ろう》から出して、こんなことがあったあとでふたたび彼女が世界を走りまわれるようになる方法を調べるつもりだ。そうすると彼女はとても感謝してくれて、あの悪魔《あくま》や杯《さかずき》や剣《つるぎ》や骨やらを描《えが》いたカードをならべ、ある木曜日の午後に、どの汚水《おすい》だめの穴を注意して歩けとか、何時にはベッドに入ったままでいろとか教えてくれるだろう。ぼくは永遠に生きつづけるか、それに近いことになるだろう」

「まさか本気でそう思っているわけじゃないだろ」

「いや、本気か、本気に近いさ。さあ気をつけろよ、ここは峡谷《きょうこく》だ。ごみの山を通りぬけて降りよう、そして……」

トムは立ちどまった。ダグラスが彼を止めたのだ。少年たちはふりむかなかったが、背後にドスンドスンと棍棒《こんぼう》で殴《なぐ》りつけるような足音が聞こえ、一歩一歩がそれほど遠くない干あがった湖底で発射された散弾銃《さんだんじゅう》のようだった。だれか、叫《さけ》び、罵《ののし》っているものがいた。

「トム、おまえはあとを尾《つ》けられたぞ！」

二人が駆《か》けていると、巨大な手が彼らを引っつかんでほうりあげた。ブラック氏が右、左と殴りまくっている最中で、大声をあげ、草の上に転がった少年たちの目に、荒《あ》れ狂《くる》った男が、かみつくような歯と、大きく広がった唇《くちびる》から唾《つば》を空中に雨のように注いでいるのが見えた。彼は魔《ま》女《じょ》の首と片腕《かたうで》をつかんで持ち、ぎらぎらする目で少年たちを見おろしていた。

「これはおれのだぞ！　おれの好きなようにするんだ！　どういうつもりなんだ、彼女を連れていくというのは？　ありとあらゆる厄介《やっかい》をかけやがって――金、商売、なにもかもだ。こいつはおれがどうおもっているか見るがいい！」

「やめて！」と、ダグラスが叫《さけ》んだ。

しかし、大きな鉄の石弓のように、巨大な腕は人形を月にむかってさしあげ、星をめがけてうちふり、ぐるぐるまわして、呪《のろ》いの言葉、風のざわめきとともに、峡谷《きょうこく》の底へと宙に投げとばすと、人形はころがり落ち、がらくたの山になだれを引きおこして、白い塵《ちり》と灰のなかに埋《う》まった。

「やめて！」と、そこに座りこんで、下を見おろしながら、ダグラスはいった。「やめて！」

大男は丘の縁《へり》で倒《たお》れそうに前のめりになって、あえぎあえぎいった。「おれがおまえをあんな目にあわせなかっただけでも神さまにお礼をいうがいいぜ！」彼はふらつきながら立ちさってゆき、一度倒れて、立ちあがり、ひとりごとをいい、声をたてて笑い、罵《ののし》り、それから行ってしまった。

ダグラスは峡谷のふちに腰《こし》をおろして泣いた。長いあいだたって、彼は鼻をかんだ。彼はトムを見た。

「トム、もうおそいよ。パパがぼくたちを捜《さが》しに、外を歩いているかもしれないな。一時間まえに家に帰っていなきゃいけなかったんだ。ワシントン通りを駆《か》けて帰り、パパをつかまえて、ここに連れてこよう」

「あの峡谷《きょうこく》に降りるつもりじゃないんだろうね？」

「魔女《まじょ》はいまは市の財産さ。がらくたの山の上なんだし、どうなろうとだれも気にかけないよ。ブラック氏だって気にかけやしない。パパには来てもらう訳《わけ》を話すし、それにパパはぼくや彼女といっしょに家に帰るところを人に見られることもないよ。ぼくは魔女を裏から運ぶから、だれにもけっしてわかりゃしないさ」

「彼女はもう兄さんの役に立たないだろうに、機械がみんな破裂《はれつ》しているもの」

「彼女を外の雨のなかに野ざらしにしておけないよ。わからないかい、トム？」

「そりゃわかるさ」

トムはゆっくりと立ちさった。

ダグラスは丘を降り、燃え殻《がら》や古い紙屑《かみくず》や空き缶《かん》の山を歩いていった。半分降りたところで彼は立ちどまり、耳をすました。彼はいくつもの色をしたうす暗がりを、下の大きな地滑《すべ》りを、じっと見つめた。「マダム・タロー？」と、彼はほとんどささやくようにいった。「マダム・タロー？」

月明かりに照らされた丘の麓《ふもと》で、彼女の白い蠟《ろう》の手が動くのを見たように彼はおもった。一片の白い紙切れが風に吹《ふ》かれているのだった。しかし、とにかく彼はそのほうに歩いていった……

町の大時計が真夜中の十二時を打った。周囲の家々の明かりはおおかた消えてしまっている。

仕事場のガレージでは、いま二人の少年とおとなとが魔女《まじょ》からはなれ、魔女は、ふたたび調整されて安らぎ、油布をかけたトランプ用テーブルのまえの古ぼけた柳細工《やなぎざいく》の椅子《いす》に座って、テーブルには、蠟《ろう》の片手に触れられたタロット・カードが、法王、道化、枢機卿《すうききょう》、死、太陽、彗星《すいせい》のつくる幻想《げんそう》的な扇《おうぎ》の形に広げられていた。

お父さんが話していた。

「……どんなことかはわかるよ。わたしが少年のころ、サーカスが町から出ていくと、わたしは百万枚ものポスターを集めようとして駆《か》けまわったものだ。のちには、それが兎《うさぎ》の飼育や、魔術に変わったな。屋根裏部屋でいろいろ幻想《げんそう》を描《えが》くのだが、それを実現することはできなかった」

彼は魔女にむかってうなずいた。「ああ、三十年まえに、彼女が一度わたしの運命を占《うらな》ってくれたのを憶《おぼ》えているよ。それじゃ、彼女をすっかりきれいにして、それから寝《ね》なさい。彼女には土曜日に特別のケースを作ることにしよう」彼はガレージのドアから出ていったが、ダグラスの小さな声を耳にして立ちどまった。

「パパ、ありがとう。家まで送ってくれてありがとう。ありがとう」

「なにをぼそぼそいっているんだ」と、お父さんはいい、行ってしまった。

魔女と自分たちだけとりのこされた二人の少年は、お互《たが》いに顔を見合わせた。「どうだい、本通りをずいっとぼくら四人が行くのさ、兄さん、ぼく、パパ、魔女《まじょ》！　パパのような人は百万人に一人だね！」

「明日」と、ダグラスがいった。「ぼくは、十ドルで、ブラック氏から残りの機械を買ってこよう。そうしないとあの人は投げ捨ててしまうもの」

「そうさ」トムはそこの柳細工《やなぎざいく》の椅子《いす》のなかの老女を見た。「おや、彼女はほんとに生きているみたいだぞ。なかになにがあるんだろうね？」

「ちっちゃな小鳥の骨だね。マダム・タローが遺《のこ》したものの全部、ナポレオンのことがあって
――」

「ぜんぜん機械はないの？　彼女を切りひらいて、見たらどう？」

「それにはまだまだ時間があるよ、トム」

「いつだい？」

「そうだな、一年後、二年後、ぼくが十四歳《さい》か十五歳になったとき、そのときがそうする時機さ。いまのところは彼女がここにいるということ以外は知りたくもないね。それで明日から、ぼくは彼女を永久に逃《のが》れさせてあげるために呪文《じゅもん》の勉強をはじめるんだ。いつかある晩に、おまえは、見慣れない、美しいイタリア娘《むすめ》が夏服姿で繁華街《はんかがい》に現れて、東洋に行く切符《きっぷ》を求め、だれもが駅で、出てゆく汽車のなかで、彼女を見、そしてだれもがこれまでに見た最高の美女だといったという話を聞くだろう。おまえがその話を聞いたときにはね、トム――いいかい、この知らせは、彼女がどこから来て、どこへ行くのかだれも知らないのに、すぐに広まるから！――そのときは、ぼくが呪文《じゅもん》を使って、彼女を自由にしたことがおまえにわかるのさ。で、そのとき、ぼくが

いったように、いまから一年、二年後に、列車が出ていくその夜こそ、蠟《ろう》を切りひらいてもよいときなんだ。彼女が行ってしまうと、彼女の内部には小さな歯車や輪やがらくたのほかはなにも見つからないことになりそうだな。そんなわけなのさ」

ダグラスは魔女《まじょ》の手を取りあげ、生の舞踏《ぶとう》、白骨の死の浮《う》かれ騒《さわ》ぎ、日付と運命、宿命と愚行《ぐこう》を表すカードの上で動かして、軽くたたき、触《ふ》れ、彼女のすり減《へ》った指の爪《つめ》にカサカサ音を立てさせた。彼女の顔がなにか秘密の平衡《へいこう》を保つ働きによって傾《かたむ》き、少年たちを見、目は裸《はだか》電球の光を受けて、またたきもせずに、きらりと閃光《せんこう》を放った。

「運勢を占《うらな》ってやろうか、トム?」ダグラスが静かにきいた。

「そうしてよ」

一枚のカードが魔女のゆったりとした袖《そで》から落ちた。

「トム、見たかい? 一枚のカードが、かくされていて、いまそれを彼女はぼくたちに投げてよこしたのだ!」ダグラスはそのカードを明かりにかざした。「なにも書いてないよ。夜中じゅう化学薬品をいっぱいに詰《つ》めたマッチ箱に入れておこう。明日ぼくたちが箱をあけてみると、そこにお告げが書いてあるんだ!」

「なんて書いてあるだろうね?」

ダグラスは、その言葉がいっそうよく見えるように目を閉じた。

「こう書いてあるんだ。『あなたの卑《いや》しい僕《しもべ》であり、感謝している友人でもある、手相鑑定《かんてい》家、魂《たましい》の救済者《きゅうさいしゃ》、《運命の三女神》と《復讐《ふくしゅう》の三女神》の奥底《おくそこ》を究《きわ》める予言者、マダム・フロリスタン・マリアニ・タローよりお礼をいいます』」

トムは声をあげて笑い、兄の腕《うで》をゆさぶった。

「先をつづけてよ、ダグ。ほかはなんなの、ほかはなんなの？」

「そうだねえ……そしてこう書いてあるんだ。『ヘイ、ノニー、ノー！……踊《おど》って、歌って、いいじゃないか……死のお告げの鐘《かね》が鳴りゃ……つま先でまわって……そして歌えや、ヘイ、ノニー、ノー！』またこう書いてあるんだ。『トムおよびダグラス・スポールディング、なにごともおまえたちが望むものは、一生の間ずっと、得ることができるであろう……』それにね、おまえとぼくと、ぼくたちは永久に生きるんだって。トム、ぼくたちは永久に生きるのだって……」

「それがみんなこのたった一枚のカードに書いてあるの？」

「それがみんな、一つ一つ全部さ、トム」

電球の光のもとで彼らはかがみこみ、二人の少年の頭がたれ、魔女《まじょ》の頭がたれ、なにも書いてないが、さいさきのよい、その美しい白いカードを、じっと、じっと見つめて、彼らのきらきら輝《かがや》く目は、やがて淡《あわ》い忘却《ぼうきゃく》のなかから現れてくるであろう、深くに秘められた言葉の一語一語をすべて感じとっていた。

「ほら」と、トムがこれ以上考えられないような優しい声でいった。

そしてダグラスは晴ればれとしたささやき声でくりかえしたのだ。「ほら……」

かすかに、正午の燃えるような緑の樹々《きぎ》の下で、単調な声が流れた。

「……九、十、十一、十二……」

ダグラスはゆっくりと芝生《しばふ》を横切って歩いていった。「トム、なにを数えているんだい？」

「……十三、十四、黙《だま》ってて、十六、十七、蟬《せみ》だよ、十八、十九……！」

「蟬だって？」

「ちくしょう！」トムはぎゅっとすぼめていた目を開いた。「ちくしょう、ちくしょう、ちくしょう！」

「罵《ののし》ったりするところをひとに聞かせないほうがいいよ」

「ちくしょう、ちくしょう、ちくしょう、だ」と、トムは叫《さけ》んだ。「これではじめからやりなおしさ。十五秒ごとに蟬がブンブンいう回数を数えていたんだ」彼は自分の二ドルの腕《うで》時計をさしあげた。

「その回数を計って、それから三十九足すと、ちょうどそのときの温度がわかるのさ」彼は片目を閉じて時計を見、頭を傾《かし》げて、また小声でいった。「一、二、三……！」

ダグラスはゆっくり頭をまわして、耳をすました。骨のような灰色の焼けつく空のどこかで、大きな銅線がかき鳴らされ、ゆすぶられた。幾度《いくど》も幾度も、突《つ》き刺《さ》すような金属性の震動《しんどう》が、充《じゅう》電《でん》された生《なま》の電気が襲《おそ》うかのごとく、肝《きも》をつぶした樹々《きぎ》から、しびれるような衝撃《しょうげき》となって落ちてきた。

「七！」と、トムは数えた。「八」

ダグラスはゆっくりとポーチの段々を昇《のぼ》った。痛そうに、彼は目を凝《こ》らして広間をのぞきこんだ。しばらくそこにいたが、やがてゆっくりとポーチに出てきて、トムに弱々しく呼びかけた。

「正確にいって華氏《かし》八十七度さ」

――二十七、二十八――」

「おい、トム、聞いているのか？」

「聞いているよ――三十、三十一！　行っちまえ！　二、三、三十四！」

「もう数えるのはやめていいぞ、ちょうど家のなかのあの古い寒暖計では、八十七度でさらに昇っているところさ、スイッチョなんかの助けをかりなくてもな」

「蟬《せみ》だよ！　三十九、四十！　スイッチョじゃない！　四十二！」

「八十七度だぞ、おまえが知りたいとおもったのさ」

「四十五、それは内で、外じゃないよ！　四十九、五十、五十一！　五十二、五十三！　五十三プラス三十九は――九十二度だ！」

「だれがそういうんだい？」

「ぼくがいうんだよ！　華氏八十七度じゃないぞ！　スポールディング氏九十二度だい！」

「おまえとほかにだれがいっているんだい？」

トムは跳《と》びあがり、顔をまっかにして立ち、太陽をにらんだ。「ぼくと蟬《せみ》、それが答えさ！　ぼくと蟬がいっているんだよ！　兄さんは数で負けているんだぞ！　九十二度、九十二度、スポールディング氏九十二度さ、なんてったって！」

彼らは二人とも、火のような汗《あせ》を吹《ふ》いて死に瀕《ひん》している動きひとつない苦しみの町を、壊《こわ》れたカメラのようにシャッターを広くあけてじっと見つめる。晴れあがった無情の空を見ながら立っていた。

ダグラスが目を閉じてみると、二つのまぬけな太陽が、ピンク色の半透明《とうめい》の瞼《まぶた》の裏側に踊《おど》っているのが見えた。

「一……二……三……」

自分の唇《くちびる》が動くのをダグラスは感じた。

「……四……五……六……」

今度は、蟬はさらにいっそう速い声で鳴いていた。

正午から日没《にちぼつ》まで、真夜中から日の出まで、イリノイ州グリーン・タウンの二万六千三百四十九人の住民全部に、一人の人間、一匹の馬、一台の荷馬車が知られていた。

昼のさなかに、すぐにそれとわかる理由もなしに、子どもたちは立ちどまって、いうことだろう——

「ジョウナスさんがやってくる!」

「ネッドがやってくる!」

「荷馬車がやってくる!」

やや年老いた人びとは、北や南、東や西をじっと見て、ジョウナスという名の人間、ネッドという名の馬、大草原の潮をものともせずにつき進み、荒野《こうや》の岸辺に乗りあげようとしたあの大型幌《ほろ》馬車と同じ荷馬車などは、どこにも見えそうにないとおもうかもしれない。

それにしても、もし犬の耳を借りて、耳を高々と音に調子を合わせ、ピンと伸《の》ばしてみれば、何マイルも何マイルも町を横切って、ユダヤの失われた土地の律法博士、塔《とう》のなかの回教徒が歌っているような歌声が聞こえることだろう。いつでも、ジョウナスさんの声は行く先ざきにはっきりと透《とお》って聞こえ、人びとは半時間、一時間まえから彼《かれ》がやってくるのを準備して待っている。

そして彼の荷馬車が姿を見せるころには、パレードを見物するかのように、歩道の縁石にそって子どもたちがならんでいるのだ。
そこで荷馬車がやってくると、柿色《かきいろ》の蝙蝠傘《こうもりがさ》をさした高い板張りの座席には、優しい手に手綱《たづな》を水の流れのように握《にぎ》って、ジョウナスさんが座り、歌っているのだ。

「がらくた！　がらくた！
がらくたじゃないぞえ、旦那《だんな》さん！
がらくた！　がらくた！
がらくたじゃないぞえ！　奥《おく》さん！
骨董品《こっとうひん》に、煉瓦《れんが》のつぶて！
編み針、小間物《こまもの》！
くだらんもの！　めずらしいもの！
キャミソール！　カメオ！
だけど……がらくた！
がらくた！
がらくた……じゃないぞえ、旦那さん！」

ジョウナスさんが通りながら即興《そっきょう》的に歌っている歌を聞いたものならだれでもわかるように、

彼は世間並みの屑屋《くず》ではなかった。苔《こけ》のようなコーデュロイのぼろ服を着、頭にフェルトのキャップをかぶって、マニラ湾《わん》よりさらに昔にさかのぼる古い大統領選挙のさいの候補者の肖像《しょうぞう》入りボタンをいっぱいくっつけているところなどは、どこから見ても、たしかにふつうの屑屋であった。しかし、彼は次の点で変わっていたのだ——彼は日光を踏《ふ》んで歩いたばかりか、彼と彼の馬が月明かりの通りをすーっと通って、島々を、彼がこれまで知っている人びとの全部が住むブロックを、夜に何度となくまわっているのが、しばしば見うけられたのである。そしてあの荷馬車のなかには、彼があちこちで手に入れたものを、だれかそれを欲しいと思い、必要とするものが出てくるまで、彼は一日でも、一週間でも、一年間でも運んでいるのだ。そこで、人びとはただ、「わたしはあの時計が欲しい」とか、「そのマットレスはどう?」とかいいさえすればいい。すると、ジョウナスはそれを手わたして、金は受けとらず、また別の曲の文句《もんく》を考えながら、荷馬車に乗っていってしまうのだ。

そこで、往々にして、朝の三時のグリーン・タウンの町じゅうで、彼が活動しているただひとりの人間であり、しばしば頭痛を起こした人たちが、月明かりにかすかに光る馬といっしょに彼がゆっくりと通っていくのを見て、たまたま彼がアスピリンを持ってないものかととび出してきたりするのだが、彼はアスピリンをちゃんと持っているのだ。一度ならず彼は明け方の四時に赤ん坊《ぼう》を分娩《ぶんべん》させてやり、ただこのときだけ、彼の手と指の爪《つめ》がほんとに信じられないほど清潔であるのに人びとは気づいた——自分たちに推測もつかないどこかで、また別の人生を送ったことのある金持ちの手なのだ。ときには、彼が人びとをむりにでもダウンタウンで働かせることもあり、またときには、眠《ねむ》れない男たちがいると、ポーチに上がっていって、葉巻を持ちこみ、いっしょに座って、タバコを喫《す》い、夜明けまで話しこんだりした。

彼がだれであり、彼がなにものであろうと、またいかに変わっていて、気が狂《くる》っているように見えようとも、彼は狂ってはいなかった。自分でもよくおだやかに説明していたように、彼は何年もまえにシカゴで商売に飽《あ》きて、残りの人生を過ごす方法を求めてあたりを見まわしたのだった。教会は、その考え方はよくわかったけれども、彼には耐《た》えられず、そこで人に知識を説き、静かに注ぎこむ性向を持っていた彼は、馬と荷馬車を買いもとめ、残りの人生は、町の一方の部分が、他方の部分で捨てられたものをえり分ける機会を持てるように、その面倒《めんどう》をみることで過ごそうとのりだしたのだ。彼は自分自身のことを、市の区域内のさまざまな文化をお互《たが》いに利用できるようにする、理科でいう浸透《しんとう》のような、一種の作用だとみなしていた。彼が使い捨てに我《が》慢《まん》ならなかったのは、ある人にとってがらくたであるものが、別の人にとっては贅沢品《ぜいたくひん》であることを知っていたからである。

それゆえにおとなたち、またとりわけ子どもたちは、荷馬車によじ登って、うしろに積んだ莫《ばく》大《だい》な宝物の山をのぞきこむのだ。

「さあ、憶《おぼ》えておきなさいよ」と、ジョウナスさんはいう。「ほんとに欲しいものがあれば、好きなものを持っていってよろしい。それを試すには、自分にきいてごらんなさい。わたしはそれを心底から欲しいとおもっているのだろうか？　それなしでわたしは夜まで生きていられるだろうか？　もし日没《にちぼつ》までに死んでしまうとおもったら、そいつをひっつかんで駆《か》けだしなさい。たとえそれがなんであっても、わたしはそれをさしあげられてうれしくおもうでしょう」

そして子どもたちは、羊皮紙《ようひし》、錦《にしき》、壁紙《かべがみ》一巻き、大理石の灰皿、チョッキ、ローラー・スケート、たっぷり詰《つ》め物をしてふくれあがった椅子《いす》、小テーブル、クリスタルガラスのシャンデリアのたいへんな山を捜《さが》すのだ。しばらくは、サラサラ、ガラガラ、チリンチリンという音しか聞こえない。ジョウナスさんは、気持ちよさそうにパイプをふかしながら見まもり、子どもたちもまた彼が見ていることを知っていた。ときどき彼らの手がチェスや、一連のビーズや古い椅子に伸《の》び、それに手を触《ふ》れるちょうどそのときに見あげてみると、そこにジョウナスさんの目があって優しく問いかけていた。そこで彼らは手を引っこめて、さらに先を捜すのだ。そしてとうとう子どもたちはめいめいある一つの品物に手を置いて、手をそのまま放そうとしない。子どもたちのあげたその顔が、こんどはあまりに晴ればれしているものだから、ジョウナスさんはつい笑いだしてしまう。彼は子どもたちの顔の輝《かがや》きから自分の目を守るかのように片手をあげた。ちょっとのあいだ目を手でおおった。彼がこうすると、子どもたちはありがとうと叫《さけ》んで、ローラー・スケートや陶《とう》製タイルや雨傘《あまがさ》をつかんで、降り、駆けていった。

そしてすぐに子どもたちは、なにか自分のもの、もう飽《あ》きてしまった人形なりゲームなり、ガムから香料《こうりょう》がなくなるように、おもしろみの消えてしまったなにかしらを手にもどってくる。

こんどはそれが町のどこか別の部分に運ばれて、そこではじめて見られることで、生きかえり、またほかの人を生きかえらせる番なのだ。このようなやりとりの証拠《しょうこ》は、荷馬車のへりからおずおずとこぼれおちて、目には見えない富のなかに消え、そして荷馬車は、大きく茎《くき》の長いひまわりのような車輪に日光をちらつかせながらゴロゴロと進みつづけ、ジョウナスさんはまた歌うのだ……


「がくらた！　がらくた！

がらくたじゃないぞえ、旦那《だんな》さん！

がらくたじゃないぞえ、奥《おく》さん！」


そしてついに彼は見えなくなり、犬だけが、樹々《きぎ》の下に影《かげ》が淵《ふち》をつくるなかで、荒野《こうや》の律法博士の声を聞きつけ、尻尾《しっぽ》をぴくぴくと動かす……


「……がらくた……」

消えてゆく。

「……がらくた……」

ささやき声だ。

「……がらくた……」行ってしまった。
そして犬が眠《ねむ》りこける。

溶鉱炉《ようこうろ》の熱風をおもわせる風が、埃《ほこり》を呼びおこし、ふりまわし、暖かい薬味のように芝生《しばふ》にそっと置いているあいだ、歩道は一晩じゅう埃をまきあげるつむじ風におそわれていた。樹々《きぎ》は、この夜ふけの散歩者の足音にゆさぶられて、なだれのように降りそそぐ埃をふるいにかけた。夜半以降は、まるで町のむこうにある火山が灼熱《しゃくねつ》の灰をいたるところに降らして、眠《ねむ》れない夜警員やいらいらする犬たちをかたい外皮でおおってしまうかのようにおもえた。どの家々も、朝の三時には、屋根裏は黄色くなって、自然発火でけむっているようだった。

ついで、夜明けは、自然界の基本要素がさまざまに入れ変わる時間だった。空気は熱いわき水のように、音もなく、どこにも流れなかった。湖は、魚の棲《す》む谷間を深々とおおう、ひっそりと静まりかえった多量の蒸気で、その静かな水蒸気の下では、砂が焼かれつづけていた。タールは通りに流された甘草《かんぞう》のエキス、赤煉瓦《あかれんが》は真鍮《しんちゅう》と金、屋根には青銅が敷《し》かれていた。高圧線は稲妻《いなづま》を永久に固定したものとなって、きらめき、眠《ねむ》っていない家々を上からおびやかした。

蟬《せみ》がいっそう、ますます喧《やかま》しく鳴いた。

太陽は昇《のぼ》るのではなく、それは溢《あふ》れだした。

自分の部屋で、顔をつぶつぶの汗《あせ》でいっぱいにして、ダグラスはベッドの上で溶けていった。

「わあ」と、トムが入ってきながらいった。「さあ、ダグ。一日じゅう川で溺《おぼ》れてやろう」

ダグラスは息を吐《は》いた。ダグラスは息を吸った。汗《あせ》が頸《くび》すじをしたたった。

「ダグ、目をさましているの？」

ごくごくかすかに頭がうなずく。

「気分が悪いのかい？　え？　いやあ、この家は今日焼けおちるぞ」彼《かれ》はダグラスの額に手をあてた。あかあかと燃えるストーヴの蓋《ふた》にさわったみたいだ。びっくりして、彼は指をひっこめた。彼はまわれ右をすると、階下へ降りていった。

「ママ」と、彼はいった。「ダグがほんとに病気だよ」

母親は、冷蔵庫から卵を出しているところだったが、手を休め、心配の表情を一瞬《いっしゅん》さっと浮《う》かべると、卵をもどし、トムのあとについて二階に上がった。

ダグラスは指一本すら動かしていなかった。

蟬《せみ》はいま金《かな》切り声をたてて鳴いていた。

正午に、まるで太陽にあとから追いかけられていて、つかまれば地面にたたきつけられるとでもいった勢いでお医者さんがやってくると、すでに疲《つか》れた目をして、息を切らしながら、おもての玄関《げんかん》に車をとめ、鞄《かばん》をトムにわたしした。

一時にお医者さんは、頭をふりふり、家から出てきた。お医者さんが低い声で、わからない、わからない、と何度も何度もいっていて、トムとお母さんとは網戸《あみど》の内側に立っていた。お医者さんは頭にパナマ帽《ぼう》をのせると、日光が頭上の樹々《きぎ》に火ぶくれをつくり、しなびさせているのを見つめ、地獄《じごく》の外輪にとびこもうとする人のようにためらってから、ふたたび車にむかって走った。彼が行ってしまったあと、車の排気ガスが、脈うつように震《ふる》える空中に五分間大きな青い煙《えん》幕《まく》を残した。

トムは台所から氷割り用のキリを取り、一ポンドの氷をプリズム状のかけらにかいて、二階へ持っていった。お母さんはベッドに腰《こし》をかけ、部屋に聞こえる音といえば、蒸気を吸いこみ、火を吐《は》きだすダグラスの呼吸の音ばかりだった。彼らはハンカチにくるんだ氷を彼の顔やからだに置いてやった。カーテンをひいて、部屋を洞穴《ほらあな》のようにした。二時までそこに座って、さらにたくさんの氷を持ってきた。それからふたたびダグラスの額にさわってみると、一晩じゅう燃えていたランプのようだ。さわったあとでは、自分の指を見て、指の骨まで焼けていないのをたしかめないわけにいかない。

お母さんはなにかいおうとして口を開いたけれど、いまは蟬《せみ》がとても喧《やかま》しく、天井から埃《ほこり》をふり落とすほどであった。

からだのなかがまっかだ、なかは盲目《もうもく》の闇《やみ》だと感じながら、ダグラスは横になって、心臓のかすかなピストンの音、腕《うで》や脚《あし》のぬかるみのような血の満ち干に耳をすましていた。

唇《くちびる》は重く、動こうとしない。頭の働きも重く、砂時計の砂の粒《つぶ》が一つ、また一つとゆっくり落ちるように、かろうじてカチリと動くのである。かちっ。

鋼鉄のレールのきらきら輝《かがや》く曲がり角を市街電車がぐるっとまわると、くだける波のようなシューシューと音をたてる火花を放ち、騒々《そうぞう》しいベルが一万回も鳴って、ついには蟬《せみ》の鳴き声とまじりあった。トリデンさんが手をふった。市街電車は砲撃《ほうげき》をおもわせるばかりに猛然《もうぜん》と角をまわり、しだいにうすれて消えていった。トリデンさん！

カチッ。砂粒《つぶ》が落ちた。カチッ。

「ガッチャン、ガッチャン。ウゥー、ウゥウー！」

屋根の上で、ひとりの少年が動きまわり、見えない汽笛の紐《ひも》を引いていたが、それからじっと動かなくなって、石像と化してしまった。

「ジョン！　ジョン・ハフったら！　おまえなんか大嫌《きら》いだぞ、ジョン！　ジョン、ぼくたちは友だちだよ！　嫌いじゃないんだ、ちがうんだよ！」

ジョンは楡《にれ》の木の廊下《ろうか》を、果てしのない夏の井戸を落ちる者のように落ちてゆき、だんだん小さくなって見えなくなった。

かちっ。ジョン・ハフ。かちっ。砂の粒が落ちる。かちっ。ジョン……

ダグラスが頭をまわすと、頭が、白い、白い、おそろしく白い枕《まくら》にすさまじい音をたてて落ちる。《グリーン・マシン》に乗った婦人たちが、黒いあざらしの吼《ほ》えるような音のなかを、鳩《はと》のように白い手をあげて、帆《ほ》をいっぱいにふくらました船のごとく堂々と通っていった。彼女たちは芝生《しばふ》の深い海に沈《しず》んで、草が頭上に閉じるというのに、手ぶくろがあい変わらず彼にむかってふられている……

ミス・ファーン！　ミス・ロバータ！

かちっ……かちっ……

するとすぐそのとき通りのむこうの窓から、フリーリー大佐《たいさ》が時計のような顔をして身をのりだし、バッファローの埃《ほこり》が街路に舞《ま》いあがった。フリーリー大佐がパチッと音をたて、ガラガラ鳴って、あごがたれて口が開き、舌ではなくて時計の主ぜんまいがとびだし、空中にぶらさがった。彼は操り人形のように窓の下枠《わく》にくずれおち、片腕《かたうで》があい変わらずふられている……

アウフマンさんが、なにか明るいもの、なにか市街電車やあの緑の電気小型自動車のようなものに乗って通りすぎた。それは燦然《さんぜん》と輝《かがや》く雲をたなびかせ、太陽のように見るものの目をくらました。「アウフマンさん、それを発明したんですか？」と、彼は叫《さけ》んだ。「とうとう《幸福マシン》を作ったんですか？」

しかしそのとき、彼はこの機械に底がついてないのに気づいた。アウフマンさんは、このとてつもない骨組み全体を両肩《かた》で支えて、地面を走っていった。

「幸福だよ、ダグ、これが幸福だよ！」そして彼は、市街電車、ジョン・ハフ、鳩《はと》のように白い指をした婦人たちと同じ方向を指して走っていった。

頭上の屋根の上でトントンという音がする。トン、トン、ドスン。間《ま》。トン、トン、ドスン。釘《くぎ》と金槌《かなづち》。金槌と釘。歌っている鳥の群れ。そして一人の年老いた女が、弱々しいが達者な声で歌っている。

「然《しか》り、われらは河に集《つど》う……河に……河に……

然り、われらは河に集う……

神の御座《ぎょざ》のそばを流れて……」

「おばあちゃん！　大おばちゃん！」

トン、静かに、トン。トン、静かに、トン。

「……河に……河に……」

そしていま、それはただ鳥たちが小さな足を持ちあげ、また屋根に置く音にすぎなかった。ゴトゴト。カサカサ。ピーピー。そっと。そっと。

「……河に……」

ダグラスは一つ息を吸って、一度にそれを全部吐《は》くと、声をあげて泣いた。

お母さんが部屋に駆《か》けこんできたのも彼には聞こえなかった。

蟬《せみ》が一匹、紙巻きタバコの燃えている灰のように、感覚のない彼の手にとまって、ジュージューと音をたて、そして飛んでいった。

午後四時。蟬は舗道《ほどう》で死んでいた。犬は犬小屋で濡《ぬ》れたモップのよう。影《かげ》が樹々《きぎ》の下に群がる。

ダウンタウンでは商店が閉められ、鍵《かぎ》をおろされた。湖の岸に人かげは見えない。湖は、やや熱いけれど、心を静めてくれる水のなかに、何千人もの人びとが首まで浸《ひた》って、いっぱいになっている。

四時十五分。町の煉瓦《れんが》通りをがらくたを積んで荷馬車がゆき、乗っているジョウナスさんが歌っている。

トムは、火にあぶられたようなダグラスの顔の表情に家にいたたまれず、荷馬車がとまったときはゆっくりとクラブにむかって歩いていた。

「やあ、ジョウナスさん」

「こんにちは、トム」

トムとジョウナスさんとは通りにたった二人だけで、荷馬車のなかのあの美しいがらくたの全部を見ることもできたのに、二人ともそれを見ようとしなかった。すぐにはジョウナスさんはなにもいわなかった。彼はパイプに火をつけ、ふかし、なにか具合《ぐあい》が悪いらしいと、きくまえから自分で知っているかのように、頭を縦にふった。

「トムがかい？」と、彼はいった。

「兄さんなんです」と、トムがいった。「ダグなんです」

ジョウナスさんは家を見あげた。

「病気なんです」と、トムがいった。「死にかかっているんです！」

「おや、おや、そんなことはありえないぞ」と、ジョウナスさんはいい、この静かな日に、おぼろげながらも死をおもわせるようなものは一つも見あたるはずもない、まさしく現実の世界を顔をしかめて見まわした。

「死にかかっているんです」と、トムはいった。「それにお医者さんもどこが悪いかわからないんだ。熱だって、ただの熱だっていうんです。そんなことあるのかしら、ジョウナスさん？　熱で死ぬことがあるの、暗い部屋のなかにいても？」

「そうだな」と、ジョウナスさんはいって、言葉を切った。

トムは泣いていた。

「ぼくはいつも兄さんなんか大嫌《きら》いだとおもっていた……そうおもっていたんだよ……半分は喧《けん》嘩《か》だものね……ときどき……でもいま……いま。ねえ、ジョウナスさん、もし……」

「もし、なんだね、坊《ぼう》や？」

「もしおじさんがこの荷馬車のなかに役にたつようなものを持っていてくれたらいいのに。ぼくがもらって、二階に持っていって、兄さんをよくしてあげられるようなものをさ」

トムはまた泣いた。

ジョウナスさんは彼の赤い大型の絞《しぼ》り染めのハンカチを取りだし、それをトムに手わたした。トムはそのハンカチで鼻と目を拭《ふ》いた。

「いやな夏だったもの」と、トムがいった。「いろんなことがダグにあったからね」

「それを話しておくれ」と、屑《くず》屋さんはいった。

「あのね」と、まだ完全には泣きやまず、息をつこうとしてあえぎながら、トムはいった。「一つは、兄さんは一番いいおはじき石を失くしたんさ、ほんとに美しいやつだったのに。そのうえにだれかがキャッチャー・ミットを盗《ぬす》んじゃったんだよ、一ドル九十五セントもしたものを。それから、化石と貝殻《かいがら》のコレクションと、マカロニの箱のふたをためるとくれる粘土《ねんど》のターザンの像とをとりかえて、チャーリー・ウッドマンと下手な交換《こうかん》をしたものさ。ターザンの像は、もらって二日目に歩道に落としてしまった」

「それはひどい」と、屑屋さんはいい、セメントの上に散らばった破片の全部がありありと目に浮かんだ。

「それにお誕生日のお祝いに欲しかった奇術《きじゅつ》の本がもらえなくて、かわりにズボンとシャツをもらったのさ。それだけでもこの夏はすっかりだめになってしまうに十分だよ」

「親たちはときどきそのへんのことを忘れてしまうんだな」と、ジョウナスさんはいった。

「そうともさ」と、トムは低い声でつづけて、「それにダグが持っていたロンドン塔《とう》で使った本物の手錠《てじょう》が、一晩じゅう外に出しっぱなしにしたものだから、さびてしまったんだ。また一番悪いことに、ぼくが一インチ背が伸《の》びて、ほとんど兄さんに追いついてしまったんだ」

「それで全部かね?」と、屑《くず》屋さんは静かにきいた。

「ほかにいくつでも考えられるよ、同じくらい悪いか、もっと悪いのばかし。夏によっては、そんなふうに運がむかうことがあるんだ。ダグが学校に行かなくなってから、しみが兄さんの集めている漫画《まんが》本に、かびが新しいテニス靴《ぐつ》に入りこんだようなものさ」

「そんな年があったのをわしも憶《おぼ》えているよ」と、屑《くず》屋さんがいった。

彼が遠くの空に目をやると、過ぎさった年のすべてをそこに見るおもいがした。

「そう、そうなんだよ、ジョウナスさん。それなのさ。それが兄さんが死にかけている理由……」

トムはいうのをやめて、目をそらした。

「考えさせておくれ」と、ジョウナスさんがいった。

「助けられるの、ジョウナスさん？　ほんとにできるの？」

ジョウナスさんは大きな古い荷馬車のなかを奥《おく》までのぞきこんで、頭を横にふった。いま、陽の光に照らされて、彼の顔は疲《つか》れて見え、彼は汗《あせ》をかきはじめていた。それから彼は小山のように積んである花びん、はげかかったランプの傘《かさ》、大理石のニンフの像、緑色にさびかかっている銅製のサテュロス像をじっとのぞきこんだ。彼はため息をついた。彼はふりかえり、手綱《たづな》を取りあげて、静かにふった。「トム」と、馬の背中を見たまま、彼はいった。「またあとでな。工夫《くふう》しなきゃ。よく見まわしてみて、また来るのは夕食後になるな。そのときにしても、どうかな？　とりあえず……」彼は手を下に伸《の》ばして、日本の小さな風鈴《ふうりん》を一組取りあげた。「これをあの子の二階の窓に吊《つ》るしておやり。気持ちのよい涼《すず》しい音《ね》をたてるから！」

荷馬車がガラガラと行ってしまうあいだ、トムは風鈴《ふうりん》を手に立っていた。彼はそれをさしあげてみたが、風はなく、風鈴は動かなかった。それは音をたてるわけにはいかなかった。

七時。町は暑気が身を震《ふる》わせて何度も何度も西から来て通りすぎる巨大な暖炉《だんろ》に似ていた。木炭色の影《かげ》が、どの家からも、どの樹《き》からもおののきながら外にむかってのびた。赤毛の男が下を歩いている。暮れかかっているといっても、猛烈《もうれつ》な太陽に照らされた男を見ていると、トムの目には、松明《たいまつ》が誇《ほこ》らしげに進むのが見え、火を吐《は》く狐《きつね》が見え、悪魔《あくま》が自分の国を行進しているのが見えた。

七時三十分に、スポールディング夫人がすいかの皮をごみバケツにあけようとして家の裏口から出てきて、そこにジョウナスさんが立っているのを見た。

「あの子はどんなようすですか?」と、ジョウナスさんはきいた。

スポールディング夫人はしばらくそこに立ったまま、返事は彼女の唇《くちびる》の上で慄《ふる》えるばかりだった。

「どうか会わせていただけませんか?」と、ジョウナスさんはいった。

まだ彼女《かのじょ》はなにもいえないでいた。

「わたしはあの子をよく知っています」と、ジョウナスさん。「あの子が外に出てあたりで遊ぶようになって以来というもの、あの子の人生のほとんど毎日といっていいくらい会っていますよ。

荷馬車のなかにあの子にあげたいものがあるんです」

「あれは――」彼女は「意識不明なの」というつもりだったのだが、彼女はいった。「目をさましていないのよ。お医者さんに安静にしておくようにといわれてますの。ああ、いったいどこが悪いのかもわからないんだわ！」

「たとえあの子が『目をさましていない』としましても」と、ジョウナスさんはいった。「わたしはあの子と話したいのです。ときには眠《ねむ》りのなかで聞いたことのほうがいっそう大切なこともありますし、もっとよく聞こえ、なかまで入りこむんですよ」

「すみませんね、ジョウナスさん。わたしはただ危ないことはやれないんですよ」スポールディング夫人は網戸《あみど》の取っ手をつかみ、しっかりと握《にぎ》ってはなさなかった。

「ありがと。とにかく、立ちよってくださったことにお礼を申しますわ」

「いいえ、奥《おく》さま」と、ジョウナスさんはいった。

彼は動かなかった。彼は上の窓を見あげて立っていた。スポールディング夫人は家のなかに入って、網戸を閉めた。

二階では、ベッドで、ダグラスが息をした。

それは、鋭《するど》いナイフが鞘《さや》を出たり入ったり、出たり入ったりする音のようであった。

八時に、お医者さんがまたやってきて帰っていったが、頭をふりふり、上衣《うわぎ》を脱《ぬ》いでしまい、ネクタイをはずしたかっこうで、まるでこの日に三十ポンドも瘠《や》せたかのようだった。九時には、トムとお母さんとお父さんはズック張りの簡易寝台《しんだい》を外に持ちだして、もし風が出るものなら、上のひどい部屋よりも風当たりがいいことだろうと、庭のりんごの樹《き》の下にダグラスを降ろして眠《ねむ》らせた。三人は行ったり来たりしていたけれど、十一時になって彼らは三時に起きるように目ざまし時計を合わせ、氷嚢《ひょうのう》に詰《つ》めかえるためにさらに氷をかいた。

やがて家はついに暗く静かになって、彼らは眠った。

十二時三十五分に、ダグラスの目がたじろいだ。

月が昇《のぼ》りはじめていた。

そしてはるか遠くで、歌いだす声があった。

上がったり下がったりする高く悲しげな声だ。澄《す》んだ声で、よく調子が合っていた。言葉を聞きわけることができる。

月は湖の端《はし》のうえに昇り、イリノイ州グリーン・タウンを見おろし、家という家、樹という樹、単純な夢を見てぴくぴく動いている先史時代の記憶《きおく》をもつ犬という犬、これら町のすべてをながめ、そのすべてを照らしだしていた。

そして、月が高くなるにつれて、歌っている声はそれだけ近く、大きく、澄んで聞こえるようにおもえた。

そしてダグラスは、熱にうかされて寝《ね》がえりをうち、ため息をついた。

おそらく一時間して、月はその光のすべてを世界にこぼすほどの高さになったが、あるいは一時間もたたなかったかもしれない。しかし、声はいまやいっそう近く、ほんとうは煉瓦《れんが》通りを進む馬の蹄《ひづめ》がたてている、心臓の鼓動《こどう》のような音が、樹々《きぎ》の暑く生《お》い茂《しげ》る葉にくるまって、こもって聞こえた。

そして、ドアがゆっくりと開いたり閉じたり、きしんで、ときどき静かにキーキーいっているような、また別の音がしていた。荷馬車の音だ。

そして通りを、昇《のぼ》った月の明かりに照らされて、馬が荷馬車をひいてやってき、高い座席にくつろいでさりげなく座っているジョウナスさんの瘠《や》せたからだを乗せて運んでいた。彼は夏の太陽のもとに出ているかのようにあい変わらず帽子《ぼうし》をかぶり、ときどき両手を動かして、馬の背の上で水が流れるがごとく手綱《たづな》にさざ波を打たせた。ジョウナスさんの歌といっしょに、ひじょうにゆっくりと馬車は通りを進んでゆき、眠《ねむ》っていたダグラスがしばらく息を止めて聞きいったように見えた。

「空気、空気……だれがこの空気を買うのかな……水のような空気に氷のような空気……一度買えば二度買うよ……ここにあるのが四月の空気……ここにあるのが八月のそよ風……ここにあるのがアンチル列島(西インド諸島の列島)のパパイアの風……空気、空気、甘《あま》い漬《つ》けものにした空気……きれいで……貴重で……あらゆるところから集めて……びんに詰《つ》め、蓋《ふた》をかぶせ、タイムで香《かお》りをつけた、望みどおりの空気が十セント!」

この歌が終わったとき、荷馬車は歩道の縁石にそっととまっていた。そしてだれかが庭で、自分の影《かげ》を踏《ふ》み、猫《ねこ》の目のようにきらめく、甲虫《こうちゅう》の緑を思わせるびんを二本持って立っていた。ジョウナスさんはそこに置かれた簡易寝台《しんだい》を見て、一度、二度、三度、そっと、少年の名前を呼んだ。ジョウナスさんはこころをきめかねてぐらつき、持っているびんを見、やっと決心して、人目をはばかるように前に進むと、芝生《しばふ》に腰《こし》をおろして、夏の重圧に押しつぶされたこの少年を見た。

「ダグ」と、彼はいった。「きみはただ静かに横になっていればいい。なにもいわなくていいし、目をあけることもない。聞いているふりをするにもおよばないよ。でもきみがこころのなかではわたしのいうことを聞いているのはわかっているし、わたしは年寄りのジョウナス、きみの友だちだ。きみの友だちだ」と、彼はくりかえして、うなずいた。

彼は手を上に伸《の》ばしてりんごを一つ樹《き》からもぎとり、こねまわして、ひと口かじり、かんで、また話をつづけた。

「人によってはとても若いころから悲しい気持ちに沈《しず》んでしまうものなんだよ」と、彼はいった。「べつに特別の理由があるともおもえないのだけど、ほとんどそんなふうに生まれついたみたいなんだ。ひとよりも傷つきやすく、疲《つか》れがはやく、すぐ泣いて、いつまでも憶《おぼ》えていて、わたしがいうように、世界じゅうのだれよりも若くから悲しみを知ってしまうのさ。わたしにはわかるのだけど、そういうわたしがその人間の一人でね」

彼はまたりんごをひと口かじって、かんだ。

「ところで、いま、わたしたちはどこにいるのかな?」と、彼はきいた。

「八月の、そよ風ひとつ吹《ふ》くでもない、暑い晩だ」と、彼は自分で答えた。「死ぬほどに暑い。また長い夏だったし、あまりにも多くのことが起きた、そうだろうが? あまりに多かった。それにそろそろ一時になるところだが風や雨の気配はない。で、もうすぐにわたしは立ちあがってゆくところだ。しかしわたしは行くときに、このことははっきりと憶《おぼ》えていてほしいが、わたしはこの二つのびんをここのきみのベッドの上に残しておくつもりだ。そしてわたしが行ってしまったら、きみはしばらく待って、それからゆっくりと目を開いて、起きあがり、手を伸《の》ばして、これらのびんの中身を飲んでもらいたいのだ。口でじゃないぞ、いいかい。鼻で飲むんだ。びんを傾《かたむ》けて、コルクを抜《ぬ》いて、なかに入っているものを頭にまっすぐ注ぎこむのだよ。もちろん、はじめにラベルを読みなさい。でもここは、わたしが読んであげよう」

彼は一つのびんを上にあげて明るいところに持っていった。

「『**夢を見るための緑の黄昏《たそがれ》印《じるし》、純粋な北方の空気**』」と、彼は読みあげた。「『一九〇〇年の春に白い北極地方で得て、一九一〇年四月にハドソン河流域の奥地《おくち》の風を混ぜられ、またアイオワ州グリネル近くの牧草地で、湖や小川や自然の泉から立ちのぼる涼《すず》しい空気が採《と》られた際、日暮れの空に光って見えた埃《ほこり》の微粒子《びりゅうし》を含《ふく》んでいる』」

「今度は小さな活字だ」と、彼はいった。彼は目を細めて見た。「『また、メントール、ライム、パパイア、すいか、そのほか水の香《かお》りのする、涼《すず》しい風味のあるあらゆる果物《くだもの》と、樟脳《しょうのう》のような木、ひめこうじのような香料《こうりょう》植物からの蒸気の微分子《びぶんし》、またデス・プレインズ河そのものから立ちのぼる風のほのかな香りを含《ふく》む。きわめてさわやかで涼しいことは保証する。熱が華氏《かし》九十度を越《こ》えた夏の宵《よい》に服用のこと』」

彼はもう一つのびんを取りあげた。

「これも同じものだけど、ただアラン諸島の風と、塩気をのせたダブリン湾沖《わんおき》の風に、アイスランドの海岸のフランネルのような霧《きり》の細長い小片を一つ集めてあるんだ」

彼は二つのびんをベッドの上に置いた。

「使用上の指示を最後にもう一つ」彼は簡易寝台《しんだい》のわきに立ち、かがみこんで、静かに話した。「これを飲んでいるときには、このことを憶《おも》いだしなさい——それをびんに詰《つ》めたのは友だちだということ。S・J・ジョウナスびん詰《づ》め会社、イリノイ州グリーン・タウン——一九二八年八月。この年の仕込みは優秀なのさ、坊《ぼう》や……この年のは特別にいいんだよ」

一瞬《いっしゅん》ののち、月明かりのなかで手綱《たづな》が馬の背中をピシャリピシャリ打つ音、通りを過ぎさり、消えてゆく荷馬車のガラガラいう音がした。

その一瞬後、ダグラスの目がぴくぴく動き、きわめてゆっくりと、開いた。

「おかあさん！」と、トムが小声でいった。「パパ！　ダグだよ、ダグなんだよ！　兄さんは良くなりかかっているんだ。いまようすを見に降りていってみると——さあ早く！」

トムは家から外に駆《か》けだした。両親があとにつづいた。

みんなが近づいてきたとき、ダグは眠《ねむ》っていた。トムは両親に身ぶりで合図し、やたらとにこにこした。彼らは簡易寝台《しんだい》の上にかがみこんだ。

三人がそこにかがみこんで見ていると、一つだけ息が吐《は》かれては、とまり、一つだけ息が吐かれては、とまり。

ダグラスの口はわずかに開いて、彼の唇《くちびる》から、また彼の鼻の穴の細い通気孔《こう》から、そっと、涼《すず》しい夜、涼しい水、涼しい白い雪、涼しい緑色の苔《こけ》、また静かな川底に銀色に輝《かがや》く小石の上に射す涼しい月の光、白い小さな石の井戸の底に沈《しず》む涼しい透明《とうめい》な水のにおいが立ちのぼってきた。

それはあたかも、涼しそうに空中にわきあがり、彼らの顔を洗う、りんごのにおう泉の脈動する生気に、彼らの頭がひきつけられ、しばらく下をむいているかのようだった。

彼らは長いあいだ身動きができないでいた。

翌朝は毛虫がすっかり見えなくなった朝だった。

緑の木の葉や、慄《ふる》える草の葉にむかって転がるように進んでいた、黒や褐色《かっしょく》のちっちゃな毛皮の束ではちきれんばかりだった世界が、とつじょとしてからっぽになった。音ともいえない音、自分たち自身の宇宙を踏《ふ》みつけるように歩きまわっていた毛虫の何十億の足音が、絶えてしまった。トムは、その足音を聞くことができると自分でもいい、それはたしかにかけがえのないものだったのに、たった一羽の鳥の口いっぱい分の毛虫も身動きすらしなくなってしまった町を、驚異《きょうい》の念をもって見た。また、蟬《せみ》も鳴かなくなってしまっていた。

それから、静まりかえったなかで、大きなため息をつくようなざわめきがはじまって、そこで彼《かれ》らは毛虫がいなくなったこと、とつぜん蟬が黙《だま》ってしまったことの理由を知った。

夏の雨だ。

雨は軽やかに降りはじめ、ちょっとさわってみるというふうだった。がしだいに勢いをまして、激しく降ってきた。大きなピアノを弾《ひ》くように、歩道や屋根に当たって音をたてた。

そして二階では、ダグラスが、ふたたび家のなかにもどって、雪のようなからだをベッドに横たえていたが、頭をまわし、目をあけて新たに降りはじめた空を見、そろり、そろりと、黄色い五セントのメモ帳と黄色いタイコンデロガ鉛筆《えんぴつ》のほうに指をぴくつかせながら手を伸《の》ばした……。

到着《とうちゃく》にともなって大騒《さわ》ぎがもちあがっていた。どこかでラッパがわめいていた。どこかで午後のお茶に集まる下宿人や近所の人たちが部屋に溢《あふ》れていた。伯母《おば》がひとりやってきたのだが、名前をローズといって、その肉声のクラリオンの響《ひび》きは他を圧《あつ》してはっきり聞こえたし、まさしく名前そのままに、温室咲《ざ》きの薔薇《ばら》のように温かく、大柄《おおがら》で、座ればいかなる部屋でもいっぱいに占めてしまうさまが想像されよう。しかしいま、ダグラスにとっては、その声、この混乱ぶりは、どうでもよかった。いま彼は自分の家からやってきて、おばあちゃんの台所のドアの外に立っていたが、ちょうどおばあちゃんは、客間での子どもたちのつまらぬ口論にごめんこうむって、自分の領分にさっと入りこんで夕食をつくりはじめていた。彼女《かのじょ》はダグラスがそこに立っているのを見て、網戸《あみど》をあけてやり、彼《かれ》の額に接吻《せっぷん》して、目の上にかかった色のうすい彼の髪《かみ》をうしろにかきわけ、まっすぐ彼《かれ》の目をのぞきこんで熱がすでに灰になって落ちてしまったかどうかを調べ、そのとおりだとわかると、歌をうたいながら、また、仕事にかかった。

おばあちゃん、とダグラスはこれまでもしばしばきいてみたかった。ここが世界のはじまる場所なの？　なぜなら、世界はこのような場所ではじまるしかないものときまっているからだ。台所は、疑う余地もなく、創造の中心で、すべてのものはこの周囲《まわり》をまわっていた。それは神殿《しんでん》を支える切妻壁《ペジメント》なのだ。

目を閉じて鼻をくんくんさせ、深々とにおいを嗅《か》いだ。地獄《じごく》の業火《ごうか》のような蒸気と、突風《とっぷう》をともなうベーキング・パウダーのにわか雪のなかを動きまわった。この不思議《ふしぎ》な地帯こそ、目にインド諸島の人びとのような表情をたたえ、胴着《どうぎ》には二羽のかたくしまった暖かいめんどりの肉を包んだおばあちゃん、千本の手を持ったおばあちゃんが、ふりまぜ、肉にたれをかけ、泡《あわ》だたせ、かきまぜ、こま切れにし、賽《さい》の目に切り、皮をむき、包み、塩を使い、かきまわしする場所なのだ。

目が見えないまま、彼は手さぐりで台所の隣《となり》の食料貯蔵室のドアにむかった。かん高い笑い声が客間に響《ひび》きわたり、ティーカップがチリンチリンと鳴るのが聞こえた。しかし彼は、つりさげられ、ぶらさがっている、クリームのようなバナナのにおいが、音もなく熟れて、彼の頭にぶつかる、涼《すず》しい水中の緑と野生の柿《かき》の国へと進んでいった。蚋《ぶよ》が酢《す》の食卓用小びんと彼の頭のまわりで腹立たしそうにシューーシューー音をたてた。

彼は目をあけた。パンが暖かい夏の雲のうすい一片へと切られるのを待ち、ドーナツが、なにか食べられる玩具《がんぐ》からとってきた、道化師の使う輪まわしの輪のように散らばっているのが見えた。ほおのなかで蛇口《じゃぐち》が開いたり閉じたりした。プラムの陰《かげ》になった家のこちら側では、暑い風に吹《ふ》かれた楓《かえで》の葉が、窓ぎわでたえず小川の水の流れるような音をたて、彼は薬味入れに書かれた名前を読んだ。

ジョウナスさんがしてくれたことにたいして、どうお礼をしたらいいのだろう、と彼はおもう。

どうお礼をしたらいいのだろう、どうしてお返ししたらいいのだろう？　お礼のしようがない、まったくない。とにかくお返しのしようがないのだ。ではどうすればいい？　どうすれば？　どうにかして次の人にまわすのだ、と彼はおもった。だれかほかの人にしてあげるのだ。その鎖《くさり》が絶えないようにするのだ。見まわして、だれかを見つけて、そして次の人にまわす。それがただ一つの方法なのだ……

「粉唐辛子《こなとうがらし》、マヨラナ、肉桂《にっけい》」

香料《こうりょう》の嵐《あらし》が花と咲《さ》き、埃《ほこり》となって消えた、失われた伝説の都市の名前たち。

彼は丁子《ちょうじ》をとってほうりあげてみた。かつては人びとが、つるつると白い子どもたちのお手玉用の小石を甘草《かんぞう》のにおう手でまき散らしていた、ある暗黒の大陸からこれはやってきたものだ。

そして広口びんにたった一つだけ貼《は》ってあるラベルを見ていると、自分がカレンダーをぐるりさかのぼって、この夏に、彼が回転する世界を見て、自分がその中心にいることを発見した、あの自分だけの秘密の日にもどった感じがした。

広口びんには**風味**と書いてあった。

そして彼は、自分が生きる決心をしたことを喜んだ。

風味！　白い蓋《ふた》をした広口びんに押《お》しつぶされて甘《あま》い、細く刻んだ漬《つ》け物の名前としては、なんと特別の名前ではないか。この名前をつけた人は、きっとたいへんな人だったにちがいない。どなり、あたりをどしんどしんと踏《ふ》みちらして、世界の喜びの種を踏みつけて、この広口びんに詰《つ》めこみ、大きな文字で書いて、叫《さけ》んだにちがいないのだ。風味《レリッシュ》！　なぜなら、この響《ひび》きそのものが、芳《かんば》しい野原で、口に草のあご鬚《ひげ》を生やした、騒《さわ》ぎたてる栗毛《くりげ》の馬といっしょに転げまわり、頭を水桶《おけ》の水の幾尋《いくひろ》もの深みにつっこんで、そこで海が洞穴《ほらあな》を流れるように頭のなかをどっと通ることを意味したのだ。風味《レリッシュ》！

彼は手をさしだした。そしてここにあるのは――紫蘇《しそ》。

「おばあちゃんは今晩の夕食になにを料理しているのかしら？」と、ローズ伯母《おば》さんの声が、客間の午後の現実の世界から聞こえてきた。

「おばあちゃんの料理するものはだれにもわからんさ」と、この大柄《おおがら》な花の世話をするためにはやばやと勤めから家にもどっていたおじいさんがいった。「食卓につくまではな。いつも神秘があり、いつもサスペンスがあるんじゃ」

「おやおや、わたしはいつも自分の食べるものがわかっているほうがいいですわ」と、ローズ伯母さんが大声でいって、笑った。食堂のシャンデリアのきらきらするガラスが、痛そうに鳴った。

ダグラスは食料貯蔵室の暗闇《くらやみ》のさらに奥《おく》深くへ進んでいった。

「《紫蘇》……こいつは素敵な言葉だ。そして《目箒《めぼうき》》に《蒟醬《きんま》》。《唐辛子《とうがらし》》。《カレー》。みんなすばらしい。でも、なんといっても《風味《Relish》》、大文字のRでかかれた《風味》だ。議論するまでもない、これが最高だ」

蒸気のベールをたなびかせて、集まった一同が黙《だま》って待つあいだ、おばあちゃんは蓋《ふた》をしてある料理を持って台所から食卓に来ては、行き、またやってきた。蓋をとってかくれている食物をのぞきこむものはだれもいない。とうとうおばあちゃんが腰《こし》をおろし、おばあちゃんが食事の前の感謝のお祈《いの》りをすると、たちまち食卓の銀器が蝗《いなご》の大群のように空中に舞《ま》いあがった。

みんなの口が不思議《ふしぎ》な物をそれこそいっぱいにほおばると、おばあさんは椅子《いす》に背をもたせて、いった。「さあ、どうだね？」

すると、うまいうまいとばかりに、このとき歯がモルタルでくっついたようになっているローズ伯母《おば》さんをふくむ親類の者と下宿人たちは、おそろしい窮地《きゅうち》に立つことになる。口を開けて魔《ま》法《ほう》をさましてしまうか、この蜂蜜《はちみつ》のように甘美《かんび》な神々の食物が、このまま口のなかで溶けて、天国へと消えてなくなるにまかせるか？　この残酷《ざんこく》な板ばさみに、みんなはあたかも、声をたてて笑うか、あるいは泣き叫《さけ》ぶかもしれないような表情を見せる。あたかも、火事や地震《じしん》が起ころうと、通りで銃《じゅう》が発射されようと、無邪気《むじゃき》な子どもたちの大虐殺《ぎゃくさつ》が庭でおこなわれようといっこう動ぜず、不死の香気《かき》と不死の約束に圧倒《あっとう》されて、その場にいつまでも座りつづけかねないようだ。すべての悪人が、柔《やわ》らかい葉っぱ、こうばしいセロリと、美味な根を口にしているこの瞬《しゅん》間《かん》には、無垢《むく》な人間になる。目は、フリカッセ（細切れ肉のシチュー）、サルマグンディ（サラダの一種）、オクラ入りスープ、新しく考えだされた豆料理、チャウダー、ラグーなどの置かれた雪の野原を飛ぶように走った。聞こえる音といえば、台所から聞こえるグツグツと煮《に》える太古からの音、フォークが皿に当たって時間のかわりに秒をつげる、時計のチャイムに似た音だけだった。

それから、ローズ伯母《おば》さんは一つ深々と息を吸って、彼女の不屈《ふくつ》のピンク色の生気と健康と力とを自分に集めて、フォークを空中に構えて、そこに串刺《くしざ》しになっている秘密を見つめながら、あまりにも大きすぎる声で話した。

「ほんとに、すてきな食事でけっこうなことだわ。でも、わたしたちがいま食べているこれは、いったいなんなんでしょうね?」

レモネードはひんやり冷たいグラスのなかでチリンチリンと鳴るのをやめた。フォークは空中に輝《かがや》くのをよして、食卓《しょくたく》に置かれた。

ダグラスは、撃《う》たれた鹿《しか》が倒《たお》れて死ぬ前にハンターを見つめる、あの一瞥《いちべつ》をローズ伯母さんに投げかけた。感情を害したおどろきの表情が、ずっとならんでいるだれの顔にも現れた。食べ物がおのずから語っているじゃありませんか? それ自身が哲学《てつがく》で、自分自身の疑問を自分でたずね、自分で答えているんです。あなたの血とからだが、この儀式《ぎしき》とめずらしい芳香《ほうこう》の機会で満足しているならば、それで十分でありませんか?

「ほんとに」と、ローズ伯母さんがいった。「だれもわたしの質問が聞こえなかったようですわね」

とうとうおばあちゃんは唇《くちびる》をすこし開いて、答えを口から出してやった。

「わたしはこれをうちの《木曜特別料理》といっているがね。いつもきまった日に食べるのさ」

これは嘘《うそ》だった。

長年ずっと、どの料理として同じようなものはなかったのだ。これは深い緑の海から採《と》ったものだろうか？　あれは青い夏の大空から撃《う》ちおとしたものだろうか？　泳いでいた食物なのか、飛んでいた食物なのか、血をからだに送っていたものか、それとも葉緑素をか、日没《にちぼつ》後は、歩いていたのか、もたれて休んでいたのか？　だれも知らなかった。だれもきかなかった。だれも気にしなかった。

せいぜい人びとのしたことといえば、台所のドアのところに立って、ベーキング・パウダーが破裂《はれつ》してぱっと飛びちるのを見つめ、ガチャン、ガタガタ、バタンと、おばあちゃんがまるで目がよく見えないみたいにあたりをにらみまわし、缶《かん》やボールのあいだをぬって指を動かしている狂《くる》った工場のような音を楽しんだくらいだった。

彼女は自分の才能に気づいていたのだろうか？　ほとんど気づいてはいなかった。自分の料理のことをたずねられたら、なにか輝かしい本能に送りだされて、小麦粉を手ぶくろがわりにまぶし、あるいは内臓を取りのぞいた七面鳥を、動物の魂《たましい》を求めて手首の深さまでさぐる旅に出た、自分の手をあらためて見おろすことだろう。眼鏡《めがね》が、四十年来の天火からの強い風に反《そ》ってしまい、胡椒《こしょう》やセージをまきちらすために見えなくなってしまって、彼女の灰色の目はしょぼしょぼするばかりだ。そこで彼女は、ときどきコーンスターチをステーキに、おどろくほど柔《やわ》らかく、汁《しる》のしたたるステーキにふりかけてしまうのだ！　またときには杏子《あんず》をミート・ローフに落とし、肉、香料《こうりょう》植物、果物《くだもの》、野菜を、なんの偏見《へんけん》もなく、きまった調理法や料理法はいっさい認めないで、互《たが》いに他花受粉をおこなわせるのだが、ただいよいよ出来あがりというときには、それに応《こた》えて口からよだれが出、血がドキドキうつのである。したがって彼女の手は、彼女のまえの大おばちゃんの手と似て、おばあちゃんの神秘であり、喜びであり、生命だった。彼女はおどろいて自分の手を見るけれども、彼女は自分の手に、それがどうしてもせねばすまないような生き方をさせていたのである。

しかしいま、果てしなく長い年月で初めて、ここに一人の成りあがり者、疑問をはさむ者、ほとんど実験室の科学者といってよい者が、沈黙《ちんもく》が徳であるかもしれないのに大声で話しているのだ。

「そうでしょう、そうでしょうが、この《木曜特別料理》にはなにをいったい入れたのでしょうね？」

「そうねえ」と、おばあちゃんは逃《に》げるようにいった。「あなたにはなんの味がするかねえ？」

ローズ伯母《おば》さんはフォークにひと口分を取って、においをくんくんと嗅《か》いだ。

「牛肉、それとも仔《こ》羊の肉かしら？　生薑《しょうが》、それとも肉桂《にっけい》？　ハム・ソース？　苔桃《こけもも》？　ビスケットがいくらか入っているかしら？　浅葱《あさつき》？　アーモンド？」

「ほんとに、そのとおりですよ」と、おばあちゃんはいった。「おかわりはどう、みなさん？」

たいへんな騒《さわ》ぎがつづいて起こり、皿がぶつかる、腕《うで》がどっと集まる、冒瀆《ぼうとく》的な詮索《せんさく》は永久に葬《ほうむ》ってしまおうと期待する声が殺到《さっとう》する、そしてダグラスはほかのだれよりも大声で話し、活発にからだを動かした。しかし、彼らの顔には、自分たちの世界がぐらつき、自分たちの幸福が危ういことの心配が見てとれた。なぜなら彼らは、夕食をつげる最初の鐘《かね》が廊下《ろうか》にカーンと一度鳴っただけで、仕事なり遊びなりをやめてとんでくる一家の、特権ある一員だったのである。彼らが食堂に着くところは、何年も何年ものあいだおこなわれてきた狂《くる》ったような椅子《いす》取り遊びで、まるで最近独房監禁《どくぼうかんきん》のために飢《う》え死にしそうなおもいをしていたものが、待ちかねていた呼びだしとともに、一団となって肘《ひじ》をぴくつかせて階下に降り、食卓《しょくたく》にあふれたかのように、彼らはナプキンをパタパタと白くうちふって広げ、ナイフとフォークをとりあげるのだった。いま彼らはいらいらと喧《やかま》しく叫《さけ》び、見えすいた冗談をいい、ローズ伯母さんが、豊かな胸のなかに、カチカチと着実に自分たちの破滅《はめつ》にむかって時を刻む時限爆弾《じげんばくだん》をかくしているかのごとく、彼女をちらりちらりとにらみつけた。

ローズ伯母さんは、黙《だま》っているのがまさしく身のためだと感じて、皿にあるものがなんであろうとかまわず、三回のおかわりに一心不乱《いっしんふらん》になり、それから二階に上がってコルセットの紐《ひも》を解いた。

「おばあちゃん」と、ローズ伯母さんが、また階下に降りてきていった。「まあ、なんという台所をお持ちなんでしょうね。ほんとうにごたごたですよ、あなた、認めないわけにはいかないでしょ。びんやお皿や箱がそこらじゅうに散らばって、ほとんど全部が全部ラベルがはがれているんですもの、いまなにを使っているものかわかったものですか。わたしがここにいるあいだに、物を整頓《せいとん》するお手伝いをさせてくださらないと、わたしは悪いことをしているみたいですよ。ひとつ、袖《そで》をまくりあげさせてくださいよ」

「いいえ、けっこうですよ」と、おばあちゃんはいった。

ダグラスは書斎《しょさい》の壁越《かべご》しに二人の会話を聞き、心臓がどきどきうった。

「ここはまるで蒸し風呂《ぶろ》ですよ」と、ローズ伯母《おば》さんがいった。「窓をいくつかあけて、手もとがよく見えるようにその日除《ひよ》けを巻きあげましょうよ」

「明るいと目が痛むのだよ」と、おばあちゃんがいった。

「箒《ほうき》がありますわ。お皿を洗って、きちんと積みかさねておきましょう。わたしはお手伝いしなきゃ。さあ、なにもいわないで」

「あっちへ行ってお座りなさい」と、おばあちゃんがいった。

「なんですか、おばあちゃん。おばあちゃんがお料理をするのにどんなに役立つか考えてごらんなさいな。そりゃ、おばあちゃんは料理がすばらしくお上手だけど、こんな混乱で――まったくの混乱だわ――それでもこれだけお上手なのだから、それなら、いったん物を手にとりやすいところに置くようにしたら、どんなにすばしくなることか考えてごらんなさいな」

「そんなこと考えてもみなかったわね……」と、おばあちゃんがいった。

「じゃ、考えてごらんなさいな。たとえば、近代的な台所方式のおかげで、おばあちゃんの料理がちょうど十パーセントか十五パーセント向上するのに役立つとしたらどう。いまでも殿方《とのがた》たちは食卓ではまったくの動物ですよ。来週のいまごろは食べすぎて蠅《はえ》のように死ぬところだわ。それはすてきなけっこうな食べ物だから、ナイフとフォークを休めるわけにはいかないでしょうよ」

「ほんとにそうおもうかね?」と、興味をそそられはじめ、おばあちゃんはいった。

「おばあちゃん、降参しちゃだめだよ!」と、ダグラスは書斎《しょさい》の壁《かべ》にむかってささやいた。

しかし彼のぞっとしたことには、彼の耳に二人が掃《は》いたり埃《ほこり》をはらったり、半分からっぽの袋《ふくろ》を捨てたり、缶《かん》に新しいラベルを貼《は》ったり、皿やポットや平鍋《ひらなべ》を何年もからのままになっていた引き出しに入れたりするのが聞こえてきたのだ。ナイフさえも、台所のテーブルの上につかまった銀色の魚みたいに置かれていたのが、箱のなかにドサッと落とされる始末だった。

おじいさんがダグラスのうしろでまる五分間聞き耳をたてていた。いくぶん心配そうにおじいさんはあごをかいた。「考えてみると、あの台所はほんとにまったくの混乱だったな。たしかに、すこし物を整理する必要がある。で、もしローズ伯母さんのいうことが当たっているとしたら、え、ダグ、明日の晩餐《ばんさん》はめったにない経験となるな」

「そうともさ」と、ダグラスはいった。「めったにない経験だよ」

「それはなんだね?」と、おばあちゃんがきいた。

ローズ伯母さんは背中にかくしていた包装した贈《おく》り物を取りだした。

おばあちゃんはあけてみた。

「料理の本じゃないか！」と、彼女は叫《さけ》んだ。本をテーブルの上にぽとりと落とした。「そんなものは要《い》らないよ！　これをひと握《にぎ》り、あれをひとつまみ、ほかのなにかをほんのちょっぴり、それでわたしがいつも使うものはつきているんさ――」

「買い物に行くお手伝いをするわ」と、ローズ伯母《おば》さんがいった。「で、わたしたちが精を出していたときにね、おばあちゃんの眼鏡《めがね》をわたしは見ましたよ、おばあちゃん。ここ何年も、そんな、レンズの欠けた、ひん曲がってしまったような眼鏡で働いてきたとは、どういうおつもりなんですか？　それでどうして小麦粉の貯蔵箱にばったり倒《たお》れないでよけていけるんですか？　新しい眼鏡を買いに町へご案内しましょう」

そうして二人は、おばあちゃんは当惑《とうわく》し、ローズの肘《ひじ》にすがりながらも、夏の昼下がりを外へと出かけていった。

彼女たちは、食料品と、新しい眼鏡を買い、それにおばあちゃんは髪《かみ》を結ってもらって帰ってきた。おばあちゃんはまるで町をひとまわり追い立てられてきたかのようだった。ローズに助けられて家に入ってくるとき、彼女ははあはあと息を切らした。

「さあどうです、おばあちゃん。さあこれで全部のものがわかりいいところに収まりましたわ。さあ、いよいよわかりますよ！」

「おいで、ダグ」と、おじいさんがいった。「ブロックをひとまわり散歩して、おなかをすかせよう。今夜は歴史的な晩になるぞ。これまでに出された最高の晩餐《ばんさん》ってやつの一つだ。そうでなきゃわしは自分のチョッキを食べちまうぞ」

夕食どき。

にこにこしていた人たちの微笑《びしょう》が消えた。ダグラスは食物のひと口を三分間かんで、それから、口を拭《ぬぐ》うふりをして、それをナプキンのなかにひとまとめにした。トムとパパが同じことをしているのが見えた。みんなは食物をピチャピチャとぶつけあい、道やら模様《もよう》やらをつくり、肉汁《グレービー》のなかで絵を描《えが》き、ポテトの城をこしらえて、肉の大きなかたまりをこっそり犬にまわしてやった。

おじいさんが早くから席をたった。「わしはおなかいっぱいだ」と、彼はいった。

下宿人の全部が蒼《あお》白い顔をして黙《だま》りこんでいた。

おばあちゃんは自分の皿をいらいらとつっついた。

「すばらしい食事じゃないこと?」ローズ伯母さんがみんなにきいた。「それに、三十分もはやく食卓にならべられたのよ!」

しかしほかの者たちは、月曜日が日曜日につづき、火曜日が月曜日につづきして、一週間全体が悲しい朝食、憂鬱《ゆううつ》な昼食、葬式《そうしき》のような夕食になるのかと考えていた。数分後には食堂はからっぽになった。二階では、下宿人たちが自分たちの部屋でふさぎこんでしまった。

おばあちゃんはのろのろと、茫然自失《ぼうぜんじしつ》の態《てい》で、彼女の台所へと入っていった。「これは」と、おじいさんがいった。「ひどすぎる！」彼は階段の下に行き、階上の埃《ほこり》っぽい日光のなかにむかって声をかけた——「降りてこい、みんな！」

下宿人たちは、だれもが、うす暗く気持ちのよい書斎《しょさい》に閉じこめられて、ぶつぶついった。おじいさんは落ちつきはらって山高帽子《やまたかぼうし》をまわした。「仔猫《こねこ》ちゃんのためだ」と、彼はいった。それから彼は片手をダグラスの肩《かた》にどっしりとおいた。「ダグラス、ひとつ頼《たの》みたい大きな任務があるんだ、おまえ。よいか、聞けよ……」そして彼は少年の耳に、温かい、優しい声でそっとささやいたのだった。

ダグラスは、翌朝、ローズ伯母《おば》さんがひとり庭で花を摘《つ》んでいるところを見つけた。「ローズ伯母さん」と、彼は重々しくいった。「いますぐ散歩はいかがですか？　ちょっとあちらに行ったところの蝶々《ちょうちょ》の峡谷《きょうこく》を案内します」

二人はいっしょに町をぐるりと歩いてまわった。ダグラスは、早口に、いらいらとしゃべり、伯母さんを見ないで、ただ郡役所の大時計が午後の時刻を打つ音だけに耳をすましていた。

暖かい夏の楡《にれ》の木の下をぶらぶらと家のほうにもどってくると、ローズ伯母さんはとつぜん息をつまらせて、手を咽喉《のど》にあてた。

そこには、ポーチの段々の下に、彼女の手荷物が、手ぎわよく荷づくりされて置かれていた。

一つのスーツケースの上に、夏のそよ風にはためく、ピンク色の鉄道の切符《きっぷ》がのっていた。

下宿人たちが、十人全部とも、ポーチにかたくなって座っていた。おじいさんが、列車の車掌《しゃしょう》、市長、よき友人のごとく、段々をおごそかに降りてきた。

「ローズ」と、彼女の手をとり、上下にふりながら、おじいさんは彼女にいった。「おまえにいうことがあるのだ」

「なんですか?」と、ローズ伯母さんはいった。

「ローズ伯母さん」と、彼はいった。「ごきげんよう」

彼らは列車が単調なメロディーを歌いながら、おそい午後の時間に消えてゆくのを聞いた。ポーチに人かげはなく、手荷物もなくなり、ローズ伯母さんの部屋は空いたままになっていた。おじいさんは、書斎《しょさい》で、E・A・ポオの本の背後を手さぐりして小さな薬びんを取りだし、にっこり笑った。

ひとりきりで町に買い物に遠征《えんせい》していたおばあちゃんが帰宅した。

「ローズ伯母さんはどこかい?」

「駅でお別れをいったんだ」と、おじいさんがいった。「わしたちはみんな泣いたよ。彼女は行くのをいやがっておったが、おまえにくれぐれもよろしくってな、十二年したらまたやってくるといっていた」おじいさんは純金の時計を取りだした。「さあ、おばあちゃんがひとつまたびっくりするような宴会《えんかい》のしたくをしてくれているあいだ、わしらはみんな書斎《しょさい》に行って、シェリー酒を一杯《いっぱい》やるとするか」

おばあちゃんは家の奥《おく》のほうに立ちさった。

だれもが語り、笑い、耳をすました——下宿人たち、おじいさん、それにダグラス、そして彼らは台所に静かなもの音を聞いた。おばあちゃんが鐘《かね》を鳴らしたとき、彼らは肘《ひじ》で押《お》しわけ押しわけ、食堂に群がった。

だれもがひと口大きくかぶりついた。

おばあちゃんは下宿人たちの顔を見まもった。黙《だま》ったまま彼らは皿をじっと見つめ、手を膝《ひざ》において、食物は、かまれないまま、ほおのなかで冷えていった。

「わたしはなくしてしまったんだわ!」おばあちゃんがいった。「勘《かん》をなくしてしまったんだわ……」

そして彼女は泣きだした。

彼女は立ちあがり、ふらりと出て、こぎれいに整頓《せいとん》され、ラベルの貼《は》られた台所に入ってゆき、手はからだのまえで虚《むな》しく動いていた。

下宿人たちはおなかをすかしたまま床に入った。

ダグラスは、郡役所の大時計が十時三十分、十一時、ついで十二時を打つのを聞き、広大な家の月明かりに照らされた屋根の下を潮が流れるように、下宿人たちがベッドのなかで身動きするのを聞いた。彼らがみな目をさましていて、考え、悲しんでいるのが彼にわかった。長い時間たってから、彼はベッドに起きあがった。壁《かべ》に、また鏡にむかってにこにこしはじめた。ドアをあけ、階下にしのび足で降りていくときは、自分が歯を見せてにやにや笑っているのが見えた。客間は暗く、古びて孤立《こりつ》しているにおいがした。彼は息を殺した。

手さぐりして台所に入り、しばらく立ったまま待った。

それから彼は動きだした。

彼はベーキング・パウダーをすてきな新しい缶《かん》から取りだして、まえのいつものとおりに古い粉ぶくろに入れた。白い小麦粉を古ぼけたクッキー入れの壺《つぼ》のなかにふって入れた。砂糖と書かれた金属製の箱から砂糖を移して、薬味、ナイフ類、紐《ひも》、などと書いてあるもっと小さいおなじみの一組の箱にふるい分けた。丁子《ちょうじ》を、それが何年も昔から置いてあった場所に入れ、六つのひきだしの底を散らかした。皿や、ナイフや、フォークや、スプーンをもとのテーブルの上にもどした。

彼はおばあちゃんの新しい眼鏡《めがね》が客間のマントルピースの上にあるのを見つけ、地下室にかくした。新しい料理の本のページを使って、古い薪《まき》ストーブに大きな火を起こした。しんと静まりかえった朝の一時までには、黒いストーブの煙突《えんとつ》を大きなしゃがれた轟音《ごうおん》が吹《ふ》きあがって、あまりの激しい轟音に、家は、たとえ少しでも眠《ねむ》っていたとしても、目をさました。広間の階段を降りてくるおばあちゃんのスリッパのガサガサいう音が聞こえた。彼女は台所に立って、その混乱ぶりを目をぱちくりさせてながめた。ダグラスは食料貯蔵室のドアのうしろにかくれた。

深く暗い夏の朝の一時三十分に、料理をするにおいが風の強い家の廊下《ろうか》いっぱいにたちはじめた。階段を、一人また一人と、カールクリップをした女たち、バスローブをまとった男たちが降りてきて、つま先で歩いて台所をのぞきこんだ──そこはシューシュー音を立てているストーブから、断続的にぱっと燃えあがる赤い焔《ほのお》が照らしているだけだ。そしてその暖かい夏の朝の二時のまっ暗な台所で、バタンバタン、ガランガランと音のするまんなかに、おばあちゃんは幽霊《ゆうれい》のように浮《う》かんで、また目がよく見えなくなり、手は本能的にうす暗いなかをさぐって、薬味の雲をぶつぶつ煮《に》えたっているポットやチンチン鳴っている湯沸《ゆわ》かしのうえにふりかけ、彼女が最高の食物をつかみ、かきまわし、注いでいるあいだ、顔は火明かりで赤く照らしだされ、魔法《まほう》を思わせ、うっとりとしていた。

静かに、静かに、下宿人たちは最上のテーブルクロスときらめく銀製の食器を用意して、電灯のスウィッチをつけてパチンと魔法を解いてしまうよりも蠟燭《ろうそく》をともした。

おじいさんは、印刷所の深夜労働から帰宅してみると、蠟燭に照らされた食堂で食前のお祈《いの》りがとなえられているのを聞いてびっくりした。

食べ物はどうかって？　肉はからしをつけてあぶった焼き肉、ソースはカレー粉で調理したもの、野菜は無塩バターをそえて盛られ、ビスケットには宝石のような蜂蜜《はちみつ》がかかっている。どれをとってもおいしく、味よく、またとても不思議なほど元気を回復してくれた。クローバーにかこまれた牛が夢中になっている牧場から聞こえてくるかのような、おだやかなモーという鳴き声が起こったほどだ。みな異口同音《いくどうおん》に、ゆったりした寝巻《ねま》き姿だったことに大声で感謝した。

日曜日の朝三時三十分、食事と友好的な気分で家はほのぼのと温かく、おじいさんは椅子《いす》をうしろに押《お》しやって、堂々としたしぐさを見せたことだ。彼は書斎《しょさい》に行ってシェイクスピアを一冊取ってきた。それを大皿に載《の》せると、こんどは皿ごと細君《さいくん》に捧《ささ》げたのである。

「おばあちゃん」と、彼はいった。「わたしの頼みはただこれだけのこと、明晩の夕食に、この実にすばらしい書物を料理してもらいたいのだ。明日の黄昏《たそがれ》どきの食卓にそれが届くときには、秋の雉《きじ》の胸のごとく、美味で、汁《しる》が多く、狐《きつね》色に焼けて、柔《やわ》らかいものと、われらの期待は一致《いっち》しているにちがいない」

おばあちゃんは本を手に持って、愉快《ゆかい》そうに大声をたてた。

彼らは明け方近くまで立ちさりかねて、簡単なデザートをとり、前庭に生えたあの野生の花から造ったお酒をのんだりしたが、ついで、最初の鳥たちがまばたきして生きかえり、太陽が東の空に昇《のぼ》ってきそうになると、みんなはそっと二階に上がっていった。ダグラスは遠くの台所でストーブが冷えてゆく音に耳をすましました。おばあちゃんが寝《ね》るのが聞こえた。

屑《くず》屋さん、とダグラスはおもう。ジョウナスさん、あなたがいまどこにいるにしても、さあお礼です、お返しです。ぼくは次の人にまわしました、ほんとです、次の人にまわせたとおもいます……

彼は眠《ねむ》り、そして夢を見た。

夢のなかで鐘《かね》が鳴っていて、彼らみんなが叫《さけ》び声をあげ、駆《か》けおりて朝食にむかっていた。

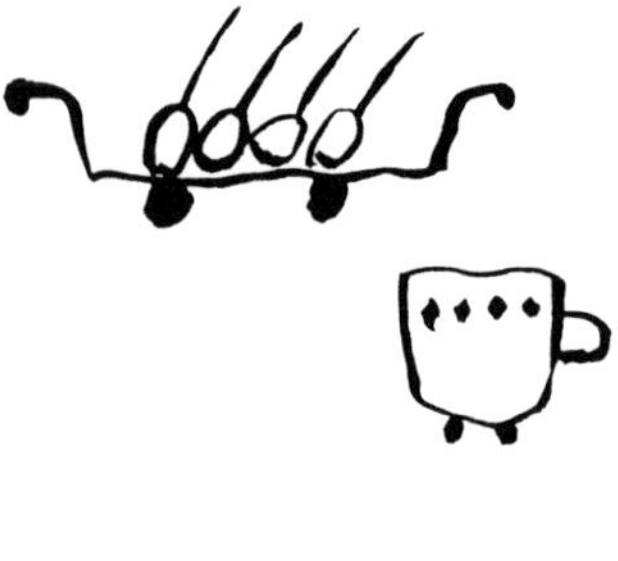

そして、まったくとつぜんに、夏は終わった。

彼《かれ》は、ダウンタウンを歩いているとき、最初にそれを知った。トムが彼の腕《うで》をつかみ、息を切らしながら十セントストアのウィンドーを指さしたのだ。別の世界からのものが、そこに、とてもきちんと、とてもあどけなく、見るものにことさらぎょっとするように陳列《ちんれつ》されていたため、彼らは動くこともできずにその場に立ちつくした。

「鉛筆《えんぴつ》だ、ダグ、一万本の鉛筆だよ！」

「ああ、なんということだ！」

「五セントのメモ帳、十セントのメモ帳、ノート、消しゴム、水彩絵具《すいさいえのぐ》、定規、コンパス、それが十万もだよ！」

「見るなよ。ことによると蜃気楼《しんきろう》かもしれない」

「ちがう」と、トムは絶望してうめいた。「学校だ！　学校がすぐ先なんだ！　夏が終わってさえいないのに、なぜ、なぜ十セントストアはあんなものをウィンドーにならべるんだ！　夏休みの半分はおじゃんになったよ！」

彼らが先を歩いて家に帰ると、枯《か》れて、ところどころまばらになった芝生《しばふ》に、おじいさんがひとり、最後の残り少ないたんぽぽを摘《つ》んでいた。彼らはおじいさんといっしょにしばらく黙《だま》ったまま働いていたが、やがてダグラスが、自分自身の影《かげ》のなかにかがみこんだまま、いった――

「トム、今年がこんなふうに終わるんだったら、来年は、悪くなるのか、良くなるのか、どうなるんだろうね？」

「ぼくにきかないでよ」トムはたんぽぽの茎《くき》で一曲吹《ふ》き鳴らした。「ぼくが世界を創《つく》ったわけじゃないんだ」彼はそれを考えてみた。「もっともぼくが創ったとほんとに感じる日もあるけど」

彼は愉《たの》しそうにつばを吐《は》いた。

「予感がするんだ」と、ダグラスがいった。

「なんだい？」

「来年はさらにいっそうでっかくって、昼はもっと明るく、夜はもっと長く、もっと暗く、もっと多くの人びとが死に、もっと多くの赤ん坊《ぼう》が生まれて、そしてぼくがその全部の中心にいるんだ」

「兄さんとほかにも何千億人ってね。ダグ、憶《おぼ》えておいて」

「今日のような日には」と、ダグラスはつぶやいた。「ぼくは感じるんだ……それがぼくだけだって！」

「助けが必要だったら」と、トムがいった。「大声を出してくれさえすればいいよ」

「十歳《さい》の弟になにができるんだい？」

「十歳の弟は来年は十一歳さ。ゴルフボールのなかに巻いてあるゴムバンドをほどくみたいに、毎朝世界をほどいて、毎晩また巻きつけるんさ。知りたかったら、どうするか教えてやるよ」

「狂《くる》ってるな」

「つねにそうであった」トムは目を交差させ、舌を突《つ》きだした。「これからもつねにそうであろう」

ダグラスは声をたてて笑った。彼らはおじいちゃんといっしょに地下室に降りていき、おじいちゃんが花の首をうち落としているあいだ、二人は、棚《たな》にじっとして動かない流れのようにならべられ、かすかに光っている夏のすべて、たんぽぽのお酒のびんを見た。一番から九十何番かまで番号をふられた、そのケチャップのびんは、いまやほとんどがいっぱいに詰《つ》められて、地下室のうす明かりのなかに輝《かがや》き、生きている夏の日のすべてにその一つが割り当てられていた。

「うへぇ」と、トムがいった。「六月、七月、八月をとっておくのになんてすばらしい方法なんだろう。ほんとに実際的だ」

おじいさんは見あげ、このことを考えてみて、にっこりほほえんだ。

「二度と使わんものを屋根裏にしまいこんどくよりましじゃよ。こうして、冬のあいだじゅうあちこちならんでいるなかから、一、二分間夏を味わいなおしてみて、びんがすっかりからになったときには、夏は永久に去ってしまい、おもい残すこともなく、感傷的なカスみたいなものがあたりに散らかって、これから四十年以上もそれにつまずいたりすることもないからな。清潔で、煙《けむり》も出ず、効果はたしか、それがたんぽぽのお酒じゃよ」

二人の少年はならんでいるびんを次つぎと指さした。

「ほら、夏の最初の日があるぞ」

「新しいテニス靴《ぐつ》の日だ」

「そうさ！　それにほら《グリーン・マシン》！」

「バッファローの埃《ほこり》とチン・リン・スウ！」

「《タロットの魔女《まじょ》》だ！　《孤独《こどく》の人》だ！」

「まだほんとは終わっていないんだ」と、トムがいった。「けっして終わりはしないんだ。どの日もどの日も今年起こったことはぼくは憶《おぼ》えているぞ、いつまでも」

「はじまるまえから終わっていたんじゃよ」と、ぶどう絞《しぼ》り器をゆるめながらおじいちゃんがいった。「わしは刈《か》る必要がないとかいう新しいタイプの芝《しば》のほかは、起こったことはなに一つ憶えていないな」

「冗談《じょうだん》でしょう！」

「とんでもない。ダグ、トム、おまえたちもいずれわかるが、年をとるにつれて、日々は、いささかぼーっとなってな……一つ一つ区別できんのだよ……」

「だって、くそっ！」と、トムがいった。「今週の月曜日には、ぼくはエレクトリック・パークでローラースケートをやり、火曜日にはチョコレート・ケーキを食べ、水曜日には頸《くび》のすじをちがえ、木曜日には蔓《つた》にぶらさがってゆれていたら落っこちたし、一週間はいろんなことでそれはそれはいっぱいだよ！　また今日は、外の葉っぱがどれも赤や黄色になりはじめたことで、ぼくは今日を憶《おぼ》えているだろうな。葉っぱが芝生《しばふ》一面に散って、ぼくたちがその堆《うずたか》い山にとびこんで、それを燃やすのももうすぐだ。ぼくはけっして今日を忘れないぞ！　ぼくはいつも憶えているだろうな、ちゃんとわかるのさ！」

おじいさんは地下室の窓ごしに、まえより冷たくなった風にざわめいている晩夏の樹々《きぎ》を見あげた。「もちろん、おまえは憶えているだろうよ、トム」と、彼はいった。「もちろん、憶えているだろうよ」

そして彼らはたんぽぽのお酒のまろやかな輝《かがや》きをあとに、最後に残ったわずかの夏の儀式《ぎしき》をとりおこなおうと上に昇《のぼ》っていったが、それはいよいよ最後の日、最後の夜がやってきたのだと感じていたためであった。陽《ひ》もおそくなるにつれて、もうここ二、三日のあいだ、はやばやと住人が姿を見せなくなったポーチがあることに彼らは気づいた。空気は以前とちがう、より乾燥《かんそう》したにおいがし、おばあちゃんはアイス・ティーにかわってホット・コーヒーを口にしはじめていた。開けはなたれ、カーテンが白くはためいていた大きな張りだし窓も閉められだしている。冷たい肉の切り身が蒸した牛肉にとってかわられはじめていた。蚊《か》はポーチから見えなくなってしまい、たしかに蚊たちが闘争《とうそう》を断念したとき、〈時〉との戦争はほんとうに終わって、人間もまたその戦場をはなれるしかないのだ。

いま、トムとダグラスとおじいさんとは、三カ月まえと同じく、あるいはそれは三世紀まえのことだっただろうか、うねりの高まる夜にまどろんでいる船のように、きしる正面のポーチに立って、空気のにおいを嗅《か》いだ。からだのなかで、少年たちの骨はチョークや象牙《ぞうげ》のような感じがし、年のもっとはじめのころのような緑のはっかの棒や甘草《かんぞう》の鞭《むち》のごとき感じはなくなっていた。しかし、この新たな寒気はおじいさんの骨格にまず触《ふ》れ、それは未熟な腕《うで》が食堂のピアノの黄色くなったキイを打って低音の和音を鳴らすかのようだ。ちょうど羅針盤《らしんばん》がまわるように、おじいさんがまわって、北をむいた。

「わしはおもうな」と、おじいさんは、考えこむようにいった。「わしらはもうここには出てこないだろう」

そして彼ら三人は、ポーチの天井の小穴にかかっている鎖《くさり》をガチャンガチャンとゆすって落とし、最初の枯《か》れ葉が風に吹《ふ》かれて追いかけるなかを、風雨にさらされた棺《かん》台を運ぶようにブランコをガレージへとしまいこんだ。家のなかでは、おばあちゃんが書斎《しょさい》で火をかきたてているのが聞こえた。にわかに一陣《いちじん》の風が吹いてきて窓がゆれた。

ダグラスは、最後の一夜をおばあちゃんとおじいちゃんが眠《ねむ》っている上の、丸屋根の塔《とう》で過ごして、彼のメモ帳に書きしるした――

「いまはあらゆるものが逆に動く。ときどきマネチーの映画で、人びとが水からとびだして飛びこみ板に昇《のぼ》るようなものだ。九月が来ると、押《お》しあげた窓を引きさげ、はいたゴム底の運動靴《ぐつ》を脱《ぬ》ぎ、先の六月に投げすてたかたい靴《くつ》をはくのだ。いま人びとは、ポッポ時計の鳥がその巣のなかにひっこむように、夜に駆《か》けこむ。あるときは、ベランダは満員で、だれもがのべつまくなしにしゃべっている。次の瞬間《しゅんかん》には、ドアはピシャリと閉まり、話はやみ、葉が樹木からモーレツに降ってくるのだ」

彼は高い窓から、こおろぎがひからびた無花果《いちじく》のように小川の川底にまき散らされている地面を見、秋の阿比《あび》の鳴き声の聞こえるなかを鳥がいま南に向けて旋回《せんかい》し、樹々《きぎ》が燃えさかるかのように色づいて、鋼鉄色の雲にむかって伸《の》びている空を見た。今夜、はるかはなれた田園地方では、やがてハロウィーン祭りのさい、ナイフで中身を抉《えぐ》られ、三角の目をあけられ、なかに立てた蠟《ろう》燭《そく》に焦《こ》がされるはずのかぼちゃが、だんだんと熟れていくにおいがしていた。こちらの町のほうでは、最初の暖炉《だんろ》の煙《けむり》が、ごくわずか煙突《えんとつ》からスカーフをほどくように立ちのぼり、遠くかすかに伝わってくる鉄の震動《しんどう》は、石炭が黒くかたい川の急流となってシュートを落ち、地下室の石炭置き場に、高く黒々とした山をつくっているところだ。

しかし、いまはおそく、ますます夜もふけようとしていた。

ダグラスは、町を見おろす高い丸屋根の塔《とう》のなかで、手を動かした。

「みんな、着物を脱いで！」

彼は待った。風が吹《ふ》き、窓ガラスを氷がおおった。

「歯をみがいて！」

彼はまた待った。

「さあ」と、とうとう彼はいった。「明かりを消して！」

彼は目をぱちぱちさせた。そして町は、郡役所の大時計が十時、十時三十分、十一時、眠《ねむ》たい夜中の十二時をつげているあいだ、またたきをするように、あちら、こちらと、眠そうに、明かりを消していった。

「さあ最後の明かりだ……あそこと……あそこと……」

彼はベッドに横たわり、彼のまわりに町は眠り、峡谷《きょうこく》は暗く、湖は静かに岸辺を打ち、彼の家族、友だち、年寄りも若者も、だれもが、どこかの通りに、どこかの家で眠り、あるいは遠く郊外《こうがい》の教会の墓地に眠っていた。

彼は目を閉じた。

六月の夜明け、七月の正午、八月の宵《よい》は過ぎ、終わり、おしまいになって、永久に去ってしまい、ただそのすべての感覚だけを、ここの、頭のなかに残してくれた。いまや、過ぎさった夏の総決算をするものは、健やかな秋、白い冬、涼《すず》しい、緑の萌《も》える春なのだ。もしぼくが夏を忘れるようなことがあったら、地下室にはたんぽぽのお酒があり、一日一日全部の日が大きく数字で書かれているんだ。ぼくはそこにしばしば行って、これ以上見つめてはいられないまでに太陽をまっすぐのぞきこみ、それから目を閉じて、網膜《もうまく》にやきつけられた点をじっと見つめると、つかのまの傷あとが温かい瞼《まぶた》に踊《おど》っているのだ。火と反射の一つ一つをならべ、ならべかえしているのを、ついに模様《もよう》がはっきりして……

そう考えながら、彼は眠った。

そして、眠っていると、一九二八年の夏が終わった。

RYOJI
R

レイ・ブラッドベリについて

北山克彦

ここイリノイ州グリーン・タウンに、夏が来て、夏が去ってゆきます。楽しかったせっかくの夏休みもついには終わり、やがて秋が、冬が訪れることでしょう。しかし、夏の日の想《おも》い出は、たんぽぽのお酒の一びん一びんに詰《つ》められて、冬の日にふたたび味わわれるのを待っています。そこには、夏の少年ダグラス・スポールディングが見い出した生きることの実感と喜び、かいま見た人生の秘密が隠《かく》されているはずです。秋になって、寒気の到来《とうらい》が感じられたときは、このたんぽぽのお酒の栓《せん》を開けさえすればよい、きっとまた夏がこころに甦《よみがえ》ってくるにちがいありません――

レイ・ブラッドベリは、一九二〇年に、同じくイリノイ州のウォーキーガンに生まれました。十二歳《さい》のときアリゾナ州に移るまで、彼《かれ》は少年時代をこの中西部の小さな町で過ごしています。ちょうど時代は、田園的な雰囲気《ふんいき》を色濃《こ》く残していたこの地方にも機械文明による侵蝕《しんしょく》が目につくようになってきた頃《ころ》でした。この作品の背景をなしているのは、星をながめ、あたりを駆《か》けまわった、まさしく作者自身の少年の日の記憶《きおく》そのものだと言えましょう。あのテニス靴《ぐつ》の感《かん》触《しょく》に、夏の宵《よい》の闇《やみ》に、ポーチのブランコの音に、わたしたちが感じるのはブラッドベリの郷愁《きょうしゅう》です。しかしそれにしても、異国のわたしたちにとっても懐《なつか》しい、この少年時代の夢をのせた世界は、なんと不思議《ふしぎ》な想像力に満ちていることでしょうか。

一九二八年の夏、この物語の主人公ダグラスのまえに、世界は新しい姿をみせてくれます。実はこの年は、作者ブラッドベリにこそ記念すべき年でした。彼自身が語っていることですが、七歳のときから伯母《おば》の読んでくれるポオやウィルキー・コリンズ（『月長石』の作者）や『オズの魔《ま》法《ほう》使い』などに興味をもっていたこの少年は、この年、新聞にのりはじめたある漫画《まんが》を機縁に、信じられないような未来の世界、そして幻想《ファンタジー》の世界に目を開いたのです。それから彼は魔術《まじゅつ》に熱中し、集めた漫画やSF雑誌に埋《う》まって、ファンタジーの世界に住みついてしまい、十二歳《さい》のときには、玩具《がんぐ》のタイプライターを使って、もう最初の物語を書いていました。メモ帳を開いて〈発見と啓示《けいじ》〉を書きしるすダグラスに、わたしたちは作者の面影《おもかげ》を重ねてみることも可能でしょう。

少年は、その後もひきつづき、短篇《たんぺん》をせっせと書いては、いろいろな雑誌に投稿《とうこう》をつづけます。しかしブラッドベリは、まず、〈テニス靴〉のことよりも、むしろ〈星〉のことを書いて知られました。やがて一九四一年から四五年にかけて、SF専門誌を中心に作品が継続《けいぞく》的にのるようになったのです。四五年以降は一般《いっぱん》の高級誌からも寄稿《きこう》を求められるようになって、さらにその作品は、四六年、四八年、五二年と『ザ・ベスト・アメリカン・ショート・ストーリーズ』に収められ（これは彼が十五歳のときに夢みたことです）、四七年、四八年にはO・ヘンリー賞を受賞する栄誉《えいよ》に輝《かがや》きます。そして、ブラッドベリの名前が決定的に確立したのは、詩情あふれる火星植民の物語『火星年代記』（一九五〇）、未来社会の焚書《ふんしょ》を描《えが》いて思想統制を糾弾《きゅうだん》した『華氏《かし》四五一度』（一九五三）などによってでした。高度の文学性をたたえられ、SFの詩人と謳《うた》われていることは、少しでもブラッドベリに親しんでいる人には言うだけ野暮《やぼ》なことでしょう。

もちろん、彼は〈テニス靴〉のことを、その不思議な力のことを忘れてはいませんでした。そもそも彼のSFは、科学の進歩した未来社会に人間性を確保しようという努力の現れです。とすれば、あのテニス靴に潜《ひそ》む力こそ、いやむしろ、それを認識する能力こそ、科学によって人間が冷えきってしまわないために、実は大きな援《たす》けになるのではないでしょうか。おそらくブラッドベリは、『たんぽぽのお酒』を書くことによって、現在の子供たちに（またおとなたちにも）、一九二八年に彼が発見した、ファンタジーの世界を、あらためて語りたいと思ったにちがいありません。幻想とは、彼にあっては、夢の世界をほしいままにするのとは違《ちが》い、この世界の隠《かく》れた力、隠れたドラマをはっきり見る能力なのです。

それでは、たんぽぽのお酒の栓《せん》を開けたとき、そこに現出するものはいったい何なのでしょうか？　夏の感動、生命の歓喜《かんき》、永遠の生の救い——しかし、これを一方的に謳歌《おうか》するというのはブラッドベリの行わないところです。これらは、夏のさなかに忍《しの》びよる秋、死の誘惑《ゆうわく》、孤立《こりつ》して暗闇《くらやみ》に呑《の》みこまれる生に対置されていること、それに打ち克《か》ってはじめて意味を持たされていることにわたしたちは気づくはずです。わたしたちは死と虚無《きょむ》につねに脅《おびや》かされている存在です。孤立してその恐怖《きょうふ》に負けるとき、わたしたちはどうなるのか？　反対に、死と孤独《こどく》から救われるにはどうすればよいのか？　ファンタジーの織りなす個々のエピソードの鑑賞《かんしょう》と解釈《かいしゃく》は、それぞれにおまかせすることにしましょう。

ともあれ、この作品を読みおえたとき、ひと夏の経験を作者とともに過ごしたという気持ちにあなたがなれば、作者としてはそれだけで充分《じゅうぶん》に目的を達したことになるといえましょう。やがて秋の訪れをあなたが実感したとき、そのときこそ、たんぽぽのお酒がまた必要なのだと、作者は最後に言いたいのかもしれません。

一九七一年五月

『緑の影、白い鯨』川本三郎訳、筑摩書房　(*Green Shadows, White Whale*, 1992)

『瞬きよりも速く』伊藤典夫・村上博基・風間賢二訳、ハヤカワ文庫NV (*Quicker Than the Eye*, 1996)

『バビロン行きの夜行列車』金原瑞人・野沢佳織訳、角川春樹事務所　(*Driving Blind*, 1997)

『塵よりよみがえり』中村 融訳、河出文庫　(*From the Dust Returned*, 2001)

『社交ダンスが終った夜に』伊藤典夫訳　新潮文庫　(*One More for the Road*, 2002)

『さよなら、コンスタンス』越前敏弥訳、文芸春秋　(*Let's All Kill Constance*, 2003)

『猫のパジャマ』中村 融訳、河出書房新社　(*The Cat's Pajamas*, 2004)

『さよなら僕の夏』北山克彦訳、晶文社　(*Farewell Summer*, 2006)

『永遠の夢』北山克彦訳、晶文社　(*Now and Forever*, 2007)

●短編選集

『万華鏡』川本三郎訳、サンリオSF文庫　(*The Vintage Bradbury*, 1965)

●日本人の手になる短編選集

『十月の旅人』伊藤典夫編訳、新潮文庫（１９８５年）

『火星の笛吹き』仁賀克雄編訳、ちくま文庫（１９９１年）

●エッセイ

『ブラッドベリがやってくる 小説の愉快』小川高義訳、晶文社　(*Zen in the Art of Writing*, 1989)

『ブラッドベリはどこへゆく 未来の回廊』小川高義訳、晶文社　(*Yestermorrow*, 1991)

●その他

『夜のスイッチ』（絵本）マデリン・ゲキエア絵、北山克彦訳、晶文社 (*Switch on the Night*, 1955)（本書はディロン夫妻絵、今江祥智訳で『夜をつけよう』としてＢＬ出版からも出版）

『火の柱』（戯曲集）伊藤典夫訳、大和書房　(*Pillar of Fire and Other Plays*, 1975)

邦訳を中心としたブラッドベリの主要作品（原著年代順、邦訳は最新版）

●小説・短編集

『黒いカーニバル』伊藤典夫訳、ハヤカワ文庫NV　(*Dark Carnival*, 1947を中心とする初期短編集)

『火星年代記』小笠原豊樹訳、ハヤカワ文庫NV　(*The Martian Chronicles*, 1950)

『刺青の男』小笠原豊樹訳、ハヤカワ文庫NV　(*The Illustrated Man*, 1951)

『華氏４５１度』宇野利泰訳、ハヤカワ文庫SF　(*Fahrenheit 451*, 1953)

『太陽の黄金の林檎』小笠原豊樹訳、ハヤカワ文庫NV　(*The Golden Apples of the Sun*, 1953)

『10月はたそがれの国』宇野利泰訳、創元SF文庫　(*The October Country*, 1955)

『たんぽぽのお酒』北山克彦訳、晶文社　(*Dandelion Wine*, 1957)

『メランコリイの妙薬』吉田誠一訳、早川書房（異色作家短編集［新装版］）(*A Medicine for Melancholy*, 1959)

『ウは宇宙船のウ』大西尹明訳、創元SF文庫［新版］(*R Is for Rocket*, 1962)

『何かが道をやってくる』大久保康雄訳、創元SF文庫　(*Something Wicked This Way Comes*, 1962)

『よろこびの機械』吉田誠一訳、ハヤカワ文庫NV　(*The Machineries of Joy*, 1964)

『スは宇宙《スペース》のス』一之瀬直二訳、創元ＳＦ文庫　(*S Is for Space*, 1966)

『ブラッドベリは歌う』中村保夫訳　サンリオSF文庫　(*I Sing the Body Electric!*, 1969)（本書は伊藤典夫他訳で早川書房から『キリマンジャロ・マシーン』『歌おう、感電するほどの喜びを！』の文庫二分冊でもでた）

『ハロウィーンがやってきた』伊藤典夫訳、晶文社　(*The Halloween Tree*, 1972)

『とうに夜半を過ぎて』小笠原豊樹訳、集英社文庫　(*Long After Midnight*, 1976)

『恐竜物語』伊藤典夫訳、新潮文庫　(*Dinosaur Tales*, 1983)

『悪夢のカーニバル』仁賀克雄訳、徳間文庫　(*A Memory of Murder*, 1984)

『死ぬときはひとりぼっち』小笠原豊樹訳　文芸春秋　(*Death is a Lonely Business*, 1985)

『二人がここにいる不思議』伊藤典夫訳、新潮文庫　(*The Toynbee Convector*, 1988)

『黄泉からの旅人』日暮雅通訳、文芸春秋　(*A Graveyard for Lunatics*, 1990)

※本書は、一九九七年八月に刊行された
『ベスト版　たんぽぽのお酒』を復刊
したものです。

著者について

レイ・ブラッドベリ

一九二〇年、アメリカ・イリノイ生まれ。少年時代からサーカスやコミックの世界に夢中になり、のちにSF・ファンタジーの傑作をつぎつぎに発表。世界中の読者を魅了する。おもな作品に『華氏451度』『火星年代記』『10月はたそがれの国』など。二〇一二年、九十一歳で死去。

訳者について

北山克彦（きたやま・かつひこ）

一九三七年、大阪府生まれ。東京外国語大学英米科卒。東京都立大学大学院英文科博士課程中退。立教大学名誉教授。

おもな訳書に、ブラッドベリ『さよなら僕の夏』『永遠の夢』ポドーレッツ『文学対アメリカ』セネット『公共性の喪失』（すべて晶文社）ファウルズ『黒檀の塔』（サンリオ）ナボコフ『ロシア美人』（新潮社）ほか。

ベスト版　たんぽぽのお酒《さけ》

二〇二三年一一月三〇日初版

著者　レイ・ブラッドベリ

訳者　北山克彦

発行者　株式会社晶文社

東京都千代田区神田神保町一―一一　〒一〇一―〇〇五一

電話（〇三）三五一八―四九四〇（代表）・四九四二（編集）

URL https://www.shobunsha.co.jp

印刷　株式会社 堀内印刷所

製本　ナショナル製本協同組合

ISBN978-4-7949-7390-0　Printed in Japan